古道封尘

张金科 著

中国出版集团　现代出版社

图书在版编目（CIP）数据

古道封尘 / 张金科著． -- 北京 ： 现代出版社，
2022.3
ISBN 978-7-5143-9805-2

Ⅰ．①古… Ⅱ．①张… Ⅲ．①长篇小说－中国－当代
Ⅳ．①I247.5

中国版本图书馆CIP数据核字 (2022) 第048162号

古道封尘

作　　者　张金科
责任编辑　刘全银
出版发行　现代出版社
地　　址　北京市安定门外安华里504号
邮政编码　100011
电　　话　010-64267325　010-64245264（兼传真）
网　　址　www.1980xd.com
印　　刷　成都市兴雅致印务有限责任公司
开　　本　787mm×1092mm　1/16
印　　张　19.75
字　　数　334千
版　　次　2022年3月第1版　2023年1月第1次印刷
书　　号　ISBN 978-7-5143-9805-2
定　　价　49.80元

内容简介

　　如何勾勒出小清河的轮廓，还原济水古道小清河流域那尘封千年的历史，反映出生于斯长于斯的志向者的创业精神和家国情怀？

　　作者认真研究了关于小清河的历史资料，对小清河从发源地到入海口进行了实地踏勘，拜访了省内研究小清河的资深专家、教授和学者，并深入民间寻访人物事迹，结合祖辈的创业史，然后条分缕析，列出纲目，经过一年多时间的准备，两年的创作，撰成其第四部著作——长篇小说《古道封尘》。

　　本小说以济水文化、小清河文化为背景，以张世承家族的创业沉浮为主线，将鲁商文化和小清河文化有机融合在一起，时间从清朝光绪十五年（1889）开始，一直到光绪三十年（1904），描写了乐丰县济水镇鲁商张世承的传奇人生，主要塑造了以张世承为代表的鲁商鲜明的形象和经营有方的创富传说，表现了他们的奋斗之苦、竞争之累、成功之趣，叙说光阴中原汁原味的清河故事。

　　《古道封尘》的创作篇幅横跨整个小清河流域，贯穿政界与商界，展现出清末小清河流域的史迹、特产、农耕、民俗和物产，反映了当时小清河流域文化的基本状况。

　　为清晰脉络，作者将这部长篇小说分成 12 个主要场景：小清河水患、蝗虫疫情灾害、盛宣怀探河、疏浚开挖小清河、河通漕运、盐库盈亏、小清河匪患、京津发展、智入黄台码头、济南创业、洋人洛克到访、计剿小清河响马。

小清河发源于济南，东流经羊口注于渤海，虽便利交通，但几百年来水患频仍，流域百姓不胜其苦，小说真实地再现了水患来临时民不聊生的情状。小说主人公张世承竭尽财力，身先士卒，安置灾民，倾巨款赈灾，与家乡父老兄弟一起抗击水患，展现了中华民族战天斗地、不向困难低头的无畏精神。其为国为民的赈灾事迹受到朝廷褒奖，成为沿河乡里的典范。

小清河的治理被历朝所重视，清光绪年间，登莱青兵部道台盛宣怀受命负责修浚小清河，三年而成，厥功甚伟，为后人所称道。作者对这段历史多有研究，遂借乐丰县、济水镇、张世承以及有名无名的千万人之奋斗，将这段过往历史呈现出来，其波澜壮阔，读来令人心潮澎湃。

历史上，作者属地经商者进济南、闯京津创业者颇多，其中不乏作者祖辈，他们的商铺作坊，在这些城市繁华的街道上，像一盏明亮的灯侍奉着岁月，滋养着时光，它汇聚的商业能量，可照亮一座百万人口的城市，光耀鲁商奋斗的辉煌历史。

历史上每一个创业成功的大家庭都有良好的家风，这方面作者比较熟悉，写起来也得心应手，因此在描写创业艰难之外，作者主要刻画了家风。家风虽短短两字，却包含了中华传统文化漫漫承袭中的力量。修身、齐家、治国、平天下，在我们中国，家风是社会历史发展下的重要文化积淀，蕴含中华传统文化的精髓，深具历史传统的核心气韵。作者从儒学、文学、历史、民俗、社会、伦理等方面提出了对家风的独到见解，值得一看。

智入黄台码头一节基本是历史真实。小时候奶奶给作者讲了很多关于祖辈以出众的才华、宽阔的胸襟征服对手，使老张家"三益栈"船队站稳黄台盐仓码头的故事。长大后作者几次来到这儿，去印证曾经在奶奶故事中表述的那些美好印迹。

然而一切一切的悲喜都收入岁月之中，件件往事如一曲悠扬的笛声乐曲，穿越时空的封尘，在作者的内心深处回响，奶奶的故事讲得并不生动，却留下了无尽的回味和对儿孙长大后能够成才的希望。

关于响马（土匪）之事，作者的出生地，旧时，曾有一个已经消失了的湖泊，叫西湖，此湖水面广阔，芦苇密布，岸边荆棘丛生，小清河穿湖而过，曾有一股响马在湖中的土岛安营扎寨，以此为据点抢劫过往的商船，成为小清河一患。

响马水寨易守难攻，也不适合大规模用兵，而且响马贼匪在官府巡检司内部有奸细，官军还未行动，湖中响马就已事先知晓，使剿匪收效甚微，贼势反而越来越大，致使湖匪猖獗，生灵涂炭，白骨露野，船少人稀。过往商船过此水域胆战心惊，随时都会死于非命。

在整个小说故事的演进过程中，主人公张世承一直在和土匪作斗争。他研究剿匪策略，调整部署，在他的精心谋划下，派朱传志打入匪窝，在一个风雨交加的夜里，张世承带乡勇平息匪患，西湖土岛上的响马水寨一举被端，为小清河流域营造了一个清平世界。故事在惊心动魄中完结。

小说语言平易，诙谐幽默，地域性强，极具表现力，虽人物众多、性格各异，但个个形象饱满、栩栩如生。

小说中所反映的地理人情、社会人文、风俗风物、历史遗迹、河域出产，可谓丰富多彩，知识性很强，使人赏心悦目。比如小清河号子，在本地几乎失传，现在已经申遗成功，完全可以读后传唱。

《古道封尘》的完成，为小清河流域又添了一部厚重的历史文化作品。

时光回到清朝晚期的光绪年间。

小清河下游有个济水镇，这个镇西北角有一座乾隆朝盖的三进四合院。四合院坐北朝南，金柱大门楼顶中心挂有一块木雕匾额，上写"张府"两个金色大字，图案古朴大方，字体精美，熠熠生辉。高高的石阶两侧摆放着两个石狮墩，厚厚紫檀木门中心，浮雕一副对联"一脉真传醇香四溢；石磨工艺福润万家"，横批"香飘华夏"。门垛子的右边有一面书写"玉食村香油"字号的旗幌，可能是年代已久，旗上的墨字有些褪色。

就在这年冬天，一个风雪之夜，刺骨的西北风呼啸着，鹅毛大雪覆盖了一切，次日早晨的大地已是一片白茫茫。

管家张恒推开张府大门，带着伙计们扫雪除冰，清理门前台阶和路面。这时管家看到大门旁的石台阶上躺着一个人，一动不动，风刮的雪盖住了此人半个身子。管家赶忙吩咐伙计将此人身上的雪除去，自己跑去告知张府大少爷。

"大少爷、大少爷，你快去看看吧，咱门口躺着个人呢，怕是冻得不行了，你快看看去啊。"张恒冲着院中晨练之人大声地呼喊着。

这大院中的主人，也就是"玉食村"大掌柜，名叫张世承，此时正在院子里晨练，听到张恒的呼喊声，赶忙收住马步，对跑过来的张恒问道："是什么样的人？看清楚了吗？"

"不知道啊，让昨晚的雪给埋住上身了，看不清。"张恒说。

"走，看看去。"张世承说着，两人快速来到大街门前，伙计们已把覆盖在此人身上的雪清理干净。张世承急忙让伙计把此人扶起，半坐在那里，他端详了一眼此人的五官，用手摸了一下他的前额后，托起他左手把了一下脉搏，告诉张恒说："快，把他抬进院内偏房。"

话说这张世承刚才又看五官，又把脉的，是什么来头？听我道来。

此人是济水镇的大户，出身中医世家，小时候跟随祖父学过中医，并且深懂易学，对于主人的传奇经历，书中章回自有表述。

先说管家和伙计把此人抬到院内专门招待客人的房间，让他平躺在床上，张世承上前边把脉，边吩咐伙计拿来新棉被，盖在此人身上，又让伙计端来一盆热水，把毛巾烫热后拧去水分，盖在他的额头，然后对张恒说："通知厨房做一碗鸡蛋面，再加一碗红糖姜汤，送过来。"

"是，大少爷。"张恒应声而去。

张世承通过把脉，知道此人并无大碍，只是饥饿加严寒冷冻，体力不支，昏了过去。大约过了两个时辰，此人醒了，慢慢坐了起来，看到眼前的张世承，忙用微弱的声音问道："先生，这是哪儿啊？"张世承用手示意，让他先不要说话，告诉他说："先把这碗姜汤喝了。"

不一会儿的工夫，姜汤、面条全部下肚，只见此人赶忙下床"扑通"一声，跪在张世承面前就想磕头。张世承赶忙将此人扶起，说道："不可、不可，善举救人是我张家的祖训，应该的。"

随后，张世承又吩咐张恒说道："快去，告诉夫人，让她取一套我的新棉衣，你拿来给这位书生换上。"不一会儿张恒返回，将一套崭新的棉衣拿来，此人换好衣服后，张世承细细审视了一下眼前的这位青年，一双水汪汪的大眼睛闪着聪明伶俐的神采，眉毛弯弯似月牙儿一般，又浓又密的头发扎着一条乌黑油亮的长辫子，挺秀端正的穹鼻，绝美的双唇，眼前的这位青年，健美、洒脱，看上去给人一种朴素而天然的魅力。张世承点点头，说道："小先生，走，咱们客厅说话。"

来到客厅落座后，此人首先仔细打量了一下眼前的救命恩人，高高的个子，额头光洁，白皙的国字脸，棱角分明的脸庞透着冷峻，浓眉大眼，明亮的黑眸泛着神采，高挺的鼻梁，厚薄适中的唇形，嘴角带着会心的微笑，看年龄也就三十上下。然后他站起，十分礼貌地谢主人救命之恩，便把自己的身世告诉张世承，说："恩人好，我叫丁占元，是苏北人，是去京城赶考，不想路过韩庄荒洼时，遭遇歹人抢劫，身上的盘缠（银两）和准备的干粮被洗劫一空，两天来水米未进，来到济水镇已是傍晚，又赶上下大雪，饥饿难忍，一进镇便来到贵府门前，本想借宿一晚，要点吃的，可、可、可是……"丁占元说到这里停了下来。张世承起身给他倒了一杯茶水说道："丁老弟，在咱自己家，没有外人，直说无妨。"丁占元看了看张世承后说道："昨晚来到贵府门前，我敲响了门，门开后出来一位个子不高的人，我赶忙对他说明了来意，他说先让我在门外等候，进去禀报一下。我忍着饥饿等着，不知过了多久，感觉眼前一黑，再后来就什么也不知道了。"

听到这里，张世承"噌"地一下从椅子上站了起来，对站在一旁的张恒说道："管家，这事你知道吗？"

"不知道啊，没人提起这件事。"张恒说。

张世承说："昨天傍晚是谁在打更（值班）？让他过来一下。"张恒转身外出，不一会儿昨晚打更的两个伙计吴顺、王有，来到客厅。

"大少爷有什么吩咐？"吴顺、王有异口同声地问道。这时丁占元站起来对张世承说："恩人，不是、不是、不是这两位爷，不是他们，开门的是个小个子。"张恒一听，便对张世承说道："大少爷，我心中有数了，跑不了，一定是他们，是他们看到这位书生昏倒后，趁着大雪天黑，把他抬咱家门口了。"张恒说的"他们"是谁，暂且不表。

张世承听后，也没多说，对吴顺、王有说道："没什么事了，你俩先下去忙吧。"吩咐两人走后，和丁占元聊了一会儿，便告诉管家张恒给丁占元准备一个房间，让他去好好休息。

到了晚饭时间，张世承吩咐厨房炒了几个菜，请丁占元来到客厅，两人落座后边吃，边喝，边聊，两人虽有年龄差距，因思想相似，大有相见恨晚之意。交流从天文、地理、文学、书法、绘画、家风，话题贯穿华夏文化及古代文学的整体脉络，丁占元的很多见解，从某种意义上，超越了那些严肃严谨的所谓大家论述。张世承听后，深感丁占元思想的豁达与大气，起身为他的才智赞道："世间万物有盛衰，人生安得常少年！"两人聊得兴起，不知不觉已到午夜，丁占元起身说道："恩人，我明天就要起程了，去京城的路还有千余里，占元铭记母亲的嘱咐，不敢有丝毫懈怠，不管这次是否金榜题名，事后占元定会前来看望恩人，以谢救命之恩。"他对着张世承双手施礼继续说道："占元斗胆冒昧问一下恩人大名，以铭记在心。"说完，丁占元弯腰向张世承深深鞠躬。

张世承对丁占元说道："我名叫张世承，字是状元，祖父给我起的，希望我长大后能考个金科状元，这不，快大半辈子了，还是个种地的呢，看来今生没这个福了。"

"状元哥，你已经是状元了，人人见了你，都得叫你状元哥。你啊，是名副其实的状元，不用考，天生的。"丁占元说完，张世承接过话茬笑着说道："占元啊，还是你会说话，到了京城真金榜题名了，当了官，以后对老百姓的事，可别光说不做啊。"

"世承哥，放心吧，占元记着了。世承哥，天不早了，明天我还要赶路，我先回房睡了。"

"这么急着走，多住两天吧？"张世承说。

"世承哥，不了，还是早走吧，咱们后会有期。"丁占元说。

"好吧，就这样，早早歇着吧。"张世承说完，各自回房休息。

次日清晨，一觉醒来，丁占元来到正房和张世承告别，两人边说边聊来到大街门口，此时管家已经安排吴顺、王有备好马车门前等候。

丁占元出得门来，看了一下眼前的这座大门楼，想了片刻，对张世承说道："世承哥，我那天昏倒前，看到的不是这个门楼，这是咋回事？"

张世承说："我知道，占元，去京城的盘缠钱，我已给你准备好了，银票我已让管家装好，就在车上你的包中。这不京城那边要货嘛，正好去送芝麻，你就搭个便车吧。"

丁占元说："世承哥，真是应了一句话，人有善恶之分，友情有真诚和虚假之说。大智者必善，这是一种境界，更是一种品德。世承哥，你让占元敬爱，更感到可亲……"

丁占元上得马车，随吴顺、王有开启了进京之行，经过半个多月的车马劳顿日夜奔波，终达京城。

这一天他们来到皇城根下，吴顺、王有赶着马车沿着一条足可以供四辆马车并排行驶的宽敞街道，径直向前走去。

街道两旁店铺林立，阳光所及之处，余晖洒在青砖蓝瓦和巧夺天工的楼阁飞檐之上，给眼前京城一片繁华的街道盛景抹上了一层金色光辉。大街的人流中一张张风雅、清新、急躁的京人脸庞，在丁占元乘坐的马车边穿行，人流如织，车水马龙，偶尔传来一声马嘶长鸣和车把式那清脆的甩鞭声。街道边店小二那富有穿透力的叫卖声，让人感受到京城名吃那浓浓香郁的味道。游游逛逛不多时，马车在这条繁华商业街中段街北的一座楼房商铺前停下。他抬头一望，只见一个朱红漆大门，门上各有两个黄铜狮子头，口叼铜环闪闪发光，正红朱漆大门顶端中心悬挂着金丝楠木匾额，上面龙飞凤舞地雕刻着三个大字"玉食村"，金色的光辉照耀在上面，衬托出它的华美，尽显厚重与庄严的气氛，让人看上去富丽堂皇，整个院落的布局，处处显示着主人的与众不同。

"占元哥，咱们到了，下车吧。这是咱家在京城的买卖，来时大少爷都吩咐好了，你就住在这里，什么都别想，只等开考就是了。”王有大声对丁占元说道。

丁占元随即走进“玉食村”住下，专心看书，只等考试时间的到来。

张世承送走丁占元回到府中，刚进客厅，管家张恒急忙走了进来，和张世承说道：“大少爷，这个书生被人深夜放到咱家门口，一定是刘国坤偷着让人干的，真是丧尽天良，他是想让丁占元冻死在咱家门口，栽赃咱家，报复偷运私盐那件事……”

“张恒，你怎么认为占元这件事是刘国坤干的呢？说来听听。”张世承微笑着说。

“大少爷，你想啊，今早上占元兄弟临行时说了，他晕倒前看到的不是咱家这个门楼。他是苏北人，进京赶考由南向北而行。咱济水镇中心大街是必经之路，因饥饿难忍，他进镇后敲响的是咱镇子南头第一个大门楼，这是谁家还用说啊，不是他家是谁！咱家在镇北，还隔着三四里地呢，难不成占元兄弟都晕倒了还能跑咱家大门口？又不是闹鬼，哼，刘国坤这小子鼠肚鸡肠，还不是报复他偷运私盐那事。大少爷，以后啊，再要是被我发现他利用咱家的船和码头走私，非逮着他送官不可，你不能那么婉转地给他说情了。”

“张恒啊，你分析得很有道理，可都是本镇上的人，乡里乡亲的，做事不能太过，得饶人处且饶人吧！”张世承说。

张恒说道：“大少爷，这刘国坤可不是那饶人的主儿，他能在晚上偷着把人从镇南弄到镇北来栽赃陷害，以后咱可要防着他点儿……”

主仆二人还在继续说话，关于管家张恒这一通镇南镇北的述说，此处先交代一下这济水镇的概况。

说到济水镇的由来，是因古河流“四渎”（长江、黄河、淮河、济水）之一的济水而得名。

济水发源于河南的济源市，流经山东独流入渤海，其流域的济宁、济阳、济南都是因济水而得名。

济水镇有九街十六巷三十二胡同、十庙、八大祠堂之说。古官道呈南北走向穿街而过，北宋、明、清、民国初年曾是贯通胶东、鲁南、苏北地区，往返北京、天津的水旱必经码头，为过往的行人提供了得天独厚的交通条件。

济水镇的北边有条小清河，是老济水遗留下来的古河道，经过历朝数次开挖拓宽，成为一条黄金水道，更是把依岸傍水的古镇推向繁华与辉煌，济水镇便成为小清河流域漕运枢纽和盐运要冲重镇。济水镇大街两旁和小清河口，充满繁华的市井之气，家庭作坊、商业店铺、酒庄饭店，参差错落，依稀可辨，老字号流光溢彩，每个商铺的门前都飘动着一杆字号旗幌，尽现生意的繁荣。

热闹的酒店中，传出店小二不停的叫卖声，八仙桌上青花瓷壶里烫热的白酒散发着地道的芝麻香味儿，客人们押指划拳，开怀畅饮。茶馆里，或有男女知己数人，抚琴轻歌，品茶抒怀，道不尽风花雪月。

白天的码头上人声鼎沸，旱路上独轮木车的吱吱声，铁瓦车车把式的吆喝声，不绝于耳。乘船的、送客的，人来人往，摩肩接踵，依依的道别声、重逢的问候声，系着河畔人家浓浓的乡音和乡愁。

拉人力车的一边小跑，一边喊着"借光、借光，磕着了、磕着了"，穿梭在人流中。卖香烟的小贩儿那"三五牌、老炮台香烟"的叫卖声，回荡耳边。成群结队的搬运工光着膀子，肩挑背扛，粗声大嗓，挥汗如雨。岸边的船工喊着响亮的号子，此起彼伏，汇成一片。

夜晚的码头上，热闹的钱庄门前商贾云集，美女婉约，珠光宝气，自然婀娜，引得南腔北调的商客和才子们出出进进，得意非常。"春花院"招揽生意的艳韵女子在几盏胭脂小灯下，摇曳如春柳，迷得公子哥们探头仰视，诱得富贵少爷和败家子们挥金如土。岸边船船相衔，桅杆林立，密密麻麻，组成一片河中水上村落。在明月繁星照耀之下，船上灯火通明如昼，照亮着水面，照亮着船身桅杆。几只帆船从河面上划过，激起道道清波，在月下闪着片片粼光，河水细浪扑打着船头，泼墨出一幅朦胧的帆船渔火丹青。

小清河水清澈见底，面鱼（银鱼）追逐，鹅鸭嬉戏。清晨，以船为家的妇女用河水洗菜，准备早饭，炊烟从船尾升起，撩拨着东方的晨曦，相伴着初升的阳光，柔曼的炊烟飘移在淡淡水雾中，涂抹出一幅蓝天清河初醒的画卷……

这风水宝地，占尽天时地利的千年济水镇，也曾是"军事重镇"，乐丰巡检司之驻地；"水旱码头交通重镇"，乐丰批验所、乐丰厘金局之驻地；"盐运重镇"，乐丰厘盐局之驻地，人称"小济南"。

这古镇之大，人口众多，姓氏也广，从北到南居住着共二十二姓，分别是：

吴、邱、徐、王、万、

牛、缪、郭、薛、唐，

年、李、田、刘、门，

陆、扬、董、韩、张，

陈、成坐地老街坊。

　　讲完这济水镇概况，咱言归正传，这时只听房中的张世承说："好，这个以后我们注意就是了。"张恒说："大少爷，还有一个事，因今年增加的新客户不少，加上老客户的需求量加大，昨天又给京城的油坊送去两车，这又赶上快过年了，香油坊做油的芝麻不多了，咱家香油的价格是否往上调一下？"

　　张恒刚说完，张世承端起茶杯喝了一口茶，顺便看了他一眼。张恒继续说道："大少爷，这可是个好事，不能失去这次让咱赚大钱的机会啊。"

　　"张恒呵，在订单和货源供不应求的情况下，我们张家不能也决不可以因此生出什么小心思，贪得无厌而趁机发财。这个事我知道了。"

　　"好，大少爷，那我先去忙了。"张恒说完退出客厅。

　　张世承起身送张恒出房，回屋后他在客厅站了片刻，只见他走到睡房，和夫人曹氏说了几句什么。张世承刚想出门，只听曹夫人说道："看把你急的，先等一下。"说着去内屋拿出一件黑色的棉长袍和一顶毡帽，曹夫人先把毡帽递给张世承，又把棉袍披在他的身上说道："这大冷的天，出门得穿暖和才行，要是冻着，这一大家子的事，找谁去啊？"

　　张世承伸出胳膊把棉袍穿好，朝夫人开玩笑地说道："不是还有你吗？"

　　曹夫人回道："家里的事有我，咱买卖上的事，我可管不了。早去早回，免得让咱娘挂拉着你（因关心而忘不下）。"

　　"知道了，我去了啊。"张世承边说边走，出了大门向镇东而来。

　　张世承因芝麻货源一事，出门向镇东关而来，他想求助一个人，这个人是谁？此人就是"同承和"香油坊的老板，名叫郑和堂。不多会儿张世承来到"同承和"门前，敲门后，管家出来引张世承来到正房客厅门外。

　　"管家，谁来了？"听到门外的脚步声，郑和堂在屋中问道。

　　"老爷，是——"还没等管家说完，张世承抢先说道："郑大伯，是我，世承呢！"这郑和堂一听是张世承的声音，便快步走到门口，一边敞门一边说道："是大侄子啊，快进屋，快进屋，这么冷的天，看把你冻的，有事让下人告诉我一声就行，还亲自跑过来。"

　　张世承进得屋来，对郑和堂说道："郑大伯，好久没有见你了，这不趁着下了雪，不太忙，过来看看你，顺便聊聊天，让世承我啊，多长点见识啊。"

郑和堂听到张世承的话满脸的高兴，赶忙给张世承让座，并吩咐管家说道："快去，烧点好水送过来。"

两人落座后聊了一会儿。这时管家提水进来，郑和堂忙把"张一元"花茶放进茶壶中洗了一下，然后烫杯、再泡茶……又重新加上热水，每一个动作，每一道程序都十分讲究。

"郑大伯，我来倒水吧。"张世承站起来说道。

"大侄子，可别，今天咱不以年龄辈分论高下。你到我家，自然就是客人，哪有让客人干活儿的道理啊，你坐着就行。"郑和堂说完，把一个青花瓷盖碗放到张世承面前，自己右手提壶，一个"韩信点将"（倒茶动作）将茶水倒进茶碗，不多不少七分满。

张世承谢过后端起茶碗，只见碗中热气绕碗沿转了一圈儿，然后散成一团云雾飘然升起，顿感口鼻生香，他送到嘴边，呷茶入口，茶水在口中回味，真是一种淡然雅适的享受。

"郑大伯，好茶！这茶自喉咙而下，整个身子都感觉到一阵舒爽。闻一闻是一杯淡淡的清香，入肚后则是沁人心脾啊。"张世承夸赞道。

郑和堂端起茶碗呷了一口说道："大侄子，我今天下的这茶，是光叶兄从北京带回来的，此茶生于高山天地之间，采天地之灵气，吸日月之精华。"郑和堂边说边将茶碗送到嘴边品了一口，"正所谓茶中藏河，茶中有山。明代《茶疏》说，水为母茶。茶再好，也离不开水，好水沏好茶，好茶需好水，用井水和河水泡出的茶，茶味是不同的啊。"说完，郑和堂又端起茶碗品了一口。

"郑大伯，刚才你叫管家去烧好水，小侄冒昧地问一句，我们济水镇还有不好的水吗？"张世承说。

"你算是问对了，我一生喜欢喝茶，所以对水别有讲究，今天沏茶的水，就是咱镇北小清河里的水，当然了，这小清河里的水也不完全一样。小清河里有三水，一是无根之水，这无根之水就是小清河表层之水，说直白点，就是雨水，这雨水落入河中，自然也不会有什么功效，不可用。二是汇入之水，小清河自济南趵突泉源头一路蜿蜒东来，到了咱这济水镇，有多个支流汇入其中，支流所在的地理、地质不同，汇入之水多种杂质混在一起，不为纯正，也不可用。这第三才是今天你喝到的这水，它不但口感甘甜，喝了以后还可以延年益寿，祛病除灾。"

"郑大伯，你说的这三是……"张世承想继续问下去，可郑和堂把话题给岔开了。

"大侄子，这茶好喝吧？以后想喝好茶，就来找我啊！"郑和堂岔开话题后，又给张世承冲上一杯热茶，然后说道："大侄子，今天你来，不光是找我聊天那么简单吧？有啥事？说吧，只要我能办得到，你大伯俺决不会推辞。"说完，郑和堂把一杯刚刚沏好的茶端了起来，送到嘴边，可两只眼睛却在一眨也不眨地看着张世承。

说起这郑和堂，也是济水镇上足智多谋的生意人，但他深知行规，从不做霸盘的生意，而且时不时地在济水镇商户中树立一个相互帮助、商道中公平竞争的自我形象。

此人看上去五十多岁，嘴巴上下左右留的胡子长短不一，可收拾得有模有样，他那不大不小的眼睛里闪烁着一个老练、成熟商人的精光，给人的感觉就是城府极深而又圆滑。

"郑大伯，这次来，还真是找你帮个忙，这不，多种原因，今年备的芝麻货源少了，想和你先借部分芝麻用用，明年新芝麻下来时，你世承侄子如数归还，并且再按借十升还十二升的利息给你补偿，郑大伯你看……"张世承说。

郑和堂一听，一边寻思，一边慢慢把手中的茶碗放到桌上，然后说道："哎呀，世承啊，这不是快过年了吗？我手中的客户需求量也是比往年大增。不过你放心，只要大侄子说出来，我会尽力去做。"然后他走到门口，冲着院中大声喊道："田管家，你去让人打扫下库房门前的雪，我准备去看看芝麻的库存。"

"好嘞，老爷，我这就让人去做。"管家田同全在院中大声应道。

听到郑和堂如此吩咐管家，张世承起身说道："郑大伯，那我先回去了，你看好后告诉我一声啊。"

"一定，一定，我看一下库房存量，然后马上告诉你。"郑和堂说。

"郑大伯，好久没有在一块儿聚聚了，明天我做东，咱全香楼怎么样啊？"张世承说。

"那敢情好。可有一个事，不要太奢侈了，咱就一个菜，邱老板的老汤焖煮香鸡就行。"

"那好，说定了啊，明天见。"张世承说完，从"同承和"回到家中。

到了晚上，张世承躺下后翻来覆去不能入睡，脑海里满是郑和堂沏茶时对小清河河水的说道：小清河里三种水，无根之水，汇入之水，那郑和堂沏茶的第三种水叫什么水呢？在河的哪个位置呢？这么好的水，沏茶都如此地甘纯、清香，如果用这种水，代替现在的井水用到水代法取油上，会不会提高香油的品质和产量呢？张世承无心入睡，便来到书房，用毛笔在纸上画着什么，并自言自语道："这里？不对，还是这里？"

此时曹夫人端来一盆无烟炭火放到房中，然后走到桌前看了一会儿，说道："当家的，你这是在画啥呢？这一道一道的，既不是字，也不是画，咋啦，是不是郑大伯没同意？"

"不是，虽然他没有当面答应，我看十有九成能行。"张世承说完站起身来，用手中的毛笔在纸上画了一个圆圈，然后高兴地说道，"就是这里了！"

次日天明，张世承晨练回屋，早饭过后，叫来管家张恒吩咐道："你去一趟全香楼，告诉邱玉恭老板，让他留下个包间，中午我请客，四五个人吧。对了，他的特色菜老汤焖煮香鸡上一只，咱小清河里的黄瓜鱼炖一盆，其他的菜让邱老板自己看着上就行。再让他包上六只鸡，饭后给客人带上。"

"大少爷，那酒咱要啥的？"张恒问。

"中午我约上吴洪章兄弟一块儿去。酒吗？当然是喝他家酿的芝麻香了，你只去订下菜和包间就行了。"张世承说。

"好的，大少爷，那我先去了啊。"张恒说完把上个月各柜的账本放到桌子上，然后出大门，朝镇十字路口的全香楼而去。

张恒走后，张世承拿起账本，坐在桌前细心地看了一遍，静静地想了一会儿。这些年来，自己油坊芝麻的来源，大多产自小清河以北地区，可自黄河改道山东以来，小清河以北芝麻产地原大清河流域涝灾频频，严重影响了原料的收购，这样下去不行，必须改变现状而另谋其道。想到这里，他拿起笔在本子上写着什么……

"大少爷，酒楼的事都说好了，刚才回来看到你忙，没有告诉你，这冬天天短，你是否早去一会儿，路上你还得约人。"张恒说。

"好，我马上走，管家，你整理下桌子吧。"张世承说完出门去本镇"裕丰成"酒坊，约上掌柜吴洪章一块儿往全香楼而来。

"好家伙，走得还很快，两位大掌柜啊，这是干啥去？"一位挑着糕点担子的人在后边说道。

张世承、吴洪章两人赶忙回头一看，不是别人，正是本镇"德丰聚"糕点铺子老板邱方太。张世承赶忙回道："是方太兄弟啊，你去河口送货了？"

"可不是嘛！这雪下的，路可真难走啊。"邱方太说。

"方太，我们去全香楼，如果你有时间过来吧，一块儿聚聚。"张世承说。

"行啊，你们先去，我放下担子就来。"邱方太答应着。

张世承和吴洪章两人边走边聊，来到全香楼门前。

"世承兄、洪章兄啊，你们一来小店生辉啊，快，楼上请，楼上请，房间都收拾干净了，茶也沏好了，就等你们来了啊。"全香楼的老板邱玉恭在门口拱手相迎。

"玉恭兄，这两三天不吃你做的香鸡，就馋得慌。对了，饭后我让他们每人带走一只，可早给我准备着啊。"张世承说。

"玉恭兄，你看，我收藏多年的芝麻香老酒，等会儿上来喝两口吧。"吴洪章举起手中的酒坛说。

"洪章兄，你这一进门，我早早就闻到这酒香了，你就是不招呼，我呀，我也得自己上去尝尝。"

"那好，就等着你了啊。"吴洪章说。

张世承、吴洪章两人来到楼上坐了一会儿，"同承和"的老板郑和堂和"元顺兴"香油坊的老板刘祥顺进得门来，众人打过招呼后，按街坊辈分大小顺序落座。

这酒过三巡，"同承和"的老板郑和堂说道："今天兄弟们一聚，十分高兴，像喝酒这样的事，以后世承大侄子得常约才是，你们在座的哥几个说对不对啊？"还没等众人回答，郑和堂继续说道："开句玩笑啊，我先和世承大侄子说几句话，世承啊，昨天你说的事我答应，借六百斗芝麻给你，这不光我借，昨天傍晚我还给你联系了'元顺兴'的祥顺兄弟，我把你的事告诉他，他二话没说，就答应了。"

这时张世承起身谢过两人后，刘祥顺说道："世承，你就别客气了，之前你也没少帮我们，这次你有困难，我们相助也是应该的，至于你说到这归还时另加两斗，这个有点儿多了，我个人不同意，我借四百斗给你，还时十斗加一斗就好。至于你与和堂兄怎么定，那是你俩的事。"

这郑和堂一听，心中暗想，刘祥顺哪刘祥顺，本来叫上你是为了帮我的忙，想让你再加点，可你倒好，不但不加，反给减少了一斗，这事让你弄的。既然刘祥顺说到这儿，自己也不好再说什么，只有随着吧。"祥顺说得极是，我也是这么想的，大家都是一个镇上的人，谁有困难这出手帮忙是应该的。这多要一斗感觉不合适，可话又说回来了，亲兄弟明算账不是，我要是不要，那世承大侄子也不会同意。"这郑和堂说完，对着张世承看了一眼，继续说道，"对吧，大侄子？"

"和堂大伯这话说得极是，买卖自有规矩，触碰到利益的事，就得按规矩来办，如果你们不要，那就显得我太不懂事儿了。"

张世承说完，让全香楼的老板邱玉恭取来笔墨和纸写了借据，然后当事人各取一份。

"裕丰成"的老板吴洪章把众人面前的酒杯倒满，为庆贺顺利签约，共同举杯一饮而尽。吴老板还想再把酒杯倒满，这时"元顺兴"老板刘祥顺站起来说道："我看今天行了，不能再喝了，天下没有不散的筵席，有时间我们再聚。"他侧身对郑和堂说，"郑兄，你说呢？"

"对、对，祥顺说得对，咱们吃饭，后会有期嘛，后会有期！"

这时听到包间敲门的声音，"谁呀？进来吧。"张世承说。

敲门的不是别人，正是"德丰聚"糕点铺的老板邱方太，只见他右手提着一个小食盒，进门就说："各位大老板，吃饭了啊，刚出炉的红枣蛋糕，咱趁热吃啊。"

"方太，咋了？怎么才来呀？"张世承说。

"张哥，在街上碰上你俩时，俺还没吃早上饭呢，回到铺子你弟媳妇就给我下了一碗面条，打上两个鸡蛋。这不，喝了后又收拾了下烤炉，又发上面，又去给俺娘收拾了一下屋子，所以来晚了。我又不喝酒，早来也是干坐着，我想这会儿你们也该吃饭了，这不，给你们送热蛋糕来了。"

"好家伙，方太呵，能吃上'德丰聚'这热蛋糕，真是口福啊。"郑和堂说。

"方太，来来，快坐下，你不喝酒，还不吃菜吗？"刘祥顺刚说完，只听包间门外有人喊道："菜来了。"只见酒楼老板邱玉恭端着一盘老汤熏焖香鸡走了进来。他把香鸡放到桌上，对众人说道："今天特高兴，加个菜，你们尽兴喝。"

张世承从全香楼回到府上，顾不得休息，他把管家张恒叫到客厅说道："你去香油坊叫上银来、六月和铁头，拿上铁锤，挑着桶，带上一根井绳，一根长杆，跟我去小清河。叫其他人洗刷六个大水缸，备用。"

"大少爷，这么冷的天，去小清河干吗？"管家问。

"破冰逮鱼，到了你就知道了。"张世承笑着说。

人到齐后，他们来到小清河边，张世承带头走到结了厚冰的河面上，他从河的南边越过河中心线，又向北靠了下，然后收住脚步，目测了一下河中心到北岸的距离，对着张恒说："管家，你们在这个位置把冰破开，不用很大，能放下去桶就行。"

不一会儿，河面的冰被银来手中的铁锤砸了个大洞，露出湛蓝澄清的河水。张世承告诉张恒说："把桶沉到水面三尺以下提水，然后担回香油坊，装满六个大缸即可。"

不到两个时辰，香油坊的水缸装满了河水。张世承告诉张恒："管家，下一锅取油，停用井水，就用这水缸里的河水，看看它的出油量如何。"

"好的，大少爷，一切照你说的办，你先忙去吧，这里我在就行。"张恒说。

张世承从香油坊出来，又到账房去了一会儿，办完一切，便回到客厅休息。

油坊这边，用河水代替井水取油，结果让众人意想不到地欢喜。张恒赶忙从油桶里舀了半碗，端着匆忙向客厅走来，来到院中他大声冲屋里喊着："大少爷、大少爷，河水提的油……"张恒说着来到台阶之上，此时一只花猫闻到碗中香味，冲着他手中的油碗蹿了过来，张恒一闪，身子打了个趔趄，险些摔倒，吓得花猫喵喵叫着蹿上一边的窗台。

管家张恒端着香油碗来到客厅，把油碗放到桌子上说："大少爷，你说咱今天河里摸鱼，可不是吗？这摸鱼摸出神水来了，真带劲儿，可比逮着大鱼好多了，用这神水代油真神奇，一锅比井水代油多出六七斤油啊，大少爷你看。"张恒用手指了一下碗中的香油继续说道，"这神水代的油，不但出油量高，而且颜色还好看，橘红正清，透明度也老高哩。"

张世承端起油碗，看了一会儿，心中自然倍感欢喜，他对张恒说道："管家，这次我们真正找到小清河里这第三种水了，感谢这处清流奇水的出现。"说完，张世承又仔细看了一下，然后说道："从碗中香油的颜色看，此水不但带有济水古老的神气，而且也具有趵突泉水天然的灵气，是大自然赋予我们济水镇人舌尖上的奇水，奇水啊！"

张世承把碗放下，继续说道："还有，再加上我们老张家严谨的生产工艺。这次啊，真是咱老张家的福气，咱家的香油质量又上了一个大台阶，为我们下一步扩大市场奠定了基础。管家，你去操办一下，通知账房，赏家中所有雇工小米五升，师傅们十升，各铺掌柜每人十五升。"

"大少爷，在京津的掌柜呢？"张恒问。

"同样，你安排银来和铁头给他们送家去。"说完，张世承拿起在"全香楼"签的借据说道，"管家，这是郑、刘两位老板芝麻的借据，你收好。"

张恒从主人手中接过借据一看，赶忙问道："大少爷，咋借这么多芝麻？"

张世承说："自黄河改道山东以来，原大清河流域涝灾频发，我们原来的芝麻收购区域，不但供给数量严重不足，而且质量下降，因而影响了生意的做大做强。再说，小清河道也被这几年黄涝淤泥填得越来越浅，行船困难，从济南调运受到很大的影响。我们要早准备，从现在起照我说的去做，你现在拿笔记一下。"

管家张恒走到桌前，准备好笔墨纸砚后说："大少爷，我记着，你说吧。"

"这第一，芝麻的收购点向外延伸到青州、潍县、章丘等地，选择收购点的事嘛，你自己看着办；

"第二，在以上地区寻找合作种植大户，我们提供芝麻种子，记着一个事，种子是赠送的，不收钱；

"第三，秋天芝麻收成后，晒干扬净达标，我们高于市场价的三个点回收。银两兑现不欠账。"

"是的，大少爷，我终于明白你为什么借这么多芝麻了，敢情还是为留足种子啊。"

张世承继续说："亩数的扩大，离不开种子，把种子备足这是一个关键。

"第四，把后仓那三十亩地整平，盖六排库房，每排十间。这个事你尽快着手安排，早备料，年后开春就干。工匠嘛，就用寨村小李庄的吧；

"这第五，河口码头上的平台，需要提高，以防汛期洪灾。所需银两，我已经算好告诉账房了，你随时可取；

"第六，你尽快通知安徽、江苏的徐老板、朱老板、于老板、巩老板、季老板，明年的春茶下来后及时运到柜上，按签约时间，不可拖延。我们今年购买量比去年增加60%，把北京的茶庄扩大规模化经营，设分店。同时告诉安徽的客户，让他们每人准备两万个稻草包。"

"大少爷，草包的尺寸？"管家张恒问。

"这个尺寸嘛，装50斤土就可以了。"张世承说。

"好，大少爷，我尽快安排，还有什么嘱咐的吗？如果没有，你看一下。"张恒说完，把记录的事宜递给张世承。

张世承接过后略看了一下说："好，就按这个办。"之后继续说，"管家，你也好长时间没回家了，明天回去看看吧，休息两天再回来，从全香楼给你带回两只香鸡，顺便带回去。"

"大少爷，年前事情太多了，我晚上回去，明早回来就行。"管家张恒说。

"你自己安排吧，我就不多说了，回去代我问家人好。"张世承说。张恒又问了其他事情，便退出房间。

时间过得真快，一晃就到了来年的六月初。

张世承吃过早饭，喊来管家张恒问道："管家，后仓的库房昨天交工了吗？"

"回大少爷，交工了，工钱也给他们结了，房前场地也弄平了。码头货台的整修提升工程后天也完工了。南方拉来的稻草包，按你的吩咐，分成三份，分别存垛在咱家宅院的西北角，码头货台西边和乐丰县衙盐厘局附近。"管家张恒说。

"好，你准备下，一会儿咱们去各处转转看看。"张世承说。

主仆二人出门后奔后仓仓库而来，然后再到码头各处转了一圈，看后，张世承心中十分满意，在回家的路上，管家张恒说："大少爷，咱弄那么多稻草包放盐厘局边上干吗呀？"

张世承说道："这几年黄河决口不断，涝灾频频，黄水泛滥，小清河河道多数河段淤泥将平，忽断忽续，一旦遭遇暴雨黄河决口，小清河水漫过堤岸和黄河泛水连为巨侵，整个清河平原将是汪洋一片。你想我们济水镇能逃脱得了吗？"

"大少爷，这个事，咱济水镇这些年是连着好几回了，都没有躲过去。"

张世承接着说："去年乐丰县衙把盐厘局场地扩大，并把供给全县及青州府部分县的食盐供应物流园安在了这里，园内囤积了大量待发的食盐，这可是老百姓日日不可缺少的东西，一旦被洪水淹没，那损失将是无法估量的。"

"我可明白了，大少爷，咱花钱买这么多的草包，不光是为了咱家，敢情你是还想保护这官盐啊？大少爷，不是我说，你看衙门派来的这些人吧，你要是找他们办点事儿，门难进，说话还难听，脸一耷拉下来和驴脸一样，难看死了，办事不送点东西，没有成的时候，认为自己高人一等。哼，咱花钱凭什么帮他们的忙？自个买个鸡养着，还给咱下个蛋呢，白送他们连个老母鸡都不如，养他们有啥用？纯是赔本。"管家张恒唠叨着。

张世承说："管家，这不是个人间的私事，于国于民有利，那我们张家还是做赔本的买卖吗？"张恒开口刚想说什么，又把话咽了回去。

张世承问道："管家，二少爷近期有信来吗？"

"没有呢，对了，大少爷，二少爷今年学业也到期了，上次我去济南，听老师说二少爷学习很用功，成绩那是呱呱叫，啥事都是第一。"管家张恒说。

"到期了，二弟要是回来，咱家的药铺我就不用再去操心了。这几年涝灾频发，瘟疫不断，治疗瘟疫的药材都进齐了吗？"张世承问道。

"大少爷，都进齐了，河北安国和江苏、安徽的药材大户，和咱家都是几十年的交情了，不但药的质量好，而且价格也合理。"管家张恒说。

"一会儿到家，你去账房取六百两银票，还有前几天夫人给二少爷做的衣服，一块给他寄过去。"

"是，大少爷，回去就办。"张恒说。

两人边说边走，张恒把扩大芝麻收购、京津茶叶货源等事宜向张世承详细说了一遍。张世承听后说："新建的芝麻收购点先打一部分定金过去，初次合作，得让客户心中有数，让人家放心才行，这是经商之道，更是为人之道。"

"大少爷，根据每个收购点的收购量，定金我已经预算好并做了一个账单，回去你看一下，我马上办款。"管家张恒说。

"好，你放我桌子上吧，晚上我看一下。"张世承说。

张府客厅内，夫人曹氏已将香茶沏好，并在壶上盖了一块方正的棉线织布，以防茶凉。

张世承回到家中，洗了一把脸，走到桌前拿起管家的预算单，看了一下，然后微笑着拿起笔，在上边写了什么。

夫人曹氏走到桌前，给张世承沏了一杯茶，端到他面前说道："当家的，看你这见天忙的，这要进入夏天了，别忘了，济南上学的他二叔盖的被子、褥子也该寄回家拆洗拆洗了。"

"噢，今天我已经安排管家去做了，银票也同时给他寄过去。过了这个夏天，学业到期就该回来了，咱家药铺那一大摊子事，就让他去做，我也腾出手来，把咱家的油坊扩大，还有京城的买卖，都好好弄弄。"张世承说。

"他二叔回来，你也就轻快（轻松）点了，待会儿你把内衣换下来，我让刘妈去洗一下。唉，你看，这老天爷脸阴的（阴天），这衣服洗了也晒不干，看来又要下大雨了。"夫人曹氏说完去了内房。

张世承把内衣换好来到客厅，坐下拿起毛笔刚想写什么，忽听到门外东南风渐起，院中的香椿树、柿子树、苹果树的树叶被风刮得晃动起来，不一会儿，树叶哗啦啦地往下掉，此时风向一转，乌云从西北方向顺风压了过来，霎时便笼罩了济水镇的整个上空。

张世承往房外看了一眼，此时，门外一道耀眼的电光把天空和张府整个院子照得通亮，那闪电放出强烈的光芒，转眼间又恢复了黑暗，紧接着西北方向传来一声天崩地裂般的声响。张世承走到门口向外一看，又是一道闪电腾空而起，闪动着身躯穿梭在层层乌云之间。"咔嚓……轰隆隆"的霹雳雷鸣，让大地在胆怯地震动，不禁使人惊心动魄。呼啸的风吹过来，鬼哭狼嚎般地"呜呜呜呜"作响。这时粗大的雨点就"噼噼啪啪"地落了下来，雨越下越大，暴雨水珠与院中青砖地面沉重的撞击，发出阵阵刺耳的声响。

天亮了，但这滂沱大雨下了一夜之后也没有停的迹象，而是持续起来。大雨接连下了数日，沟里的水满了，湾里的水平了，小清河里的水也暴涨起来……

张世承站在客厅门口，双手倒背在后，深深地感觉到洪涝灾害已迫在眉睫了，忍不住感叹了一声。

风雨中，管家张恒和张世承向济水镇小清河口而来，张恒边走边说："大少爷，这连阴雨七八天了，咋不停咧？看来不是什么好兆头，说不好，又要闹大水灾了。"

张恒说完，用手指了一下路边沟里和庄稼地里的积水，继续说："大少爷，按你的吩咐，咱家院子的西北角已用草包填土固堤，我都检查了，就是再下十天雨，咱家院子也是万无一失。"

"好，管家，这几天辛苦你了。"张世承说。

两人来到河口码头，风雨中一人身披蓑衣迎上前来，大声说道："大少爷，今早起，小清河水涨得也太快了，可能是山洪下来了，咱家的物资都提前移到上边货台了，不过啊，像河水这么涨，周边还需要固堤，否则上边的货台也难保。"码头上的总管冯云和对张世承说。

不等张世承回话，管家急忙说道："赶快让人用草包填土筑堤，还等什么呀？"

冯云和看了张世承一眼，刚想说什么，张世承用手制止并说道："云和，前几天我吩咐的事，你都安排好了吗？"

"回大少爷，按你说的，都安排好了，人员吃住都在这里，等了两天了。"冯云和回道。

主仆三人正在说话，只听"咣当当、咣当当……"铜锣声由远而近。此时，只见瓢泼大雨之中奔来一匹快马，快马过后，蹄下的泥水四溅。

他们顺着铜锣的声音望去，只见官道上，乐丰县衙的"水报"传令衙差身披蓑衣，后背一个黄色布包，包上插着一杆红边黄面小旗来到河口码头。马背上，衙差举起手中的铜锣用力敲打，铜锣发出"咣咣咣……"的响声。

听到铜锣的响声，码头上的人群越聚越多。

衙差冲着码头上的人群大声喊道："码头上的父老乡亲们都注意了，这连日暴雨，黄河已在章丘、邹平、青城、杨家庄、利津多处出现险情，有大决口的危险，知县大人有令，令码头上的所有人等速速向高处转移，都快着点儿啊！"

衙差骑马绕人群转了两圈，连喊三遍，说完，打马向下游方向疾驰而去……

差役走后，张世承马上意识到这次黄河决口后会有什么样的结果，果断对冯云和说道："云和，你安排咱码头上所有人，把货台上的草包搬到县衙盐厘局货场填土固堤，一定保护好盐垛。"

"是，大少爷，放心吧。"冯云和答应着。

"还有，你让人准备两条'溜子'（小船），用长绳拴在河堤大柳树上，待用。"

"是，大少爷。"冯云和答应说。

听说要把码头上的草包搬走，管家张恒急忙说："大少爷，这样做，那咱家的货台不就全淹了吗？大少爷，这货台上的货，可是用银子换来的啊！"

"现在也顾不了那么多了，一旦黄水到来，盐厘局货场现有的草包防洪根本不够，只能这样做了。"张世承说。

"大少爷，那我先去了啊。"冯云和说完转身离去。

"管家，你现在马上回镇上，告诉银来、铁蛋他们，把新盖的库房收拾好，赶紧把粥棚搭起来。这连阴大雨，小清河以北村庄多是泥坯房，这黄河决口，洪水一来，房子被水一泡，非垮塌不可，这一家老小的又要南下逃荒了。咱这济水镇是他们必经之路，搭好粥棚，救济灾民。"

"是的，大少爷。"张恒说。

真快！决堤后的黄河水肆虐，如同凶猛的野兽一样泛滥而来。小清河河水涨过河床漫上堤来，两岸南北六十余里汪洋一片。下了多日的雨，也终于渐渐地停了下来……

次日清晨，张世承出门向河口码头走来，路上听到镇边有一妇人的哭喊声："老天爷啊，俺的房子被水泡倒了啊，这日子可怎么过啊，俺的房子啊……"

张世承顺着哭声一看，是街坊韩树信家的泥坯房被泡塌在洪水中，夫妻两人跪倒在地上泪流满面，哭得上气不接下气。

张世承想，这次洪涝，该有多少人家园被毁，痛苦至极啊，他们的房子虽然破旧，但几乎是一个家庭的全部，也是过日子挡风避雨最大的依靠，生活家把式（用具），全都砸在屋里了，怎不让他们痛哭流涕呢？他想到这里，转身朝二人走来。

"世承啊，你看，屋全倒了，啥也没了，以后这日子可怎么过啊？"韩树信的媳妇对走到面前的张世承说。

"婶子啊，树信叔，先别哭了，房子已经是倒了，咱再盖，家里用的家把式没有了，以后咱再挣钱买，粮食没了秋上还可以种。只要这人好好的咱就不怕，有句话叫'留得青山在，不怕没柴烧'。婶子啊，我场院那里还有五间房子，如果不嫌弃，你们先去住着，一会儿我让人给你们送吃的过去，等洪水退了，咱再盖新屋，你们看行吗？"张世承说。

"世承啊，婶子哪里还嫌，这有处住就很感激你了，唉，就是下去水，拿什么去盖呀？"树信媳妇说。

"婶子，我们都是镇上的街坊，有句话说得好，叫'众人拾柴火焰高'，都是乡里乡亲的，大伙相互帮忙，房子定会盖起来的。"张世承说完，看了一下被洪水泡倒的房屋，继续说道，"婶子，你们先去场院那里收拾一下，住下再说。我先到河口看看去。"张世承说完便往河口而来。

张世承刚走上河口大堤，就听到冯云和的喊声："大少爷，你快来看！"

码头总管冯云和用手一指小清河北岸，张世承顺势一望，北岸大堤上站了黑压压一片逃难的人群，正在挥手向这边发出渡河求助的信号。

张世承心想，这么多人急着过河，在无秩序的状态中拥挤，容易发生踩踏事件，不但帮不了他们，反而会发生意外。他沉思了一下，告诉身边的冯云和说："云和，你去召集十名码头上的人扮成乡勇，以震慑可能不听话的人，你这么做……"

"好的，大少爷。"冯云和说着转身而去。

"管家，你把河边溜子（小船）上的两人叫过来。"张世承说。

"好，大少爷。"管家张恒应声来到河边说道，"卫思温、谢中，大少爷让你俩过来一趟，快点儿！"

溜子船上的卫、谢两人，听到管家的吩咐声，从船上跳下，一溜小跑儿来到张世承面前说道："大少爷，大少爷。"

"思温、谢中，你们也看到了，现在对岸情况紧急，这么一片人急等过河，你两人怕是要受累了，为了安全起见，谢中先和我过河安抚好灾民，让他们组织起来有次序地登船。"

"是，大少爷。"谢中回道。

"管家，你快去通知钱庄马掌柜，让他赶紧到王家火烧铺、张家火烧铺、陆家蒸包铺、万家饼铺，告诉掌柜的们，把做好的食物送往河口，让思温送到北岸。"

"好的，大少爷。"管家回道。

一切安排妥当后，张世承让谢中划船向北岸驶来。

北岸的灾民，看到有船驶来，人群涌动，纷纷从小清河堤上涌到岸边，哭喊着要求上船。

张世承看到眼前一幕，早已做好了心理准备，他告诉谢中说："谢中，船离岸六尺时停下。"

"是，大少爷。"谢中说完，慢慢把船划到预想的位置，然后他用船篙别住溜子的船身，把铁锚抛入河中。

此时，张世承站立在船头，对岸边慌乱的人群大声说道："乡亲们，我是济水镇的乡民张世承……"

还没等张世承说完，就听岸上有几位长者大声呼道："你是'玉食村'油坊大掌柜的，我们认识你，以前你经常到我们那里收芝麻，帮助过我们，大掌柜的，快渡我们过河吧，两三天没有吃饭了，这大人还能撑得住，这孩子们都饿坏了啊！"

张世承听完，双手抱拳对岸上的几位长者施礼说道："岸上这几位长辈，世承这里有礼了，你们一定是乡里德高望重的族长和里长了？现在这样的情况下，世承恳请你们各自管好自己的乡民，并排成有序的队形，让幼儿、老弱病人、妇女排在前边，等会儿就有船送来干粮，发放给你们。"

张世承说完，回头朝南岸看了一下，冯云和已经按自己刚才的交代，一一做好。十名乡勇，光着上身，腰上扎着一条红色的长带，手持明亮的大刀一字排开，站在岸边。

张世承继续说道："听话的，我们发放干粮，并按顺序送你们过河去。不听话、起哄的、从中闹事的，就是渡你们过河，本镇乡勇也会押送官府从严查办。"

张世承话音刚落，岸上的长者、里长各自招呼自己的乡民，照张世承刚才说的话去做。

看到杂乱的人群现已排成有序的队形，张世承便弃船上了北岸，和众长者、里长一一招呼，并告诉他们，吃的马上就到。

不一会儿，卫思温划着另一条装满食品的溜子来到北岸，张世承让长者、里长按人头领取后，分发给各自乡里的灾民，并让谢中按顺序开船渡人。暂且不表。

单说就在这时，从河的下游隐隐约约出现了两只逆水而上的快船，向济水镇水面划过来。

快船由远而近，只见每船有六个水手分坐在船的两边用力划桨。头船的船头上还站着两人，其中一位中年男子，高个儿，身材魁梧，相貌堂堂，宽脸庞，眉毛浓黑整齐，眼睛秀气而明亮，精力旺盛，胸脯横阔，淳朴厚实，身穿布衫长袍，下衣在顺河风的吹拂下猎猎作响，如同战旗，显示出誓与眼前洪涝而战之概。

另一个中等个儿，三十左右，目光清秀，剑眉斜飞，下颌方正，衣裤穿着肥大，虎背熊腰，身躯凛凛，器宇轩昂，看上去十分俊朗，更有万夫难敌之勇。

"老爷，前边就是济水镇了，这济水镇是小清河下游的交通、物流、商贸重镇，属于乐丰县管辖，乐丰县衙的盐厘局、金厘局、批验所、乐丰巡检司都设在这里，乐丰县财税大部分来源于济水镇。"中等个儿向站在船头的人说道。

"到达济水镇码头停船靠岸，我们上岸走走看看。"高个子听后说道。

"前边向左划，靠到南边去，码头停船。"中等个儿大声向两船上划桨人招呼着。

不一会儿两只快船靠岸，前、后船上各下来三人，跟随刚才船上对话的两人来到岸上。

这高个儿看到刚从对岸渡河过来的一位老者，便走上前去微笑着问道："老伯，你们这是从哪儿来啊？"

老者打量了一下眼前这人，说道："这不是嘛，黄河决口，小清河也是河不成河，洪水泛滥，这南北六十里是汪洋一片啊。房子被水泡倒了，牛羊都淹死了，粮食也冲走了，这老天爷连续下了十天大雨，真是作孽呀！为了活命，只有向着南边来逃荒要饭，这不嘛，走到这小清河边，多亏张家大少爷相救，渡过河来，并且还给这么多灾民吃的，真是好人，好人啊！"老者说完，用手擦去眼中的两行泪水。

这时冯云和走过来说道："老人家，你上岸后，顺着这条拴着红布条的绳子，一直向前走，那里有粥铺，快去吧，你上岸慢走啊。"

看到眼前的情况，高个子向中等个儿示意了一下。中等个儿对留守在船上的六人说道："岸北灾民急需过河，你们去帮个忙吧。"

船上的人应声而动，把船向北岸划去……

前面说到这主仆共十四人，乘船从小清河下游逆水而上，来到济水镇码头，弃船上岸。这是些什么人？来这里想干什么？暂且不表。

先说这乐丰县令屠义炳，在抗洪的第一天淋雨后，高烧不退，卧床不起，经"广济堂"老中医把脉开药日服两次后，这天刚刚好转，一早便起身来到后堂，传来师爷问起济水镇河口这边的洪涝灾害情况。

师爷说道："老爷，这水灾后，你日理万机，一病就是十几天，可把我急坏了，上天有眼，总算让你贵体安康，真乃是我乐丰全县臣民之大幸啊。"师爷用手抹了一下眼角的泪珠继续说，"老爷啊，小清河两岸南北六十里是洪水一片啊，有的村庄房屋全部倒塌，灾民是不计其数啊。"

"小清河？济水镇？码头？济水镇盐厘局存放的食盐呢？都被洪水冲走了？"屠义炳腾地一下从太师椅上站了起来，可能是起得太猛，把腰闪了，赶忙把右手伸到后腰揉了起来。师爷见状忙走到屠义炳跟前，扶他坐下。

"老爷，庆幸的是盐厘局存放的食盐全部完好无损。"师爷说。

屠义炳瞪了师爷一眼，无精打采地说道："难道是那洪水走到盐垛都绕过去了？你就别宽我的心了。"说完，他抬头长叹了一声。

"老爷，不是水绕过去了，是让济水镇的乡绅张世承给咱保住了。"

这屠义炳一听说是张世承把盐厘局保住了，激动得又想从太师椅上站起来，可刚才闪了腰，脖子向前伸了两伸还是无奈地坐了下来。

"自义炳上任以来，乐丰是水灾不断，这次又是多亏世承等贤俊为国出力，为本县分忧，如果盐局被淹，盐垛付水东流，叫我怎么对得起朝廷厚望，又有何脸面再见乐丰臣民啊。"说完，屠义炳又擦了擦眼角的泪痕。

这时捕头李元度走进来对屠义炳说道："知县大人，听说你身体安康，元度特来拜见。"

"元度啊，你快去备马，我们同去济水镇走一趟。"屠义炳吩咐说。

"是的，老爷，我这就去办。"捕快李元度说完退出后堂。

"师爷，你去写一封嘉奖的文书带上，大体意思就是本县对张世承善举的表彰，具体内容你看着写。"屠义炳说。

"老爷，你这病刚好，刚才又闪了腰，这洪水刚退，去济水镇二十里有余，全是泥泞之路。我看啊，为了你身体安康，暂且还是不去为好。"师爷说。

"洪灾到来，我却在床上躺了多日，按理说已经是失职啊！"屠义炳说。

"老爷，你非要去的话，那还是坐轿子吧。"师爷说。

"大灾面前，坐什么轿子？还是骑马为好，我意已决，你就别再劝我了。"屠义炳说完，便在师爷的搀扶下来到县衙正堂前院。

这时捕头李元度带领县衙的六名衙役，备好马已在院内等候。看到屠义炳到来，众人上前把他扶到马背上，然后他们出县城北门朝济水镇而来。

乐丰知县屠义炳伏在马背上强忍腰部疼痛走到半路，便对李元度说道："元度，停、停、停下。"

李元度收住马缰绳说道："老爷，看你这腰痛的模样，咱们回吧？"

"告诉你多少次了，这公务在外，不要叫什么老爷，叫知县大人，记着了吗？"屠义炳说。

"是的，老爷。"李元度说。屠义炳瞪了李元度一眼，刚想说什么，李元度赶忙说道："知县大人，俺记着了。"

这乐丰县衙屠义炳一行人等，是否到达济水镇暂且不表。

先说这济水镇河口码头这边，盐厘局内，十丈高、三十丈宽的六个大盐垛子，在草包固堤圈围下，洪水到而绕之，完好无损。

盐厘局大院内，官差沈清及五六个差役正在房中吃喝玩乐，猜拳行令，狂喝豪饮，享用桌上摆的鸡鸭鱼肉，两坛"裕丰成"老酒，敞着坛盖，散发出令人垂涎的芝麻香味儿。他们几个围成一圈儿，喝得是昏天黑地，说话舌头打结，已分不清东西南北，在屋子里张牙舞爪。

盐官沈清大手一挥，吩咐手下赵熊说道："你去'春花院'河房叫秋燕、春桃过来，给咱们哥几个助助兴。"

"好的，沈制造，小的去去就来。"赵熊说完就出门，不一会儿领来"春花院"的两个妓女秋燕、春桃。

这"春花院"的头牌妓女秋燕相貌非常好看，皮肤白嫩，一双如深潭的眼睛盛满秋水，目若秋波，眉如墨画，面如桃瓣，长得倾国倾城，国色天香。

这盐官沈清，是春花院的常客，每次去都是这秋燕相陪，让沈清最为兴奋的是，这秋燕有一双十分精致的小脚，出奇小，也出奇香，更出奇美，走起路来纤纤细步轻移，那婀娜的姿态精妙无双，让沈清喜欢得如痴如狂。

"秋燕姑娘，这边坐。"看到秋燕进得屋来，沈清大声招呼道。

"沈制造，这两天了，也不去河房看看我，整天忙活啥呢？也不知道秋燕想你。"秋燕娇滴滴地说道。

"秋燕姑娘啊，咋不想啊？俺这两天公务在身，这不是一闲下来，就让赵熊去接你过来吗？"沈清边说边伸手把秋燕拉了过来，坐在大腿上。

沈清低头，惊奇地看着眼前这双小脚上的那双小鞋，这三寸金莲的小鞋是何等精美，真是尤物啊，精致的鞋面上绣着两只缠绵鸳鸯，生动、灵秀、含情脉脉，鞋头闪着光泽迷人的蓝色翡翠珍珠，熠熠生辉。沈清再也压不住心中的激动，放下酒杯，抱起秋燕向内房而去。

就在这时，房门被人用力推开，进来六七个大汉，沈清一看，吓得把秋燕扔到地上，慌忙说道："你们、你们，胆敢私闯管家盐场重地，不要小命了！"

沈清大声问来人道："你们是什么人？干啥呢？从何处而来？你们胆敢、胆敢冒闯官府盐仓重地？"要知来者何人，暂且不表。

先说在小清河码头停船靠岸的主仆两人，带领六个随从，在小清河码头转了一圈儿，然后他们便直奔镇中而来。

"大人，你看，前边有舍粥的棚子，围了好多的灾民。"中等个儿说。

"这一路走来饥民遍野，饿殍满路，灾民无家可归，流离失所。本道台恨不得把野草变成米粉，河水化为银锭，让这清河平原再无灾荒之年。"这自称道台的高个儿说。

中等个儿接着说道："道台大人，这次我们从烟台到老河口乘船沿小清河逆流而上，查看沿河百姓受灾之情，你已经夜以继日、废寝忘食五六天了，道台大人，要注意身体，不能太自责了。"

自称道台的人，用手指了一下前边的粥棚说道："济水镇商贾富人，在大灾之年救灾恤患、慷慨解囊、身先士卒救济百姓，帮助他们渡过难关而生存下去，不图名利，必将垂及后世，走，咱们过去看看。"自称道台的高个子说。

主仆一行人等进入济水镇，他们一连看了镇北路边张世承设的三个粥棚，高个子的道台点头称赞道："好粥、好粥，是救命的好粥，插筷入碗立之而不倒，用巾布裹而不漏汤汁，真是天下第一的好粥。"

中等个儿用手一指说道："道台大人，你听，那边喝粥的人在唱。"

这道台顺着中等个儿手指的方向看去，一段驴戏传了过来——

清河洪灾不用愁

济水镇上喝黏粥

每人两个香火烧

还有一块辣菜头（咸菜）……

中等个儿紧接着说："道台，这灾民编成段子，都在感谢这位张贤士呢，这粥棚确是给了灾民一丝暂时的安慰。"

"何止是安慰啊，他这样做，是在为朝廷干事、为国家分忧，稳定大局，其高德善心给了灾民生活的希望！我们先在镇子上转一圈儿，再去拜访下这位名副其实的乡贤世承。"自称道台的人回道。

他们主仆八人沿街一路南行，看到街边的粥棚连续不断："全香楼""同承和""裕丰成""德丰聚""元顺兴""天乐堂""富盛馆""福来聚""花园楼"等字号的商家都搭棚舍粥，救济饥荒之人……

这道台一行顺街来到镇子南头，老远看到一座门店前围了一大圈人，听到众人吵吵嚷嚷的声音。

"走，咱们去前边看看。"道台说。

主仆一行来到人群之中，这道台透过人群往前一看，原来是一家经营食盐的门店，他抬头望了一下店铺门上的字号，方知这家盐店名叫"三隆兴"。此时，从门店走出七八个护院的家丁，抬着两木桶盐，放到台阶前边，然后便站在台阶两边。

此时，从盐行中走出一位身穿黑色缎面衣裤，腰系一条玉带之人，此人光头刮得锃亮，肥头大耳，一对大眼珠子上的眉毛又粗又短又尖，眉梢下垂，双眉呈八字形，让人看上去仿佛是悬在眼睛上的两把牛耳尖刀。他走到前门的台阶上，向台阶下的众人用眼睛扫了一下，然后向上伸了一下左臂，只见左手的五指分别戴有长短不齐的长指甲……

站在道台身边的中等个儿说道："哼，瞧这个家伙，让人一看就知道是不劳而获，不为生计发愁，炫富骄横的主儿。"

光头站在台上，两眼一瞪，恶声恶气地冲着台阶下面的人群开口说道："你们这些人，在这里吵什么吵？我只想告诉你们，特殊时期，特别定价，这盐价上涨也不是我刘国坤一个人的事儿，如果埋怨，你们就埋怨老天爷吧，要不是他下大雨发生洪灾，让咱这官府盐厘局受了灾，也不会出现今天节骨眼上的这个盐价。"

他在台阶上来回走了两步，指了一下台阶上木桶里白花花的盐说道："看到了吧？盐就在这里，吃得起的就买，吃不起拉倒，买不起的赶快给我滚蛋。"这刘国坤说完转身进了盐行。

一位老者冲着此人的背后喊道："这洪涝灾害不假，可盐厘局里的盐并没有受损，这事镇上人谁不知道？"

"对啊，这盐垛让张家大少爷给保住了，全镇子上的人都知道。你们为什么抬价这么高？"一位农妇说道。

"平时一斤猪肉才四十文，可你们家一斤盐就卖五十文，已经够贵的了！现在这灾害一来，你们又涨到一百文，良心何在？太欺人，太缺德！"一位青年说。

"这种人哪还有良心？要不是凭着他当盐官织造总办的小舅子沈清罩着，他有这么牛吗？欺行霸市的种！"另一位青年说。

"唉，谁叫人家有钱有势？谁又能治得了他？买断了食盐在咱半个乐丰县的包销权，真是一手遮天啊！这大灾之前，他们趁机发财，这世道，没法子说啊！"一位看上去像教书的先生说。

就在众人议论纷纷之时，只见一个七八岁的光腚孩子，冲出人群，跑到台阶上，用小手抓起两把食盐想跑，还没来得及跑下台阶，就被台上的家丁发现抓住摁倒在地，其中一个家丁头举起拳头就打，孩子被打得口鼻流血，嗷嗷地喊叫道："我奶奶病了，已经两个多月没吃到咸菜了，奶奶说要吃咸菜，我给她拿盐做咸菜，你们打我干吗？打我干吗？"孩子的小手紧紧地抓住手中的盐粒。

"叫你嘴硬，小兔崽子，叫你嘴——"家丁头举起的拳头正想又一次落下时，只听台阶下边有人大呼一声："住手！"声到人到，一个身影纵身飞到台阶上，变化身步，一个飞脚将家丁头踢开，家丁头像屎壳郎一样滚到六尺开外，救下孩子。

先说这乐丰县令屠义炳，因尿急无奈，强忍腰疼下马方便，完事后命令县衙捕头李元度扶自己上马，继续向济水镇而来。

"知县大人，前边就是济水镇了，到了后，我们先去哪里啊？"捕头李元度问。

"先去盐厘局看一下，盐垛是不是像传说的那样真正还在，然后再去张家大院，见一下张世承。怎么走了老半天了还没到？"知县屠义炳趴在马背上，头也没抬地说道。

"好的，知县大人。"捕头李元度扯了一下马的缰绳，用手拍了一下马屁股，随口喊了一句，"驾，跑、跑跑。"马蹄子快了起来，这县衙一行人等继续奔济水镇而来，暂且不表。

再说这"三隆兴"盐行门前台阶之上，飞身上台用脚踢飞这盐行家丁头救下孩子的不是别人，正是跟随道台进镇暗访的中等个儿，此人是道台手下的六品贴身护卫，姓夏名历。

站在一边的五六个家丁，看到这眼前的一幕，吓得目瞪口呆。这时被夏历用脚踢飞的家丁头爬了起来，冲众家丁说道："奶奶的，你们这些兔崽子都傻愣着干啥？还不快给我上，揍他、揍他！"

众家丁看到只有夏历一人后，便相互使了一个眼色，一个个摩拳擦掌，把夏历围在中央，咋呼道："上啊、上啊！"口中是唾沫星子乱飞。这些不知死活的家伙，从两面向夏历围了过来。

此时，夏历将孩子抱起，一个箭步来到台沿，将手中的孩子向道台身边的人一抛，口中大喊道："接住了。"只见道台身边的两个随从就地跃身而起，四双大手将孩子稳稳当当地托在手中。

"把孩子给我。"道台接过孩子后，从衣服中掏出一块手帕，给孩子擦去脸上的血迹。

孩子瞪着两眼看着道台，眼中流露出期盼和渴求之意，有气无力地说道："大老爷，你们要奴仆不？我愿意把自己卖了，但一文钱也不要，只要换回一包盐给奶奶腌咸菜就行。大老爷，我爹娘死得早，只有我和奶奶了，别看我年龄小，可我什么也会做。"

道台用手抚摸了一下孩子那瘦似筷子的小胳膊，上面干巴巴的没有半点肉，随即一个眉头紧锁，内心特别激动，他自己深知，一种愤怒在自己的内心深处萌发，该死的黑心盐官勾结盐商作孽，必须铲除！

他转身告诉身边的另一个随从："马亮，去船上取五十两银子，买些食物，送孩子回家。"

"是，道台大人。"马亮抱起孩子应声而去。

再看这台阶之上，夏历口中大喊"招、招、招、招……"声声震耳欲聋。喊声伴着"啪啪啪"的响声，夏历的手掌像雨点一样落在众家丁的脸上。他们瞬间被打倒在地，口中吐着鲜血，家丁们个个捂着脸，感到火辣辣的疼痛，"哎哟、哎哟"地叫个不停。

台下众人瞪大了眼睛看着台上发生的一切，有的不敢置信，赶忙擦擦自己的眼睛，有人看的是连大气也不敢喘，心中暗想，这人的武功太强了吧……

片刻，台下响起"啪啪"的一片掌声和喊声："打得好，打得好！真带劲啊……"

此时夏历纵身跳下台阶，来到道台身边，道台冲他微微一笑。

这时人群中有人冲道台说道："这几位好汉爷，今天真是为老百姓出了气了。唉，你们快走吧，他们一会儿去河口盐厘局搬来官兵，你们就走不了了。"

"快走吧，他小舅子是盐厘局制造大使，衙门里的官，在这济水镇霸道得很，没人敢惹，快走吧。"众乡亲们好言相劝。

道台拱手说道："谢谢大伙的关心，我们正要去盐厘局找这霸道的家伙呢。"

然后对夏历说道："走，去盐厘局，瞧瞧这沈大使是怎样的三头六臂。"

众随从跟在道台身后，威风凛凛地向小清河的盐厘局走去。

刚才被夏历用脚踢飞的那个家丁头，吓得连滚带爬跑进盐行院内，尿了一裤子，湿透了裤裆，尿"滴答滴答"地落在脚下的地上。他边跑边哭丧着个脸喊："老爷，不好了，有人打上门来了！"

众家丁紧跟着逃向盐行院内……

夏历冲着他们的背影说道："呸！狗仗人势的东西！"然后啐了一口唾沫。

这"三隆兴"盐行的主人刘国坤听到喊叫声，正想出门看个究竟，突然被管家黄铎拉了回来。

"老爷，此时千万别出去，刚才我在店内看到了，来的这伙人有七八个，个个身手不凡，你此时出去肯定是要吃亏，有句话说得好呀，留得青山在，不怕没柴烧，等会儿派人到盐厘局刘舅爷那里打听打听他们的来头，让他摸摸情况再说。"

这刘国坤两个眼珠子一转，收住脚步，不甘心地撂下一句狠话："今天真是便宜他们了，哼，来这里找碴儿，我让你们走不出这济水镇。"

这道台在盐行门前，看到刘国坤在灾年不但不救济难民，反而抬高盐价，欺行霸市，纵使家丁行凶打人，连孩子也不放过。又听到乡亲们说，他是倚仗在乐丰县盐厘局沈清的关系，独霸了这小清河畔的盐行市场，很是愤怒，想亲自会会这个幕后主使，便招呼夏历人等，向小清河口的盐厘局而来，看看沈清是何等人也！

道台一行人进得盐厘局大门，就听到北房传来猜拳行令的嘈杂声，当来到门前，一股芝麻味酒香扑鼻而来……

夏历带领其他五人快步上前，猛地推开盐厘局沈清等人的房门，这才出现前回书中所表场面，吓得沈清把妓女秋燕扔在地上，张嘴冲夏历结巴着说道："你们、你们，胆敢私闯官家盐场重地，不要小命了！"

看到夏历站那儿是纹丝没动，沈清继续吼道："本大使要将你们押送县衙，关入大牢，治治、治罪……"

还没等沈清说完，这道台大步进到房中，他用扫了一下眼前的一幕，心中大怒，冲沈清说道："大灾之年，饥民遍野，灾民流离失所，尔等不但不救灾民，不保民生，不去积极投入救灾，却反倒无节制地在这里大张旗鼓地吃喝玩乐，天理何在？王法何在？"

这沈清一听，便好笑着说："王法？什么是王法啊？"然后他冲着盐厘局的其他人问道："什么是王法？你们知道吗？知道吗？"

"不知道，不知道……"众盐官奸笑着回答。

沈清眨了下眼，借着酒醉，手指着道台高声道："我告诉你们，在这济水镇，我就是王法！"

"对、对、对对对，沈大使就是王法，在这块地盘上，沈大使说了算。"众盐官闹哄哄地说道。

沈清刚想开口再说什么，这时一边的夏历再也按捺不住心中的怒火，指着沈清等人冷冷说道："你们这些认贼不认人的狗东西，大灾当前，还在这里花天酒地、玩女人，蛀蚀老百姓的血汗钱，坑害小清河畔的黎民百姓，像你们这样如此腐败的狗官，必须严惩！"

这时，盐官赵熊红着脸挺着胸恼怒地站了起来，他走到夏历面前咬牙切齿地说道："你们是从哪来的外户子（外乡人）？看不出我们沈大使在这济水镇就是三只眼的马王爷吗？在沈爷面前还敢顶嘴，识相的赶紧滚蛋，也许还能走出这济水镇，走慢了，抽你筋，剥你皮，大卸八块，扔到小清河里喂鱼。"

"你们这些蛀虫、混蛋！"只见夏历飞起一脚，将赵熊踢出门外。

赵熊一头栽倒在地，大鼻子被地上的一块砖头磕出一道长长的血口子，流得满脸是血，疼得他双手捂着脸，放声号叫。

这些盐官，平时嚣张跋扈、作威作福，欺负别人习惯了，养成了目中无人的性格。其他几个人，看到赵熊吃了大亏，更是不甘心，想要找回面子，凶相毕露，便从墙边抄起腰刀，要在这外户子面前发一下"虎威"，张牙舞爪一齐向夏历扑了过来。

沈清站在一边，面目狰狞地号叫着："快点，给我上，打他们，往死里打，往死里打……"

道台的五名随从见状，迎上前去各自施展脚功，似秋风扫落叶一样，分别将沈清和这几个盐官踢出门外，个个东倒西歪地躺在地上哭爹喊娘。

道台的随从飞身出屋，将脚踏在沈清和盐官们的胸前和背后，盐官躺在地上是动弹不得，口中直喊饶命……

夏历指着他们说道："不知好歹的狗东西。"

就在这时，乐丰知县屠义炳带领县衙众人也来到了盐厘局大院，捕头李元度一看盐厘局沈清等盐官被打得头破血流，躺在地上哭爹喊娘地求饶，便停住脚步，冲着道台等人开口大声喝道："什么人？胆敢在官家仓库重地闹事！"

骑在马上的县令屠义炳，听到李元度的大喊声，吃惊地扬起头看了一下眼前的情景，心想，这还了得，光天化日之下，竟打到这官府仓库来了，在这灾害非常时期，来抢盐不是？他朝李元度挥了挥手，大声说道："给本县将所有人拿下，带回县衙严办。"

"是，老爷。"李元度应声摘下腰刀，带领随同的五六个衙役向道台等人冲了过来。

夏历见状，一个箭步迎了上去，挡在李元度面前，迅速从衣袋中掏出一块令牌举起说道："把这个交给你们知县，就知道我们是什么人了。"

李元度接过令牌，向众衙役使了个眼色，五六个衙役心领神会地随即退了回去。

李元度来到马前，把手中的令牌交给屠义炳。屠义炳接过这令牌一看，便冲李元度说道："快、快快！扶我下马，赶快迎接，赶快迎接。"

屠义炳下得马来，此时也顾不得腰间的疼痛，带领李元度等衙役来到道台面前。

屠义炳抬起笑脸举起双手，把手中的令牌恭恭敬敬地还给夏历，并转身对道台拱手作揖道："不知道台大人光、光临本县，义炳有失远迎，有失远迎！还望道台大人恕罪、恕罪啊！"然后看了一眼躺在地上的沈清等人，转身对李元度说道，"还不快把这些狗东西给我绑了，在这里丢人现眼。"

"是，知县大人。"李元度大声回道。随即令众衙役将沈清等人捆了起来。

然后走到屋来，对妓女秋燕、春桃说道："从哪里来回哪里去，还不快走。"

秋燕、春桃被刚才的一幕吓得躺在地上不敢动弹，听到有人喊自己，便爬起来拼命跑出盐厘局大门……

沈清等盐官一见被锁拿，便冲屠义炳大喊："知县大人，我们冤枉呵，冤枉啊……冤枉！"

这时，道台开口说道："屠大人啊，你带的手下这几个好兵冤不冤枉，到镇子上一问灾民就知道了，回去自己好好处理吧。"

"是、是、是，我一定严肃处理，严肃处理。道台大人，咱们屋里说话。"屠义炳说。

进得屋来，两人落座，屠义炳开口问道："道台大人，这登莱青兵备事务繁忙，怎么有时间到我这乐丰县来了？不是下官不敬，来也不提前打个招呼。"

"小清河连年水灾，河畔人家流离失所，百姓苦不堪言，杏生承蒙朝廷厚爱，今为彻底治理小清河水患一事来到乐丰，不提前打招呼，不通报、不扰民，以免辜负皇上的信任。"

县令屠义炳和道台两人在屋里说着话，话题自然是围绕水灾的治理和眼下灾民的救助，济水镇所见到的赈灾情况等。

说话间道台提到一个人，那就是济水镇的贤达张世承。

"屠大人，只有治理好小清河，才可以保证两岸百姓不再被洪涝危害，流离失所，才可以保证粮食的丰收，民有所食，心中不慌，才可以国泰民安。今天我在济水镇转了转、看了看，大多数商户在这次抗洪救灾中出粮救济灾民，令人敬佩，特别是济水镇的贤士张世承，不但供应食品，还慷慨解囊出钱建造民房，安置灾民，小清河上不顾自身安危，身先士卒救灾民渡河啊……"道台说。

"是的、是的，道台大人，这次洪涝中，张贤士宁可失去码头上自家的货物，却保住了乐丰县和青州府几个县的食盐，我这次来，一是为了查看灾情，二是为了对张贤士进行嘉奖，以表彰他在这次抗洪救灾中的成绩，一会儿啊，我还要把写好的嘉奖令给他送到府上去！"县令屠义炳说。

道台听后站起来说道："这么说我们两人想到一起了，我正想去拜见一下这位乡贤世承，屠大人，那咱们事不宜迟，这就走吧。”

“好的，道台大人。”屠义炳说。

然后他转身对师爷交代了一下，让他处理好盐厘局的事情，并对捕头李元度说道：“你马上去处理下盐行的事，快去，快去，放开手做，先让百姓吃上盐再说。”

“是，知县大人。”李元度应声带领众衙役奔镇中刘国坤的盐行而来。

道台对夏历说道：“你留下，在这里帮忙收拾一下，然后去码头找我们。”

“是，道台大人。”夏历回道。

县令屠义炳随后带领道台一行人等，出得盐厘局奔小清河口码头。暂且不表。

先说这济水镇河口码头上的张世承，自洪灾以来，连续数天，奔走于烈日暴雨、星月风露之下积极赈灾，因过度劳累，晕倒在岸边的船上……

“管家，快过来，大掌柜晕倒了！”谢中站在船头，向岸上大声喊道。

听到喊叫声，管家张恒、码头总管冯云和等人，向河边跑了过来。

冯云和快步来到河边，纵身跳到船上，船工张宗得、李树也紧随其后，四人把张世承从船上抬了下来。

“宗得、李树，你俩快去工房弄块门板再拿几根麻绳过来，做个担架，送大掌柜回家，快去，快点啊。”冯云和大声吩咐着。

不一会儿，两人弄了一块门板回来，冯云和在门板两头四个角拴好麻绳，做了一个简单的担架，然后众人把张世承放在上边，抬起向河堤走来。

管家张恒扶在门板边上，一边走，口中一边不停地呼叫着：“大少爷，大少爷，你醒醒、你醒醒啊！眼下这么一大家子事，你这是咋了啊？”

这时大堤上有人向河边喊了两声：“二少爷回来了，二少爷回来了！”

还真是，一书生模样的青年出现在河堤上，此人看上去二十多岁，光洁白皙的脸庞，透着棱角分明的冷峻，浓眉大眼，高挺的鼻梁，五官清秀中带着一抹俊俏。

管家张恒、冯云和、张宗得、李树等人向堤上一看，果然是在济南学医的二少爷张世信回来了。

“二少爷，你快过来啊，大少爷昏过去了！”管家张恒像抓住救命稻草一样，大声喊着。

世信听到喊声，把肩上的背包往地上一扔，快步从河堤上跑了下来。

“二少爷，你来得正好，大少爷他，他……”张恒边哭边说。

世信来到众人面前，抬手示意停下担架，他看了一下张世承的脸色，用手掰开左眼瞧了瞧，对众人说道："云和叔！先把我哥放下吧。"

众人听后，轻轻地把门板放到河滩上，这时世信蹲下身，用手托起张世承的左手腕，把三根手指放在他的脉搏处开始给他把脉（诊脉）。一会儿工夫，世信站起说道："脉搏节律均匀，无大碍，管家、云和叔你们放心吧，大哥一定是没休息好，吃饭不及时，过于劳累，加上天热，身体脱水，晕过去了。休息会儿，在这里吹吹风就好了。"

过了一会儿，张世承醒了过来，抬起头，双手撑在门板上，管家张恒见状，赶忙扶他坐起了来。

"张贤士、张贤士。"乐丰县令屠义炳边喊边向张世承走了过来。

屠义炳等人来到张世承跟前，正想和众人打招呼，就听有人在码头的大柳树上高喊："不好了，镇子里出大事了，好多人都病倒了，有人快不行了，快去看看啊……"

听到喊声，所有人的目光都投向了柳树上喊话的人。

县令屠义炳带领道台众人来到码头，得知张世承因过度劳累晕倒在船上，急忙奔河边而来。刚来到河滩，就听到有人在码头上高喊："镇子里出大事了，很多人都病倒了呵，有人快不行了啊……"到底发生了什么事？暂且不表。

先说这乐丰县令屠义炳及道台等人来到河边，此时张世承已在管家张恒的搀扶下坐了起来。

"哥，你醒了？"世信问。

"大少爷，你可醒过来了，急死个人了，谢天谢地。"管家张恒说。

"大掌柜、大掌柜，你醒了？"冯云和众人齐声问道。

"可能是这几天缺觉了，不知不觉地睡着了，让你们担心了。"张世承说。

说完，他朝二弟世信看了一眼，"世信，你咋回来了？又不是放假的日子。"

"哥，咱们回家再说，来，我拉你起来。"二弟世信说完伸过手去，张世承握着二弟的手，口中说道："起来了……"顺势站了起来。

"张贤士，听说你病倒了，可把本县着急死了，这不两步并作一步地赶了过来。"知县屠义炳说。

"知县大人，看这事儿整的，咋还把您给惊动了呢？没事，没事，世承我啊，还壮着呢，这小清河的水灾还没有治理好，就是我想生病，那老天爷他能愿意吗？您说是吧，知县大人？"张世承冲屠义炳半开玩笑地说道。

"那是，那是，你是福人自有天相，咱济水镇这么一大摊子事，绝不可以没有世承你啊。这不，你撇下码头上自己的财产，而保住了咱乐丰县及青州府几十万人的食盐，真是功德无量，功德无量啊！"县令屠义炳激动地说道。

"知县大人，您过奖了，这是世承应该做的，应该做的。"张世承回道。

"知县大人，这里天热，走，咱们家里说话。"张世承说。

县令屠义炳侧身看了一下站在一边的道台，赶忙给张世承介绍道："张贤士，这位是主管登州府、莱州府、青州府三府的兵备道台盛宣怀，盛大人！"（盛宣怀字杏生，号次沂）

张世承听闻之后，赶忙上前躬身，拱手施礼，道："道台大人在这洪涝大灾面前，扮作寒儒，暗出衙门，晓行夜宿，饥餐渴饮，访察民情，来到俺济水镇，世承本该前去迎接，可这几天忙于渡灾民过河，失礼了，失礼了。"

盛宣怀听后大笑，"哈哈哈哈，杏生当差，报效国家、报效朝廷，无愧臣职而已啊！小清河这几年洪涝灾害频发，民生遭此颠连，可你世承贤士每每都是慷慨解囊，身先士卒冲在这救灾头前，本道台不光是听闻，也是目睹啊，你才是本道台敬重的人啊！"

"道台大人，您这一路舟车劳顿，走，咱们回家说话可好？"张世承说。

屠义炳看了盛宣怀一眼，说道："道台大人，那咱恭敬不如听命，去世承府上一叙可好？"

盛宣怀看了一下众人，用手一指河堤上的工棚说道："我看就那里吧，咱就近说话，更不耽误大家的时间。"

"好，就听道台大人的，咱们工棚聊、工棚聊。"张世承说完，转身对冯云和说道，"云和，你去提壶水送到工棚来。"

"是，大掌柜。"冯云和应声而去。

世信说："哥，你们在这先聊着，我去镇上看看，可能是……"世信看了一下众人，继续说道，"哥，我去确定一下，病人是怎么回事。"

"好，世信，注意安全呵，转转早回家，免得让你嫂子担心。"张世承说。

"知道了，哥，你要多喝点水啊。"世信说完便一溜小跑向镇中而去。

盛宣怀、屠义炳一干人等来到河堤的工棚。他们谈的什么？暂且不表。

再说这县衙捕头李元度，快步进了济水镇，向刘国坤的"三隆兴"盐行而来。

捕头李元度领着衙役来到"三隆兴"大门前。济水镇上很多老百姓听说这知县大人派官差前来督导食盐发放，纷纷跟随而来，有的百姓生怕自己来晚了落在别人的后边。

不多时，这盐行门前聚集了近千人。

此时，"三隆兴"盐行的大门紧闭，盐行的招牌也被摘了下来。捕头李元度走上台阶，双手敲打门环，并高声大喊："开门、开门，请刘掌柜出来说话。"

这时管家黄铎从门缝里探出半个脑袋，说道："找我们东家何事？你们这些人……"话没说完，看到台阶下站着一大片灾民，顿时吓得把头缩了回去。

"官爷，这刘国坤他不是东西，灾年不但哄抬盐价，还仗势欺人。"台下人群中有人大声喊着。

"就是，给他把门砸了，别和这样的混蛋啰唆，进去把盐抢了就是。"看到有官兵在此撑腰，灾民的胆子也大了。

"给他砸了，给他砸了。"门外是喊声一片。

这"三隆兴"的管家黄铎，听到众人说要砸门，吓得赶紧回屋去报告这盐行主人刘国坤。

"三隆兴"管家黄铎一溜小跑来到正房客厅，口中喊着："老爷、老爷，今天灾民来了好多人，要砸门冲进咱家抢盐了啊！"

刘国坤正在屋中喝茶，忽然听到管家说有人要砸门抢盐，腾地一下从太师椅上站了起来，说道："这些穷鬼，胆子越来越大，走，看看去。"

刘国坤前边走，管家及五六个家丁紧随其后，他们来到大门口。这刘国坤扒着门缝向外一看，门外是吵吵闹闹黑压压的人群一片，心想，肯定是老百姓缺盐缺疯了，聚众闹事来了，要是现在出去，那是自找苦吃，再说家丁刚被人揍了，靠山沈清现又被县令抓了起来……

想到这里，刘国坤也是无奈得很，家中仓库中存积了大量的食盐，但那是自己想在这灾年赚一把的唯一本钱，要是真让灾民抢了，还靠什么发财？可今天要是不开门，不卖盐，把门外这些灾民惹急了，他们要是把门砸烂冲进来，这几个家丁根本抵挡不住，这该如何是好呀？

刘国坤不敢出去，又被门外的怒喊声逼得没有办法，便对管家黄铎说道："管家，你看这事弄的，咱咋办是好？"

这时，门外的捕头李元度又大喊道："刘大掌柜，如果老百姓砸门闯进去，你这盐仓还守得住吗？"

管家黄铎细心一听，声音咋这么熟悉？他猛地一拍大腿对刘国坤说道：

"老爷，是县衙的李捕头来了，听声音一定是他。刚才心急，没有认出他来。不如咱先开开门，让李捕头进来说话。"

刘国坤听管家这么一说，自己感觉听刚才说话的声音也耳熟，真要是有县衙的人在，心里也会踏实很多，不像刚才那么害怕了，起码这灾民不敢硬闯，总算是一块石头落了地，马上对黄铎说："好，管家，开门，快开门让李捕头进来。"

听到刘国坤让开门，五六个家丁跑上去就想把大门全打开，还没等家丁们动手，刘国坤大眼珠子一转又说道："别全打开，全打开这灾民涌进来，了得吗？"

听到刘国坤的话，吓得几个家丁又退了回来。

刘国坤又对管家黄铎说道："管家，待会儿打开门，你先出去应付一下，看看外边的情况咋样，如果李捕头问起，就说我病了，我等会儿再出去。"

管家黄铎上前将门轻轻推开，打开一点缝，闪出只能一人进出的口子走了出来，故作笑脸相迎，和捕头李元度打着招呼。他们说的什么？暂且不表。

刘国坤瞪着大眼看着黄铎出去以后，便低声和家丁们说："你们几个先给我看好了，如果放进人来，赶你们滚蛋，我这里不养白吃干饭的，听清楚了吗？"

众家丁赶忙点头哈腰地回道："老爷放心，听清楚了，老爷放心好了。"

刘国坤用眼扫了一下众家丁，便急急忙忙向客厅走来，边走边喊："老婆子（自己的媳妇），老婆子快过来一下，你快过来一下啊。"

刘国坤的老婆沈氏，正坐在炕沿上抽烟，听到自己男人发疯般的号叫，赶快从床上溜了下来，穿上小鞋来到客厅。

"啥事啊，当家的？你这是让狗咬着了吗？咋还叫开了呢？还大男人呢，一点屁事就稳不住神。"这沈氏也是大户人家的闺女，从小见过世面，看到眼前刘国坤的这个熊样，气就不打一处来，瞪着眼睛瞅着他说。

"老婆子，你先别吵，过来，快过来。"刘国坤一边说，一边坐在太师椅上，他昂起头，用手指着自己的天灵盖说道，"老婆子，快用手在这儿给我捏一捏，撮上一溜红血印。"

沈氏一听，就知道这刘国坤是要装病给外人看，她放下手中的烟袋，往手上吐了两口唾沫，然后双手合一揉搓了一下，便走到刘国坤的面前，冲他的天灵盖按了下去。

"哎哟娘哎，你轻点行吗？疼死我了，你这臭老婆子，手劲还不小。"刘国坤晃了一下头，张了一下嘴，说完打了两个带喷（喷嚏）。

"手重这血印子点才大，更像生病的样儿，还嫌疼，嫌疼你就别要那盐了。"沈氏一边说一边两只小脚的脚后跟抬起，将全身的力气用到这手指上，又按了下去，这次，口中还使着嘴劲儿，"嗯……嗯……"

不一会儿，刘国坤的天灵盖长出了一道月牙形的血印子红斑。

刘国坤走到镜子边，把头往前一探，照了一下，用手揉搓了一下这血红的斑点，冲着沈氏骂道："臭娘们，比我还狠，真是要盐不要命的手，捏死我了。"说完便向大门走来。

"刘大掌柜的，你总算是出来了，再晚一会儿，这灾民怒了，就是我在也救不了你。"捕头李元度说。

"那是，那是，国坤明白，明白，这不，这几天中风了，头疼，浑身一点力气也没有，在床上躺了十多天了，这不听到你的喊声，我先让管家赶快开门，然后穿上衣服，这不，就跑出来了。"说完他用手指了一下自己的天灵盖，朝李元度看了一眼，弯了一下腰，继续说道，"李捕头，来也不早说一声，国坤也好有个准备，也好招待，这么热的天，咱屋里说话，屋里说话。"刘国坤低头哈腰地对捕头李元度说。

李元度心想，当着这么多人的面，随刘国坤进院，那灾民如何想？他冲刘国坤"呵呵呵"一笑，说道："刘掌柜，进屋就免了，你看台阶下这么多人，我相信你比我清楚，这老百姓断盐都好几天了，县令大人让我前来督促你马上开仓放盐，以解百姓之急需。这么热的天，出汗多，这人吃不上盐怎么活？这个你比我更明白。百姓们如果能吃上盐，这济水镇就会太平，你还用着关上门躲在家里？"

李元度话音刚落，就听到台阶下的灾民们高喊："开仓放盐、开仓放盐，这盐本来就是张家大少爷保住的，你们凭什么关门不卖？"

"对，凭什么让你刘国坤这杂种独霸？"此时已经有胆大的灾民愤怒地叫骂着，冲上台阶，要抢了刘国坤的盐行。

看到愤怒的灾民冲上台阶，吓得刘国坤躲在捕头李元度的身后是一动不敢动。

此时，捕头李元度大声喊道："老乡们，乡亲们！少安毋躁，少安毋躁，大伙安静一下，他这盐行仓库里满着呢，有的是盐，咱们大伙都有份儿。现在大家听我说，都到台阶下面，排好队，咱们马上开秤，马上开秤啊。"

他转身对刘国坤说道："再磨磨蹭蹭地不开秤，眼下的情景你也看到了，别不知趣，知道打你的是谁吗？那是当今皇上的红人，李鸿章大人的得意门生，现任登莱青三府兵备道台的盛宣怀盛大人。还有，你的靠山沈大使，在盐厘局内花天酒地，还玩妓女，已被道台大人拿了，这眼下的事，你再配合不好，你只有死路一条了。"

刘国坤听后，用手摸了一下光头，心想，本来是准备发一笔横财来着，看这事儿弄的！于是很不情愿地对管家黄铎说道："开仓吧。"

管家黄铎顺口问道："老爷，这盐价开多少钱？"

不等刘国坤回话，捕头李元度说道："来的时候知县大人交代过了，特殊时期，为安民心，盐价得低于官府的三十五文定价，按二十文一斤卖。"

刘国坤接话说道："李捕头，这、这这这，这不赔大发了吗？能不能……"刘国坤话没说完，捕头李元度接着说："不过，知县大人还说了，今天的盐是施舍，而且是连舍三天，不得收钱，这老百姓家都没了，去哪儿淘换钱，你得照知县大人说的办啊，再说了这道台一行人等，现还在小清河口码头上没走呢。"说完，捕头李元度走到台阶前对灾民们大声说道："大伙注意了，为了体现乐丰县衙对百姓的关心和体恤，为百姓谋福祉，帮你们渡过眼下的难关，今天我奉知县大人、道台大人之命行事，下面的每个人只代表一户，按排队顺序，上来领三斤盐，领后每户都要登记在册，特殊时期，如有冒领者、扰乱秩序者，元度将其带回县衙投入大牢严办！好了，现在开仓放盐。"

站在一边的刘国坤双手揉搓着那锃光瓦亮的光头，瞪着大眼，恨恨地看着面前这些灾民，口中说道："一个天赐的肥年没了，完了、完了，我就要破家了！"

捕头李元度看了刘国坤一眼，心中暗想，老小子啊，别说是施舍三天，施舍十天也动不了你的筋骨，给你放点血吧，能安民心就行，今天这差当的，为老百姓做了一件善事儿，真划算……

镇子这边，捕头李元度正在紧张有序地把食盐分发给百姓。暂且不表。

先说这小清河口码头上，道台盛宣怀、县令屠义炳、张世承等人在工棚内正聊得开心，他们的话题从眼下的赈灾到小清河洪患的根治……

只听盛宣怀说道："这小清河自北宋开挖漕运以来，河通渤海，为济南盐运及沿岸数县物资流通提供了很大的便利。"

盛宣怀端起青花白瓷大碗，喝了一口茶水，继续说道："可因长期以来，投资严重欠账，河道年久失修，屡发洪涝灾害，水土流失严重，时常淤积，河道时通时断，水患频发，不但严重影响漕运，而且沿岸百姓深受其苦。杏生这次查勘沿河各县受灾情况，见洪涝中百姓无家可归，流离失所，心中十分悲痛，防水患、除淤塞、疏浚河道，保障小清河河道畅通，现已成为当下朝廷治理要务。杏生这次沿河查看水灾，就是受山东巡抚张大人之托，为彻底治理小清河，消除水患做准备。"

县令屠义炳刚想接过话茬奉承几句，还没开口呢，只见夏历匆匆快步走了过来，他来到盛宣怀面前低声说道："道台大人，沿河村庄像是发生疫情，我们是继续往上游去，还是回烟台？"

听说有疫情发生，盛宣怀立刻站起来，双眼注视着夏历，一字一句，掷地有声地说道："逆水行舟，不进则退。生死荣辱，成败在此一举，为小清河畔黎民百姓以后免遭洪涝瘟疫之苦，开船继续向上走！"

"是，道台大人。"夏历声音铿锵，转身向河边走去，准备开船事宜……

屠义炳听到盛宣怀之言，赶忙接过话茬说："道台大人，明知瘟疫当下，不畏不惧，反而迎难而进，这等英雄气概，怕是千古以来，难以寻之，治河决心，定能流芳千古，激励后人啊！"

盛宣怀听后满怀深情地说道："为了河道畅通，终结水患，百姓免受灾害之苦，沿河两岸田禾大丰，民有所食，国泰民安，杏生不能空有这三府道尹之头衔，更不能辜负朝廷和巡抚张大人的厚望。"

盛宣怀说完，转身对张世承说道："张贤士，通过这几天的接触，深知张氏家族在济水镇历经盛衰起伏、风雨磨难，但你们祖祖辈辈居守在小清河畔，勤劳地开发，辛勤地耕耘，使家业沿着自己的理想稳步而进。你们世代践行忠、孝、信、勤、善的优良家风，精神中饱含了中华传统文化承袭中的力量，正可谓修身、齐家、治国、平天下啊。"

盛宣怀看了一下眼前的小清河，继续对张世承说道："张贤士啊，你知书明理，生活严谨，宽容善良，是一个有志向、有情怀之人，在洪灾面前，你的善行义举，尽心尽力，我就不过多地说了。这次杏生受山东巡抚张曜大人之令，负责下一步对小清河全面进行清淤疏通治理，日后河道拓宽、乡民征地等事宜，都需要你的配合和协调啊！更是希望你对治河多提建议，多献良策，多做贡献啊。"

盛宣怀最后说道："屠大人、张贤士，杏生这次查探小清河，事先经过详细的计划，采取了'三不两直'的方式，也就是不向地方官打招呼，不用地方官员陪同，不听地方官员汇报洪涝灾情，直奔重灾区，直接现场办公。如有不到之处，还望各位海涵！过段时间，我还会再来济水镇，到时一定登门拜访，打扰各位，以还这次的不周之礼啊！"

盛宣怀话音刚落，夏历上前说道："道台大人，衙役们都上船了，咱们何时走？"

"好，我知道了，现在就走。"盛宣怀和屠义炳、张世承等人一一告辞，向河边的快船而去。

"哥，哥！你告诉盛大人等一下，等一下上船。"只见张世信左手提一个布包，右手提一坛香油从河堤上跑了下来。

"世信，啥事啊？跑这么急？"张世承冲世信问道。

"哥，喊盛大人一声，让他们带上这个。"说着，世信双手一抬。

刚踏上桥板的盛宣怀听到有人喊自己，便停下脚步，回过头来，看到张世承领着一介书生模样的男子快步向河边走来，便返身走下桥板，来到河边。

"张贤士，这位是？"盛宣怀冲张世承问道。

"道台大人，这是二弟世信，从小跟随祖父、父亲学医，继承祖业，这不，又去济南拜师深造了几年，刚回来。"张世承说。

张世承话音刚落，世信赶忙向前一步，把手中提的东西送到盛宣怀面前，说道："道台大人，现在镇上灾民中有人出现发热、头晕、呼吸急迫、眼角膜充血、脸面赤红的现象，据病人症状来看，的确是瘟疫症状。"说完他把手中的东西送到盛宣怀面前，继续说道："这个你们带上，路上用。这包里是用高度白酒浸泡过晾干的棉絮，坛子里是我家做的石磨香油。"

盛宣怀看了一下，不解地问道："小兄弟，这个……"

张世信赶忙解释："道台大人，眼下小清河两岸疫情严重，你们往上游查访灾情，必然要进入岸边疫区。为了安全起见，你们上船后，先用坛中的香油将鼻腔涂抹一下，然后把棉絮做一个捻子，蘸上香油，再插入鼻腔，间隔一个时辰轻捏几下，湿润的鼻腔就不容易被感染，阻止病毒无法从鼻腔进入体内，可起到保健和预防瘟疫的效果。"

盛宣怀听后，赶忙吩咐夏历把世信手中的东西接过来，然后冲世信微笑着说道："小兄弟，真是太谢谢你了，太谢谢你了！小兄弟，过些日子啊，我请你到烟台来，咱们兄弟两个到海边吃海鲜去啊。"说完，盛宣怀朝世信微微一笑，并在他肩头轻轻拍了几下，便带夏历回到船上。

"道台大人，路上好运，一路顺风啊！"知县屠义炳挥手说道。

"道台大人，一路保重。"张世承挥手说道。

"今暂离别，日后还会再来，疫情面前，愿你们健康安宁！"盛宣怀站在船舷，挥手与众人告别。

他的快船渐渐远去，消失在碧空的尽头，向上游的博兴而去……

济水镇河口码头上，屠义炳对张世承说："张贤士啊，这洪水刚退，瘟疫又来，真是祸不单行啊！我要马上赶回县衙，对当下疫情布控防治，以免事态继续扩大。济水镇这里，就有劳你多多操心了。"

"知县大人，请你放心，世承定会全力以赴，做好一切。"

"知县大人乃一县之父母官，尤有爱民之心，洪涝到来之前，派员及时通报，勤政为民；带病亲临灾区，急民所需；开仓放盐，解民疾苦；铲除贪官，安定民心，政绩卓然，是世承尊敬的楷模啊。"看到县令屠义炳腰疼痛苦的模样，张世承真心赞美了这屠知县一番。

"本县之责、本具之责啊。张贤士啊，这济水镇的瘟疫防治重任就仰仗你了啊，只有托付给你，本县才放心啊。"屠义炳语重心长地说道。

"好，世承一定尽力做好，请知县大人放心好了。"张世承说。

随后，知县屠义炳安排捕头李元度暂管盐厘局及食盐发放等事宜，便带领师爷人等回乐丰县衙。

送走知县屠义炳，张世承与众人来到码头工棚，他倒了碗开水，扬起头"咕咚咕咚"一口气喝了下去，然后用手一抹嘴，冲码头总管冯云和说道："云和，从现在起封锁小清河河口，禁止一切闲杂人等进入济水镇。"

"是，大掌柜。"冯云和应声说。

"小清河里来往的帆船，停靠码头可以，但人员不许上岸，船上的用水、食品等一切事宜，我们全部免费供给，且送到船上，所用开支你随时到钱庄支付。"张世承继续吩咐道。

"是，大掌柜。"冯云和应声转身刚想走，张世承赶忙又说道："云和，按刚才世信说的话，码头上所有人用棉絮和香油保护好鼻腔，尽量防止被瘟疫感染。"

"大掌柜，知道了，我马上去办。"冯云和应声快步走出工棚。

"世信，回来你家去了吗？"张世承转身冲二弟问道。

"哥，还没有呢。"世信回道。

"看你嫂子不说你，回来也不赶紧回家看看。"张世承说。

"哥，我去咱家油坊取香油时本想回家，正好看到侄儿英俊和侄女圣贤了，刘妈正带他俩玩耍，我顺便让刘妈先把包带回家，并让她和嫂子说一声，码头这边有急事，去晚了，道台大人的船就走了。并告诉刘妈当前瘟疫严重，转告嫂子不要出门。办完事我马上回家。"世信一口气把话说完。

"好，知道了。世信，你马上回家和你嫂子打个招呼，然后赶快去咱家药铺，根据现在的疫情状况，配制有效的防治汤剂，按一百斤水的剂量，分成一包，然后你让人送到粥棚和新建的仓库那里。"

"哥，新建的仓库在哪儿？"世信急忙问道。

"在顶盖子呢，这个药铺的伙计们知道。"张世承说。

"好，哥，配好后我让伙计送过去就是。哥，那我先走了呵。"世信说完出工棚向家中而去。

目送二弟走出工棚，张世承转身向管家问道："管家，仓库那边情况怎么样？"

"回大少爷话，按你的吩咐，自洪涝以来，仓库那里收留的所有难民，都没有出去过，我专门安排了人白黑值班。"

"你做得很好，根据以往的经验，这大涝过后必有疫情，凡事都要提前做好准备才是呀。"

张世承说完，继续吩咐道："管家，你去镇上的三个粥棚和新建的仓库那里，各盘一口八印大锅准备好，世信配好草药送到后，马上熬药分发给乡民，做到有备无患呀。"

"是，大少爷，知道了，让油坊里的孙章和齐经两人去做，这盘锅头（盘灶）的活儿，他俩干得好。"

"这个你酌情安排就是，还有，你让药铺的刘先生（中医）随你去库房，把那里收留的难民再详细甄别一下，如果发现疑似患者，马上进行隔离，以防感染其他人，避免群体扩大。"

"知道了，大少爷。"管家张恒答应着。

"还有，你顺便告诉一声钱庄的马掌柜，让他马上到工棚来。"张世承说。

"是的，大少爷。"管家张恒回道。

管家张恒出得工棚先奔钱庄而来，他告诉钱庄掌柜马子文，速到河口码头工棚，大少爷有事找他。这马子文答应后，不一会儿来到码头，进了工棚，见到张世承赶忙说道："大少爷，你找我？"

"是啊，马掌柜，你来得还及时，说一下咱现在钱庄的库存情况。"张世承说道。

钱庄掌柜马子文，用眼扫了一下这工棚周边，发现没有人在，便走近张世承低声说道："大少爷，按你的吩咐，芝麻收购的资金已备好到位，客户的收支平衡（存入与支付成正比），运作正常。北京油坊和茶庄打回来的二十万两银子也已经入库封存，这事你特别交代过，是留做建大花园、购买马车、扩大油坊的建设和准备给二少爷定亲存的钱。除此之外，因洪灾救济难民，这段时间每天支出不少，我算了一下，在七成数（净收入的一大半）。"

张世承听后说道："马掌柜，这洪灾刚过，瘟疫又来，听世信说，咱这镇上已经有人感染，人命关天，这可不是个小事啊，现在救人急需药和物品，这么着，我看先把预留的这二十万两银子提出来，用到眼下这瘟疫防治和病人的救助上来。"

"是，大少爷，这批银子何时动用？"钱庄掌柜马子文问道。

"你回去准备好，何时用我让管家通知你。马掌柜，非常时期，不管客户存还是提取银两，都要及时应付，不可怠慢，更不可有半点马虎。"张世承说道。

"好，我知道了。大少爷，如果没其他事，我先回去了。"钱庄掌柜马子文说道。

"回吧，瘟疫面前做好防护，注意安全啊。"张世承说。

马子文出了工棚，返回钱庄暂且不表，先说这张世信按大哥的吩咐回到家中，先去拜见父母大人，然后来到大嫂的院子，进院中喊道："大嫂，大嫂。"

听到世信的喊声，英俊和圣贤从屋里跑了出来迎上前去，六岁的侄子英俊开口说道："二叔，你买的这洋车真好玩儿，是四个轮子，比咱家的大马车多两个，谢谢叔叔买的玩具，改天我告诉爹爹，让他把咱们家的大马车也弄成四个轱辘的。"

"英俊真乖，好玩吗？要是好玩啊，下次叔叔从济南再给你买上两个啊。"

不等英俊回答，嘴快的圣贤抢先说道："叔叔，还是你买的这洋娃娃好，头发都是黄色的，叔叔，我喜欢这个洋娃娃，小妹妹可漂亮了，下次再给我买行吗？"

"好，好，一定给老张家这可爱的小公主买。"世信抚摸着圣贤的头发说道。

"叔叔，买十个，不，买这么多。"侄女圣贤朝世信伸出两只小手晃了晃，努起小嘴说道。

"两个调皮的孩子，快，别闹了，让叔叔进屋。"大嫂曹氏站在门口冲外面说道。

"嫂子，你好啊。"听到嫂子说话，世信赶忙转身，向嫂子打招呼。

没等嫂子曹氏回话，两个孩子拉着世信便往屋里走，边走边说："叔叔进屋、叔叔进屋了。"

"大嫂，刚才码头上事急，没有顾得先回家。"世信有点惭愧地说道。

"我听刘妈说了，都知道了，你做起事情来啊，比你大哥还认真，从小就这个样。"大嫂说道。

世信用手摸了下头，嘿嘿地笑了两声。

"刚才看到刘妈提回包，就知道你一定有急事，可两个孩子看到买回来的玩具，高兴得呀，吵着非要去找你不可。"大嫂向两个孩子看了一下，继续说道，"这下好了，两个淘气包可把你盼回来了。世信，你先坐会儿，我安排厨房炒几个小菜，等你大哥回来，咱们一家人坐下来，好好地唠唠。前几天我还和你大哥说呢，这世信要是回来，也该给他说门婚事了。"

张世信听后含蓄地说道："大嫂，不急，过去这阵子再说吧，你看，洪灾刚过，这瘟疫又来了，大哥累得都晕倒在码头上了。"

"什么？你大哥他晕倒了？"大嫂着急地问道。

世信知道自己说漏了嘴，为了不让嫂子担心，赶忙改口道："不是，大嫂，大哥是不小心绊倒了，没事，你放心好了，大哥没事儿。"

"你呀，从小就不会说谎，看你脸红的，还绊倒了？"大嫂心知肚明地反问了一句。

"对了，大嫂，刚才大哥嘱咐过，让我回家稍待会儿，赶紧去咱家药铺，配制防治瘟疫的药，我得赶紧过去啊嫂子。"世信说着急忙和大嫂告别。

"世信，别忘了晚上早回家吃饭。"大嫂冲世信的背影大声地嘱咐着。

"大嫂，记着了。"世信答应着，奔药铺而去，暂且不表。

先说这济水镇河口码头上，冯云和正在对来往停靠码头的船只进行防控。

"冯老大，咋的啦这是？不让上岸了呀？嗨，从济南紧赶快跑地往这儿来，就盼着上岸喝两口（酒）呢，这事儿整的，还上不去了。"老河口的船老大王富友，手撑船篙，站在船头冲岸上的冯云和大声嚷嚷着。

"富友兄啊，不是兄弟使坏，这镇上发生疫情了啊，这是为大伙子好，想喝酒不是？我让伙计们给你打去啊。"冯云和冲王富友解释说。

"冯老大，俺知道呵，和你闹着玩呢，看把你认真的。打上五斤送船上来吧，这是铜钱。"说着，王富友从裤腰里边掏出二十个铜钱，在手中掂了掂。

"富友兄啊，到了这济水镇码头，就是到了家，大掌柜说了，这瘟疫期间，吃喝拉撒一律免单。"冯云和说。

"那敢情好！这大掌柜没说的（做事周到），往后还是先给张家大少爷运货，心里干着舒坦不是？那好，就要'裕丰成'的芝麻香啊，六十度的那种。"

王富友说完，和船友们一起把铁锚扔到岸边，帆船稳稳地靠在码头岸边。

"王老大，还买肴货（肉食）吗？"冯云问冲王富友。

"哎呀，看你说的，没肴这怎么喝酒啊？要两只'全香楼'的香鸡，称上二斤花生米就行啊！晚上你也来船上，弄两口啊。"王富友说。

"这个不行啊，大掌柜说了，瘟疫眼下这么厉害，不让随便上船，应管好自己、做好自己才是，以后着吧，到时候我请你啊。"冯云和说完朝一旁的伙计喊着："谢中，去镇上给王老大办货去（打酒买肴）。"

管家张恒从钱庄出来，先去了油坊，告诉齐经和孙章两人，马上去粥棚和新建的库房那里各盘一个八印锅头（灶台），并告诉两人，大少爷吩咐过，急着用。

齐经、孙章听后不敢怠慢，迅速拿上瓦刀（砌砖的工具）首先向顶盖子的库房而来。

管家张恒出了油坊，快步来到药铺，刚到门口就喊："刘先生、刘先生，准备下，咱们去库房。"

此时，药铺的老中医刘仁让刚给病人开完药方，听到喊声，摘下老花镜向门外观看，只见管家风风火火地闯了进来，赶忙起身问道："是管家啊，啥事啊？看把你急的。"

管家张恒跑得气喘吁吁，也顾不得过多解释，上气不接下气地说道："刘先生，先让李博（药铺中医）坐诊值班，你和我去库房一趟，给咱家收留的那些难民甄别一下，看有感染上瘟疫的没有，一旦有，好把他们隔离安置，免得造成相互传染。"

这老中医刘仁让听管家说完，向拿药的人交代了几句，回头和李博打了一声招呼，便随管家张恒急急向仓库而来。

老中医刘仁让跟随管家来到仓库，按管家的吩咐，打算从前排开始对难民逐个儿进行排查，当他走到房门向里一看，便大喊一声："这还了得？不要命了啊？"

房内烟熏火燎，乌烟瘴气，忍不住大吼一声："嗨，咋回事你们这是？都赶快把烟袋锅子（旧时吸烟的一种工具）掐死。"听到有人大声制止抽烟，抽烟的人赶忙用手将铜烟锅（旧时烟袋锅都是铜制品）中的烟丝掐灭，然后抬起脚，将烟锅轻轻地在鞋底磕了几下，烟锅中的烟灰散落在地上。

"管家，赶快叫人去其他屋看看，还有这事了没（有类似情况吗）？都让他们把烟掐了，然后让人到院子里来，开窗通风。啥时候了这都，还'吧唧吧唧'地抽烟袋，这还了得啦！"老中医刘仁让语重心长埋怨着。

"孙桂，快上别屋看看，让人把烟袋掐了。"管家张恒冲值班的孙桂说道。

"管家，中。"孙桂答应着。

一个多时辰下来，通过老中医刘仁让对所有难民细心排查，最后确定无一人疑似感染，管家张恒心中甚喜，心想，还是大少爷心细，幸亏提前做了预防，真是谢天谢地呀！

接下来，管家、老中医刘仁让在仓库又做了什么？暂且不表。

先说这张世信快步来到药铺，李博看到二少爷回来了，便起身高兴地说道："世信哥，你可回来了。"

"咋啦李博，想我了？"世信说。

"不但是想，是很很、很想啊，你这一走，晚上没人陪我说话，闷死了。"

"刘先生不是在吗？"世信说。

"这老先生啊，他光知道看书，又不和我聊天。"李博说。

"对了，李博，刘先生呢？"世信问。

"刚才和管家去顶盖子库房难民那儿了，说是去排查一下。"李博回道。

世信进了屋，换上衣服，对李博说道："我这一回来，又得支使你干活了，你不烦？"

"世信哥，还烦呢，盼还来不及呢，你天天烦我才好呢。"李博调皮地冲世信说道。

"那好，赶紧准备好秤，我写好方子后，你拉匣子（药匣子）抓药。"世信说。

"是，世信哥。"李博答应后去拿秤，并准备包装纸。

张世信来到方桌前，静心坐了下来，从衣袋里掏出一剂药方，脑海里回想起从济南临行时师傅嘱咐的情景……

"世信啊，小清河流域这洪涝刚过，已经有灾后瘟疫发生的前兆啊，这两天我沿河转了转，看来灾后这场疫情，是不可避免的了。所以，为师决定让你提前返乡回家，用你学到的知识和技能，去解救那里的黎民百姓。"

师傅从抽屉里拿出一剂药方继续说道:"这个药方,是为师经过多年探索研究,根据中医临床基本原则,确定的治疗瘟疫方剂,叫'治瘟消毒饮',今天为师将这一方剂交给你,回家后你详细地看一下,我想,你会用得上。"

"是,师傅。"世信答应着,双手接过药方,小心翼翼地叠好,然后放到衣袋中。

师傅继续说道:"回去后,需要根据实际情况,加以调整,做到辨证精细、配药得当、定方优良才是啊……"

想到这里,世信把师傅的药方展开,细心地看着每味药的配制和剂量,然后他根据回来后观察到的疫情现状,做了一下调整,便站起来信心十足地对李博说道:"李博,都准备好了吗?"

"世信哥,早就准备好了,刚才看到你盯着药方聚精会神的样子,俺没敢打扰你。"李博一字一句慢慢说道。

"好,那咱马上抓药。"世信说完,两人向药柜走去。

"世信回来了,可太好了,太好了,这帮手来得真及时啊!"老中医刘仁让出现在门口,大声对世信招呼着。

"刘伯伯好!刚才听李博说你去库房了呀?"世信回头说道。

"是啊,这不,忙活完那里的事,刚回来。"刘仁让道。

"刘伯伯,那里难民的情况咋样啊?"世信问道。

"还好,还好啊,幸亏大少爷提前做了安排,较早开始隔离,不许他们外出流动,切断了瘟疫的传染源,所以啊,避免了大范围传播的可能性,真是幸事、一大幸事啊!"老中医刘仁让捋着胡子说道。

"那敢情是好(真好)。"世信说。

"可这镇子上的情况,就有点让人不乐观了啊。"老中医刘仁让继续说。

"刘伯伯,可不是吗?我也看到了。"世信说完,然后走到方桌前,拿起刚才调整好的药方说,"刘伯伯,这是我从济南临行前师傅给开的药方。根据咱济水镇的疫情和病人的发病状况,刚才我又稍微调整了一下配方和剂量,你看一下。"

老中医刘仁让接过世信递给他的药方,从衣袋里掏出老花镜,戴好后详细地看了一会儿,嘴角露出那种盼望已久的笑容,兴奋地从椅子上站了起来,手拿药方大声说道:"今年洪涝过后,疫情之重,疫毒传播之猛,让人措手不及、苦不堪言。"他停顿了一下,然后望着世信继续说道,"世信啊,尊师这一良方'治瘟消毒饮',未病预饮,可以抑制瘟疫病毒,如此则邪不可入体也，从防治上来看，完全可以解决眼下的问题。这'治瘟消毒饮'将是造福济水镇百姓的一大良方啊。将这么好的方子无偿赠予，尊师有'不为将相、偏为良医'之美德，不愧为一代名医啊！"

"刘伯伯，如果没毛病（药方没问题）就让李博抓药吧。"世信说。

"好，你两人忙活这'治瘟消毒饮'的诊方配制吧，我来坐诊。"刘仁让说。

"刘伯伯，你忙活了半天，我给你倒点水喝啊。"世信拿起旁边的水壶赶忙给老中医刘仁让倒水。

"别，别，我自己来，自己来。"说着，刘仁让从世信手中接过水壶，然后微笑着自言自语地说道，"这二少爷，又是老张家的一根顶梁柱啊！"

世信、李博两人，快速有序地配制"治瘟消毒饮"，暂且不表。

先说这齐经、孙章两人照管家的安排，将锅头（灶台）盘好，各自用芝麻秸秆生火试了一下，抽烟顺畅，膛火很旺。便告知管家张恒，事已办妥，各自提着瓦刀（泥瓦匠工具）返回香油坊。

得知锅台已经盘好，管家张恒急急忙忙向张世承汇报。

张世承听后说道："好，管家，我知道了。"

"大少爷，接下来，咱……"管家张恒问道。

"管家，走，咱们一起去药铺看看世信弄得（配药）怎么样了。"张世承说。

两人边说边走，不一会儿来到药铺，药铺门前抓药排队的人很多，见到张世承到来，纷纷向他打着招呼："大掌柜好！大掌柜来了啊！"

"世承啊，这瘟疫之下，你药费不但没涨，还不收钱，真是亏大发了啊你！"河涯上的剃头匠杨富元满怀感激地说道。

"啊，是富元叔啊，你来抓药了？你年龄大了，就别排队了。"张世承向乡亲们和剃头匠杨富元打着招呼，"富元叔，再说了，你为咱镇上的人剃了大半辈子头，干活都是站着哩，今天就别排队了。"

张世承说完，冲排队的人大声说道："大伙说，行吧？"

"行、行啊！去河涯上剃头，都是富元叔站着伺候咱，这当口儿（时下）哪有不行的道理啊。"众人纷纷赞同。

听到门外大哥的声音，世信迎到门口说道："哥，正想去找你哩，这下巧了。哥，药都备齐了，你看。"说完，世信用手指了一下放在桌子上的中药包。

张世承来到桌子旁，看了一下说道："世信，干得好！"

"哥，一共是二十四包，每个点先按六包准备的。"世信说。

"好，世信，你分四份，装大袋子里边。"张世承说。

不一会儿，世信将草药装好，张世承对管家说道："管家，你马上将药送到点上，开始熬药分发。"

管家张恒提起药包，刚想出门，只听世信说："哥，我和管家一块儿去吧。"

"二少爷，你还是在家吧，外面……"管家话说了一半，看了一眼张世承，后半句又咽了回去。

世信似乎明白了什么，赶忙对张世承说："哥，我不怕，来时师傅说过，要用自己学到的技能去解救更多的人，只有亲临现场，多观察，才能了解疫情的原因，更好地掌握病人的情况。"

张世承冲张恒说道："管家，让世信和你一块儿去吧，他是小先生（中医），可以更好地帮你做好这件事，一定要注意安全。"张世承半开玩笑，话中有意。

这管家一听，心中自然明白，然后说道："大少爷，放心吧！我会照顾好二少爷的，俺俩会把事做好的。"

"哥，俺去了啦。"世信说完，从管家手中接过草药包，朝李博努了一下嘴，做了一个滑稽的造型，和老中医刘仁让打过招呼后，随管家一起向粥棚而去。

管家和世信去粥棚熬药救人，接下来又发生了什么？暂且不表。

张世承看到二人走后，在药铺和刘仁让、李博两人聊了一会儿，便返回码头。他见到码头总管冯云和，问了一下码头上的情况后说道："云和，你安排下这里的事，咱去镇子上转转。"

"是，大掌柜。"冯云和答应后，冲河边值班的张宗得说道，"宗得，我和大掌柜去镇上转转，这里你掌握下呵。"

张宗得回道："冯老大，你去吧，知道了。"

冯云和又朝货台上干活儿的人群喊道："李树，你过来下，跟我去镇子走一趟。"

正在货台上晒麻绳的李树，听到冯云和叫自己，便放下手中的活儿，跑了过来问道："冯老大，你叫俺，啥事啊？"

"咱们去镇子上一趟。"冯云和说。看到李树光着上身，冯云和接着说道：

"先去工棚穿上个褂子，快点跟上啊！"

"好咧，冯老大。"李树答应着跑向工棚。

"云和，咱先走着，李树腿脚快，赶趟儿（一会儿就能追上）。"张世承说。

不一会儿，他们来到镇中，大街上行人很少，只有粥棚前排着领汤药的人，三人走到仓库门口，张世承似乎听到了什么，停下了脚步。

"大掌柜，有小孩子的哭喊声。"冯云和手指东南方向说。

"是，好像是小街子那边，走，过去看看。"张世承说。

李树跑在前边，他顺着哭喊声抢先来到街西边的一户人家，进去一看，便撤回腿来，冲迎面赶过来的张世承咋呼道："大少爷，不好了，保义他娘爷全躺在地下了。"

张世承、冯云和两人听李树这么一喊，赶紧快步来到院中，看到眼前的惨状，张世承喊了一声："快，把孩子抱开，别再传染上孩子。"

李树一个箭步向前，把趴在娘身上哭喊的保义抱起，迅速退到一边，用手拍着保义，口中说道："保义不哭、保义好孩子、保义不哭……"

张世承向前蹲下身，分别看了一下保义娘爷两人的面部，摸了一下他们的脉搏，两人的脉搏均已停止了跳动。

"李树。"张世承喊了一声。

"大掌柜。"李树答应着。

"你马上把保义送到顶盖子仓库去，告诉值班的孙桂，让孩子单独一个房间。"

"是，大掌柜。"李树答应着抱着孩子向库房而去。

看到躺在地上双亡的保义娘爷，张世承不禁怒火中烧，他猛地站起身来，双手举过头顶，冲天空大声喊道："害人的洪涝，该死的瘟疫……小清河啊小清河，日后官府要是治理，世承就是散尽家产，也要帮盛大人做好，让你再无水患！"

张世承面无表情地蹲下身，用手把保义娘爷那死不瞑目的双眼合实，口中默默地说道："叔，婶子，你们一路走好，我会把保义带大的，放心好了。"

"大掌柜，大掌柜，这……"为了缓解一下张世承的情绪，冯云和急忙指着躺在院子里的保义娘爷说。

"云和，你马上回河口，安排码头上的人过来，把保义娘爷埋了，入土为安吧。"

"大掌柜，这坟地选哪儿啊?"冯云和问道。

"就埋在西洼碱场吧，那儿是他的地。"

"是，大掌柜，我去了啊。"

"等一下，云和，完事后你安排人在镇子中巡查一下，如果发现无人管的尸骸，就把他们埋了吧。还有，双亡家庭留下来的遗孤，我们必须救济，如发现像保义这样的，就送到库房那里，交给当班的孙桂就行了。我再去别处转转。"张世承说。

"大掌柜，知道了，我马上去做。"冯云和答应着。

两人走出院子，各奔南北……

张世承心情沉重地走在大街上，不一会儿来到世信分发草药的粥棚。

"哥，你来了。"世信在粥棚冲走过来的张世承说。

看到张世承到来，排队领汤药的乡亲们纷纷和他打招呼，张世承一一回应。

张世承在粥棚站了一会儿，把看到的几个问题，向世信嘱咐了几句。

"哥，我知道了，还有，刚才我在镇子上转了下，发现有一种绿头的蚊子，可能与疫情的传染有关，要及时通知镇子上的人，防止被这种蚊子叮咬。"世信认真地说。

"世信，你观察得很细致，我马上安排人去做，让大家及时知道这个事。"张世承说完，朝世信伸了一下大拇指。

"哥，咱家码头上还有硫黄吗?"世信问。

张世承冲张恒说道:"管家，去年存的硫黄还有吗?"

"大少爷，码头上没有了，让大水冲跑了，但场院的库房里还有。"管家张恒说。

"那敢情正好，硫黄可以熏死这种蚊子。"世信说。

"好兄弟! 我知道了。"然后张世承便对管家张恒说道:"管家，这里的事让世信做，咱回去一下。"

管家张恒从大少爷的话中听出肯定有什么事，便回道:"大少爷，那咱走。"

两人离开粥棚，匆匆忙忙赶回家中。夫人曹氏看到后，便将茶水沏好，端到张世承面前说道:"外面病情这么厉害，你就别出去乱跑了。"

听到曹氏的话，站在一边的管家张恒赶快接过话茬说道:"大少爷，夫人说得很对，有什么事，你吩咐一下就行了，我们这些当下人的，会跑前跑后弄好的。"

张世承端起茶碗，喝了一口茶水，对站在一旁的张恒说道："管家，这几天你也累了，过来，喝杯水，坐下说话。"

"嗯，大少爷。"张恒走到桌前提起茶壶，给张世承添了一杯茶，然后自己倒满茶杯，坐在一边。

夫人曹氏看到丈夫有事要议，便向张世承说道："你们说话吧，我去咱娘屋里一下，壶里有开水，你们自己倒啊。"

"好的，夫人，知道了。"

张恒起身送夫人出门，然后转身冲坐在方桌前的张世承问道："大少爷，你有什么事？"

"管家，刚才世信说了，这绿头蚊子传染瘟疫，但用硫黄可以将其杀灭。回来的路上我想了一下，我看这么办，你写几张告示，贴到粥棚处，告诉大伙子，硫黄可以杀灭这绿头蚊子，有需要的可以到咱这来领。"

"好的，大少爷，我去办。"张恒说。

"还有，告诉乡亲们，最好把硫黄撒在草绳上，把草绳点燃后挂在门口，草绳和硫黄释放出来的烟雾，可以杀灭蚊子、阻止蚊子进屋，保护家人不被蚊子叮咬，起到不被感染瘟疫的效果，这样也是当下一个防疫很好的做法。"张世承说。

"大少爷，我这就去办。"管家张恒说着，就想往外走。

"管家，先等一下，咱家的存粮还有……"没等张世承说完，张恒抢先说道："大少爷，咱家存粮大不如以前了，老爷那会儿（张世承父亲当家时），以种粮为主，买卖为辅，所以存粮是大事。大少爷你治家以来，改变了以往的经营模式，多行业发展，不断扩大生意规模，以买卖为主，所以现在的存粮，是以前的一半。"

"管家，你去算一下，把现存的粮食三分之一分给镇子上最需要的人，乡里乡亲地住着，咱不至于看着他们挨饿吧？"

"是，大少爷。"张恒回道。

"还有，咱收容的难民，等瘟疫过后，他们回家也需要带上点粮食，洪水把他们的家都毁了，这拖大带小的一家人，总不至于让他们回去喝西北风吧？"

"大少爷，这个，他们也不是乡里乡亲的，管他们吃这么长时间，已经够好了，这临走还给他们带上粮食啊？"

"不但现在给他们带上粮食，有的家庭，还要带上点铜钱，这个事儿，前几天我已经交代过钱庄马掌柜了。"

"大少爷，这、这这为啥？"管家张恒诧异地问道。

"管家啊，这有时候做事，可不是先问为啥啊……"张世承继续说道，"还要想办法让这些人啊，能过去今年这个冬天，熬到明年夏粮收下来才行啊。"张世承一边说，似乎脑子里在想着什么。

"嗯，大少爷，知道了。那我先去粮库了啊。"管家张恒说着转身想走，刚迈出两步，又回头和张世承说，"大少爷，我顺便去香油坊，让银来、铁头、六月他们下去摸一下底，访问一下镇中贫困户，然后登记造册，就发给他们吧。"

"中，就这么着吧，越快越好。"张世承说。

管家按张世承的吩咐，一切都在顺利地进行着……

时间过得真快，转眼间秋风凉了，水灾后的瘟疫也慢慢减弱，济水镇小清河口码头上，成群的灾民准备过河返回家园……

张世承站在码头上，目送着返乡的人流。

"这小清河两岸涝灾是颗粒未收，当下更是青黄不接，要是没有大掌柜你送的粮食，俺们就是回到家，也是干瞪眼。"阎坊乡的长者刘老七领到粮食后，发自内心地对张世承说。

"大掌柜，你就是这小清河两岸乡里人人敬仰的活菩萨啊，谢谢你送的粮食了，如果没有这粮食，回到家也是饥饿难当啊！"牛庄乡的隋老汉拉着张世承的手说。

一群乡里长者围在张世承身边，指着袋子中的粮食满怀感激地说着……

"大掌柜，以后要是有啥事用着俺们帮忙，捎个信儿去就行啊！"陈官乡的陈文强背起口袋中的粮食，感激地对张世承说。

众人一边说着，含泪登上河边的渡船，告别这位在生死绝望中照顾自己的人……

这时，王浩村的潘家训身背坠琴（一种伴奏的乐器）来到张世承面前说道："大掌柜，你这放粮的善举，真是又一次感动了俺河北溜（小清河北边）这返乡人，布袋中的这些粮食，是他们眼下唯一的希望啊。"

这时，人群中窜出一男一女，领着一个十几岁孩子，各自举着鼓槌跑过来，把张世承围在中间，敲着有节奏的鼓点转了两圈，然后停下，男的拱手对张世承说道："张家大少爷，你救了俺一家人，唉，俺不多说了，这就回家去了，俺就给你唱上一段吧。"这高个儿的男人冲自己的媳妇和孩子大声喊道，"咱敲起来、唱起来哟……"

然后，他们一家人摆了一个造型，孩子站在一边敲鼓，两口子边敲边唱了起来：

哥哥船儿离了岸

留下妹妹身孤单

夜无眠、心绪乱

泪水模糊了双眼

哥哥随船下塘头（老河口）

牵挂挤进妹心田

期盼中、爱缠绵

把妹的心怀扯乱

哥哥船儿上济南

妹妹等哥回眸看

河边情、涌眷恋

情思弥漫心头间

哥哥船儿靠了岸

妹心醉在清河畔

牵手哥、意缠绵

花好月圆回家转……

这时，码头总管冯云和凑近张世承的耳朵说道："大掌柜，他们这家子人，是河那边东北乡的，以前经常从咱这里坐船渡河要饭，我认识他们。"

"噢，这鼓打得不错，节奏蛮强的。"张世承说。

"这家人敲的这鼓点儿，叫陈官短穗花鼓。"冯云和说完，用手指着正在过河的人群继续说道，"大掌柜，你看见了吧？这身上背小鼓的，都是他那一片的人。"

"噢，我说云和，我听着唱的这词，是咱这小清河号子呢。"张世承说。

"大掌柜，可不是嘛！以前他们去要饭，进门是光敲鼓，不带唱的。自打从咱这儿过，听到咱这小清河号子后，不但学会了，还加到他的鼓点中去了，你说这事儿稀罕不？"

"耍手艺的人，肯定是有他独特的眼光。"张世承说。

"大掌柜，你还别说，真是铁匠儿子拾了块生铁，得了宝了，自打那以后啊（学会小清河号子后），这帮人每次要饭回来啊，布袋子里都是满满的呀。"冯云和说。

"云和啊，这叫艺术融合，进门这气氛好了，人家自然就多给嘛。"张世承称赞道。

"大掌柜，不光是他们，还有那两口子跑驴的，就是牛庄那儿的，也是学唱的咱小清河号子，回来时，口袋子同样是满满的。"冯云和继续眉飞色舞地和张世承说。

"这小清河号子，五六百年的历史了，唱词就是咱小清河两岸的民歌民谣，这带有风土民情的小调一唱起来，旋律高亢，情感强烈，自然会被人们接受，这要得多也顺理成章了。"张世承说。

"大掌柜，你还别说，这跑驴的身上背的那根长木头，不就是拴上了两根麻线吗？他锯拉起来，搭配咱这小清河号子，还真好听。"冯云和说。

"我说云和，你说的这长木头，那叫坠琴，是伴奏的一种乐器。"张世承笑着说道。

两人看得高兴，说话正浓，这时管家张恒过来向张世承低声说道："大少爷，仓库收留的人都返家了。可是，还剩下十多个孩子（孤儿），这个咋办呢？"

张世承对张恒说："稍微等一会儿。"他回过头来，微笑着和演唱的这两口子打了下招呼。

这一家人赶忙停下表演，收住手中的鼓槌，对张世承说："大掌柜，你先忙吧，俺就先回去了，以后啊，这过年啥的，俺准来给你磕上个头，顺便给你唱上一段啊。"

张世承目送他们上船，渡船向北岸驶去。

"走，去工棚说。"张世承向管家张恒、冯云和两人吩咐道。

主仆三人来到岸上的工棚，管家张恒详细把遗孤孩子们的事情了一下："大少爷，现在库房那就剩下十六个孩子了，最大的十二岁，这小的刚三岁，都是在大涝和瘟疫中父母双亡留下来的，要是养活这些孩子，还真不是个小事。"

"管家，这个事我看这么着，先让孩子们留下来，把库房隔开五间，建一个孤儿院，等明年收成好了，咱再贴个告示出去，向大伙子说道一下。有愿意认养的家庭，可以把孩子领去。眼下这洪涝、疫情刚过，人们都忙活着重建家园，有想领养的，现在也是有那个心无那个力。"说完他稍微抬头看了一下冯云和，继续说道，"云和，小清河上游在这次洪涝中已经淤堵，上下不能通船，现在码头这边也没大事，你先去库房那边，把孩子们安顿好了，那边事正常了，马上回来。"

"是，大掌柜，你放心好了，我会尽快把孩子们安顿好的。大掌柜，如果没有其他事，我去了啊。"冯云和说完和两人告别，奔库房而去。

冯云和走后，管家张恒说道："大少爷，今年在南边山区扩种的芝麻已经全部收齐往回运了，芝麻的质量很好，粒大皮薄，成色也是呱呱叫，这个是从运回来的货里弄的（取的），你看一下。"张恒说着，赶忙从衣袋中掏出芝麻样品，递到张世承的手中。

张世承接过管家递给的芝麻，放到手心看了一眼，随后取了三四粒用两个大拇指对齐碾压了一下，高兴地说道："不错，从成色上看，出油不会比当地种植的芝麻差。"张世承抬头看了一眼管家张恒说，"这样品是谁送回来的？"

"回大少爷的话，这个是昨天王有从南边运回来的第一批芝麻。"

"管家，先把东关'同承和'郑老板和'元顺兴'刘老板的芝麻欠账还清。这先还账，是我们老张家的规矩，这个事不能忘。"张世承向管家张恒吩咐着。

"大少爷，因库房那里还没有收拾好，这头一批芝麻，我已经先安排王有去还清芝麻欠账了。大少爷，这几个月来，你起早贪黑地忙于救灾，为了不过多地耽误你的精力，芝麻收购的事就没过多地和你说。"

管家张恒，看了张世承一眼，然后继续说："自从芝麻种植区定下播种后，苗期我去了一次，看到长势还行，为了便于管理和方便后来的收购，王有和吴顺两人从京城回来后，我就让他俩去了咱这芝麻种植基地，负责栽培管理，协调一切事务等，这涝灾和疫情我也没让他俩回来，直到芝麻收上来，昨天他两人才随车回到府上。"

"哦，管家，很好！这样做就对了！这段时间为了府上的事，把你累得人也瘦了，一会儿你去钱庄支六十两银子，分给王有、吴顺各二十两，留下二十两你自己买点补品，把身子骨儿养好，这往后啊，很多事情，还指望着你去干呢。"

"谢谢大少爷，这天也快晌午了，咱们先回镇子吧。"张恒说。

这张恒话音刚落，只见从镇中的官道上，八匹快马逐日追风般地朝码头这边疾驰而来……

济水镇小清河码头上，大掌柜张世承和管家张恒正在说话间，忽然从镇中官道上奔来几匹快马，只听阵阵马蹄声急，眨眼工夫来到离两人十步开外停了下来。要知来者何人？他们是干什么的？暂且不表。

先说这"同承和"的掌柜郑和堂，听管家说张世承让人来还去年借的芝麻，便来到库房看个究竟（芝麻好坏）。

看到郑和堂，玉食村的伙计王有赶忙从马车上跳下来，迎上前去说道："郑大掌柜的，你好啊，张管家让我来还清去年借你的芝麻欠账，你查收一下。"

"噢，是王大侄子啊，行啊、行啊，你先弄一布袋子下来，我看看，别还多了啊（多了斤两）。"郑和堂说。

鬼机灵王有一听，心想，还先弄一袋看看，是想看芝麻的孬好（质量）吧，赶忙回道："郑大掌柜，这芝麻不但成色好，而且无杂质哩，每袋斤两足够，要是上秤啊，保管是秤杆子翘上天啊，俺'玉食村'办点啥事哈，那叫'挤倒树摸老鸹'稳当着哩。"

王有边说边从车上搬下一袋芝麻，放到郑和堂面前说："郑大掌柜的，你仔细瞧瞧，看行吧？"

郑和堂弯腰解开拴口的绳子，用力把手伸到布袋深处，猛掏了几下，抓好一小把芝麻将手抽了出来，然后左右手来回这么一倒翻，仔细地看了看，抿嘴笑着说道："好货，真是好货，这么多年还是第一次看到这么正的成色，啥事啊押不了（比不上）世承大侄子，这眼光就是看得远啊。"

他扭头看了一下站在身边的管家田同全，拉着脸继续说道："哪像咱今年铺的盘子（芝麻种植布局），这小清河洪涝一来，全喝了黏粥了（涝了汤）。"

此时，"同承和"管家田同全往前凑了凑，走到郑和堂的身边说道："大掌柜的，明年咱也去南边的县，找几个地种上他几百亩，这小清河里的水再大，它也不会把山给涝了吧。"

郑和堂听后瞅了一下管家，心中不快地说道："别弄些裁缝不带剪子的事，整天就是忘不了尺（吃），吃饱了啥也忘了，还种上几百亩，早干啥来的（说没用的）？"

"郑大掌柜，这车上的货卸下来吗？还是拉回去？"玉食村伙计王有冲郑和堂半开玩笑问道。

"马上卸车，马上卸车。管家，赶紧招呼人把车卸了。"郑和堂大声吩咐着。

"王大侄子，走，走走，让他们干着，咱爷俩屋里喝水去，顺便和我唠叨唠叨你这去南边种芝麻的事。"郑和堂冲王有招呼着。

王有心想，你这不光是让我进屋品茶吧，你是想打听事吧你。鬼机灵王有随声附和说道："好啊，郑大掌柜，你这一提茶，还真干枯了呢（口渴了）。"王有说完随郑和堂向正房而来，他们进屋说了啥？暂且不表。

先说这济水镇河口码头上，几匹快马来到张世承面前，跑在前边的一人从马背上快速跳下来，冲张世承大声喊道："张贤士啊，近来可好啊？我们又回来了。"

张世承赶忙上前相迎，口中微笑着说道："是盛大人啊！恭喜恭喜呀，哎呀，真是没有想到，你们回来得这么快。"

"张贤士啊，这事不是急吗？不快不行呀，早办好它（小清河治理），我心中这块石头方能落地不是？"盛宣怀说。

"盛大人，走，咱回家说话。"张世承对盛宣怀热情地说。

"张贤士啊，你还别说，这一路赶得太急，我正想到府上讨杯水喝呢。"

"那咱走，盛大人。"张世承急忙应承道。

此时，夏历等护卫下马后，也围了过来和张世承打着招呼，张世承一一还礼后便走到管家面前，低声告诉他，让他去这么办……管家张恒便向众人告别，朝镇中而去。

盛宣怀带众随从衙役进了张府大门，府中的两个伙计接过众衙役手中的马缰，把马牵到二门西边拴马桩前，把缰绳牢固地拴好。

夏历等护卫被安排到客厅休息，不一会儿，女佣刘妈带领两个女仆把茶水送了过来。

张世承陪同盛宣怀来到北屋正房，两人按主次落座后张世承说道："道台大人，知道你一定回来，但没有想到这么快，看来，这小清河两岸的人要有福了。"

"张贤士，自杏生督查小清河洪涝灾害以来，所到之处，见到的、听到的，那真是触目惊心哪，回到烟台后回想起来，就像演的皮影戏一样，在自己眼前晃来晃去，吃不下、睡不着，说句心里话，为了这小清河治理早日开工，你说我能不快点来吗？"

张世承刚想说什么，刘妈把茶水送了进来说道："大少爷，茶水沏好了，我给你们倒上吧。"

"刘妈，你忙去吧，我来就行。"张世承说完，把桌子上的茶碗冲了个七成满，双手端到盛宣怀面前。

张世承转身回到自己的座位，坐下来，两人边说边聊，大约过了半个时辰，管家张恒来到正房，先和道台盛宣怀打过招呼，然后跟张世承说道："大少爷，按你说的已经做好了。今天也真巧了，我刚到厨房，宗得就提着从河里网的鱼和螃蟹回来了，厨房牟师傅正在做鱼呢，问什么时候上菜。"

"好，管家，我们这就过去，现在上就行了。还有，别忘了'裕丰成'的芝麻香白干啊。"张世承说。

"大少爷，都准备好了，放心吧。"张恒说。

"道台大人，这晌午了，衙役们可能早就饿了，我准备了一桌饭菜，咱们过去边吃边唠。"张世承对盛宣怀说。

"好啊，在你府上，恭敬不如从命，张贤士你这一提吃，杏生这肚子也叫唤开了啊。自早上从塘头营（老河口）这一路赶来，就盼着你中午这顿饭了，走。"盛宣怀半开玩笑地说着，随同张世承向饭厅而来。

两人来到饭厅，进得屋来，张世承看到夏历一人站在那里，赶忙招呼道："夏大人，咋还站着呢？先坐下，先坐下，坐下说话。"

"张贤士，刚才我们吃了了。"夏历回道。

此时，管家张恒赶忙说道："大少爷，夏大人进家时就吩咐说，一个大锅菜就行，说这是盛大人定的规矩，不得违反，刚才他们都吃过了，我安排大人们去休息了。"

"道台大人，你看这事——"张世承转身无奈地向盛宣怀说。

"世承贤士，你不必自责，这是衙门的规矩，不管到哪里都一样。"盛宣怀说。

"这疫情刚过，也没有什么可招待的，今天凑巧了，家里的伙计在小清河里网的鱼、蟹，今日准备仓促，饭菜简陋，也不知道适合盛大人口味不？请道台大人不要嫌弃啊。"

"我说世承贤士啊，今天这饭菜已经是越格了，要说这嫌弃啊，那倒也有，就是你这桌菜太丰盛了啊。"盛宣怀开玩笑地说。

此时，家厨端上一盘红烧鲤鱼，上面铺满厚厚的一层糖汁，随着盘中热气传来浓浓的鱼香。张世承拿起筷子说道："道台大人，咱先尝尝这小清河里的红尾鲤鱼，刚从河里逮的，鱼很新鲜，来，来，先尝尝。"

盛宣怀拿起筷子，沉默了一会儿，然后又缓缓放下筷子，长叹了一声说道："小清河道泄洪不畅，这次水患极为严重，堪称有史以来之最，两岸百姓背井离乡，流离失所，不得安居，常有饥民，倒毙于乡野，这水灾让两岸百姓蒙受巨大痛苦，后又疫情突显，大量百姓横尸街头，每念及此，杏生真是痛心万分啊。"

听了盛宣怀的话，张世承伸出的手又收了回来，愣在那儿。盛宣怀赶忙说道："张贤士，你看这事，我只是感慨这么一说，咋就还不吃了呢？不应该，不应该，来来，尝尝这小清河里的鲜鱼。"

盛宣怀伸手用筷子夹鱼，送到口中，赞道："这鱼做得不错，既鲜又嫩，张贤士啊，等着小清河治理好了，我辞官告老，来这济水镇买块地，盖个宅院，天天吃你做的红烧鱼，那才叫享福哩。"

张世承起身给盛宣怀夹了一块"全香楼"的香鸡块说道："道台大人，多日辛劳，来，多吃一点儿，只有道台大人身体好，那才是小清河两岸百姓的福啊。"张世承给盛宣怀斟上一盅酒继续说道，"道台大人，看你今天也累了，咱共同喝上盅解解乏。"

"张贤士，这吃饭可以，酒嘛，咱下次再喝，饭后我还有很多事情和你商量，今儿个啊咱就不喝了。"盛宣怀说。

"这都倒上了，这……"张世承端着酒盅一脸的无奈，还想再劝，这时夏历过来说道："张贤士，实不相瞒，盛大人自接任治河重任以来，每顿饭都是一道青菜，即使劳累也没饮酒，今日所食这顿饭已经是数月来头一次开荤了，既然张贤士盛情，我就替道台大人饮了吧。"夏历说完，接过张世承手中的酒盅，一饮而尽，退回原地。

"张贤士，那咱吃饭吧，下午还有事要做。"盛宣怀说。

"好，吃饭。"张世承说完，吩咐管家把干粮（饭）端上来。

不一会儿，管家将一笸箩杂面（玉米面、高粱面、小麦面三合一）卷子端上来。盛宣怀从笸箩中拿起一个，用手掰了一小块送到口中，边嚼边说："真是香，吃着这杂粮粗食，怎不念百姓之恩……"

午饭后，盛宣怀和张世承在客厅谈了近两个时辰，临行，盛宣怀拱手说道："世承贤士，现在山东财政困难，沿河府县也是无力筹措款项，这治理小清河的银两，国库只能出两成，其余的八成治河款，只能靠像你这样忧国忧民的贤达之士募捐完成啊！"

看到盛宣怀对自己如此尊重和信任，张世承赶忙还礼说道："道台大人，这一点你放心好了，我会尽我所能，积极支持你做好这治河大业。"

"杏生承蒙朝廷厚爱和信任，承担治河重任，虽有治河之志，但缺施工银两，还望张贤士出资成就才是。这一年来杏生沿河勘查水患并留心治河人才，张贤士不但讲求信义，而且乐于公益，确实让我敬佩啊！相信你定会有气魄做好此事。"

"道台大人，世承自和你见面起，就深知大人的人品和治河决心，我会竭尽全力，努力把大人交代的事情办好，就是把我的家产全搭上，还交了你这个朋友不是！"

听到张世承的一番表白，盛宣怀高兴地点了点头，然后他又继续说道："张贤士啊，有你这句话，我就放心了，但自己做好还不够，离治河的重任还有差距，杏生还要把一项重任交给你啊。"

"道台大人，重任？"张世承冲盛宣怀问了一句。

盛宣怀让贴身护卫夏历从包裹中取出两份公文，然后对张世承说道："张贤士，这个是我以登莱青三府道署衙门签发的公文，现交与你。"说完，他把第一份公文递给张世承。

张世承从盛宣怀手中接过公文一看，赶忙说道："盛大人，这——"

张世承接过盛宣怀递给的公文，打开仔细地看着，看到最后他情不自禁地念出声来："用三年之时，终结小清河长期淤堵状况，使济南至新河口（羊角沟），一气贯通，让水患再无……"

张世承得知这小清河就要彻底治理，满怀激动地说道："道台大人放心吧，世承记着了。"

然后他把这份公文卷好，暂且放到条山几（旧时方桌后面的一长条桌子）上收起。

"张贤士，还有。"盛宣怀把第二份公文递给张世承。

张世承双手接过一看，是一份盖省府和登莱青兵备道官署衙门双印的委任状，他刚想对盛宣怀说什么，盛宣怀赶忙说道："张贤士，本道台代山东巡抚张大人，授予你本段治河总管，负责治河的一切事务，青州府和乐丰县衙我已经公文通知，他们会积极配合，如有特殊情况，你直接告诉我就是，你放开手干就行。"

张世承接过盛宣怀手中的委任状，满怀激动地说道："盛大人！我知道了。"

"世承啊，天不早了，我还要赶到博兴县衙，根据公文上的负责事项和委任权责，从现在起，你着手办理就是。咱们后会有期。"

公文上对治理小清河明确要求了哪些事项？治河需要挖多深？开多宽？堤坝多高？整个工程需要多少白银？盛宣怀委任的河段上到何地、下至何处？等等，暂且不表。

盛宣怀告别张世承，带领夏历等随从，奔上游的博兴县而去。

盛宣怀等人走后，张世承回到客厅，重新拿起治河公文看了一遍，他快步来到院中喊道："管家、管家，你过来一下。"

管家张恒此时正在影壁墙后边的葡萄树下和用人王有说着什么，听到喊声，便同王有一起快步来到张世承面前。

"大少爷。"管家说。

"大少爷，你好哇？自京城回来，管家就让我去了青州一带负责芝麻的管理和收购，这快一年都没有见到你了。大少爷，你比年前瘦多了，脸、脸也晒黑了。"王有说。

"王有啊，这大半年的，真是辛苦你了，这回来就好了，让管家安排一下，回家看看，先歇上几天。"

"谢谢大少爷。"王有说着，从衣袋里掏出二两银子，递给张世承，刚想说什么，张世承看到王有手中的银两，赶忙说道："王有啊，这是我让管家给你的辛苦钱，你咋还不要呢？收下好了。"

管家张恒赶忙说道："大少爷，王有回来后，我让他去了东关，你吩咐的赏银，还没有给他两人。"

"大少爷，这银两是'同承和'管家给的，他向俺打听咱出去种芝麻的情况，让我给糊弄过去了，还说以后咱家有什么大事，要和他说说，临走，还给了这二两银子。"

"给你你就要啊？"管家站在一边说道。

"不收下，他就怀疑我说的话了，收了交咱柜上，咱又不吃亏。"王有说。

"人家给你，你就收下，不收，让郑大掌柜多没面子。"张世承笑着对两人说。

"大少爷，你对俺关心照顾这么多年，我心中有数，别说是二两，就是再多，也得交咱柜上。"王有说。

"王有啊，我知道，这么多年，你不说，我也明白，你拿着吧，这个不用交，回头让管家带你和吴顺去钱庄，把赏钱领了，早点回家看看。"

张世承说完，然后对管家说："管家，你办好后叫人去河口，把云和叫来，我有事和你们说。"

"大少爷，大少爷，那我们先去了啊。"张恒、王有两人说。

两人走后，张世承回到客厅，沏上一壶大红袍，又拿起治河公文看了起来……

"大少爷、大掌柜。"管家张恒和码头总管冯云和来到客厅。

"你们来了，先坐下再说。"张世承说。

两人落座，张世承说道："今天叫你们来，是有一件大喜事要说，咱这小清河啊，要彻底弄弄了（治理）。"说完他把两份公文递给两人。

"大少爷，这可是个大好事，这河真要是修好了，那以后咱的船上到济南府、下去塘头营（羊角沟）可就老方便了。"管家说。

"大掌柜的，这挑河可是个烧钱的事，按照公文上说的，河加宽、加深这么多，有的河段还需要裁弯取直，那得需要多少人呢？别说动用的物资了，就说这么多人每天吃饭吧，这三年下来，那要用多少银子啊？"冯云和眉头紧锁着说道。

"对了，大少爷，道台大人这公文上光说治河的事，咋没提挑河银子的事呢？"管家张恒急忙问道。

"银子会有的，放心吧。"张世承微笑着说道。

"管家，接下来你抓紧先办这些事，派人去博兴店子、兴福一带收购编筐子的柳条，大约收购能编一万个筐子的吧，至于多少斤你算一下就是。"张世承说。

"大少爷，知道了，我称一个筐子的重量算一下，就知道收多少斤了。"管家张恒回道。

"还有，明年东坡那三百亩地不种粮食了，预留下来，咱们也种上柳条吧。"

"嗯，大少爷，我这一琢磨，还是大少爷你有法子，这挑河需要大量的挑筐子和油筐（两人抬的大筐），这柳条子收来，我们找镇子上的匠人把筐子编好，这河一旦开工，卖给官府，咱家就等着数钱吧，肯定是稳稳当当赚上它一大笔，也把咱在涝灾、疫情期间花的那些冤枉钱再赚回来。"管家张恒得意地说道。

张世承看了管家一下，并没有回应，他转身对冯云和说："云和，孤儿院的事都弄得咋样了？"

"回大掌柜，都弄好了，按你说的，年龄小的留在院中，孙桂安派人照顾着，六个八岁以上的孩子，都安排到咱家书房了，教书的欢喜得不得了，还说大掌柜你，将来是个越老越有福的人哩！"

"这吴老先生啊，是喜欢孩子的主儿，这孩子一多，真要是闹腾起来，蛮够他呛的，一会儿我去书房看看，和这些孩子们唠叨唠叨，让他们听话才是。"

张世承说完用手在天灵盖处揉了几下，继续对冯云和说道："云和，你准备下，明天去河北村里（小清河以北）抓紧办理一件大事，这关系到很多人的生计问题……"

"大掌柜，你要注意休息才是。"看到张世承刚才的动作，冯云和关心地说道。

"没事，就是有点头晕，我注意就是。"张世承回道。

玉食村大掌柜张世承吩咐码头总管冯云和，去河北（小清河以北村庄）办一件大事，他告诉冯云和："云和，你在码头这么多年，和北乡人熟悉，明天你骑马去河北村里转转，找一下他们族长或者是里长们，到咱大集那天来一趟（济水镇是逢五排十的大集），我有重要的事和他们说道说道。"

"好的，大掌柜，如果乡里长们问起有什么事，我怎么说？"冯云和说。

"对了，云和，就说是关系他们今冬明春生活着落的事情。"

"大掌柜，我知道了，如果没有其他什么事，我先走了啊。"冯云和说完和张世承告别。

要知冯云和去河北村里是否请得人来，暂且不表。

送走冯云和，张世承回房把两份公文收好，匆匆忙忙喝了一杯水，出门后向镇中的缝衣铺而来。

"婶子，在忙着啊？"张世承进了缝衣铺店门，向一位正在做针线活儿的中年妇女招呼道。

"哎呀，是世承大侄子啊，你可是很长时间没来婶子这里了。"

这妇女边说边赶忙起身，继续冲张世承说道："世承大侄子，可俺也知道，知道你忙，今年这水灾、病灾是连着的来，可把你忙活坏了不是（很累），快进屋坐下歇歇。"这妇女说着，赶忙收拾起椅子上堆放的衣裤，然后用嘴吹了吹上面的灰尘。

"婶子，可不是嘛，前些阵子事太多，就是想出来转转也捞不着呢，俺徐叔呢？"张世承接话说道。

"他说去西洼地看看，这洪水下去，地也干了，想早点收拾收拾，看明年种点啥。"

"俺徐叔就是个勤快人，闲不下去啊！"张世承说。

"这不，我正在给他缝个包袱皮，上坡干活儿用。"这妇女说着，拿起刚才手里的白色粗布料说道。

张世承看着妇女手中四四方方的包袱皮，好奇地问道："噢，婶子，给我看看。"这妇女赶忙把手中包袱皮递了过来。

张世承接过包袱皮看了一下，对妇女说道："婶子，我说你鼓捣（发明）的这个东西敢情是好哩。"

"凑合着吧，干起活儿来用，这个方便不是？"妇女自信地说。

"方便，确实方便。这挑担往肩上一搭可当垫肩，热了可以当手巾擦汗，下河洗澡还可以擦身子，这干活儿累了吧，往地上一铺，可以睡上一觉，去园子里摘个瓜菜什么的，这一包就行，这比穿件褂子（上衣）可是方便多了。"

"就是啊世承大侄子，这包袱皮用处大吧？比做褂子还剩布，这二尺八见方就行。"妇女满脸欢喜地笑着回道。

"婶子！改天看看啊，你还得给我做点。"张世承冲妇女说道。

"哈哈哈，你可笑死婶子了，给你做个，行，你披在肩上出去拉个买卖啥的，让人家一看还不笑掉大牙啊？"这妇女大笑着对张世承说道。

"婶子！大侄不是和你开玩笑，真的。"张世承说。

"好，那婶子就给你做上十个八个的，让你替换着用，用这包袱皮包好多好多的银子回家。"妇女说。

"婶子，十个八个可不行，你就先做六千个吧。"张世承说。

这妇女一听，瞪着两个溜圆的眼睛看着张世承，想说什么，又停了下来。

"婶子，你整的这个包袱皮很实用，我明年开春后就用，你算一下价格，报给张恒，到时候你去钱庄拿钱就是。"张世承说。

"世承大侄子，你就放心吧，我多找几个人来干，做得结结实实的，保管误不了你的事儿。"

"那敢情是好，婶子，你是个麻利人，这个我心中有数。"张世承说完把手中的包袱皮放到桌子上。

"世承啊，这么多年来，你叔他身体又不好，常年结核咳嗽的，重活儿也干不了。多亏有你的照顾，当初要不是你帮婶子开了这个缝衣店，俺这一家子，日子还不知道怎么过呢。"

这妇女越说越激动，情不自禁地两眼一红，泪水从眼眶中流出，轻轻地滑落到嘴边。

看到眼前这情景，张世承赶忙对这妇女说道："婶子，这次侄儿来，是想让你给孤儿院的孩子们做件衣服的，没想到，还捎带解决了一个重大的事情。婶子你说这事巧吧！"

妇女听到张世承这打圆场的话，赶忙抬起胳膊用衣袖擦去脸上的泪珠说道："巧，真是巧她娘打巧，巧极了呀。世承啊，你等会儿。"

这妇女说完从里屋里拿出几件做好的衣服说道："世承侄子你看，这几件衣服啊，就是给那些没爹没娘的孩子们做的，前几天我就去挨个儿给他们量了一下，已经做了这几套，剩下的那些布都裁好了，这还没捞着做。这事老早就想过去告诉你一声，看到你成天忙的那个样，你婶子就没去打扰你。"

"婶子啊！我替那些孩子们先谢谢你了，以后这孩子的洗洗、缝缝、补补的就交给你了，还是那句话，工钱你说个数，让管家到柜上给你支就行。"张世承说。

"世承侄子，好好好，工钱找管家支就行，婶子绝不能少收。"这妇女一边开玩笑地学着世承的话，一边赶忙去给张世承倒水沏茶。

"看咱娘俩光顾着说话了，也忘了给你沏茶。"这妇女说着。

张世承说："婶子，你可别忙活了，真不干枯（不渴），我还要去牟洪升的柳编铺子呢，婶子那我先走了啊。"

"大侄子，有空再来啊。"这妇女一边送一边热情地招呼着。

"婶子，有空俺再来。"张世承应声转身出了缝衣铺，向镇中的仓门口而来。

张世承来到仓门口西边的一家柳编铺子，进得门来，只见院中堆放着形态不同的柳编器具，篮子、簸箕、柳箱、柳筐、柳篓子、大油筐等件件器具，不但美观大方，而且结实耐用。

张世承顺手拿起一个大油筐掂量了一下，刚想放下，就听到北房那边传来一个人的声音："世承兄弟来了啊，咋还不进屋呢？来，快屋里坐。"

"洪升哥！这货弄得不少。"张世承说。

"昨天晚上，我还和你嫂子絮叨呢，前段时间为了咱这镇子的事，把世承兄弟累得不轻，这洪涝病灾也过去了，咱也该去看看他了。"

张世承边往屋里走，边说道："洪升哥，就知道你和嫂子想我，我才来的，洪升哥，嫂子腌的咸鸭蛋还有吗？"

"世承来了啊，我和你哥正想抽时间去看看你哩，你看，俺俩还没等去的，你这先来了。"洪升媳妇从屋里迎出来说道。

"嫂子，你好呀。"张世承问候道。

"好，都好，世承，馋鸭蛋了不是？早给你装好了，正想和你哥去给你送呢。"洪升媳妇指着屋中砖铺地面上的一提篮咸鸭蛋说道。

"嫂子真好！谢谢你了哈。"张世承微笑着冲洪升媳妇说道。

"当家的，去弄几个小菜来，我和世承兄弟喝上几盅。"牟洪升冲自己媳妇喊着。

说完他走到门口，冲干活儿的伙计喊道："中子，去叫一下你洪章叔和方太叔，让他们赶紧过来，就说世承来了。"

"掌柜的，好嘞。"伙计郭中应声而去。

"洪升哥，这不中午不晚上的喝什么酒啊？我还有大事要和你说哩。"

牟洪声一愣，问道："什么大事？"

"洪升，我是真有大事和你说。"张世承表情急急地对牟洪升说。

"等他两人来了咱再说，今个儿我是咸菜拌豆腐，有盐（言）在先，现在说我可不听，我还不知道你，这说完就走，别说是喝点小酒，就是让你喝碗茶你都没空。"牟洪升笑道。

"我说世承兄弟，你俩从小光着腚在这小清河里长大，你哥是最了解你这急性子脾气了，说完你就真走了，今天得住下啊，你看，嫂子给你煮咸鸭蛋呢，说啥也得住下。"洪升媳妇面带微笑冲张世承说。

张世承一看眼前这两口子留人的阵势，赶忙顺着洪升媳妇的话说道："听嫂子的话，今个儿住下。别的不说，我真馋嫂子腌的这咸鸭蛋了。"

"世承，快坐下，你嫂子刚给我买的好茶叶，先下上壶（放茶叶）尝尝，这大水、病灾可走了，这几个月来，还是第一次有兴趣喝茶呢。"

牟洪升说完，倒水冲茶，片刻给张世承倒上一碗，递了过来。

"好茶，这进门就闻着茶香了，来上碗、来上碗。""德丰聚"糕点铺的老板邱方太提着个大纸包进来。

"就你这鼻子，比小狗都尖，茶碗早给你准备着呢，自己倒。"牟洪升冲邱方太幽默地说道。

邱方太来到方桌前，把手中的纸包放到桌子上。这时张世承提起铜把紫砂壶，把茶碗倒上茶水，递给邱方太。

邱方太接过茶碗，冲张世承说道："世承，这洪水病灾的可走了，改天咱得好好聚聚。这些日子啊！为了这些丧门事，你可是花老了钱了，不是我说，这镇子上的都知道。"说完扭头对牟洪升说道，"洪升哥，你约约人，我做东，在全香楼，摆上两桌。"

"好，为世承的善心义举庆贺庆贺，在咱济水镇啊，那美德家风得继续弘扬不是！"牟洪升说。

邱方太把手中端着的茶碗送到嘴边，将茶水送入口中，用舌头咂了两下，继续说道："好茶，好茶，洪升哥啊，在嫂子面前，你真是神仙待遇啊！"

"在咱这济水镇，都说是邱家的嘴，一点也不差，听这一套一套的，就知道你早来了。""裕丰成"的老板吴洪章提着个酒嘟噜（旧时盛酒的陶瓷器具）进得门来，冲邱方太说道。

"邱家的嘴，吴家的腿，我说洪章啊，今天我咋感觉你来得不快呢？"牟洪升冲吴洪章说。

"洪升哥，这不，中子告诉我你让快点来，俺就赶紧停下手中的活计，下地窖拿了这嘟噜酒，这得用时间不是？"吴洪章边说边把酒嘟噜放到桌子上。

"噢，我说方太呀，你这纸里鼓鼓囊囊的包的啥呀？这也不像是糕点呀。"看到吴洪章把酒嘟噜放到邱方太提来的纸包旁，牟洪升冲邱方太问道。

"还啥？猪头肉，唉，我说洪升哥呀，你啥头脑啊你，我看你整天编筐编的都成提篮头了，咋不记事了呢？小时候下河前（游泳），你都是让俺从家里偷包糕点的纸，然后让世承拿纸回家偷猪头肉给你吃，今天咋还不知道这纸里包的啥了呢？"邱方太说。

"嘿嘿、嘿嘿。"牟洪升手摸头皮尴尬地笑了几声。

这时洪升媳妇端着炒好的菜进屋说道："还真不知道你哥有这能耐。"

"还有，还有你家……"这不等邱方太说完，洪升媳妇继续说道，"我说呢，小时候只要你们三四个一到俺家里耍，缸里腌的鸭蛋准少，那时候我爹还纳闷呢，这缸口盖得这么严实，这野猫还真厉害。闹了半天，还是你们这些嗦神（调皮鬼）弄的呢。"洪升媳妇说完，朝牟洪升斜了一眼，回厨房继续做菜。

牟洪升听后，又抬手抓摸着头皮，满脸无奈地笑着说道："好你个方太，瞧你这嘴，真是哪壶不开提哪壶！"

"洪升哥，俺几个只是跟着你偷个鸭蛋吃，还是你能耐啊！鼓鼓捣捣地把嫂子给偷回来了。"

众人听了哈哈大笑。这时听到门口有人大声说道："这不过年不过节的，都吃了欢起溜团了（旧时一种儿童小食品），看把你们给乐的。""全香楼"的老板邱玉恭手提两只熏焖香鸡进得门来。

"哎呀，是玉恭兄来了呀。快进屋。"牟洪升说着赶忙迎接，众人一看是全香楼的老板邱玉恭来了，都赶忙起身相迎。

"玉恭兄，你咋知道世承他们来我这儿了？"牟洪升问道。

"这还用问吗？我就不会猜呀？"邱玉恭十分自信地说着把两只熏焖香鸡放到桌子上。

"昨天在街上碰到北头的干木匠了，说是在你那里干活儿，做桌椅板凳，认为你忙，我就没叫中子叫你。"牟洪升说。

"是我和他说的，今天世承好歹抽空在你这里住下一回，咱兄弟们一块儿聚聚，你不叫玉恭一声还行吗？"吴洪章对牟洪升说。

"不叫这不是也来了吗？洪升是个有数的人，怕给我耽误事。"邱玉恭说。

"来，来来，先都坐下再说。"牟洪升赶紧张罗着。

"嫂子，别做了，菜不少了。"张世承站起来对正在上菜的洪升媳妇说。

"当家的，给你把这猪头肉切切，这香鸡撕吧撕吧就够了，赶紧把咸鸭蛋端上来。"牟洪升催促着媳妇。

"嫂子，我帮你拾掇拾掇吧！"张世承冲洪升媳妇说。

"不用、不用啊，这一会儿就行了。"洪升媳妇说完，朝牟洪升看了一眼，继续说道，"就是世承兄弟懂事勤快，你啊，在家里就是知道清闲的主儿。"

牟洪升听后，用手挠着头皮，嘿嘿地笑了两声，调皮地伸了下舌头。

不一会儿，十多个菜摆满桌子，众人边吃，边喝，边聊。酒过三巡，张世承起身向兄弟各敬了一杯，然后说道："好久没聚了，今天这酒喝得开心，打今年入夏以来，让这小清河洪水闹的，烦心事是一件接一件。"

"就是聚，也没有心情不是。"牟洪升说。

"今天这酒喝得高兴，我就把另一件更高兴的大事和兄弟们说说。"

张世承说把另一件高兴的事告诉大家，这话一出口，邱方太就迫不及待地抢过话茬说道："嗨，我说世承，你这事儿说得如果不大，可要自罚三杯哦。"

"你就是活鱼扔到那旱地上，咋光知道吧嗒嘴呢？就你嘴皮子溜透，是吧？让世承把话说完不成？"吴洪章冲邱方太瞪着眼说道。

"咱这小清河，从今年起就要彻底治理了，往后再也没有洪水灾难祸害咱们了。"张世承说。

"我说世承，你咋知道这么快，这官府还没贴告示呢。"邱方太说。

"省府的公文都下来了，三年的工期，开宽挖深，截弯取直，公文就在我那里放着呢，本来是想约你们到家聚聚，然后告诉兄弟们，这不，今天洪升哥和嫂子热情招待，替我把聚餐这个事儿在这儿给办了。"

"这不正好吗？这叫啥来着，搂草打兔子两不误呀。"吴洪章笑着说。

"哎，我说世承啊！我可明白了，你今天哪是来看你哥呀？你是老和尚打儿子，还有别的事啊！如果我没猜错，今儿个是来让我编挑河抬土用的油筐对吧？"牟洪升对张世承唠叨着。

不等张世承回话，这邱方太抢先说道："洪升哥，你这要发大财了啊，真要是这小清河动大发了劲（规模大），几万人上工挑河抬土，那得用多少油筐啊？"

"听世承这么一说，这确实是个大事儿，公文既然在世承这儿，咱济水镇这河段的治理总管，也就是世承无疑了！放心吧世承，以后有什么事，哥会全力支持你的。"全香楼的老板邱玉恭满怀希望地说道。

"世承，这么多年来，这小清河让洪水闹得是时通时塞，洪水过后这黄泥一淤，河中来往的帆船被迫停航，我发往博兴、周村、济南、塘头营的酒，不得不绕道旱路，这旱路马车运货，不但装得少，而且是又远又麻烦，你这次带头治河呀，哥是双手赞成，支持你。"吴洪章站起身来，拍着自己的胸脯子说。

"对了世承，刚才你说咱这小清河治理要截弯取直对吧？"邱方太对张世承问道。

"方太兄弟，是怎么个取直法，还要等勘探设计好定下来再说。"张世承对邱方太说道。

"世承哥，要是取直，我看咱就叫他来个光腚孩子拉屎，挪挪窝儿，让河道往咱镇子这边靠靠，穿咱的西湖走，咱西湖水深，帆船从博兴下来后进湖再从这湖东出，首先这段不用费大劲挖了，这样一来可以给官府省钱，二来嘛——"

邱方太还没说完，吴洪章打断他的话说道："这二来，我每天挑担去码头卖货，来回要省下老多的脚力呢。"

"嗨，我说洪章，你咋就像我肚子里的蛔虫，怎么啥也知道呀？"邱方太开玩笑地说。

"方太说得不无道理，如果这次治理，河道穿西湖会省人、省力、省钱，也是一个很好的办法。如果穿西湖，河道必须南移，以后建码头也离我们镇子近了，这走货、进货的，会给镇子上的客商带来很大的方便，更有利于镇上的繁荣和商贸的便利，一个两全其美的好法子。"张世承说完看了邱方太一眼，继续说道，"另一个大好事呀，那就是我们方太兄弟，每天挑着担子来这码头上卖货，像刚才洪章说的那样，要省好多的脚力呢。"

"世承哥，让你说的，这酒看来是罚不了你了。"邱方太说。

"世承啊，你赶快带头挖这小清河吧，好好拾掇拾掇它，就像刚才洪章说的那样，往外发货转旱路难走死了，我这柳编品也是这样，费人、费时、费力，这小清河就在眼前，这洪涝一来，淤泥填得不能通航，船跑不动，就像是茶壶里煮包子（饺子）有货倒不出来呀，瞪着眼睛干着急啊！"牟洪升埋怨道。

"只要这河上下一通，那就是竹筒倒豆子，直来直去，可方便多了。"吴洪章感慨地说道。

"瞧咱哥们儿这一通聊的，这酒也不喝了，菜也凉了，来来来，咱先喝酒。"牟洪升招呼着，众人开始划拳：

五魁首啊！

巧来七呀！

六六顺呀，

哥俩好啊，

再好好啊……

这兄弟几个那阵阵节奏紧凑、粗犷激情的猜拳嘶吼声，从屋中传出很远。

次日，张世承一觉醒来，已是大天亮明，他在床上坐起身来，伸了个懒腰，下得床来。

"当家的，昨晚你喝得不少，这是给你准备的糖梨水，洗把脸，漱漱口，喝了吧。"曹氏说完把杯子放到方桌上。

张世承洗了把脸，用水漱了下口，转身对妇人问道："圣贤她娘，云和来过吗?"

"对了,当家的,刚才云和来过了,说今天北乡的人来,让我告诉你一声,别忘了。"曹氏说。

"云和他人呢?"张世承问。

"他和管家去收拾客厅了。"曹氏说。

"好,我知道了。"张世承说完,拿起水杯将糖梨水一口气喝干,然后放下水杯对夫人说道,"你通知厨房,中午准备五桌子饭菜,让客人们今天中午都住下,问一下厨房牟师傅需要什么菜,你和刘妈去大集上买点。"

"嗯,那我收拾下就去了哈,这盖盆里是我给你做的莲子汤,不凉不热你喝了吧。"曹氏说完出门向后院而去。

将近中午,河北村庄的乡里长来了四十多位,远远超出了张世承的预想。热闹的张府大院内,张世承和他们热情地打着招呼。管家张恒,总管冯云和,家佣王有、吴顺等人,忙活着在客厅里加了桌椅板凳,客人们相继落座。

这上齐了第一道菜后,张世承招呼着客人们共同先干三杯,然后说道:"各位长辈,今天让大家来,是有一个好消息要和大家说,官府为了杜绝洪涝灾害,让两岸百姓安居乐业,咱小清河要彻底治理了……"

张世承说完,在座的各位是一片掌声。"这小清河要是彻底治理,我们河北乡村的人,再也不受洪涝灾害,可有救了,我代表俺乡里的人先谢谢大掌柜的了!"客人们个个满怀兴奋。

"今天请各位长辈来,这一来呢是告诉大家挑河这件事,这二来,还有一件关系到咱眼下生活的大事要说……"

这时间过得真快,说话到了年底,张世承通过一个冬天的测量勘查,在官府的支持下,小清河济水镇段治理划线等事宜全部完成,只等来年春天开工挑河(旧时挖河取土是肩挑人抬)。

张府大院客厅内,乐丰县衙捕头李元度对张世承说道:"世承贤士,这整个冬季以来,元度受知县屠大人之命,来济水镇参与小清河开挖治理的前期事宜,亲眼看见这数月来你奔走于寒风冬雪、星月晨露之下,这治河前期事宜今日终于告成,你对小清河提出的一系列治水方略和办法,你的智慧和思想,将会使小清河的治理一劳永逸啊!"捕头李元度说完端起盖碗,用茶碗的碗盖拨了拨漂浮在茶水上的茶叶,用上嘴唇靠近茶碗的碗沿细细地品尝一口。

张世承说:"李大人,你来回在这镇子上好几个月,也是受大累了,世承如有照顾不到的，想不到的地方，还望捕头大人别往心里去，原谅世承的不周啊。"说完，张世承提起紫砂壶给李元度把盖碗中的茶水添至七成满。

"这个你放心，自元度乐丰任职以来，深知你的为人，别看我是行伍出身，但家族也是书香门第，这为人处世，知人知心我还是心中有数啊。"捕头李元度说。

"这年后，知县屠大人就任到期，不知李大人留任乐丰继续为民效力，还是随知县大人另有高升啊？"张世承问道。

"张贤士啊，今天没有外人，我就实话实说吧，屠大人年事已高，早就打算辞归乡里，哪还有另谋高就一说啊。"

李元度说完端起茶碗喝了一口茶水，沉思了一会儿说道："这连续的赈灾，已把乐丰县衙库银掏空，别说是以后这三年治河投钱，眼下连我们这些当差的工钱都分不下来，老家还有父母孩子，这样的状况，元度也只有跟随知县大人回归湖北原籍，买上几亩薄田，一家人日出而作，日落而息，回归田园生活了。"

"李大人！你当差乐丰以来，别的咱不说，就洪灾期间济水镇刘国坤盐行那事，你临危受命后而能迅速控制现场，处理得细致周到，这解决问题的能力非常出色，现场中的千变万化都在你的眼中，这需要一个人具备洞察力和控制能力，事后备受济水镇老百姓的尊重和赞扬，你是国家的干才啊！"张世承对乐丰县衙捕头李元度真心地赞叹。说到这里，张世承走到门口，喊来管家，和他低声说了几句什么，管家应声而去。然后他又回到八仙桌前落座。

"世承贤士，这盐行刘国坤你不提，我还正想和你说哩，这人可不是个善茬，又滑、又毒、又坏、又狠，是个贪得无厌、五毒俱全的人，在这济水镇如果不是有你撑着，这人还不知道要做出什么伤天害理的事呢。"李元度说。

"积善之家必有余庆，积恶之家必有余殃。"张世承说。

"世承贤士，说句掏心的话，这治河可是个烧钱的事，这一旦开工，每天数万人的吃喝拉撒睡，患病要医治，伤亡人员要抚恤安葬，挑河所用的物资用具等等，这三年下来，不光是让你把个跟头那么简单，我要说的，你就是家业再大，也填不满这小清河道啊，就算是三年勉强支撑下来，将来可怎么是好？"李元度满怀真情，可谓是肺腑之语。

"李大人，世承真是谢谢你了，可我已经答应了道台盛大人，也只有硬着头皮干下去了。"张世承说。

"世承贤士，你这人我知道，是朋友托付而绝对信得过的人，可官场复杂险恶，以后遇事要谨慎而行。"李元度满怀关心地嘱咐道。

"老爷，事办妥了。"管家张恒在门口冲屋内的张世承说。

"好，我知道了。"张世承回道。

"世承贤士，天不早了，我要回县衙了，今日一别，不知何日再见，愿我们后会有期。"李元度起身说道。

"李大人，慢行一步。"张世承说完，冲门外的张恒说："管家，拿进来吧。"

"大少爷，这个是你让取的货。"张恒说完，把一布袋沉甸甸的东西交到张世承手上。

张世承接过张恒递给自己的布袋说道："管家，这里没有其他事了，你先下去吧。"

"是，大少爷。"管家张恒转身离开。

张世承转身对李元度说道："李大人，这布袋中是一千两银子，你拿着吧，回家置几亩田地，剩下的盖个宅院，也好养家糊口，这是世承的一点心意，请收下吧。"

"哎呀，我说张贤士呀，这可是好，这可是好，正合我意，你这如果不给呀，我还正想开口要呢，太好了，真是帮我大忙了。"捕头李元度双手接过布袋，满怀感激地说着。

李元度把银两收好，两人边说边出了大门。李元度从用人王有手中接过青龙马的缰绳，然后把腰刀向后一背，单脚踩镫，飞身上马。他在马上转身向张世承拱手说道："张贤士，后会有期。"只见他两脚一磕马的肚子，嘴里大喊一声："驾！"青龙马越跑越快，四条腿离地而起，片刻间奔向镇南。

李元度骑马来到镇南"三隆兴"盐行门前，收住马缰绳，翻身下马，扣响了刘国坤的盐行大门。

听到敲门声，家丁赵复赶忙过来问道："谁呀？把门砸得这么响！"

"我，县衙李捕头。"李元度说。

家丁赵复把门打开，笑脸相迎，说道："是李大人来了。"

然后他接过马缰绳，向大门左边走了几步，拴在马桩上，告诉李元度说："李大人，在此稍等片刻，我去禀告老爷一下。"然后他转身进门，穿过二门，向后院客厅而来（三进院的建筑风格）。这捕头李元度来"三隆兴"干了什么？暂且不表。

先说这河北众位里长等人，从济水镇张府回来后，便召集乡民召开议事会，对张世承的提议部署落实到位。

许李村的里长李桂，一手持枣木锤子，一手提铜锣，满街走动，一边敲一边喊："众位乡亲们，到家庙议事了。众位乡亲们，听到的赶快到家庙议事了……"

人们听到铜锣声和李桂的咋呼声，便聚集到家庙大院，这人来得还真是不少。

"孙哥，你吃了吗？"乡民高大轩在家庙门前，向同村的街坊哥们儿孙璋打着招呼。

"还没呢，这年头，让这洪灾闹腾的，是吃了上顿没下顿，这不，刚去坡里扒了点榆树皮。这每天想吃口干粮，就和那年三十晚上看月妈妈（月亮）一样没指望了。"街坊孙璋无精打采地回道。

"我看啊，过几天这坡里的树皮也没了，这一庄人非得饿得、饿得和地瓜蔓子一样，架不起来散了伙（饿得躺下爬不起来）。"村民李洪祥喷着唾沫星子说。

"别聊了，里长上台了，听听说啥。"村民孙璋说。

此时，李桂站在庙前台子上向众人说道："我看这人来得也差不多了，和乡亲们说个事儿啊，前两天应济水镇'玉食村'大掌柜之邀，去了趟河南边（小清河以南），张大掌柜让我回来和大家伙说说，商量商量，咱庄里的人这冬天在家闲着不是没事吗？有愿意去下洼（黄河入海口洼地）割荆条的（荆柳条）、编提篮的、做布鞋的咱都行，这荆条割来，你们自己收拾收拾，打成捆送到河南去，张大掌柜会以质论价收购，编提篮筐子的、做布鞋的，你们噶活起来（多人组成一组）后告诉我，我把尺寸告诉你们，到时候往我这交就行了。再说了啊，这活儿都不欠账，看好了货，给你们支现钱。"这李桂生怕乡亲们听不明白，站在台子上是连说了两遍。

"哎，我说里长啊，南乡（指小清河以南）镇上的张大掌柜这下可给咱庄找了个好事哩。"许李村的老农李廷玺说。

"里长啊，这编提篮筐子可是俺拿手的活儿，俺回去噶活人了啊，凑二十个人行吗？"编筐人李朝贵说。

"行，十个八个也行，编好了你收起来，交我那儿就行。"里长李桂说。

"里长啊，编提篮筐子这活儿，俺可不是脚丫子挠脊梁，装那巧手的，你就瞧好吧。"李朝贵说。

"我说里长啊，俺这大老娘们儿在家是闲着不假，做鞋也的老营生了，可这没针、没线、没布的，这鞋也做不了啊。"村中的寡妇潘镜子用手比画着冲李桂说。

人群中的几个妇女也点头附和。

"我说潘镜子啊，就你说的这个，那是鸭子下蛋，不用鸡（急）啊。回来的时候，大掌柜说了，有啥事或者缺啥，找他就行，你联合联合人（组织人），告诉我，我去给你治整就行（把布线弄来）。"李桂说。

"还是里长好，实心实意地为庄里人办事，改天我要是挣了钱，非请你喝酒不可。"潘镜子一努嘴，冲李桂微笑着说。

"喝酒就免了，喝碗子茶就行。"里长李桂说。

"镜子啊！光知道请里长，咋不请俺呢？要是请我啊，酒菜你不用管了，俺自己带上，光借你那地用用，行不？"村里的光棍许二杆冲潘镜子色眯眯地说道。

"滚一边去吧你，你个懒奸二流子，还酒菜呢？看你穿的那破棉裤吧，露着腚眼子、裂着裆的，整天游手好闲，白开水喝上就很好了。"潘镜子冲许二杆说。

"我说你个许二杆，真是老鼠钻了尿壶里，找着挨呲，这镜子还能看上你？"村民李洪祥有点不耐烦地冲许二杆说。

"看不上我能看上你了啊？你能耐呀？还说我呢，你就别老和尚念经穷嘟囔了，管好自个儿吧。"许二杆瞪着眼冲李洪祥反驳说。

"我说你个许二杆，别疯了似的啊！是打人不打脸，骂人不揭短。你真是哪壶不开提哪壶！"潘镜子咧嘴笑着说道。

"我说大伙子们别吵吵了。"里长李桂在台上大声冲人群说道。

"我说大伙子们都别吵吵了，先听里长咋呼啊。"光棍许二杆学着李桂的话在人群里大声吆喝道。

李桂瞪了许二杆一眼，然后继续说道："我刚才说的大家伙子们都听清了吧？这要是听清了呵，这大冷天的咱就散了啊，要是以后有什么事，到家找我就行了。"李桂说完后敲了三下铜锣，众人散去。

议事会后，许李村的人各尽所能，都行动起来了，其他村也同样积极，在各村里长的带动下，众人积极参与，一场开挖小清河的前期准备事宜，在小清河两岸村庄紧锣密鼓地进行……

济水镇上，张府管家派去店子收货的用人王本固，这日回府，他进得门来，正好迎面碰到管家张恒，赶忙说道："张管家好！我刚回来，你交代的事已办妥，就等府上派马车去把货拉回来了。"

"本固啊，这次干得不错，有出息，以后好好做事，大少爷不会亏待你的。"管家张恒拍着王本固的肩膀夸赞道。

"张管家，我记着了，咱收购的柳条子啥时候往回运啊？"王本固问。

"我已经让王有和吴顺准备好马车了，既然已经收齐，明天咱就开运，头年急着拉回来。你先回家看看，如果家中没有别事，明天你带车一块儿去。"管家说。

"好，管家，那我先回家一趟。"王本固说。

次日天刚放亮，王有和吴顺将骡马早早喂饱，套好马车出得张府场院向镇南而行。这马车走过镇中的仓门口，正上一个慢坡，王有举起手中的鞭子刚想落下，突然看到一个人影匆匆忙忙地从前边"大香和"茶楼的后门快步闪出。王有心想，这会儿可不能是喝茶的吧？他赶紧收起鞭子，向坐在车上的王本固好奇地问道："我说本固，刚才从茶楼里出来的那个人你看到了吧？"

"王有哥，看到了，咋啦？"王本固回道。

"你看清是谁了吗？"王有问道。

"这还用问，这济水镇上几千口子人，谁胖是谁。"王本固回道。

"我说兄弟，咱这镇子上也没有胖成这样的啊。"王有急忙回道。

"没有就不能是外来的呀，住在这济水镇的人家，都三十多个姓了，除陈、成两姓坐地虎，哪家不是外来的？你还是山西大槐树底下来的呢。"王本固说。

"我说本固兄弟，今儿个俺是里首赶车，没有外人，说说听听，这个胖子到底是哪里来的？以前我咋没见过呢？"王有迫切地问道。

"这一年来，你北京城、青州府的到处跑，整天不在镇子上，当然不认识了。"王本固咳嗽了两声，继续说道："这个胖子刚来大半年，是县衙派驻咱小清河口厘金局负责抽厘的头儿。"王本固说。

"我说呢，平常人哪有这肥猪一样的身板啊？再说了，也没有闲工夫整晚上喝茶啊！"王有说。

"我说有哥，这马车快出镇子了，路不好走，好好赶车吧，想知道这胖子是谁？这个人可有来头了，那'大香和'茶楼的小禧子，可沾了他的大光了，等拉回货来，咱俩在全香楼炒上两盘小菜，弄只香鸡，打上半斤小酒喝着，兄弟我慢慢和你唠叨唠叨啊。"王本固卖关子地说。

"好嘞、好嘞，哥不问了，今天你是龙王爷打呵欠，神气十足啊，等拉回货来，我请客，咱再说。"王有回道。

马车慢慢驶出济水镇稳稳向前，马蹄"嘚嘚"地敲击着被寒气冻硬的路面，驾辕的枣红马出镇后打了一个清脆的响嚏，随即喷出一团白气，然后扬起头发出一声长长的嘶吼……

王有坐在马车的左边，从衣袋中掏出烟袋锅点燃一袋烟，吆喝着牲口举鞭赶车。

王本固坐在车上，俩手对抄在棉袄的袖口里，眯着一双小眼，嘴里哼着小清河小调，那浓浓的乡音伴随铁瓦车木轱轮的吱吱声，传响黎明前的夜空。

马车向博兴店子而来，何时到达，暂且不表。

先说从"大香和"茶楼后门闪身而出的这个胖子，出门后靠在墙边，向四周张望了一会儿，便沿大街的西边向南一路走来。他来到位于十字路口东边一个青砖雕花大门前，快步走上台阶，用手轻轻地拍了三下门板，门"吱嘎"一声打开了左边的一扇，胖子抬腿进得门来。

"大人，你回来了？蜜宝已经把枸杞人参汤给你熬好了，夫人还在等你哩。"开门的人说道。

"知道了。"胖子头也不回地应声道。

这胖子进门直奔后院，然后轻手轻脚地来到卧房门口，刚想推开房门，只听从屋里传出一个女人刻薄的声音："你个死胖子，喝茶喝一晚上啊，让水撑破肚皮了吧？"

胖子推门进屋，赶忙说道："当家的，我这样通宵熬夜的，还不是为了多给你弄点银子花吗？我老早就想回来，可这事谈不完，我也回不来啊。这一夜熬的，累死个人了。"

"哎哎哎，敢情是我冤枉你了，多挣钱是个好事啊，当初我爹就是看上你有这个能耐，要不，还让我嫁给你？"女人面目冷峻，言语里流露出一股高傲的气势。

"那是、那是。"胖子说着走近眼前的女人，假装亲密地用双手紧紧地搂在怀中，张开大嘴，用舌头不停地在女人脸上蹭来蹭去。

"夫人，枸杞人参汤热好了，端上来吗？"女佣蜜宝在门外问道。

这夫人刚想开口，却被胖子两片厚厚炽热的嘴唇堵住。

书中所表的这个胖子名叫隋时怀，是青州府派驻乐丰县济水镇厘金局的总办，掌管小清河水旱码头来往商贩抽厘（乐丰县最早的税务局）之重任。

这济水镇厘金局，自清咸丰三年（1853）乐丰知县朱源建成以来，前后经过多任知县的不断扩建，现已形成占地面积二十多亩青砖灰瓦的三进四合大院，正门挂有当年乐丰知县朱源题写、用红木雕刻的四个隶书大字"奉旨抽厘"。这座三进四合院坐北朝南，正厅两侧均有东西六间厢房，正厅、厢房各出三至五尺的前檐，檐下木雕房柱支撑，门窗红木花格做成，整个院落风格庄重、典雅、严谨。院中大青砖铺甬道，花坛相衬，给人肃穆、幽雅之感，形成晚清小清河畔别具一格的独特建筑风韵。

厘金局内设总办处、会计室、庶务室、稽查室、监印室、开票室、巡士队，刚才给隋时怀开门的这个人，就是巡士队长胡克开。

言归正传，房中的女人，听到女佣蜜宝的喊声，用力挣开隋时怀的搂抱，同时向地上吐了几口唾沫，冲着隋时怀说道："瞧你这口猪嘴中的臭味，熏死人了，哼。"

女佣蜜宝在门外等了半天不见回声，她翘起脚尖向屋内望了望，偷窥到里边的情景，差点笑出声来，然后稳了一下神继续问道："夫人，枸杞人参汤熬好了，什么时候送过来？"

"好了、好了，现在端过来就行。"屋中的女人回道。

"知道了，夫人。"女佣蜜宝转身向厨房而去。

隋时怀的夫人名叫门甲芸，是现任青州知府师爷门洞开的独生女，这门甲芸从小被爹娘呵护备至地宠着，娇生惯养，养成了自私、任性、从不迁就别人、自以为是的毛病。门甲芸长到二十多岁，长得是身形苗条，肤光胜雪，瓜子脸蛋，眉目如画，面容清秀绝俗。这早已是到了谈婚论嫁的年龄，可上门提亲的大户人家一打听，此女不但好吃懒做，而且脾气大得出奇，平时嚣张跋扈，只得叹气离去。这无奈之下，门洞开只有降低女儿找婆家的门槛，经过再三考虑之后，许配给在青州府衙当典史（负责地方治安）的隋时怀，当时这门甲芸看到隋时怀猪头雀脑，尖嘴猴腮，是打心眼儿里不高兴，可父母之命难违，只能忍气听从。

两人结婚以后，这师爷老丈人总想给自己的女婿谋个好差事，早点飞黄腾达，这不，机会来了。

在青州府衙当师爷的他，对各县人事空缺安排自然是了如指掌，当他得知乐丰县衙管辖的小清河济水镇厘金局上任调走急需补缺时，便通过自己的人际关系上下打点，如愿以偿地将自己的女婿隋时怀安在了厘金局总办这个肥差上。

为了自己的宝贝女儿，门洞开给即将上任的隋时怀约法三章，这个法可不是什么国法，而是他自己的家法，并让自己的女儿陪同前来。当时女儿死活不肯离开青州，可这门洞开走到女儿面前，贴近她的耳朵不知说了什么，这门甲芸就不但点头答应，而且积极配合，这不，夫妻两人来到济水镇厘金局已半年有余。

这门甲芸随夫来到济水镇厘金局之后，时常无故冲隋时怀发脾气，每当至此，这隋时怀总是找个借口躲出去，在镇上到处溜达。

这日隋时怀受气后，出了家门无精打采地走在大街上，那辚辚而过的马车，那川流不息的行人，街道两旁那突兀横出的木雕飞檐，青砖灰瓦大门边那高高飘扬的字号招牌，古镇这一派欣欣向荣的景色，他都无一点心情观看。

"吴公子、邱公子，二位爷好。来来，里边请，老板刚从苏州弄来的美女琴师，正在试琴等着二位爷呢。"

大香和茶楼的小二一边招呼这二位公子哥进得茶楼，一边继续高声地吆喝着招揽客人。

听到茶楼店小二的吆喝声，隋时怀停下脚步抬头观看，眼前是一座两层木质框架的茶楼，其建筑结构十分严谨，木制斗拱交错，翘角飞檐，灰瓦盖顶，一楼门厅向街并排八根木柱，每根木柱上雕刻有不同的花鸟图案，自然典雅，形态自若，朴实逼真。

门厅正中挂有一块黄花梨做成的木匾，上面书写"大香和茶楼"五个大字。

"客官，这外面风大，咱里边喝杯茶，暖暖身子。"店小二看到驻足在门前的隋时怀，主动跑上前来，热情地打着招呼。

隋时怀看了一下眼前的小二，还没等开口，这茶楼小二就继续说道："官爷，你是刚来的吧？咱这大香和茶楼，在这济水古镇是赫赫有名，南来北往的客商，小清河里上济南、下洋口的船老大，那是无人不知，无人不晓啊。这客人进得楼来，不光是喝茶聊天，还有貌美女子古乐说唱，茶艺表演，摆弄琴棋书画，舞文弄墨，这常客更是闹至深夜，把酒言欢，通宵达旦。官爷，咱里边瞧一瞧，包你满意。"这小二边说边躬身施礼相让。

隋时怀两个眼珠子转了一下，便跟随茶楼小二进得门来，刚想上楼，正巧碰上这茶楼的主人寡妇老板金玉禧从楼梯上迎面走来。

这女子看上去三十出头，身披杭州红花绿叶的牡丹花绸缎棉袍，腰肢纤细，桃粉色大开领的香云纱内衣，露出雪白透着粉红的颈项和锁骨以下细皮嫩肉的胸部，双目似水，灵活至极，双眉弯弯，清秀绝俗，挺直的鼻梁微微上翘，樱桃小嘴上下两片薄薄的嘴唇微带笑意，整个人恍若不食人间烟火的仙女一般。

看到主人，店小二赶忙说道："姑奶奶好。新来的客官，我正准备带他上楼看看。"

金玉禧缓慢下到楼梯口，伸出一只如白雪般娇嫩的玉手扶住楼梯，冲隋时怀抿着嘴，笑吟吟地斜眼瞅了一下，转身对小二说道："小二，先带客人转转看，有什么喜好和需求，带客人到房间找我就是。"

"好嘞，知道了姑奶奶。"店小二笑脸答应着。

然后她媚态风情地冲隋时怀一笑说道："这位客官，如果以后单独见我，那是要提前'预约'的哟。"金玉禧转动着灵活的眼眸，略带几分淘气、几分调皮，说完后，脚步轻轻移动，如风拂杨柳般婀娜多姿地向大厅正中走去，整个人好似随风纷飞的花蝶，又似清灵绽开的牡丹。

这隋时怀转身望着金玉禧的背影，虽然没有说话，可刚才的对视，倍感给了自己精神的沟通与交流，尤其是这女人，那浪漫的情怀，让自己在极为枯燥而又十分压抑的婚姻生活中，找到了那份渴望已久的温馨与浪漫。

"客官，楼上请。"店小二望着站在原地不动的隋时怀说道。

"哎。"隋时怀答应着，带着几分难以分舍的眷恋转身跟随店小二向楼上而来。

隋时怀在楼上匆匆忙忙地转了一圈儿，然后下楼对店小二说道："小二，带我到你家主人房间，我有事须当面相告。"

"好嘞，客官你随我来。"小二说完，带隋时怀来到金玉禧的住处，敲门通报后，转身对隋时怀说道："客官，里边请。"隋时怀进得房中，向金玉禧做了自我介绍，从此两人相识。

金玉禧的姿色风韵让隋时怀神魂颠倒，后来两人又"预约"见面，隋大使便跪倒在她的绣花鞋下，成了这大香和的常客，这半年多来，时不时地就到茶楼"微服私访"，有时两人是缠绵整夜不归。可这天晚上两人做的不只是单纯的皮肉营生，还有一笔更大的买卖。

要知两人谈的什么买卖，是否与小清河改道治理有关？暂且不表。

先说这乐丰县衙捕头李元度，随家丁赵复进了大门，赵复让李元度在二门外少等片刻，自己进去禀告主人刘国坤。

"三隆兴"盐行的主人刘国坤，此时正坐在客厅中的八仙桌旁一边闭目养神，一边听管家黄铎讲述镇上发生的新鲜事，只听黄铎说道："主子，马上开挖小清河这事，镇上的人都知道了，是三年的工期，咱乐丰县济水镇河段是张世承全权负责，这要是三年干下来，张世承挣的钱，那可不是个小数，非得把咱落掉了腚不可（差距大）。"

"那有什么法子，这要是像以前那样，舅爷还在职的话，让他给跑跑疏通疏通，在这济水镇一带，咱啥活儿揽不下来呀？今非昔比了。"刘国坤坐在太师椅上无精打采地说道。

师爷黄铎接着说道："老爷，你找找舅爷以前的关系，咱也弄它一段挑河的活儿干干，这三年下来，咱也能捞上它一把。"

管家黄铎话音刚落，只听门外有人禀报："老爷，县衙来人了。"家丁赵复在门外咋呼道。

听到喊声，刘国坤、黄铎一起把头转向门口，黄铎冲门外赵复说道："喊什么喊？不会进屋说话？真是的，像庙里长草慌了神似的，一点稳重劲都没有。"

赵复赶忙蹑手蹑脚地进得屋来，先冲着黄铎哈了一下腰，然后对刘国坤说道："老爷，县衙李捕头来了，现在二门外等着呢。"

这刘国坤一听是李元度上门，"噌"地一下从太师椅上站了起来，对赵复说："等什么等啊，还不快请。"

"是，老爷。"赵复答应着赶忙转身刚想出门，刘国坤举手做了一个手势，口中说道："慢。"这赵复一听赶忙收住脚步，退了回来。

刘国坤对管家黄铎说道："咱先别叫花子做驸马，受宠若惊。我说管家，你猜想一下，李元度这么晚了来有什么事呢？"

"老爷，李捕头这个人，性格直爽，虽然和咱家交往不是太深，可从来也没有难为咱啥，就说前段时间灾民门前闹腾那事，李捕头来到后迅速控制现场，更是尽量阻止灾民冲撞咱家盐行，至于给灾民舍盐那事，他是服从道台和知县的命令，有时候这人在江湖身不由己呀。"管家黄铎简单地说了一下自己的看法。

"那他今天是来为啥呢？"刘国坤自言自语地说道。

"老爷，让他进来，咱不就什么都知道了吗？入冬以来，这李捕头常来咱济水镇参与小清河的测量规划事宜，今天来得正好，请他进来咱不但可以更多地了解小清河的情况，瞅个机会还可以让李捕头给打点打点，包段河道干干。"管家黄铎说。

"好，那赶快请吧。"刘国坤催促着赵复。

赵复转身出门奔前院而来。

"老爷，我看今晚咱先安排一桌酒菜，让李捕头住下说话，有时，这人可是酒后吐真言啊。"管家黄铎向刘国坤建议道。

"就这么办，管家，你去厨房安排酒菜，我在这里等客，咱两不误。"刘国坤对黄铎说道。

"老爷，你看这样——"黄铎望着刘国坤说了半句又停了下来。

"我说管家，这关键时刻你卖什么关子呢？有话直说不就行了吗？咋还和那孙猴子过火焰山一样，憋回去了呢？"刘国坤右手摸着光头，急躁地冲管家黄铎说着。

"老爷，依我说，这个节骨眼上，你不能在这儿等，要去门口相迎才是。"黄铎说。

刘国坤两个大眼珠子一转，然后对黄铎说道："对啊，相迎，马上相迎，我刘某人也是知书达理的主。"说完用手整理了一下衣服，继续对黄铎说道，"管家，那你赶紧去厨房安排吧。"

"好，我这就去。"黄铎说完转身出门，向厨房而去。

李元度在门口等了一会儿，不见家丁赵复出来回话，心中暗想，这刘国坤一定是在盘算自己今天的来意和考虑应付对策。想到这里，他走近二门向里望了一眼，这时，听到里边急促的脚声由远而近。李元度凭借自己多年来的刑侦经验，断定是家丁赵复回话来了。他转身离开二门的门口，走到拴马桩前，解下青龙马的缰绳，牵着马向门外走去，把火候拿捏到最佳状态。

"李捕头、李捕头，别走，别走，我家老爷在客厅等着你哩。"家丁赵复出得门来，对正在准备离去的李元度大声喊道。

李元度也不答话，牵马继续往外走。这紧随家丁后边而来的刘国坤，听到赵复的喊叫声，知道这李元度想走，是"泥菩萨身上长草，慌了神"，便三步并作一步，不等后脚迈出二门，便大声吆喝："李大人，李大人，这是咋了啊？国坤听说你来，赶忙安排厨房准备酒菜，这来晚一步，来晚一步，李大人实在是对不起，对不起啊！"

听到刘国坤的喊声，李元度停下脚步，转身回头，冲迎面小跑过来的刘国坤微微一笑，说道："刘大掌柜，走到贵府门前，本想讨杯水喝，不想打扰到你了，元度有点惭愧，这不，刚想……"没等李元度把话说完，刘国坤急忙冲站在一边的家丁赵复说道："愣在那儿干什么？还不快帮李大人把马拴好。"

"是，是是，老爷。"家丁赵复赶忙来到李元度面前，接过青龙马的缰绳，重新拴在马桩上。

"李大人，这好久没有见面了，咱客厅一聚，我准备了一席薄酒，你我兄弟两人，啦啦呱，叙叙旧，上次你帮国坤解围那事，还没有当面致谢呢。"刘国坤假装诚意，向李元度称兄道弟地说道。

李元度冲刘国坤说："刘大掌柜，恭敬不如从命，元度谢了。"说完两人便向大院深处而来。

刘国坤走在左前方引路，李元度随后，两人进得二门来到后院客厅，按宾主入座，不一会儿用人端上茶水，刘国坤起身恭恭敬敬地把盖碗送到李元度面前，说道："李大人，先喝杯茶，歇歇脚，酒菜一会儿就好。"

"刘大掌柜，元度给你添麻烦了，不好意思啊！"李元度说完后端起盖碗，用碗盖拨了拨浮在上面的茶叶。

"是李大捕头来了啊，欢迎，欢迎啊。"管家黄铎进得门来，像遇到多年不见的老熟人一样，热情地和李元度打着招呼。

李元度慢慢放下茶碗，刚想起身回话，这黄铎赶忙向前用手示意让李元度坐着就行，并继续说道："李捕头，你是贵客，这平时想请都请不来，和我们这些乡下人就别客气了。"

"大管家，不是元度请不来，今儿个这不是不请自来吗，对吧，刘大掌柜？"李元度接着管家黄铎的话，转身朝刘国坤说道。

"李捕头，昨天我家老爷还说呢，改天咱得好好请请李大人，别的咱先不说，就那次穷鬼们盐行门前闹事，要不是李大人及时赶到摆平，还真不知闹出什么乱子来呢！"管家黄铎说道。

"在非常时期，保护商业和商人的安全，乃是元度职责和分内之事，那次元度来得仓促，如有不周之处，还望刘大掌柜理解就好。"李元度谦虚地对刘国坤说。

"管家，酒菜都弄好了，啥时候端上来？"刘府用人在门外问道。

"现在就行，赶快上。"管家黄铎向门外的用人吩咐道。

不一会儿酒菜上齐，管家黄铎也按班入席，按济水镇的酒场规矩，三人平端三杯过后，刘国坤起身敬酒。刘国坤左手端酒，起身说道："李大人，今日能来茅舍一聚，国坤非常感激，今天咱是酒杯端在手，杯杯兄弟情啊，同时祝李捕头官运亨通、步步高升！"刘国坤说完，一扬脖子，一杯酒下了肚。

刘国坤敬过后，管家黄铎接着来，只见他一边倒酒，两个眼珠子不停地乱转，酒杯倒满后，端起来对李元度说道："李大人，今天很是高兴，这杯酒祝李大人以后多捡银子，多存银票，春夏秋冬四季都发财，今天我先干为敬。"管家黄铎说完举杯将酒下肚，然后偷窥李元度的表情。

"今天特别感谢刘大掌柜和管家的热情接待，元度回敬刘大掌柜，我干了这杯。"李元度端酒喝干，管家黄铎赶忙将空杯再添满。

这时李元度面对倒酒的黄铎动情地说道："多谢刚才管家的祝福，这银子多了自然是好，可这银子怎么个挣法，也是个让人探究的学问，你说是吧管家？"

"是，是是是，李大人说得很对，这小清河开挖治理，就是眼下商机的大学问啊。"管家黄铎话里有话地说道。

李元度抬头看了一下黄铎，然后朝他伸出右手拇指说道："管家就是管家，这料事如神的学问元度佩服、佩服。"

"李大人，夸奖了，黄铎不才，多向李大人学习才是。"被李元度夸赞后，黄铎嘴上说得看似谦虚，可心中是美滋滋的。

三人又是一轮酒下来，每人六杯。

此时，黄铎一边给李元度夹菜，便问起了小清河开挖治理的事。

李元度喝了一口茶，慢慢放下茶碗，向刘国坤开口问道："刘掌柜，咱这镇子上在明朝年间是不是出了两位进士呵？"

"李大人，这个是真的，还是父子双进士呢。父亲叫严海，儿子嘛，叫叫，叫什么来着？"

这刘国坤一时记不起来了，此时，管家黄铎赶忙说道："儿子叫严河，也是考的进士，小时候听奶奶和父亲说起过，可后来这个严河让朝廷给办了（罢了官职）。"

黄铎说完，李元度赶忙站起来问道："对于这父子双进士你奶奶还说了什么？"

黄铎说道："我小时候听奶奶和父亲都说起过，在明朝时，咱这镇子上，出了两个朝中大官，爷俩是一对父子进士，中了进士后，被皇上封为朝中的监察御史。可这爷俩在朝堂上奏弹劾不避权贵，惹下了人，后被诬下狱。"

"再后来呢？"李元度迫不及待地追问。

黄铎继续说道："再后来，听奶奶说，朝廷要来查抄严家，这严家得到朝中好心人提前通风报信之后，把家中所有金银财宝足足五百万两银子，埋藏在小清河边的两个地方，便一把火烧毁了位于顶盖子上的御史庄园，近百口家人分三帮各奔东西，逃命去了。"

"这三帮人分别逃向了哪里？"李元度继续追问道。

黄铎说道："据说为了不被全抓，能够延续严家后代，严府近百十口人是分三路逃的命，一帮人去了东北，下了关东，一帮人逃到了胶东的一个地方，另一帮人去了鲁西南一带。"

李元度听后，说了一句："哦，原来是这样啊！"

此时，刘国坤按捺不住性子向李元度问道："李大人，你打听这严御史的情况，是有什么事吗？"

"刘掌柜，实不相瞒，确实有一个和这严御史有关的大事。"李元度谨慎而又严肃地说。

"李大人，如果方便的话，也给国坤拉拉啊（说说）。"看到李元度那认真的样子，勾起了刘国坤的好奇心，急忙扬头咧开嘴说道。

李元度不紧不慢，冲刘国坤点头微微一笑，然后对黄铎说道："这黄管家对严御史家过去的情况这么了解，话又说回来了，你刘大掌柜也不是外人，那我就说说。"

"好，好，说来听听。"刘国坤、黄铎异口同声地回道。

"这不，上月在县城抓了一个杀人犯，名叫陈秉烛，这个人一月前在县城西关的东来顺旅馆杀了一名胶东来的客商，这个死者叫严文昌。通过我对陈秉烛的审讯，得知陈秉烛和严文昌原是生意上的伙伴，他杀人的动机，是为了一个关于本镇严御史家隐藏了多年的藏宝秘密。"

"什么秘密？"刘国坤问。

"是不是关于严府当年那批宝藏的事？"黄铎猜测并试探着问道。

"黄管家真是聪明过人，还正是这个事。"李元度说完，端起面前的茶碗，喝了两口，用手抹了一下嘴角，继续说道，"据陈秉烛交代，这个严文昌是严河的后人，严文昌告诉陈秉烛说，当年家中遭难时，在严河友人的秘密告知下，全家分三路提前逃离严府，二夫人、三夫人分别带人去了东北和鲁西，但后来相继被官府仇人追杀，只有大夫人带的一帮人，逃离后在胶东的一个小山村隐姓埋名住下，得以幸存。"

"这陈秉烛和严文昌是生意上的合作伙伴，如果为了小事，也不至于杀人吧？"管家黄铎说。

"可不是为了小事，这严文昌起初是找陈秉烛帮自己寻找那批宝藏的，可他万万没想到，就在两人拿着藏宝图找到藏宝地后，这陈秉烛见利忘义，起了贪心杀害了自己多年的朋友。"李元度说。

"杀了严文昌，那就只有这个陈秉烛一人知道这批宝贝埋藏在哪儿了？"刘国坤说。

"人是杀了，可陈秉烛这家伙被逮住了，就不是他一个人知道了，对吧，李捕头？"黄铎面带得意地冲李元度殷勤地说。

"只有老实交代，才可从宽处理。"李元度说。

"李大人，掌握了这批宝贝的秘密，何不干脆把它给挖出来呢？"刘国坤用手一摸大光头，迫不及待地说。

"这个我也想，得找个合适的时机，遇到一个合适的合作人才行。"李元度说。

"李大人，今天能和我们刘大掌柜说这个事，就是对我家老爷莫大的信任，如果李捕头不介意，我们愿意合作，助李大人一臂之力，尽快启动挖宝之事。"管家黄铎站起来用手拍着胸脯，口中的唾沫蛋子乱飞，一口气对着李元度表完忠心。

"这可是好！有了刘大掌柜的加入，这事我就放心了。"李元度说。

"我说老爷，既然李捕头找咱，就有找咱的道理，这个吗，我想就是挣钱的学问啦。"管家黄铎得意地说道。

刘国坤看了一下黄铎，也没有说话，只是"嗯嗯"了两声。

"我说捕头大人，既然我们现在是一家人了，一家人不说两家话，你在屠县长面前是红人，更是能说上话的人，像小清河这样的开挖治理工程，也给咱家弄上段干干不是，我家老爷他不好意思向你开口，但很有这个愿望，对吧老爷？"黄铎说完，给刘国坤递了个眼色，意思是"你赶快向李捕头要工段啊，这正是个时候"。

此时，刘国坤赶忙对李元度说道："是，是是，有这个愿望，有这个愿望。"

"我说刘大掌柜，咋不早说呢，想干这河段开挖工程，这个事是我负责，改天我和张世承说下就行，这事包在我身上了。"李元度说。

"那太感谢李大人了。"刘国坤说完，伸手将李元度面前茶碗中的残茶到掉，重新沏上新的热茶，恭恭敬敬地送到李元度面前。

李元度端起茶碗，慢慢地品了几口，冲着刘国坤说道："我身为一县捕头不假，但我不是什么高尚的人，更不是圣人，就一凡夫俗子，挣钱养家糊口是第一责任，宝藏这个事又不是去偷去抢，就算是意外收获吧，你说对吧刘大掌柜？"

"是，是，很对，咱的就是咱的，谁也弄不去。"刘国坤说。

"李大人，咱光说话了，忘了喝酒不是？来，再满上，满上。"管家黄铎说。

"不能再喝了，我今晚还得赶回县衙，再连夜提审一次陈秉烛，让他把藏宝图上的位置好好确认一下，咱好尽快展开行动。"

"好，一切听从李大人的安排。"刘国坤说。

"你们这两天要随时准备好，我来到确认现场后，马上开挖。"李元度说完起身告辞，刘国坤、黄铎送到门外，三人打过招呼后，只见李元度飞身上马驰出济水镇南门，消失在夜幕之中。

捕头李元度，从济水镇连夜赶回乐丰县衙，他回到自己的住处，洗刷后静静地躺在床上，把自己的这次挖宝计划又细心地梳理了一遍，感觉没有丝毫漏洞之后，便进入了梦乡。

济水镇盐商刘国坤、管家黄铎送走李元度后，便返回家中客厅，管家黄铎说道："老爷，这天不早了，你也赶快睡吧，我先回去了。"

"哦，别别，你先等会儿。我说管家，今天晚上这李元度突然来咱家说起这挖宝贝的事，我总感觉有点玄乎，这好事它就怎么突然落在咱头上了呢？"

"我说老爷，李捕头找咱，这叫合作，是合作伙伴关系，双方都有利。"管家黄铎说。

"这也是，可济水镇这么大，他为什么不找别人呢？"刘国坤带着疑虑问道。

"我说老爷，寻找合作人，得有一个非常重要的前提，就是他能获得资助，而从中受益。理由就这么简单。"管家黄铎说。

"他咋不去找玉食村的大少爷张世承呢？毕竟他俩这几个月来长期在一块儿。"刘国坤说。

"干挖宝这种事儿，就凭张世承的个性，他俩是很难合作的，因为不能达成一个利益体，两人尿不到一壶里去。"管家黄铎说。

"他娘的也是。那咱就好好准备一下，配合李捕头干完这活儿，从中捞一把。"刘国坤说。

"我说老爷，据传说这严府几代人积攒的家产，埋在地下的宝藏不止五六百万银子呢。"管家黄铎说。

"那就好，那就好，越多越好，这下咱们可发财了，等银子到手，我在镇上的东关给你买套四合院，再给你娶上一房姨太太，管家你就乐去吧你。"刘国坤说完，哈哈大笑。

管家黄铎更是从内心里暗自高兴，对刘国坤说道："先谢谢老爷了。"说完，和刘国坤打了个招呼，便美滋滋地哼着驴戏的四平腔，回房休息了。

乐丰县衙的捕头李元度一觉醒来，已是日升一竿，他匆匆忙忙吃过早饭，便来到县衙后院，向知县屠义炳汇报了一下济水镇小清河开挖治理的前期事宜。屠知县听后，一一点头表示满意，并对李元度的成绩给予了口头上的表扬，最后对李元度说道："元度啊，我的任职即将到期，这年龄大了，也没有再当官的想法，但是不管怎样，我们在乐丰县的这三年，所作所为要使得乡民满意，经得起法律的审查，对得起皇上的重托，才能太太平平地回乡，顺顺利利地归家。"

"是的，知县大人教诲，元度牢记在心，在这最后留任的日子里，我会兢兢业业地干事，做一名合格的官员。"李元度说完，又和屠知县谈了其他事情，最后李元度说道："知县大人，元度知道你的难处，更知道因连年的救灾，已将咱县银库掏空，这三个月来当差的都没发工钱了，这次我从济水镇回来时，玉食村的大掌柜让管家给拿了一千两银子，我也没有推辞，就收下带回来，我想有了这些银子，用于缓解现在的燃眉之急吧！因为县衙每天开支得用钱，县衙当差的衙役们家中上有老、下有小，过日子每天都需要开支，这加上又快过年了，这长时间不发工钱也不是个事啊。"

屠义炳抬头看了一下李元度，说道："玉食村的大掌柜真乃贤达之士啊。"说完屠义炳沉思了片刻，对李元度说道："我说元度啊，你给人家打欠条了吗？"

"知县大人，这个没打，我怕影响县里的声誉，是按私人关系借的。"

"元度啊，真是难为你了，这以后有了，赶紧还人家。"屠义炳说。

"好的，知县大人，知道了，如果没有其他事，我去捕房了。"李元度说完，退出房门，出得县衙后院，直奔捕房而来。

这乐丰县衙捕房，在县衙大院的东北角，是一个单独的四合院，院子中的摆设像武馆一样，刀枪棍棒等十八般兵器样样整齐，让人看上去气象森严。

十几个捕快正在场院中对练，县衙捕快乔尚志、章志晖、欧阳焯三人手舞快刀，把二捕头周承宽围在中间，四人龙争虎斗，时而碰出刀的撞击声。

只见二捕头周承宽手中的快刀迎风挥出，然后长啸一声，冲天飞起，大刀化作无数光影后直向乔尚志的咽喉刺来。

"周兄弟，好功夫！"面对这令人惊艳的打斗，站在一边观看的李元度不禁大声叫好。

听到叫好声，众人收步，二捕头周承宽跑上前来，抱住李元度并热情地说道："大哥，你可回来了，刚还想你了。"

此时，乔尚志、欧阳焯、章志晖等人也跑过来围在李元度的身边热情招呼着。欧阳焯说："大哥，你可别走了，你不在捕房俺们心里像缺了什么似的。"

乔尚志说道："大哥，要不咱把捕房搬到济水镇吧，在那儿就可以天天在一起了，县衙的好多衙口都在那儿，咱为啥不能去？"

"瞧你这小子说的，还和正事一样，不是想去济水镇吗？这好办，眼下就有一个去济水镇的活儿正等着你们哩。"李元度说。

"什么时候去？现在吗？"章志晖迫不及待地问。

"看把你猴急的，我这刚回来，都不请我到屋里喝杯水啊！"李元度冲周承宽及捕快们说道。

"走、走，大哥，里边请。"欧阳焯弯腰伸出右手做了一个非常滑稽的动作，引得众人呵呵大笑。

李元度向众位捕快问好，并示意他们继续对练，然后转身对周承宽说道："承宽，你和尚志、志晖、欧阳焯到我屋里来一下，我有事和你们说。"

"好。"周承宽答应着并告知三人一块儿来到李元度的房间。

过了大约一个时辰，四人从李元度的房间走出，各自回房，一直到下午的申时（三到五点钟），四人各换了一身便装，然后出了县衙经县城北门朝济水镇方向而去。

话说这乐丰县衙二捕头周承宽与捕快乔尚志、章志晖、欧阳焯四人身穿便装，推一暗藏兵器的独轮木车，步行出得县城北门，沿官道奔小清河边上的济水镇而来，四人快步向前赶路，他们急急忙忙要来这济水镇干什么？捕头李元度给四人布置了什么任务？暂且不表。

先说这济水镇厘金局的总办隋时怀在门甲芸面前讨了一个没趣，只好转身回自己的房间休息。

不一会儿，女佣蜜宝将枸杞人参汤送到隋时怀的房中。

"老爷，汤刚热好。"女佣蜜宝说完把汤放到八仙桌上。

"好了，知道了，你去忙吧。"隋时怀对女佣蜜宝说。

这隋时怀在大香和茶楼早已酒足饭饱，哪还喝得下这枸杞人参汤？蜜宝端来的汤他连看也没看，便脱衣躺在床上。他闭上双眼，但总是翻来覆去地睡不着，大香和茶楼金玉禧的影子，在他面前晃来晃去，他半坐起来，背靠在床头，美滋滋地回想着和金玉禧在茶楼的缠绵……

"我的隋大总办，赶紧过来啊。"金玉禧躺在床上，一副极其寂寞难耐的样子冲正在洗澡的隋时怀喊道。

这时，隋时怀从洗澡间光溜溜地来到金玉禧的床前，眼前的金玉禧躺在床上，那双洁白如玉的腿在忍不住地上下摩擦，顿时把隋时怀的欲火勾了起来，他疯狂地扑上去，直接将金玉禧压在身下一通地吻，两人床上那翻滚的搏斗和肉体的撞击一直持续了半个时辰。

两人翻云覆雨过后，金玉禧起身走到镜子前，用梳子整理了一下蓬乱的头发，便重新回到床上，一只手搭在隋时怀的身上，然后娇滴滴地说道："我说心肝宝贝，别，小女子还是叫你隋大总办吧，这样叫才可以官民分得清啊。刚才咱办的那叫正事，现在啊，我还有一个私事和你说，不过这话又说回来了，在这热被窝里说叫悄悄话，你听了那就不是私事了，你隋总办要当成天大的正事去办，对吧？我的隋大总办？"

隋时怀听金玉禧说完一头雾水。他不知道金玉禧想说什么，便伸过头去，轻轻地咬了一下金玉禧的耳朵，说道："我说禧子，今晚上这是咋了这是？和我说话还像西北风刮蒺藜一样，连风带刺的，这用得着吗？啥子事儿，直接说出来，哥一定办。"

"我说怀哥，这几天镇子上都在说开挖小清河的事，你知道不？"金玉禧说。

"噢，这个事，当然知道了，县衙抽厘用于治河的钱就在咱家的厘金局，开支我说了算，怎么了？"隋时怀问道。

金玉禧听后用脚蹬了一下隋时怀，便翻身爬起，在隋时怀脸上来了一个响亮的吻，然后小嘴凑到他的耳朵上说道："我说怀哥，既然是你掌握着这治河开支的银子，那咱何不好好地利用一下？"

"我说禧子，这治河的钱可不能乱花，知县屠大人特别嘱咐过，这治河银子要用到刀刃上，不能乱花才是。"隋时怀说。

金玉禧听后，一扭头，顺势把整个被子拉了过来，把隋时怀掀了个大光腚，然后说道："我说不让你用到刀刃上了吗？真是的，好像我有多坏似的？你要是认为我坏，你还在这儿干什么？你走吧你，什么人？刚玩舒服了就无情。"金玉禧唠叨着，是满脸的不高兴。

"哎呀，哎呀，我说禧子，这、这、这怎么就上火了呢？有啥大不了的事，看把你惹的？我自罚，我自罚啊。"这隋时怀说完，趴在床上，用两只手不停地击打着自己的两个肥胖腚，发出有节奏的拍击声。

"哈哈哈，哈哈哈——"看到隋时怀这小丑一样滑稽的动作，金玉禧忍不住哈哈大笑。

"看你这狗熊样子，掀开被子不把你冻死才怪。"金玉禧说着把丝绸缎面的被子重新盖在隋时怀的身上。

"不冷、不冷，有你这火一样的炉子守着，热还来不及呢。我说禧子，这治河的银子怎么个花法，哥以后听你的就是。"隋时怀说。

"刚才你不是说了吗？这银子要花在刀刃上，那咱就花在刀刃上，如果治河需要购买什么物资，你交给我办不就成了？我也不会给你乱花银子的，你说买啥我就去买啥，替你分忧也是咱自己的事儿不是？我就是想啊，咱可不能让张世承一人蒙着头被窝里放屁，把这治河的银子给独吞了。"金玉禧的这一番话，给了隋时怀一个十足的感动。

他抱起金玉禧，又是一场香温玉软痛快淋漓的折腾……

二捕头周承宽带领欧阳焯等人傍晚时进入济水镇，四人进镇后继续向北走，不一会儿来到小清河口码头，他们在路边停了片刻，便走进富来聚酒店。

店小二看到有人过来，赶忙迎上前来说道："客官好，客官们辛苦，里边歇歇脚，里边请。"

二捕头周承宽对店小二拱手一笑，然后说道："小二，给我们找个安静点的雅间。"

"好嘞，客官咱楼上请。"四人跟随店小二来到楼上，小二推开一个阳面的雅间房门，然后说道，"四位客官，里边请，这雅间宽敞向阳，比较安静。"

周承宽进得门来，向四周看了一下，然后对店小二点头表示满意。

"好，客官，那各位需要点什么？"店小二问。

周承宽听后赶忙说道："小二，今天晚上还要赶路，酒就不需要了，这菜嘛，两荤两素就行，面食你看着上。"

"好嘞，稍等一会儿，菜马上到。"店小二高声吆喝着，走下楼去。

进入雅间，四人落座，周承宽用眼瞟了一下门口，欧阳焯马上会意，站起来轻轻走到门口，耳朵贴近门板静静地听了一会儿，然后猛一拉门，快身闪出，确认门外没人盯梢，然后把门关好，回到座位上。

此时，二捕头周承宽从上衣袋中掏出一张缎子面残缺的藏宝图，此图发黄破损、上面字迹模糊，已无法保证每个字都清晰可见。

周承宽将图展开后铺到餐桌上，借着外面照进屋来的微弱光线，指着图上的一个点对三人说道："你们看清楚了吗？就在这个位置，饭后我们稍等一会儿就动身，动身前各自检查好自己的武器和事先捕头交代你们带好的东西，以应对突发情况。"

"我说二捕头，来时李哥说的那'千年白万年黑'到底是一种什么动物？有那么厉害吗？"捕快章志晖问二捕头周承宽。

不等周承宽回话，欧阳焯抢先说道："你还别问，既然来时大捕头这么说，就一定是不好招惹的家伙，要不啊，咱李哥也不会那样特别地嘱咐咱。"

欧阳焯话音刚落，乔尚志说道："欧阳焯说得极是，大哥让我们进湖时防范里边的土匪，都没有像让我们小心应对'千年白万年黑'那么担心。"

"好，弟兄们！不管遇到哪种情况，都要按计划好的进行。"周承宽说。

"是。"众人齐声回答。

周承宽继续指着这张藏宝图说道："我们从这里进入济水镇西湖，然后再到这里，这个地方叫荷花池，是湖东边的一处凹地。这口古井就在荷花池东边的沿上，我们行动后，用最快的速度把井下边的物品探查好后，马上动身返回，以防意外。"

周承宽刚说完，就听门外传来店小二的喊声："菜来啦。"店小二进得屋来，把四盘菜平稳地放到桌子上，说道："客官，菜齐了，面食呢，是我们老张家的葱花油饼，纯芝麻香油做的，你们慢用。"

小二说完，退出房间。此时乔尚志抢先拿起一张油饼，撕下一块送入口中，边嚼边说："上次大捕头带回去的这张家大饼，还没吃够呢，今天看到这瘾就上来了。"乔尚志边吃边说，一不小心卡住了喉咙，口中"哦哦哦"地打着呛音。

"哎呀，我说你慢点吃，不够再上。"二捕头周承宽边说边把水送到乔尚志的面前。

"二捕头，这也真是的，两个多月了，咱县衙的伙食每天都是粗粮窝窝头，就过节才能吃上一顿包子，今天看到这油滚滚的葱花饼啊，也真是馋死个人了。"欧阳焯咽下一口油饼说道。

"知道这趟差事有多重要了吧？因为成败不但关系到小清河开挖资金的缺口事宜，还牵扯到整个县衙的生计问题。这两个多月来，你认为光咱吃这粗粮吗？知县屠大人也不例外，所以啊，这次来，既是公差也是私事，答应大哥的事就得做好才是。"周承宽严肃地说道。

"放心吧二哥，我们在心里记着呢。"三人异口同声地回道。

"好了，天还早，你们慢慢吃，来得及。"周承宽说完，走到门口，冲楼下的店小二高声喊道："我说小二啊，再来四张油饼，要刚烙的，热乎的啊。"

"好嘞，四张刚烙的葱花香油饼，马上到。"店小二楼下答应着。

四人吃过晚饭，周承宽起身向窗外的天空望了一下，转身对三人说道："已到戌时（晚七点至九点之间）我们走。"

四人下楼，店小二赶忙过来招呼，引导他们来到前台，周承宽将饭钱支付后，四人出得富来聚酒店大门，向济水镇西湖而来。

这冬天的济水镇西湖，是整片整片的芦苇荡，卸去绿妆的芦苇秆依然傲立寒冬，像一支支饱蘸诗情的妙笔，蕴含着不可言状的神韵，仿佛诉说着这大片大片茂密芦苇迎风招展的壮景。

四人来到湖边，周承宽从内衣袋中掏出罗盘（指南针）定准了方向，四人拨开茂密的芦苇，摸索着向荷花池边的古井走来。

四人正在艰难地前行，忽然听到不远处传来瘆人的号叫，这穿透力极强的叫声让人听着是毛骨悚然。此时天空一颗流星划过，四人借着星光一看，正前方不远处有数十个蓝色光亮的眼睛正在盯着他们。

"弟兄们，当心点。他娘的，大哥说得还真对，这不想来啥偏来啥！哼，还千年白万年黑，老子随大哥出生入死这么多年，什么白道黑道没见过，还怕你个黑畜类（野兽）不成！"周承宽说着，不但没有退缩，反而加快了前行的步伐，后边三人手提快刀，紧随其后，迎着前边的数十个蓝光而去。

茂密的芦苇被四人用手中的快刀迅速拨开，苇子秆发出沙沙的响声。

不一会儿，四人走出芦苇荡来到荷花池的东边，周承宽收步后用手示意三人停止前行。他借着星光向前一看，一块雕刻着"荷花池"三个大字的石碑就在前边不远处，周承宽说道："弟兄们，古井就在前边，我们过去。"

"二哥，那不是块石碑吗？咋是井呢？"乔尚志问。

"是石碑不假，大哥交代过，古井就在石碑的南边。走，我们过去看看。"周承宽说完，四人快步向前，来到石碑处一看，章志晖说道："二哥，你看还真有一个宽敞光滑的石头井口。"

欧阳焯跑过来顺井口向下望了一眼说道："这井壁青砖都长满了绿苔，这是多少年没人用过了。"

周承宽说道："就是这里了。尚志，你赶快换上雨衣，准备下井，按大哥说的，找到东西后快速查验一下，确认后向我发出信号。"

"是，二捕头。"乔尚志说完，迅速去换准备好的雨衣。

"志晖，准备好绳索，协助尚志顺利下井，欧阳焯担任警戒，确保完成任务。"二捕头周承宽吩咐完毕，走到换好衣服的乔尚志面前，检查了一下乔尚志腰间的绳子，转身把章志晖手中绳索的扣子挂在乔尚志腰间的绳子上，用力拉了几下，感觉连接没有问题，便用右手在乔尚志的肩膀上拍了两下说道，"尚志，可以下井了，小心点。"

"是，二捕头。"乔尚志说完，来到井边，两手扒住井沿，然后双腿蹬在井壁的青砖上，像壁虎一样，不一会儿攀到井下。因年月太久，古井无人使用，这井中的水只有三尺来深，乔尚志凭着多年的刑侦经验，不一会儿将东西找到，他检验了一下，确认无疑，便向井上的周承宽发出了得手的信号。

"好的，尚志，双手抓好绳索，我们拉你上来。"周承宽向井下的乔尚志喊道。

"一、二、三……"周承宽、章志晖两人铆足了劲儿，喊着口号向上拉着绳索，井下的乔尚志把双脚巧妙蹬在井壁上，灵活地施展着自己的功夫。不一会儿，乔尚志的双肩露出井口，只见他双手撑在石头井口边缘上，猛地一个鲤鱼跃龙门，整个身子"呼"地一下从井中蹿出，展示出了非凡的功夫和腿部的力量。

"二捕头，交差。"蹿出井口的乔尚志，迫不及待地向周承宽说道。

"都查看好了？货不假吧？"周承宽向乔尚志问道。

"假不了，我都用牙试过了，二哥放心吧。"乔尚志信心十足地回道。

"好，我们回。"周承宽说完，三人各自收拾好自己的东西离开古井。临行，周承宽又回头看了一眼确认没落下任何东西，便紧随其后向西湖外边走来。

四人离开荷花池古井，按原路返回。当他们走到芦苇荡边沿时，意外情况突然发生。

"把身上带的东西全部扔掉，准备应战，他娘的，还和咱不散伙了。"周承宽大声吩咐着。

眼前是什么情况？

正当周承宽等人按原路返回芦苇荡时，突然从里边蹿出十几只凶猛的野兽挡住了四人的回路。凶兽发出一声声苍凉的嗥叫，声音呜咽凄厉，气息悠长，刺破黑暗。

这野兽看上去个子比狼小，比狗大，体形粗实，四肢短，耳壳短圆，眼小鼻尖，颈部粗短，前后足趾均有强有力的黑棕色爪，前爪比后爪长，脊背从头到尾长有长而粗的针毛，颜色是黑棕色与白色混杂，鼻端有发达的软骨质鼻垫，类似猪鼻，四肢较粗而壮，趾端均生有强而粗的长爪，爪长近似趾长，头部中央及两侧有三条白色条纹。

"是千年白万年黑。"欧阳焯大声呼喊着。

听到这野兽的嗥叫声，四人心中不寒而栗，好似一股凉风从头顶一直透到脚底，全身的汗毛乍起。四人手提快刀，以进为守，等待时机。

群兽分散开从两面向四人发起进攻，身如闪电，疾扑四人，其凶残之性，不将眼前的四人撕咬成碎片，决不罢休。凶兽的眼睛在四人刀光的映射下，闪出道道蓝光。

章志晖精力稍有分散，被一只野兽扑过来，一口咬住了左臂，左臂血流不止。二捕头周承宽眼明手快，一声厉吼，飞身跃起，右手刀光一闪，这只千年白万年黑被快刀劈死，凶兽倒在了血泊中，白、黑混杂的毛被染成了鲜红之色。

另一凶兽见状，张开大口，两只前爪向周承宽凶猛地伸过来，朝他的脸上抓去，这要是被爪击中，必死无疑。周承宽心一横，右手把刀往地下用力一撑，腾空急闪，然后一个鹞子翻身，将刀尖直插凶兽的脑袋，只听"咔嚓"一声，凶兽脑浆四溅。这只千年白万年黑立刻倒地。

领头的凶兽见同伙一个个被打翻在地，便张开凶猛的大口露出尖利的獠牙，凶狠的目光死死地盯着二捕头周承宽，仰天狂吼，"嗷——"连连发出愤怒的吼叫，两只不大的眼睛露出了嗜血的幽光。

"你叫吧你，今天你主动送上门来了，那就别怪我们不客气了。"周承宽说完手握快刀，面对凶兽做了一个以守为攻的姿势。只见头兽脑袋一扬，后腿用力一蹬，两只尖利的前爪直奔周承宽的胸口而来，速度之快令人咋舌。

刚杀死一只凶兽的欧阳焯看到此景，挥刀砍向头兽的两只前腿，头兽遭到突然袭击，迅速收腿躲避。

头兽在地上转了一个圈儿，瞬间更加愤怒，它暴跳六尺之高，扑向欧阳焯，欧阳焯侧身举刀应对，但欧阳焯的快刀在头兽的利爪猛击之下，像高粱秸秆做的一样，"铛"的一声，断成三截。

欧阳焯被凶兽一爪击打得往后趔趄了几步，被横七竖八杂乱的苇秆一绊，摔倒在地。头兽张开血盆般的大口，龇着獠牙号叫着向欧阳焯咬去。凶兽的大嘴向欧阳焯的前胸接近着，大有将其一口吞掉之势，腥臭的口气几乎把他熏晕。欧阳焯感觉距离死亡越来越近，嘴角泛起一丝苦笑，今夜我真是要死在这西湖了！

"你这个害人的畜生，死去吧你！"乔尚志刚一转身看到欧阳焯的情景，便大声怒吼，一个箭步飞身跃起，手中的两只飞镖直取头兽的双眼，只听"咔嚓"一声，打出的飞镖同时射入头兽的双眼，头兽带着血淋淋的飞镖身体晃了晃，立刻发出悲惨的嗥叫，咬向欧阳焯的牙齿偏了方向，在他的腿部划出了几道血口子，鲜血顺着他的小腿流了下来。

此时，欧阳焯求生的意志熊熊燃烧，强忍疼痛，从腰间拔出牛耳尖刀，就地滚翻来了个鲤鱼挺身，顺势一刀狠狠地扎进了头兽的喉咙，口中说道："去死吧！扎、扎、扎、扎死你！"欧阳焯一边喊着翻身顺势站了起来。

头兽躺在地上，一双不大的眼睛瞪着凶狠的目光，其瞳孔涣散，鼻门中已经没了气息。

剩下的两只凶兽，看到伙伴和领头的已死，痛叫了几声，便退缩消失在了夜幕之中……

"这畜生就是畜生！娘的，还想和人来斗，看把你能耐的，我操，跑了吧？"周承宽冲凶兽逃离的方向怒气冲冲地说道。

此时，章志晖、欧阳焯两人已用随身携带的急救药带将伤口包扎好了。

"可以自己走吗？"周承宽向两人问道。

"二捕头，放心吧，这点小伤，没问题。"两人回道。

"尚志，你扶着欧阳走。志晖，把你身上的物品给我，走在前面，我断后。"周承宽向众人吩咐着。

四人出得济水镇西湖，一路紧赶，黎明时回到乐丰县衙。

乐丰县衙的捕房内，大捕头李元度的房间亮着灯，他坐在油灯下，手拿兵书细心地看着，静静地等待周承宽等人的到来。

"大捕头，二捕头他们回来了。"门口站岗的捕快延守田跑过来报告说。

听到延守田的报告，李元度起身迎到门口，对走到院子中的四人说道："弟兄们辛苦了！承宽，还顺利吧？"李元度问道。

"大哥，事办得还顺利，可刚往回返，就和你说的那千年白万年黑遭遇了，这些凶狠的畜生，还真厉害，要不是我们这些练家子，非让这些家伙给撕碎了不可。"二捕头周承宽说。

李元度打量着每个人，当看到受伤的章志晖和欧阳焯时问道："伤得重吗？快，先到屋里来。"李元度说完，冲站岗的延守田说道，"守田，快去，把聂医生叫过来。"

"大捕头，好的。"延守田应声而去。

众人进屋，不一会儿，县衙的老中医聂文俊提着药箱来到，他分别看了一下两人的伤口，并未伤着筋骨，只是皮肉伤而已，他给两人换好药、包扎好，嘱咐两人注意休息，按时换药，便起身告辞。

李元度送聂医生出门，返回院中，对延守田说道："守田，快去伙房，让刘大厨弄四碗面条，煮上八个鸡蛋，送到我这儿来，再切上盘萝卜瓜子咸菜，用香油拌一下啊！"

"好的，大捕头。"延守田答应着，小跑着奔伙房而去。

李元度进屋，招呼众人落座，询问了事情的经过。周承宽详细地做了回答。听后，李元度说："你们这次做得很好，为运筹这下一步行动取得了非常有价值的信息，接下来我要返回济水镇实施下一步计划，为缓解县衙的资金缺口和帮助张世承日后开挖治理小清河筹款。"

李元度说完，想了一下，然后非常严肃地继续说道："这次计划只有我们几个人知道，要做到绝对保密，在实施过程中做到万无一失。"

"好的，大捕头。"四人站起来，异口同声地说道。

不一会儿，伙房刘师傅将热气腾腾的鸡蛋面送了过来，四人美滋滋地吃了起来，饭后，四人稍坐了一会儿，各自回房休息。

次日中午饭后，李元度将捕房的事儿和周承宽交代了一下，回到房中，将藏宝图收好装在行囊中，让延守田去马房牵来自己的青龙马，他出得县衙后上马，奔济水镇而来。

"哎呀，李大人，你可来了，这两天啊，俺家老爷是一天来门口望你七八次呢，今天可把你给盼回来了。"三隆兴盐行家丁赵复，在盐行门口迎着到来的李元度说。

"哦，是赵兄弟啊，你好啊？"李元度对点头哈腰的家丁赵复问候道。

"好啊，好啊！托李大人的福了，来、来来，李大人，把马给我。"家丁赵复把李元度手中的马缰接了过来，将马拴在马桩上，从马的背上取下行囊，斜背在肩上，然后继续对李元度说道，"李大人，请，里边请。"

"好兄弟啊，让你辛苦了，咱们走。"李元度微笑着对赵复说。

家丁赵复身背行囊头前带路，两腿疾行，往后院而来，口中不停地喊着："老爷，老爷，李大人来了！"

此时，刘国坤正坐在客厅的太师椅上，两眼发直，心中期盼着李元度的到来，忽然听到赵复的喊声，急急忙忙从客厅出来迎接。

"李大人、李大人，哎呀，李大人啊，赶紧的，快屋里来，屋里来。"刘国坤见到捕头李元度到来，眉开眼笑。

"刘大掌柜，这两天在县衙处理了点事情，让你等急了，抱歉、抱歉啊！"李元度边说边双手抱拳施礼。

"看你说的，没事、没事，我着急还不是为了咱那宝贝的事吗？我是怕夜长梦多呀。"刘国坤说。

两人说着进得屋来，李元度从赵复手中接过行囊，放在桌子上，然后落座，这时管家黄铎急急忙忙来到客厅，见到李元度是打心里高兴，心想，这财神爷可来了，谢天谢地！

"李大人，从县城跑来，一路上累了吧？先喝口水，歇歇脚。"黄铎说完走到八仙桌前，就要提壶沏茶。

"管家，咱喝茶不忙，先办正事。"说完，李元度起身从行囊中取出一张泛黄的藏宝图，放到八仙桌上慢慢展开。

刘国坤、黄铎见到这泛黄的藏宝图，眼前似乎升腾起那座期盼已久的金山，心情激动万分。

"李大人，这个就是严御史家那张流传下来的藏宝图吧？"刘国坤问道。

不等李元度回话，管家黄铎抢先说道："李大人，这图看上去有些年代了。从图上看，所标的宝藏地点清楚，说得是非常详细，今天能得到这张宝图，也是李大人的福气啊。"

"这图上标得很明白，但不知是真是假。"刘国坤看到藏宝图后，却反而表现出了怀疑。

"我说老爷，李大人刑侦经验丰富，自到咱乐丰县当差以来，办的那都是板上钉钉的铁案，看这么一张小图会走了眼？"管家黄铎心中暗想，这刘国坤也真不会说话，关键时刻净说些没用的，我要是不赶快圆场啊，这事儿非黄了不可。

"我说刘大老板，你这样问也对，是真是假咱挖挖看看不就知道了吗？光在这瞎猜没用。"李元度面露不悦地说道。

"好，赶紧地，咱挖挖看。"刘国坤对挖宝早已是迫不及待了。

"藏宝图所标，在济水镇西湖荷花池边上的古井中，藏有银子，我看咱就先从这里下手。"李元度对刘国坤说。

"那咱现在就去，过去挖挖看。"刘国坤说。

"事不宜迟，就现在。"李元度说。

"我看也行，家伙事儿（工具）我们都准备好了，那咱走。"刘国坤说。

"哦，刘大掌柜，你们去吧，我就不去了，我在家喝茶，等你们。"李元度对刘国坤说。

"李大人，你看这样行不？你和我家老爷在家喝茶聊天等着，我带人去挖，找到后我马上回来，绝对出不了岔子。"管家黄铎说道。

"这样也好，那就辛苦管家了。"李元度说。

"没事、没事，只要李大人放心就行。"管家黄铎望着李元度说。

刘国坤还想说点什么，刚要开口，只见李元度表情非常诚恳地对黄铎说道："哎呀，我说大管家呀，你放心去好啦，合作办事，就要以诚相待，哪有不放心的道理呢？你尽管去做就行。"

管家黄铎心想，李捕头才是干大事的主，"那好，我这就带人去挖。"管家黄铎说完，带上家丁赵复等人，向西湖的荷花池古井而去。

刘国坤望着管家黄铎出门的背影，总感觉像少了点什么，他愣了一会儿神，转身对李元度说道："李捕头，咱喝咱的茶，让他们去吧，这要真挖出银子来，难道说他们还敢私藏不成？"

"哎呀，我说刘大掌柜，这去的可都是你的人，藏不藏我哪知道呀？"李元度说。

"哼，如果真敢私藏，我非打断他们的腿不可，这帮看家狗我倒是不怕，我是怕这湖上的土匪，半路上把挖出来的银子给劫了。"刘国坤说。

李元度看了刘国坤一眼，心想，这家伙真是个大事小事都在乎的皮笊篱呀！

"这大白天的，我看土匪也没有那么大胆吧。刘大掌柜你我就安心在这里喝茶等着吧。"李元度说。

"好，听李大人的，喝茶、咱喝茶。"刘国坤说。

"我说刘大掌柜，你这大红袍不错嘛，看这碗中香茗，丝丝幽香，冲淡浮尘，沉淀情绪，犹如人生啊！"李元度端起茶碗品了一口，继续说道："这茶从舌尖滑过，流入心田，真乃一丝甘甜、一番清爽。"李元度言语中露出些风雅之气。

"李大人，听你这么一说，我这一口下肚，浓茶入心，还真有大自然的韵味呢。"刘国坤说。

　　"刘大掌柜，这人生在世，总想争个高低上下，可现实是残酷的，因在这个功利的世界，每个人都在为生存而忙碌奔波，去为自己的志向和希望辛勤打拼，成败得失，让人无法释怀。殊不知成与败、高与低都是人生滋味，酸甜苦辣尽在茶中。"李元度说完，又品了一口，然后低头将一点茶叶末吐在桌下的痰盂中。

　　"有的时候，人的希望似水中捞月，如海市蜃楼，让人心碎。"刘国坤说。

　　"其实，心就是一扇窗户，打开了，便可看到大千世界的俗世烟火。"李元度说完，又端起茶碗慢慢将茶水送入口中，然后轻轻地将茶碗放到八仙桌上。

　　"品茶是一种悠然，是一种风雅，也是一种情调，静心沉思，回首半生，蓦然醒悟。人的一生不光是平淡的日子，也有坎坷不平的时刻，当自己遇到不顺心的人和事，就应该找一个修复灵魂的地方，静坐于天地之间，整理一下心情，卸下思想包袱中的石头，任思绪飘飞，找到一个平和的自己，然后勇敢地站起来，开启新的旅程，心，自然就轻松了，只有这样才可品出生活。"李元度话语间颇有些人生心得。

　　刘国坤听后，煞有其事地晃了晃大光头，意味深长地点点头，然后轻轻地叹了一声，刚想说些什么，只听院子里传来管家黄铎的声音："老爷，我们回来了。"

　　刘国坤听到管家的喊声，赶忙跑出门外看个究竟，当他看到管家黄铎和家丁赵复手中提着的袋子，这期盼已久的事终于有了眉目，他高兴地一咧嘴，冲黄铎说道："管家，快快，提屋里来，这些宝贝啊，终于到家了!"刘国坤大嘴咧着，心中像打破了蜜罐子一样，那肥胖的脸膛上隐隐约约的老年斑都泛着高兴的红光。

　　刘国坤、黄铎、赵复三人进得客厅，黄铎、赵复把袋子放在房中的地上，刘国坤对赵复说："你先忙去吧，有什么事再叫你就是。"

　　"是，老爷。"这赵复口上答应着，退出房间，心中暗想，你这老王八蛋，还怕我要你的不成，哼，走着瞧。

　　这时李元度站起来说道："管家，真是辛苦你了，来来，喝杯热茶，暖和暖和。"

　　"李大人，不冷。"管家黄铎说。

　　"这满满两油布袋子，这是多少两啊? 这是?"刘国坤手指着油布袋子说道。

"先看看这货的真假再说。"李元度漫不经心地说道。

"李捕头，挖上来的时候，我看过了，是真货。"管家黄铎说。

"你敞开的时候看好了吗？没有被别人拿走吧！"刘国坤问道。

"回老爷的话，这个没有，我敢保证，没有。"管家黄铎说。

"先倒出来，先倒出来看看。"刘国坤口中说着，也顾不得油布袋子上的泥水，提起袋子把里边的东西呼啦啦倒在了地上。

"哎呀，我的娘啊！这这这，我们发财了！"刘国坤见到眼前白花花的银子，虽然心花怒放，但还是不放心地拿起来用嘴咬了一下，然后高兴得手舞足蹈。

"老爷，你……"管家黄铎刚想阻止刘国坤的得意忘形，说了半句又咽了回去。

刘国坤听到管家黄铎的话音，感觉到自己有点失态，赶忙收住，向李元度说："李大人，你看这银子也挖出来了，咱赶紧分了吧。"

"分了，咋分啊？还没有清点这银子的数目呢。"管家黄铎说。

"真是，管家，你赶紧的，清点一下。"刘国坤说。

"这个不用清点，一共六千两，一分不多、一文不少。"李元度说。

听到捕头这响当当的话，刘国坤、黄铎一同把目光投向李元度，心中暗想，你咋知道得这么清楚。

"不用那么紧张，这不，这儿写着呢。"李元度说完，把藏宝图的背面正过来放到桌子上。

刘国坤、黄铎走到近前一看，可不是嘛，标注得这么清楚。

"好，李大人，银子已经到手了，一共六千两，你看咱俩对半劈开咋样？"刘国坤生怕李元度抢先说个四六开、三七开什么的，那就糟糕了，他心眼来得挺快，直接和李元度说了个对半开。

"哦，刘大当家，既然是咱们合作，就要有合作的样子，你看黄管家大冷的天都受累了，我这么想，先拿出三百两来给黄管家，算是奖励吧。刘大掌柜，你看如何啊？"

刘国坤看到白花花的银子，又要分出三百两，打心眼儿里疼得慌，可他又不好意思明说，只得随声附和道："那是、那是，应该的，应该的。"

"既然应该，刘大掌柜，我看咱就这样吧？"李元度说。

"不过，这次打赏管家的这三百两银子，算到我自己的账上。"李元度对刘国坤说。

"那，那，那行吗？这样分，李大人可是吃、吃亏了呀！"刘国坤装模作样地说道。

"都是兄弟，合作嘛，相让一点儿，无所谓，这也是交友之道。"李元度说。

"那太谢谢李大人了。"管家黄铎是从内心感激。

李元度从桌子上把藏宝图翻了过来，指着上边的一个位置说："这个地方看清楚了吗？藏有严家全部的金银财宝，共计折合白银三百万两，我看接下来的挖宝咱这么干……"

接下来他们的挖宝怎么干？暂且不表。

先说这玉食村的伙计王有、王本固二人，起早贪黑地赶着马车来到博兴的店子，两人把早已收好的柳条装满车，返回济水镇。

"管家，这柳编条子卸到哪啊？"王木固气喘吁吁地跑进张府，向管家张恒问道。

"回来了，还真快，行啊，好样的，先卸到咱场院里吧。"管家张恒一边夸赞着王本固，一边吩咐着卸车的地儿。

"好嘞，知道了。"王本固答应着，一溜小跑向马车奔去，然后与王有一起去场院卸车。

管家张恒望着王本固远去的身影，心中甚是高兴，自言自语地说道："真是个勤快的好孩子。"

然后张恒转身向玉食村后院的客厅走来。

"大少爷，柳编条子拉回来了。"张恒刚走到客厅门口，就高兴地冲屋里喊着。

张世承正在伏案写字，听到喊声，放下手中的笔说道："管家来了啊，快进屋说话。"

"大少爷，柳编条子拉回来了，我安排王有他们先垛场院里了。"管家张恒说。

"好，这些留着明年备用，我刚统计了一下，这入冬以来，小清河以北各村上交来的柳筐子，加上咱镇上牟洪升柳编铺子已完成的货源，已经够明年早春挖河开工用的了。"张世承说。

"大少爷，你让准备的铁锹等工具，也都让范家的铁匠淬火后入仓了，只等来年使用。"管家张恒说。

"也不知玉芬嫂子的包袱皮做得怎么样了？"张世承说。

"大少爷，看我这忙的，忘了告诉你了，前几天玉芬嫂子就把头一批包袱皮送过来了。我让伙计们入仓了，还有河北各村送来的鞋子什么的，也都入仓了。"管家张恒说。

"这明年春天需要在小清河边上的邱文营地搭上五十间工棚，让民工们休息用，同时也好挡个风避个雨的。"张世承说。

"大少爷，搭工棚的料杆子咱家都有，就是没有麻绳。"管家张恒说。

"麻绳好办，这个屠知县已经安排好了，包括拴筐子用的绳子，由县衙的厘金局承办，到时候去领就行。"张世承说。

"我说大少爷，这工段分配得咋样啊？咱是西起哪？东至哪个地？"管家张恒问。

"这个定下了，西起博兴界，东至望海台，共计五十里。"张世承说。

"我说大少爷，咱承担这么长的河段，这要是三年下来，怕是咱家的财力难以支撑，大少爷，你得好好斟酌一下才是。"管家张恒疑虑而郑重地对张世承说道。

张世承听后，从方桌后边的条山几上拿出一份施工图，放到桌子上展开，他指着图上所标注的河道线路说道："管家，你看，这条线就是这次开挖治理的新河道，是穿咱西湖而过，这样一来，既省工，也能节约很大一笔开支。"

"如果光咱这一段取直过来，这河道上下能贯通得了吗？"管家张恒问。

"不光咱济水镇这河段利用了现有的湖水优势，上游的博兴河段穿麻大湖，然后和咱两县的交界相接，下游的河道的入海口从唐头营南移，改道羊口入海。这样一来，不光为航运提供了便利，也从很大的程度上提高了小清河汛期的排洪能力，使整个河道更加畅通。"张世承把小清河疏浚截弯取直线路告诉张恒，并说这是登、莱、青兵部道台盛宣怀大人最终确定的。

"这河道改为穿湖而过，是可以解决部分开支，但这三年下来，难以摆脱根本上的实际困难局面，如果再有一家能加入进来，分担部分河段，就好了。"管家张恒说。

"前几天县衙李捕头临走时告诉我说，他有一个想法，可以拉上一个人干，可他也没有明确说是谁，我也没好意思追问。"张世承说。

"既然李捕头这么说，他肯定有自己的打算，等几天看看吧，也许有好消息。"管家张恒说。

"对了，管家，京城那边油坊经营得如何？"张世承向张恒问道。

"回大少爷，自打前年老掌柜的叶道治因年老返乡，他的徒弟周之旦上任以来，因经营有方，京城油坊今年的创收涨了五成，从利润迅速上涨来看，这个周之旦确实是一个经营好手。"管家张恒说。

"在利益面前，更要重视油品的质量和营业信誉，做到货真价实、童叟无欺。"张世承说完，沉思了一下，接着对管家张恒说道，"我看这样，管家，年前你去一趟京城，把那里的情况详细了解后回来告诉我，顺便代我看望一下左邻右舍。"张世承说。

"好的，大少爷，明天我就动身，你还有什么嘱咐的吗？"张恒回道。

"再就是……"张世承欲言又止。

"大少爷，你？"张恒望着张世承，刚想继续问下去，可话到嘴边又咽了回去，因为他知道，自己的主人，从没有像今天这样话到嘴边又没说出口的先例，肯定是有他自己的想法，所以也没有再继续追问的必要。

"大少爷，那我去准备了。"张恒说。

"好，去吧，今晚早点睡吧，明早好赶路。"张世承说。

天刚明，王有早已套好马车在门口等候。张恒出门上车坐稳，王有把手中的长鞭一甩，马车沿济水镇官道奔京城而去。

这次去京的路上，管家又有什么遭遇，暂且不表。

先说这刘国坤和乐丰县衙捕头李元度两人在三隆兴盐行正商谈挖宝的事。

"刘大掌柜，今天的挖宝，只是个小小的开头，咱乐丰县不是有句俗语吗？叫'老鼠拉木锨，大头还在后头'哩。"李元度说。

"今天李大人能把这么多银子的埋藏地点告诉咱，可见合作之诚意啊。"管家黄铎说。

"那李大人的意思是……不妨说出来听听啊？"刘国坤说。

李元度用手指着图上的藏宝地点说："整个宝藏就埋在这里。"

"这个地方是咱西湖的东坝，原来宝藏是埋在大堤底下啊。"管家黄铎说。

"正是，因当年严家是朝廷的大官，光家丁就有百人之众，埋藏这批财宝时，正值春天，湖里的水非常小，所以严家大夫人就选择了这个地方，正所谓绝对安全。"李元度说。

"对呀，看来这严家是早有准备，春天湖里水少，埋好后也便于伪装，这大夫人也是懂国法的人，她深知这日后谁敢随随便便去挖湖坝呀，那可是诛灭九族的大罪，这大夫人也是个厉害的主。"管家黄铎说道。

"也是，这挖湖坝可不是小事，如果没有官家的文书交办，谁动要谁命，这朝廷要是怪罪下来，拖亲带故的也都别想活了。"刘国坤听管家这么一说，感觉这挖湖坝也不是一般的小事，坦白地讲了自己的想法。

"这次小清河开挖治理，河道要南移，穿济水镇西湖而过，这段湖堤正好在施工段内。"李元度端起茶碗喝了几口，用手一抹嘴，继续说道，"我是这么想的，把埋有宝藏的这段河堤承包下来，这一来你刘大掌柜也有工程干了，二来嘛，在施工推进中挖出这些宝贝也顺理成章。"

"高，实在是高！不愧为能掐会算、料事如神的大捕头！"刚才管家黄铎收了李元度的银子，这说起话来，是一个劲地给李元度顺。

"那敢情是好，我刘国坤这是又遇到贵人了！李大人啊，李大人，你真是再生父母啊！"刘国坤听完李元度的话，喜出望外，真是不知说什么才好了。

"刘大掌柜，你先听我说，年后屠知县就要告老还乡了，我也有可能一同随行，就离开这乐丰县了。在这之前，咱们把这个事办好，今天从井内挖出来的这六千两银子，我只要一千两，从我的里边扣除三百两给管家，然后我把这张藏宝图给你，你给我四十万两银子作为交换，湖堤下的财宝银两全归你，咱来个江湖规矩一手交钱，一手交货你看如何？"

刘国坤一听，这一下子拿出四十万两银子，口中是支支吾吾地没有明确表态。

李元度一看刘国坤这狗熊样，早在预料之中，他伸出双手，小心翼翼地把桌子上的藏宝图重新卷好，口中说道："既然刘大掌柜不想做这笔买卖，我再另找他人好了。"说完便起身告辞。

李元度出客厅刚来到二门准备牵马，刘国坤和管家黄铎追了出来。

"哎呀，我说李大人哪，刚才没有别的，我怎么能不相信你呢？只是我对家中存银没数。这不，你一出门，我就问管家，证实了一下，但是……"刘国坤最后只说了半句。

管家黄铎赶忙上前说道："李大人，说实话，这四十万两也能凑齐，可真要是承包下这河段来，前期也需要投钱，我家老爷是怕这工程咱承揽下来了，再弄得没钱干不是？"

李元度心想，瞧你们两个，这一唱一和地还挺会配合，好，我就来个顺坡下驴。他看了一下两人，漫不经心地说道："咋不早说呢？我看这样吧，三十五万两，少一文也不行。刘大掌柜的，你自己心中也得掂量掂量，这是多大的一笔财富啊，我找你合作，是看得起你，你别认为我李元度不识数。"李元度脸上微带怒色，不轻不重地说了刘国坤几句。

"那是，那是，我家老爷自然明白，走，李大人，咱们还是回屋说话。"

管家黄铎打个圆场。

"对，对，李大人，咱还是回屋说话，把这事给办了，免得再出什么岔子。"刘国坤说。

三人返回客厅后，李元度重新把藏宝图放到桌子上。

"李大人，我们还是签个字据吧？"刘国坤说。

"这个没有必要，免得给人留下把柄。"李元度说。

"李大人所言极是，做事要掌握好火候，看出个子丑寅卯来才是能耐，别到了关键时候和宫里的太监尿尿一样，自己连个拿手都没有。"管家黄铎说道。

刘国坤心中暗想，这个狗日的，是在说我啊！他赶忙向李元度说："李大人，这不，你刚一出门，我就让管家去拿银票，这东凑西凑的，一共凑了三十五万两，李大人你看这个数？"

李元度心想，刘国坤这家伙倍儿精，既然他说到这儿，也就来个顺坡下驴算了，便对刘国坤说："我说刘大掌柜的，你这办起事来，咋就和孔子推磨一样呢？圣人都得让你给转晕乎了。既然你说到这儿，就这么着吧。"李元度半开玩笑半损巴地对刘国坤说。

"好，那咱就当面银子对面钱，成交。"刘国坤说完，把一个红木盒子递给李元度。

李元度打开木盒看了一下，是银票无疑，然后把盒子扣上，抬头刚想对刘国坤说点什么，刘国坤却抢先开口说道："李大人，你清点一下，看这银票是否够数。"

李元度把藏宝图递给刘国坤，然后说道："这个不用看，少不了。"李元度心想，这银票你不敢少给，因为这工段还没有承包过来呢，我啊，你是还用得着的人。

两人交换完毕，管家黄铎说道："恭喜老爷，恭喜李大人，合作成功，咱弄桌酒菜好好庆贺庆贺！"

李元度把装有银票的盒子放到行囊中，说道："这酒就免了，我马上去玉食村找一下张世承，和他打个招呼，把藏宝的这段河道承揽下来交给你。"李元度说完，然后牵马出门向张世承的玉食村大院而去。

李元度走后，刘国坤拿起藏宝图，展在桌子上是左看看、右瞧瞧，仿佛从眼前的图中走出来的是印着"大明白银"的座座银山和天仙般成群结队的美女……

"老爷，别看了，收好它，千万别弄丢了。"管家黄铎说。

"管家，要不是刚才你提醒得快，这宝图就是别人的了。"刘国坤面带感激地对黄铎说。

"可不是吗？这李捕头在咱这乐丰县，也是个腿上绑铜锣，走到哪儿响到哪儿的人物，你想啊，他来找咱，是考虑好了的，但这话又说回来了，他不可能不留一手。万一和咱谈崩了，他会马上找第二个买家，因为他知道，离开他谁也承包不了这个藏宝的湖堤，这么简单的事，刚才老爷你应该想到才是。"管家黄铎说。

"我也太小心了，我是怕他阎王爷贴告示，鬼话连篇呀。"刘国坤说。

"哎呀、哎呀，我说老爷，地上这白花花的是啥？印着'大明银锭'的真材实料啊！我挖宝回来，一进门这李元度就说是六千两，这个是一两不多、一文不少啊，因为这藏宝图的后面记得是清清楚楚的，这能假了？"管家黄铎这又进一步点评，刘国坤总算吃了颗定心丸。

李元度来到张世承的府上，和他说明了刘国坤承包这小清河开挖治理西湖段的情况，张世承听后十分高兴，不管谁干，因为这样一来对小清河工程的尽快开工会起到积极的推动作用，便欣然同意。

然后张世承将这一河段的开挖施工图交给李元度，此工段一共十里地，李元度收好，便起身告辞。他来到三隆兴盐行，把小清河开挖图纸交给刘国坤后，便骑马一路快赶，回到乐丰县城。

这时间过得真快，转眼间这年就过完了，乐丰知县屠义炳任期已满，准备告老还乡。县衙大捕头李元度同时跟随屠知县一起回湖北的家乡孝感。

临行之前，大捕头李元度将二捕头周承宽叫到自己的房间，两人谈了大约一个时辰，只听周承宽说："大哥，放心好了，我会尽最大的努力帮助他的，这不但是为了小清河开挖建设之重任，而且张老板做起事来，有恒心、有毅力，更重要的是张老板这个人，为人处世仗义疏财，勤奋淳朴，品德高尚，我从心里佩服。"

"好，承宽，听你这么一说，哥就放心了。"李元度说。

两人又聊了一会儿，周承宽起身告辞，李元度转身回屋。

从乐丰县城通往济水镇的官道上，一匹快马疾驰飞奔，马上之人时不时地给快马再抽上几鞭，使马跑得更快。

此人快马加鞭来到济水镇码头上的"元丰银号"，下马后从行囊中掏出一个红木方盒，进入银号大门。

"客官里边请。"银号（钱庄）掌柜马子文面带笑容，迎了上去。

来人进得元丰银号便说："掌柜的，因我有急事，需要出个远门，现将这个木盒存到你家银号，如果三年之内不取，那就证明我已不在人世了。"

来人说完，望了马子文一眼，然后郑重地嘱咐道："这个木盒中有一封信，到时请你家主人打开此盒，按信中我的嘱托而办。"来人说道。

"好，好，客官，这个你放心好了，我元丰银号自创办百年来，在这小清河畔以信誉为荣，银号会尊重你的意愿而行事的。"银号掌柜马子文说。

两人办完必要的手续，来人出得元丰银号大门，按原路返回县衙。

玉食村大院内，管家张恒急急忙忙地向客厅走来。

"老爷，挖河的人都陆续上齐了，大部分安排在河边的工棚中，也有的安排在村里了。"管家张恒对张世承说。

"好，我们一会儿到工地看看，对了，管家，你去告诉一下云和，让他过来一趟。"张世承说。

不一会儿，冯云和来到，张世承询问了一下工地上的情况，对冯云和说道："云和，你安排得很好，这思路也很对，每个村庄来的人为一组，这村的里长就是这个小组的组长，我们在施工中，只要把挖河的一切事务告诉小组长就可以了，让他们转告自己的乡亲，这样做起事来就方便多了。"张世承说。

"大掌柜，这些事都是按你的意思去办的。还有，前几天盛大人来巡时，你和他建议的那个法子叫什么来着？"

张世承微微一笑说道："云和啊，那个叫'以工代赈'，就是说，因洪灾而生活困难的人，可以来干这挖河的活儿，我们给这些人相应的补偿，让他们有一定的收入，以代替官府对他们的救济。"张世承说。

"对对对，大掌柜，我大体也是这么对各里长说的，就是忘了'以工代赈'这个词了。"冯云和用手挠着头皮说道。

张世承听冯云和说完，便同管家、张恒来到工地。张世承看到工地上已按班就绪，心中甚是高兴，便召集各小组长开了一个简单的开工仪式会议，这小清河济水镇工段开挖正式启动。

小清河开挖工程进行了一个月之后，这每天怀揣藏宝图的刘国坤再也按捺不住得到这批财宝的欲望，这天夜里他把管家黄铎叫到自己的客厅，小声说道："我说管家，这批宝藏让我是睡不好、吃不下呀，愁死我了。这要是按班就章地来挖，起码一年以后才能挖到这宝藏的位置，我想咱能不能早点把这些宝藏给挖出来，也了了我这个心愿。"

"我说老爷，这恐怕不行，如果提前挖宝，也不符合这工程的进度顺序，也会引起外界的注意，一旦发生意外，那可就鸡飞蛋打了。"管家黄铎说。

刘国坤听后，没有表态，闷闷地坐在那里低头不语，沉默了片刻，他站起来说道："管家，我意已决，这宝藏一天埋在地里，我就感觉一天不放心，我细心琢磨了一下，反正这藏宝的地界，在咱工段之内，我们多找人，夜里干，这样比较安全。"

"老爷，这要是弄不好，会出乱子的啊。"管家黄铎说。

"怕什么，有什么乱子！多找人连夜把这些宝贝弄出来，随后填土埋好，复原就行。管家，就这么定了。"刘国坤想这批宝藏想的，已经有点走火入魔了。

管家黄铎只是点了点头，也没有再说什么。

此时，一个黑衣人，在客厅外的窗户下将刘国坤和黄铎的对话听得一清二楚。他半蹲着身子，轻轻地从窗户下移开，然后站起来匆匆忙忙地消失在夜幕中。

这个黑衣人悄悄溜出三隆兴盐行，奔济水镇的西湖而去。他来到湖边，沿一条两侧长满芦苇的羊肠小道径直走来，不一会儿来到一片湖水区，他左转右拐地找到拴在水边的一条小木船，然后解下拴在小柳树上的缆绳，将这小木船向水中用力一推，船向湖中而去，只见这黑衣男子往后一撤，双腿起跑，纵身一跃整个人跳上木船，然后他使劲划桨，小木船向前快速而去。

黑衣人来到湖中的一个土岛边上，跳下船后用缆绳将小船拴好，沿一条杂草丛生的小路，向岛上而来。

"啥瓜蔓子（干什么的）？"突然草丛中有人问道。

"熟甜瓜（自己人）。"黑衣人快速用土匪黑话回道。

"晃门子的吧（说假话）？"草丛中的人接着问。

黑衣人没有正面回答，反问道："你是泼水的吧（放哨的）？我要见大掌柜的（头）。"黑衣人说。

"明天了（被对方知道了）。"草丛中的人说完后，紧接着吹了一声口哨。瞬间，从黑衣人的四周同时跳出十几个人，将他摁倒在地，用绳子结结实实地捆住他的双手。

"给他罩上'驴捂眼',别让他乱看。"刚才草丛中说话的那个人,让同伙把黑衣人的眼睛用黑布条蒙好。

"走,候着去。"众土匪前后把这黑衣人夹在中间,向岛上而来。

湖上的十多个土匪,带黑衣人来到这个土岛上的一处寨门前,寨门用红松木搭建,顶部有一块木牌子,借着微弱的星光一看,牌子上写着"水龙寨"三个大字,透过寨门,里边仿佛隐隐弥漫着一股神秘的气息。

黑衣人被带到土岛的一处房子前,刚才说话的那个土匪从腰带上解下钥匙,把门锁打开,开门后众土匪把黑衣人架起来,扔到屋中的杂草上,众土匪离开。

这黑衣人是谁?接下来是死是活?暂且不表。

三隆兴盐行老板刘国坤,为这次挖宝精心准备了一番,又过了两天,他便和管家黄铎、家丁头赵复等数十人,来到湖堤藏宝的位置,令自己雇来的挖河民工破土开挖。

数百名民工挖了一天,刘国坤感觉离宝藏越来越近,傍晚时他令民工们停挖收工。

等到天黑,他只让自己的家丁数十人到挖宝现场继续下挖,不一会儿家丁赵复挖到一个硬邦邦的东西,他立刻对刘国坤喊道:"老爷,快过来看,有发现。"

刘国坤跑过来蹲下身子一看,是两块石板,赶忙对赵复说道:"快,将四周的土扒开。"

"快,快,扒开这石板周围的土,别磨蹭。"家丁头赵复吩咐着自己的手下。

不一会儿,两块并列的石板露了出来,看上去这石板长有六尺,宽有四尺。

"赶快将这两块石板移开。"刘国坤急忙催促道。

"你们四个留下,其他人先后退。"管家黄铎说。

"咔嚓、咔嚓……"石板被赵复等人手中的铁棍撬开,石板被推开后,竟然是一个地窖入口。

刘国坤让人点起火把,怀着激动的心情,带领管家黄铎等人小心翼翼地慢慢走进了地窖。

进入地窖,刘国坤等人看到的是横七竖八、杂乱无章的几十个大木箱。

"管家，赶快把木箱打开看看。"刘国坤焦急地说。

"好的，老爷。你们用铁棍把这两个箱子撬开。"管家黄铎吩咐着家丁。

不一会儿，箱盖被家丁手中的铁棍撬开，箱中之物在火把的映照下闪闪发光，所有人的目光直盯着箱子中的这些惊天财富，几秒钟的寂静过后，众人轰然巨响雷声般地喊着，"发——财——啦——！"

刘国坤望着木箱中的稀世珍宝，玉器、青铜器、古字画应有尽有，更是心花怒放，心想：天哪，这三十多万两银子没他娘地白花，终于有回报了，想到这儿他大声说道："快，把箱子抬到外边去，让上面所有的人都下来抬箱子，干完活儿回去有赏。"

这时家丁赵复对管家黄铎说："黄管家，肚子疼，我先去解手啊。"说着，这赵复走出地窖钻进了芦苇荡中。

三隆兴盐行的所有家丁在管家黄铎的指挥下，用了两个时辰把地窖中的木箱全部搬到上面。

"老爷，箱子都搬完了，咱们上去吧。"管家黄铎说道。

刘国坤生怕落下什么东西，他向地窖四周看了一眼，发现地窖的东北角上有一块方砖，心中很是好奇。他走过去弯腰掀起方砖要看个究竟，突然从砖的下面蹿出一条青花蛇，刘国坤急忙躲闪，但已经晚了，青蛇扬起头对准他的右手腕狠狠地咬了一口，只听刘国坤惨叫一声，摔倒在地。

此时，地窖上喊声连天，五十多名土匪将刘国坤的家丁及木箱围在中间，土匪手中数十条火把将窖外照得灯火通明。

"哈哈哈哈，你们这帮龟孙子，终于替老子找到这些宝贝玩意儿了，老子在这西湖多年，就为了找这些玩意儿，没想到啊，今天晚上终于见到亲人（宝藏）了，真是老天不负有心人啊。"众匪徒中一个满脸黑胡子的家伙说道。这个人正是水龙寨的二当家胡青皮。

"我说二哥，这帮龟孙子（刘国坤的家丁）怎么办？要不，全他妈的砍了吧。"一个小矮个子说道。

"我说老三，来时大哥说了，宝贝咱要，这人也要，让他们把箱子抬着，先回寨子，听从大哥发落。"

"好的，二哥。"回话的正是水龙寨的三当家王二溜。

"你们这些脓包家丁给我听好了，看到前面的箱子了吗？两人抬一个，跟我们走，路上有不老实的、私藏金银财宝的、妄想逃跑的，通通砍头，你们听明白了吗？"水龙寨二当家胡青皮冲刘国坤的家丁大声吆喝着。

众家丁此时早已被吓得尿了裤子，哪里还敢出声。

"都装哑巴是吧？和老子较劲，对吧？"水龙寨的三当家王二溜，手提明光瓦亮的砍刀，来到这群家丁面前，猛地拽出一个，只见他手起刀落，这个家丁"哎哟"惨叫了一下，趴在地上，好在这三当家用的是刀背，这要是把刀翻过来，这家伙就见阎王爷了。

众家丁看到眼前的一幕，赶忙说道："当家老爷，我们知道了。"

"你们这些牵着不走、打着倒退的主儿，还不赶快去干活儿！"二当家胡青皮催促道。

"抬起来快走，你们这一个个的熊样，还看家护院呢，酒囊饭袋吧！"三当家王二溜说。

众家丁抬起箱子，剩下的箱子由土匪们自己扛着，刚走出几步，他们四周突然响起了震耳的铜锣声，随之是火枪的响声。

火枪声响过后，只听一个洪亮的声音向土匪们喊道："水龙寨的人都给我听好了，把箱子全部留下，识相的快点跑，不要命的、顽固抵抗的，死路一条。"

"你们是哪路蔓子（哪里的土匪）？竟敢来俺地盘上截货，我们刘大当家也是不好惹的，不信咱就一招一式练练。"水龙寨的二当家刘青皮说道。

"对，不服的，过来试试吧。"水龙寨的三当家王二溜也随声附和。

"不听招呼是吧？自己找死可怨不着别人，开火。"这命令一下，埋伏在芦苇荡中的官兵扣动扳机，数十条火枪的弹药从芦苇中"嗖嗖嗖"地呼啸而出，这十几个匪徒瞬间身上中弹躺在地上，到阎王爷那报到去了。

水龙寨的二当家凭借多年的敏感匪性，枪响之时赶紧趴在地上躲过一劫，口中说道："狗日的，来真格的了，看来今天是遇到强手了，得赶紧跑，要不，这条命就撂这儿了。"

这三当家就没那么幸运了，大腿上挨了数个枪子儿，疼得蹲在地上"嗷嗷"地乱叫，流出的鲜血染红了地上横七竖八的芦苇。

"弟兄们，抬上三当家的，我们走，以后再找他们算账！"

水龙寨的二当家胡青皮向众匪徒喊叫着。

听到二当家的喊声，众匪丢下手中的财宝，纷纷向芦苇荡蹿去。

刘国坤手下的家丁也趁乱落荒而逃。

匪徒们逃离后，乐丰县衙捕头周承宽，带领埋伏在芦苇荡中的七八十名官军走了出来，三十多名火枪手迅速围成一个圆圈，背对着装有财宝的箱子持枪警戒。

周承宽看了一下匪徒们逃跑的方向，向乔尚志、欧阳焯等人说道："你们马上把所有箱子抬到湖外的马车上。"

"好的，大捕头。"众人答应着赶快将地上的所有木箱抬走，装到湖外早已准备好的三辆马车上。

这时青州府火枪队的总兵刘铁男走了过来，对周承宽说道："周捕头，这次你真是立了大功，朝廷的军队正在围剿河南和鲁西的叛匪，知府大人正在为军饷犯愁，这些财宝真是及时雨啊！回去后我定向知府大人如实禀报，给你申请嘉奖。"总兵刘铁男说完，众人簇拥着马车返回乐丰县衙。

三辆满载财宝的马车，在乐丰县县衙稍做停留，然后奔青州府而去。

水龙寨的土匪，被官兵一阵火枪打得仓皇逃回寨中，二当家胡青皮赶忙来到聚义厅，向大当家刘土担详细地汇报了事情的经过，并告诉刘土担，三弟王二溜被枪击中，被抬到偏房去了。

"三弟伤得怎么样？走，我们去看看。"刘土担也没顾得问财宝的下落，和胡青皮快步来到偏房。

见到刘土担和胡青皮到来，这三当家王二溜便哭咧咧地说道："哎哟，哎哟，我的个亲娘啊，疼死我了。大哥你得给我和死去的弟兄们报仇啊！大哥、大哥，那箱子里是白花花的银子和珍宝呀，都让他们抢回去了。"

"看清是什么人了吗？"刘土担问道。

"还会是谁啊？这济水镇的刘国坤也太狠毒了，直接用火枪打呀，这丢了财宝是小事，可我们死了那么多兄弟，以后还咋在这西湖立足呀。哎哟、哎哟，疼死我了，娘嘞！"

大当家刘土担听王二溜说完，安慰了他几句，然后转身向胡青皮问道："二弟，赵复呢？咋没回来？"

"大当家的，赵复被火枪给打死了。"

"这准是刘国坤请来的援兵，他们不是有火枪吗？二弟，让弟兄们带上飞钩，在芦苇荡里和他们玩玩，别认为我们是猪八戒卖凉粉，人软货颤。"刘土担说。

"好的，大哥，用飞钩咱是灶王爷吃糖瓜，稳拿。让弟兄们给他来个芦苇荡中肉包子打狗，叫这些人有来无还。"胡青皮越说还越来劲了。

刘土担瞪了胡青皮一眼，刚想开口说什么，这胡青皮赶忙说道："大哥，弟兄们这次失利，是听了赵复的话，光想着急于成功。这赵复的情报失误，他也没说这刘国坤有援兵啊，所以是吃了这轻敌的亏。"

"二当家，让兄弟们带上飞钩，走，会会这帮小子去。"刘土担说。

土匪们来了多少人？是否能抢出丢失的财宝，暂且不表。

先说这地窖中被蛇咬伤的刘国坤，"哎哟"一声，疼得躺在地上，管家黄铎赶忙跑回来将刘国坤扶起，从自己的上衣撕下一块布条，把他的手腕包扎好，然后扶起刘国坤，来到地窖出口。

就在两人刚想爬出地窖口时，听到上面土匪们抢劫财宝的叫喊声，吓得又缩了回来。

等了一会儿，紧接着又传来阵阵铜锣声和火枪的射击声，吓得两人趴在地窖出口像缩头乌龟一样一动也不敢动。等外面平静了，管家黄铎才壮着胆子从地窖口爬出，可他眼前看到的却是地上躺着的土匪尸体，装财宝的箱子已经无踪无影。

"老爷，全没了，装财宝的箱子不见了。"管家黄铎冲趴在地窖口的刘国坤喊道。

"快，快点拉我上去。"刘国坤心急如焚地催促着管家黄铎。

刘国坤爬出地窖，看到眼前的情景，不由得浑身打了一个寒战，赶忙对黄铎说："管家，我们快走，快走。"

"老爷，那、那我们的财宝，不去追了？"黄铎说。

"现在顾不了那么多了，你看躺在地上的这些死尸，如果有官差赶来，你我都脱不了干系，赶快离开这，回家再说。"刘国坤神色慌张地说。

听到刘国坤的话，黄铎赶忙搀扶着他，离开了挖宝现场。

水龙寨的大当家刘土担，率湖上的所有土匪近百人出动，他们分成多个小队，手拿近战武器飞钩，从不同方向朝挖宝的地方包抄过来，可来到近前一看，除了地上躺着的死尸外，装财宝的箱子和人早已踪影全无。大当家刘土担对胡青皮说道："二当家的，赶紧地，把赵复和弟兄们都埋了吧。"

"是，大哥。"二当家胡青皮答应着。

"王尧、朱世纯，你俩招呼几个人去南边挖几个坑。陈文骏，你带几个人，把这些死了的弟兄们抬过去。"二当家胡青皮吩咐着手下。

"大当家的，这、这里、这里还有个活、活活的，嘴唇还能动弹。"陈文骏吓得脸色苍白，结结巴巴地朝刘土担喊道。

听到喊声，刘土担和胡青皮赶忙跑了过来。刘土担蹲下身子一看，不是别人，这躺在地上的正是自己派往刘国坤那儿卧底的赵复。

刘土担伸出右手的两个指头，放在赵复的鼻孔处试了一下，还有气儿，他赶忙抽回手，又换作拇指在赵复的人中穴上狠狠地掐了几下，只听赵复吧嗒了几下嘴，然后口中轻微地发出声音："财宝、银子，承、承承……"话没说完，一歪头，死了。

那晚在三隆兴盐行窗下偷听刘国坤、黄铎两人谈挖宝计划的黑衣人就是赵复，他偷听后便连夜划船赶到岛上，向大当家刘土担汇报了此事，为了不暴露他的身份，刘土担便让他连夜赶回济水镇三隆兴盐行，才有了后来水龙寨二当家带领土匪埋伏在挖宝现场的周围，抢劫刘国坤从地窖中找到的财宝一事。

水龙寨大当家刘土担看到自己的内线赵复身亡，便站起来对二当家胡青皮说道："埋了吧，给他家里多送点银子。"

"是，大哥。"胡青皮答应着。

刘土担又看了一眼身亡的赵复，说道："这话没说完咋就死了呢？真闷人。"

水龙寨的土匪埋完匪尸之后，在挖宝现场停留了一会儿，啥也没有捞到，便返回湖中的土岛。

三隆兴盐行的刘国坤和管家黄铎急忙回到家中，刘国坤躺下后翻来覆去地睡不着，他想来想去，也理不出个头绪来，但他总感觉这事出得有点蹊跷。

街上传来铜锣的声音，"当，当，当"锣声过后，紧接着是一声喊破天的吆喝："天冷物燥，小心火烛啊！大风来临，关门关窗啊！"喊声过后又是铜锣的响声，铜锣响了四声之后，停顿了片刻，接下来又是一个点敲，"吭……"

响声过后，是快速的五声重敲，紧跟着又是打更人的一声吆喝："五更天（寅时，凌晨五点）到了，早睡早起，养好身体……"

济水镇大街上两个身强力壮的打更人，一人手提灯笼，灯笼的油纸面上写着两个"更"字，走在前边；一个敲打着铜锣边走边吆喝。

刘国坤躺在床上，听到五更天已到，赶忙爬起来，喊来管家黄铎，让他带上两个人再去挖宝的地看看。

过了一个时辰，黄铎回来告诉刘国坤说道："老爷，什么也没有了，死尸也不见了。"

刘国坤听后说道："这下让人抓住咱的把柄了，以后行事要特别注意，你赶快带人将地窖填平，接下来的日子里，安安稳稳地先把这小清河的事干好再说吧。"

"那宝藏不追了？"管家黄铎问。

"追什么追啊？你没听到那晚的火枪声吗？这玩意现在只有官府大批拥有，还去找啊！难道你还不明白吗？"刘国坤说。

"好的，老爷，我马上去办。"黄铎心中想，大事上你还不糊涂。

这黄铎刚想迈步出屋，就听刘国坤喊道："娘啊，我的手啊，疼死我了！"

黄铎停下脚步，回身走到刘国坤面前，解开他手腕上的布条一看，赶忙说道："哎呀，老爷呀，你得赶紧去看看。"刘国坤的手腕不但肿得像大馒头一样，而且黑紫中透着瘆人的光亮。

刘国坤的手腕子被蛇咬后，是否截肢？暂且不表。

先说这小清河开挖疏浚工程，济水镇工段这大半年下来进入了冬季，整个河道已具雏形。河道出土后，这水深已经有一尺左右，如果继续下挖，要在这冰冷刺骨的水中干活儿，难度可想而知，眼下的情况直接阻碍了工程的进度。

"大掌柜，这活儿是不好干了，这西北风一起，就要上冻了，这河道里已经挖出引水来了，再继续干，这人也不得受了（没法干）。"站在河边的冯云和向张世承说道。

"云和，这冬天农闲时节，来上工的人多，人多咱这活儿就快，得想个法子，既不让民工冬天下水干活儿受冻，还不能让工程停下来，方为上策呀。"

听张世承这么一说，站在一边的冯云和心中有点纳闷，这既不误工、又不能停工，这事儿有点像冻豆腐——难拌（办）。

"大掌柜，让你这么一说，我还蒙了呢，这大冬天的，往后人是不能再下水挖泥了，你说这还不停工？"冯云和不解地问道。

"云和，你到河边，用步丈量一下这河滩到堤坝的距离。"张世承说。

"好的，大掌柜。"

冯云和按照张世承的吩咐到了河边，转身向堤坝走去，并且口中不停地数着，一、二、三……

"大掌柜，这河滩是二十步。"冯云和大声地说。

张世承走到冯云和面前，指着脚下的河滩说道："云和，为了抓住冬天农闲人多这个机会，咱来他个'借土还泥'。"

"大掌柜，我明白了。你是说今冬咱先挖这二河滩的土筑坝，等明年天暖和了再下水挖泥回填河滩，对吧？"冯云和说。

"正是，这样不但冬天不停工，而且还会加快工程的进度。"张世承说。

"大掌柜，你真神了，我咋没想到呢。"冯云和说完，望了一下眼前的河滩，继续说道，"大掌柜，我去准备了，告诉民工们，冬天咱这活儿不停，继续以工代赈，接着干。"

"好的，云和，你先去忙吧，我去下边看看。"张世承说完便向挖河的人群走来。

破土动工后的济水镇小清河段，数十里的河线上人山人海，一眼望去，河漕里人头攒动，蚂蚁一般的挑河人在冬天的凛冽寒风中穿着单薄的衣服，抬的抬、挑的挑。

上土的小伙子，赤脚踩在软软的河泥上，先用铁锨往河泥两边深铲一下，紧跟着一铁锨铲进去，像切豆腐一样，一块长方形的泥块被挖出来，甩在大抬筐和泥篮中。

挑筐人甩开膀子，肩膀上压着沉甸甸的扁担，挑着湿漉漉的泥土，胳膊上的青筋凸显，喊着号子，急速移动着双腿，肩上的扁担随着脚步的迈进，发出"嘎吱嘎吱"有节奏的响声。

河工们不停地弯腰，一锨锨地把河泥挖出、装筐、担起、挑走、筑堤……

"大家伙休息会儿吧，抽袋烟再干。"一个脸色黝黑胡子拉碴的大汉向自己乡里干活儿的人喊着。

听说休息，众人停下手中的活，把棉袄披在身上，围成一圈，席地而坐。

此时，民工高得劲冲旁边的一个年轻人说道："哎，我说陈子，昨天晚上你躺下不睡觉，一个劲儿地放屁，和连阴天打雷似的，开始我还以为要下雨了呢，原来是你的作道（干这事）。你这样弄，还让人睡觉不呢？"

"对也呢，我说陈子，晚上你就少吃点吧，省得撑得光放屁，那味啊，噎死个人了。"又一个民工高青松接着高得劲的话茬对陈子说。

只见这个叫陈子的人，朝他俩瞪了一眼，然后说道："哼，咋了？你俩别装灶王爷跑到院子里——管得很宽，是吧？我是不稀得说你们两个。"陈子站起来用手一指继续说道，"你，高得劲，晚上睡觉磨牙打呼噜，像大牲口叫一样，你自己倒是得劲了，别人受得了吗？"这陈子说完，用手捏着鼻子，"哼哧"一声，然后把带有鼻涕的手往裤上一擦，又冲另一个说道，"还有你，高青松，晚上不停地说梦话，说就说吧，还和那公猫一样发狂，'嗷嗷'地撒欢，你倒是轻松了，影响得别人能睡得着吗？"

"我说梦话了吗？我撒欢了吗？我咋不知道呢？瞎说吧！"高青松反驳说。

"这个大家伙儿是都听到的，知道不？还说抱着七仙女睡觉呢，哼，想得倒美，快四十的人了，连个媳妇都没有，自己抱裤裆吧你。"

众人听后纷纷哈哈大笑。

"我说你们三人有完没完，咋像见了丈母娘叫大嫂似的——有的说，没的道呢。大伙子都别吵吵嚷嚷的了，咱就休息一会儿，让李老汉给咱讲讲这小清河上龙娃开河的故事多好啊。"这胡子拉碴的里长高来福大声说道。

众人将期待的目光向李老汉望去，李老汉站起来说道："我说各位老乡亲啊，里长说了，咱就来一小段，让大伙子乐呵乐呵，也解解乏。"

李老汉张开口说道：话说在很早很早以前，这古济水河中有一条小青龙……

这位雪白头发、淳朴的老汉热情洋溢地讲述着龙娃开河的故事，这一段下来，众人热烈鼓掌。

站在人群外的张世承，待掌声过后，来到人群中，向李老汉说道："李大爷，辛苦了，这么冷的天还来上工，真是难为你老人家了。"

张世承紧握这位苍老憔悴老人的双手，感慨而又激动。

看到张世承到来，众人纷纷打招呼，张世承示意大家坐下说话。

李老汉说："大掌柜啊，眼下干这挑河的营生，是累了点儿，可话又说回来了，如果这小清河治理不好，这涝灾、病灾年年有，咱河两岸的人只能是等着挨饿、病死。大掌柜啊，现在受点累没事儿，能把这河鼓捣好了，俺是打心眼里高兴啊，别说是累，就是把自己这条老命撂这儿，也值了！"

老人说完，抬手抹了一下眼角的眼屎，然后用沧桑的茧手掏出别在腰上的烟袋，把烟丝装满铜锅，这时张世承赶紧过去，从老汉手中接过火镰，"噌噌"地打了几下，给李老汉把烟点上。

"李大爷，等这小清河全线疏浚之后，我们还要挖通沟渠，让这小清河两岸旱能浇、涝能排。"张世承说。

"我爷爷说了，等这小清河挖通了，就没有洪水淹我们了，庄稼收成好了，我们天天吃得饱。爷爷还说，要攒着钱留着给我长大了娶媳妇呢。"一个看上去十多岁的孩子冲张世承说道。

"小兄弟，我们不但天天吃得饱，还要办学堂，让小清河两岸的孩子都能读书认字。"张世承望着孩子满怀希望地说道。

张世承刚说完，只听里长高来福大声咋呼着："哎，哎，你们快看，这是来了两个干啥的呢？"

众人顺着他手指的方向一望，两个身背家伙的一男一女从东面沿河走来。

身上背着家伙的两个人越来越近。

高得劲看清楚了，赶忙说道："这不王家浩村的潘家训和肖凤姐两口子吗？噢，这两人是来唱驴戏了这是？"

"喂，我说老潘家两口子，快过来啊，过来唱上两段，我们是你邻村的啊！"里长高来福挥手朝潘家训两口子大声招呼着。

"潘大啦！肖凤姐！来咱这嘎唱啊，咱们是老乡啊。"众河工喊着他俩的土艺名，挥舞着双手跟着起哄，吆喝着跑过去迎接两人。

说起来，这潘家训和肖凤姐两口子，在小清河下游说唱的艺人中也算是头面人物。两口子是最早拉二胡子在这小清河畔要饭为生的人，因两人有点小才艺，进门不但喊大娘大爷，而且是连说带唱，很受人们喜欢。

潘家训中等稍瘦的身材，着黑布长衫，袖口、领口是纯净的白色，衣服整洁大方，他为人随和，且讲话声音洪亮，透着博古通今的才识，言谈举止间自有一种仙风道骨，让人一看就是艺人的风范。他既是妻子肖凤姐的乐队和琴师，同时担任她的助演。肖凤姐演唱时，这潘家训便用各种不同的声音来配合她体现剧中不同的人物身份性格，以塑造出剧中各色人物形象，让观众有身临其境的感觉。

他两人在小清河平原一带村庄到处巡演，每天来去匆匆，与老百姓交流甚广，是典型的江湖艺人。

肖凤姐从十几岁就跟随师傅学唱驴戏，经过长期的磨炼，成就了一副好嗓子，唱腔圆润婉转、优美流畅，以美女花旦风格著称，加之绘声绘形的身姿魅力，以情动人的神韵表演形象，以及乐丰县地域直白的乡音土话腔调，能把台下的观众逗得前俯后仰，眼中流泪。

肖凤姐以其柔润纤细、清新隽永的艺术，锻造了自己独特的表演风格，征服了小清河畔的观众。

"好了，好了啊，咱大伙子就先别吵吵了啊，这潘大啦老远地来了，咱就安安稳稳地听他给咱来上一出，大家伙说好不好啊？"里长高来福大声说道。

"好！好！"河工们齐声回应道。

潘家训站在河滩的高处向众人说道："今天来到这小清河开挖现场，登场亮艺，不要干粮不要钱，我们两口子借着演唱之便，一来，是报答去年洪灾中，世承大掌柜的恩德；二来，是看看乡亲们，也希望大伙子在此捧个人场，我潘家训给你们作揖了！"说完便躬身合手行礼。

这时人群中有人喊道："我说潘大啦啊，你看天这么冷，干脆来上一段'二姑娘上炕'吧，让大伙子听听，也暖和暖和。"民工边士培舞弄着双手，张着嘴，大咧咧地说道。

还没等潘家训回话，民工中又一人吃喝着说道："我说小凤姐，你别听他的，咱还是唱唱那'钻高粱棵'吧。"民工袁宗午嚷嚷着，口中还"嘿嘿嘿"地笑个不停。

"你个浑小子，唱什么钻高粱棵呢？这唱完了晚上咱这工棚非空了不可，你们这些浑小子，还不偷偷跑回家抱老婆啊？"

这高来福说完，一看众人，个个捂着嘴，低头偷偷地在笑。

"不能唱、不能唱。"里长高来福红着脸摆着手冲潘家训两口子说道。

"今天咱不唱那些掉了牙的老段子，来之前，我们两口子专门编排了新的节目'小清河号子''小调和驴戏'，咱下面就献给大家。"

潘家训说完，在这河滩高处支好架子，摆弄好锣鼓，调试好坠琴和三弦儿，便是一通地打锣敲鼓，然后是坠琴音乐的过门。

肖凤姐化妆上场，头上挽鬃、插花；粉面红唇，蛾眉凤眼，款款碎步如扶疏的柳絮轻巧，身姿绰约，仙子般仿佛从远古的梦境中袅袅走来，那真叫一个百般生动，风情万种，颠倒众生。

随着丈夫坠琴音乐的前奏，她做了几个以情代声的唱前动作，众河工纷纷叫好，掌声不断。

只见她一挥戏装的长袖，开口唱出一段小清河号子小调，那起起伏伏的情节，唱出流过人生梦一样的故事：

> 小清河
>
> 长又宽
>
> 吃着的甜瓜飞上天
>
> 碰上老鸹哚（啄）一口
>
> 呱嗒落到河中间
>
> 河这边
>
> 是俺家
>
> 河那边

是你家

今天太阳出得好

俺晒渔网你晒啥

俺娘说

伸开卧单晒芝麻

一晒变了两碗油

大姐二姐梳油头

大姐梳了个高蓬起（帆起）

二姐梳了个大船头

顶说三姐不会梳

梳了个桅杆挑绣球

刚唱完，河工们边鼓掌边喊："好，再来一个！"

接下来两人又唱了驴戏《邱二斋上香》。

这夫妻两人分别扮演剧中的不同角色，这小清河号子小调、驴戏是轮番上演，剧中有说、笑、打、闹，这一场下来，把小清河两岸的风土人情和各色人物的爱恨情仇演得淋漓尽致，真是羞了百花、醉了寒风、迷了蝴蝶、痴了岁月，把围观的人群看得是心神摇荡，有的闭着眼睛静听，有的跟着唱腔摇头晃脑，有的大眼瞪小眼，如梦如幻，肖凤姐台上的名角味儿，让围观的河工动了情，乱了心。

河道中掌声和喝彩声不断……

河工们忙着鼓掌叫好，张世承边鼓掌边对身边的高来福说道："高里长，刚才我发现陈子走起路来咋一拐一拐的了，当初来的时候不是好好的吗？咋啦这是？是脚扭伤了吗？"

"哎呀，这不是吗，前几天几个杠小伙子比力气，看谁挑的土多，陈子弄了满满上尖的两大筐，因起身时用力太猛，这一不小心，伤着那宝贝蛋了啊（小肠落到蛋囊里去了）。"高来福说。

"哦，原是这样啊。"张世承道。

"说是疝气，走起路来，两个蛋在裤裆里鼓鼓囊囊乱逛，弄得他走路非得两条腿岔开才行，并不到一块儿了，真可惜了这小青年。"高来福摇了摇头无奈地说道。

"高里长，先别让陈子上工了，这治病要紧。咱家药铺有治疗疝气的药方，待会啊，你让他去河口药铺拿药，然后在工棚休息治病，等把病治好再干。"张世承说。

"那敢情是好，大掌柜，我先替陈子谢谢你呀！"里长高来福非常感激地对张世承说。

"我说高里长，刚才随着李老爹说话的那个孩子，刚十二三岁吧？他是李老爹的孙子吗？"张世承问道。

"大掌柜的，是啊。这说起来让人难过，李老汉的儿子、儿媳妇都在去年的洪涝和瘟疫中死了，撇下这个没娘没爹的孩子，跟着爷爷过日子。这不嘛，李老汉来挖河干活儿，把孩子放家里又不放心，唉，没办法，就把孙子带工地上来了。"里长高来福摇着头说道。

"哦，原来是这样啊。高里长，这天冷了，孩子每天跟着来这拖泥带水的河道上，也不是个事，一来是危险，再说了，孩子的身子骨也受不了，还很容易冻出伤寒来。你告诉李老爹，明天把孩子留工棚吧，让他在伙房帮师傅们扫扫地什么的，这样一来啊，就冻不着孩子了。"张世承对里长高来福说。

"大掌柜啊，太谢谢你了！我、我、我什么也不多说了。"

高来福紧握张世承的双手，此刻他的眼圈发红，感动的泪水顺着眼角流了出来。他用衣袖擦了一下眼泪，然后继续说道："大掌柜的，你放心吧，我保证，俺们村里分的河段会提前完成。"

高来福那斩钉截铁的表态展现了小清河两岸人民治河的决心和勇气。

戏唱完了，众人准备散去，回河道继续挑河。河工袁宗午走在最后，冲肖凤姐喊道："小凤姐，咱今天可和你早打个招呼啊，下次再来，咱得唱唱那'钻高粱地'啊，还是那个瘾头大。"说完冲着肖凤姐吹了一声口哨，接下来是一脸的坏笑。

"好你个袁大头，改不了你那个唿神样儿，再去俺村，非叫你二姨给你说个媳妇不行，省得你成天光棍一根，滋得你不知咋好呢！"肖凤姐冲袁宗午喊着。

"我说袁老二，找揍是吧你？"里长高来福伸手就来，吓得袁宗午立刻像受惊的兔子一样向河道狂奔。高来福一边大笑，一边说道，"好你个兔崽子。"

河滩的土台子上，潘家训和肖凤姐两人收拾演出用的道具。张世承走过来说道："潘老板，真是太感谢你们了！"

潘家训看到张世承，停下手中的活计，赶忙上前握手。

"大掌柜的，你也在这里，看我光顾得瞎忙了，这、这还没注意呢。"潘家训激动地说。

"潘老板啊，我要是不来，怎么能看到你那精彩的演出呀，你说是吧？"张世承说。

"献丑啦，献丑啦！大掌柜啊，只要你喜欢就好。"潘家训说。

"这么精彩的表演，不但是我喜欢，听刚才的掌声、叫好声，就知道潘老板的演出是非常出色的，人人都喜欢啊。"

张世承说完，转身向肖凤姐打了个招呼，继续说道："希望你们有空常来转转，让咱挑河的民工们在辛苦和付出中，多得到一些快活，我代表河工们谢谢你们两口子了。"张世承热情地向两人说道。

"大掌柜的，放心吧，从现在开始，我们两口子就在这挑河的工地上来回巡演，不走了。"潘家训说。

"大掌柜，我们当家的说了，这挑河是个好事，是大事，俺应该支持才是。去年发大水，河北边的人在大难中前来投靠，大掌柜为保证大伙子有饭吃，付出那么多，今天又带领人们开挖治理河道，我俩咋说也不能袖手旁观吧？我们两口子也要做力所能及的事，把小清河两岸乡亲的心声唱出来，俺两人商量好了，等这河完工时，俺演完最后一场戏再走。"肖凤姐慷慨激动地一口气把心中的话说完。

三人又聊了一会儿，张世承让潘家训、肖凤姐两人晚上到家吃饭，两人答应，然后各自去忙。

天渐渐黑了，太阳从西边的地平线上落了下去，挖河的人收工，回来的路上，每个人拖着疲倦的身体，有的挑着泥筐，有的扛着铁锨，走在傍晚的微光中，他们连说一句笑话的力气都没有了，人群像一溜跋涉在沙漠里的骆驼，行走间迟缓而又深沉。

河道里那生龙活虎的干劲全跑得无踪无影……

时间过得真快，这小清河疏浚开挖工程，已经进入第三个年头。

玉食村大院的客厅里，大掌柜张世承和管家张恒聊得正在兴头上。

只听管家张恒说道："大少爷，还有个事儿，我从京城回来后也一直没捞着告诉你。"

"管家，我知道，你是想说那考生丁占元的事吧？"张世承说。

"大少爷，真是神了你了，可不是吗？"张恒回道，"年前进京，我问了，听新任掌柜的周之旦说，这考生丁占元，在咱京城的铺子一直住到京考完成，张榜时进士及第，可后来朝廷放到哪里做官他说就不知了，也没有回来联系过，这三年下来，是音信全无。"

"该来的自然会来，不来的你光盼也没用，顺其自然吧，只要占元兄弟皇榜高中，不辜负自己十年寒窗之苦，我也就放心了。"张世承说。

两人沉默了一会儿，管家张恒似乎是鼓了鼓勇气，站起来说道："大少爷，这小清河工程自准备开工到现在，已是三个多年头了，这些年来，你把精力全扑在治河上面，完全没心顾及咱家的生意啦。"

张恒说完，看了张世承一眼，见主人坐在那儿没有任何反应，就继续说道："这治河真是个烧钱的买卖，投入之大，已经远远超过咱家的实际承受能力。"

"管家，这个我也明白，可是这小清河一天不治理，一天排洪不畅，就像是压在我心口上的一块大石头啊。"张世承说。

"大少爷，这挑河的事，我本来不想多说，更不想给你添乱，可这不说又怎么行呢？这几年下来，咱家的粮食和银子已经掏空了，京城那边柜上转过来的钱，前几天就全添在这治河上了，眼下咱家油坊也没有钱再进芝麻了。"说到这里，张恒的眼眶湿润，泪都快流下来了。

他用衣袖擦了一下眼眶，继续说道："这上工的人多，粮食用的也多，一天下来就得花好大一笔钱，眼下就仗着药铺和银号的收入勉强维持，我算了一下，也很难熬过这个冬天。"张恒说到这里从衣袋里掏出手帕，擦了擦眼睛。

"这个我会尽快想办法，工地上绝不能断粮。这么多人的吃饭问题是一，可添补挑河家把什（用具）的钱也得抓紧时间掏换（去办）。"张世承说。

"我说大少爷，你能不能向新来的知县汇报一下，让他给咱想想办法。"管家张恒说。

"这连续几年赈灾，早已把县里的银库掏空，说了也没用，还是我们自己想办法吧。我说管家呀，既然揽了这个瓷器活儿，咱呀，就得有那个金刚钻的精气神才是。"张世承说完，走到书桌上拿起笔纸，对管家张恒继续说道，"管家，你去把云和找来，我有事让他办。"

"好的，大少爷，还有什么吩咐吗？"管家张恒说。

"噢，还有就是，你去告诉油坊那边的人，从明天起停下来吧，先不干了。在他们走之前，把今年的工钱结到年底。外加明年全年的。"张世承说。

"大少爷，今年还不到年底，给就给了，这外加明年全年的，这个、这个、这个活儿还没干啊？"张恒急忙争辩着说。

"管家，现在这年头青黄不接的，从咱家走了，再去另找份活儿干很不容易，我看就这样定了吧，支付油坊雇工的钱，上个月我已经告诉钱庄的马掌柜预留了，你只管去支付就行了。"张世承说。

"大少爷，知道了。"张恒说。

望着张恒走出去的背影，张世承自言自语地说道："真是既辛苦又难为他了。"说完他便拿起笔来开始写信。

不一会儿，冯云和来到。

"大掌柜的，你找我？"冯云和进得门来，和张世承打着招呼。

这时，张世承把信写好装在信封中，看到冯云和便起身说道："云和来了，来，坐下说话。"

"好的，大掌柜。"冯云和答应着坐下，张世承提起茶壶正想给他冲茶，冯云和赶忙又站起来说道，"大掌柜，可别，我自己来就行。"

张世承把茶壶让给冯云和，坐下后说道："云和啊，这几天我想了想，还是决定让你去办这件事。"

冯云和用手捧着茶碗，两眼望着张世承问道："大掌柜，你说吧，只要云和能力之内的，你尽管吩咐就行。"

"云和啊，过了这个冬季，小清河开挖疏浚工程就大功告成了，这也是咱爷们儿和小清河边上几代人的期盼啊！可眼下这治河的款项缺少银两，我想了想，决定把京城的铺子和买卖全部卖掉，以换银两补充到治河上来。"

冯云和一听，惊得站起身来，慌里慌张地将手中的茶碗掉在地上，只听"吧嗒"一声，摔了个粉碎。

"岁岁平安，碎碎平安呀！云和啊，看来让你去办这事是对的啊。"张世承笑着说。

"大掌柜，你还笑呢，这么大的事你让我去办，这、这合适吗？"冯云和说。

"咋就不合适了呢？你把我当主人，我把你当家人，这家人办自家的事，哪有不合适的道理呀？"张世承说。

"好，大掌柜，我去，卖多少钱？你告诉我个底价吧。"冯云和说。

"云和，随行就市，低于市场价卖。"张世承说。

"大掌柜，我明白了。何时起程？"冯云和问。

"明天一早，你骑马去，我已经让人给你准备好了，带上这封信，交给掌柜的周之旦，他会协助你办好此事。云和，我只给你十五天的时间，记着，是来回十五天！"张世承说。

"好的，大掌柜，我会记着的。"冯云和把信收好，转身出屋，并没有回房休息，而是直接来到马棚告诉王有，"王有兄弟，你赶快把枣红马给我喂好，等会儿我去京城。"

"冯哥，大掌柜不是说明天一早走吗？"王有说。

"事急，我提前走。"冯云和说完，回到房中简略地收拾了一下路上用的东西，便骑马连夜沿济水镇官道向京城而来。

济水镇大香和茶楼内，厘金局的总办隋时怀和金玉禧两人正在喝茶，这时小二端着一盘瓜子敲门后进得房中，说道："主人，你要的干货。"

"小二啊，放桌子上吧。"金玉禧说。

"好的，主人。"小二把盘子放好后退出房间。

这金玉禧身着粉红色的旗袍，上面绣着绿色的荷叶和成对的鸳鸯，旗袍开衩到腿根，暴露出的大腿上散发着脂粉的香气。

她用双手推开北边的窗户，向外看了看，然后把伸出去的头缩了回来。

"我说小禧子，你是在看这镇子上的景呢，还是看小清河啊？赶紧地，把窗户关上，这楼上风大，别冻着啊。"厘金局总办隋时怀边说边从床头的红木柜里抽出一杆紫檀木的烟枪来，用左手托着，右手装上金黄色的烟丝，然后猛地吸了一口，一扬头慢慢地把烟雾吐了出去，让人看上去似乎精神上得到了很大的补充和满足。

"还看啥呢？我的大总办，镇上的人都在说，今冬天这小清河开挖又不停工了呗。"金玉禧左手举着镜子，右手拢着头发，娇滴滴地回答隋时怀的话，竟然连眼皮都没抬一下。

"这个我知道，今冬还是连着干，这张世承出了个馊主意，叫什么、什么'借土还泥'，说是争取今冬明春完成。"隋时怀瞪着一双色眯眯的眼睛，冲金玉禧说道。

"那这冬天不停工，麻绳还得购吧？"金玉禧对着镜子，边说边将梅花红色的唇脂，轻轻地涂抹在那薄而娇嫩的两片嘴唇上。

"当然得购了，不购这挑河用什么拴筐啊？不但购，还得多购，冬天闲人多，在家没事的都来这挑河的工地挣饭吃，所以呀这家把什用得也多。今天我来就是告诉你，这次采购麻绳，还是让你承办。"隋时怀说。

　　金玉禧一听，高兴地在房中学着戏子花旦的台步转了一圈儿，心中暗想，这次我得狠狠地捞一把。她不动声色地对隋时怀说道："我的总办哥哥，你咋不早来和我说呢？哼。"金玉禧朝隋时怀努了一下嘴，继续说道，"总办哥哥，以后要常来，我每天想死你了。"然后摇摆着身子，走到随时怀的面前，把粘在手指上的残唇脂，蹭在隋时怀的脸上，留下几道红红的唇脂印痕。

　　隋时怀一把将她拉了过来，狠狠地在她脸上亲了几下，然后用双手将她用力往后一推，这金玉禧顺着惯性接连后退了几步，"哐当"一下，仰面躺在床上，丝绸旗袍开衩处显露出一双浑圆而又白嫩的大腿。

　　"你是个特殊的大坏蛋，大坏蛋，哈哈哈……"金玉禧娇滴滴地喊叫着，笑得妩媚而又天真。

　　只见隋时怀把烟袋锅子往床上一扔，站起来口中说道："春宵一刻值千金啊！"隋时怀说完，便兔子似的往床边蹿去。

　　床上的金玉禧顿感一股恶心难闻的气息在头顶打转，然后飘到自己的鼻腔中，也许是她习惯了这种俗气，便放弃了挣扎，闭上眼睛不动了……

　　又是十多天过去了，傍晚时分，张世承站在挑河的堤坝上，焦急地向正北的官道上望着，心中盼着冯云和能早点回来。

　　天渐渐黑了，张世承无奈地回到家，度过了一个难眠之夜，因为他非常清楚，如果冯云和不能及时把银票带回来，再过几天河工们就要断粮了。

　　话说冯云和快马加鞭奔京城而来，天明时分，已到武定府地界。冯云和收了一下枣红马的缰绳，让马放慢速度，心想这出了武定府就是河北地界了，此时东边的太阳已升起，得找个地方休息会儿，自己吃点饭，顺便喂喂马，也好继续前行。

　　他边走边看，来到一条河边，只见桥头有一家客栈，他便下马走了过去。

　　"来了客官，是喂马还是吃饭？"客店的小二面带笑容迎了上来。

　　"掌柜的，这跑了一宿，人困马乏的，先把这马给我喂上，记着，多加点料啊！"冯云和说。

　　"好嘞，二十斤草六斤料啊！"小二一边牵马，一边吆喝着。

　　冯云和来到店中，要了八个锅子饼，一碗玉米面的稀粥，便狼吞虎咽地吃了起来。

　　冯云和经过两天的奔波劳碌，已进了天津府的盐山界，他策马向前又跑了几十里地，沿途不见人烟。

这时天色已晚，前不着村后不着店，他向前一望，不远处有一座废弃的大砖窑，走近一看，窑坑内有厚厚的一层刮风旋进来的荒草，便自言自语地说道："今晚就在这里住上一夜，这干草不但可以喂马，铺在地上睡觉是又舒服又暖和。"

冯云和进得废窑，简单收拾了一下，把棉袄往身上一盖，便蒙头大睡。

天刚刚放亮，冯云和便起身，从布袋中拿出随身携带的干粮，草草地吃了点，便飞身上马奔顺天府而来。冯云和来到京城大前门南边的一条商业街上，下马快步登上玉食村油坊宅院的台阶，进得门来后直奔客厅。

"冯哥，你这一来，肯定是有大事，我猜啊，还是办慢了都不可以的事。"

说话的这人中等个儿，年龄看上去不过二十五六岁，只见此人一头乌黑茂密的头发，光洁白皙的脸庞透着棱角分明的冷峻，斜飞的英挺眉剑，一双大眼中的眸子黑得深不可测，两片厚唇抿紧，流露出一股惯于发号施令的威严，凛然有王者气势。

"我说之旦老弟，赶快，给弄点吃的，饿得不行了。"冯云和冲周之旦说。

"我说冯哥啊，进门看你那疲劳的样子，就知道你没吃饭，我已让厨房去做了，你最爱吃的炸酱面，马上就来。"周之旦说。

"面来了。"不一会儿，厨师刘老头端着一碗热气腾腾的炸酱面进得屋来。

冯云和看着碗中的面条，赶忙盛了一碗，他用嘴顺着碗沿吹了一下，用手中的筷子一拨，"哧溜"喝了一口，没顾得细嚼就吞了下去，刚把第二口面条送到嘴中，赶忙站起来从怀中掏出张世承的信交给周之旦，嘴里还叼着面条子说道："之旦兄弟，刚才你说得很对，是急事，来时大掌柜嘱咐过了，必须在半个月之内回去，否则就误大事了。"然后又狼吞虎咽地吃了起来。

"冯哥，你慢慢吃，我看一下。"周之旦接过信后坐在椅子上，细心看完。

不一会儿，冯云和将一碗炸酱面喝得一干二净，然后用手一抹嘴说道："饱了，饱了，哎，吃撑了。"

周之旦看完后将信放到桌子上，然后微笑着向冯云和说道："冯哥，不够还有，看样子你是一天没吃饭了。"

"路上还没怎么觉得饿，这进门看到面条，就马上感觉到肚子扁了似的呢。"冯云和说完，看了一下桌子上的信，继续说道："之旦兄弟，这事？"

"大掌柜治河的思想和目标是远大的、高尚的，他人真诚坦荡、心静如水、质洁如冰，说句掏心窝子的话，千易万易，下这样的决心不易啊，从他的身上让我看到了一颗尊贵的心。"周之旦激动而又感慨地说道。

周之旦说完，重新坐回椅子，然后对冯云和说道："冯哥，你放心，我会全力按照大掌柜的意思去办，将在京的油坊、茶庄处理好，并让你按时返程。"

过了数日，周之旦找好的买主把银票如数支付后，冯云和向周之旦交代了一番，便带上银票离京返程，出得京城二十余里，只听后面传来一人的叫喊声。

"大哥，等等我。"

喊声过后，一阵清脆的马蹄声从身后传来，冯云和收住马缰绳，枣红马发出一阵高亢的嘶鸣，紧接着又轻轻地叫了一声，乖乖地停了下来。

冯云和回头望去，一匹快马从官道上呼啸而来，身后扬起一溜长长的尘土。

快马来到跟前，冯云和问道："兄弟，你咋来了？"

"大哥，你自己走，路上我不放心，和你做个伴。"来人说道。

"好，咱们回家。"冯云和说。

一人一骑，沿着通往济水镇的官道疾驰而去。

济水镇这边，张恒急匆匆地跑进院子，冲张世承喊道："大少爷，你快去看看吧，挑河的民工们闹起来了。"

"管家，什么事？进屋慢慢说。"张世承一边让跑得气嘘喘喘的张恒进屋，一边询问着什么情况。

"大少爷，绳子，厘金局供给的绳子不能用，拴筐挑土一抻就断，全是糟烂的旧陈货。挑河的大多都停工了，看这事让他给整的，这一天不干活儿，白吃多少粮食啊？"

"管家，先别着急，走，咱去河道看看去。"张世承说。

主仆二人来到河道，只见熙熙攘攘的人群围成一团，七嘴八舌纷纷在议论着什么。

"这绳子绝对不是大掌柜买的，这挑河是大掌柜自家的事，他自己绝对不会给自己使绊子。"一壮年人说。

"可不能是让人给骗了吧？"一位青年说。

"我看不可能，大掌柜这么多年做的都是良心买卖，这客户谁好意思骗他呀？"一位老人说。

"我看做这事的人，是泥菩萨的肚子——没心没肝。"刚才的中年人说。

"还没心没肝，依我看干这事的人，就是种地不出苗，全是坏种。"刚才那位小青年说。

"都别吵吵了，你们看，大掌柜的来了。"老人说道。

张世承和管家急忙来到河道，只见二十多个村的里长，手中拿着霉烂无法使用的麻绳，正想找张世承汇报这个事，见到他，众里长纷纷表示出对此事的愤怒。

张世承接过里长们手中的劣质麻绳，看了下气愤地说道："各位里长，在这挑河的关键阶段发生这样的坏情况，我本人也是痛心万分，不但挑河无法正常进行，而且严重影响了挑河的进度，干这种坏事的人，最终是要付出代价的。"

"说得好！很对，这种道德败坏、不择手段、弄虚作假，以劣质麻绳牟取个人私利的行为，不但是自私的，更是严重违反朝廷律法的犯罪行径，对这样的贪腐蛀虫，一定严办。"

众人顺着声音望去，一位身穿便衣的中年人，站在人群外围大声说道。在他的身后还站着七八个身佩腰刀的随从。

张世承一看，人群外大声说话的不是别人，正是登莱青兵部道台盛宣怀。

"盛大人，你咋来了？"张世承赶忙从人群中走出来，向盛宣怀行礼问好。

"世承啊，宣怀今日身穿便服，平民装扮，不用多礼。"盛宣怀对张世承笑着说道。

见到盛宣怀，张世承心中是又激动又高兴，他拉着盛宣怀的手向河工们大声说道："乡亲们，这就是受朝廷委托，主持咱小清河治理重任的，登莱青兵部道台盛宣怀、盛大人啊！"

众河工一听赶忙跪倒行礼，此时，盛宣怀向前一步，将一位老者搀扶了起来，赶忙说道："诸位乡亲们快快请起，杏生也只是受巡抚张大人之委托，肩负朝廷的治河重任而已，你们才是真正了不起的人。"盛宣怀说完，面带微笑，伸出双手朝河工们竖起大拇指。

听说来了个大官，这人是越聚越多。

"谢盛大人、谢盛大人！"河工一片欢呼。

盛宣怀双手一摆，继续对河工们说道："小清河夏水盛长，原河道水泄不及，年年洪涝成灾，沿岸村庄尽成泽国。所以这治河重任是朝廷的职责，更离不开你们这些默默奉献的乐丰县人啊！"

盛宣怀说完，高兴地扫了大家一眼，继续说道："提起乐丰人，杏生可以自豪地用十个字概括，好客、豪放、诚实、尚义、勤奋，一个乐丰人，就是千万个乐丰人，千万个乐丰人，也能凝聚成一个乐丰人，咱们乐丰人心齐，千万个人一条心，犹如一个人。人心齐，没有办不成的事，没有过不去的坎，在这小清河治理中，你们每个人都发挥着那股强大的力量，彰显了乐丰人的特色——'强！'"

"盛大人！盛大人！"河工们举起手欢呼着。

"对今天发生的个别官员贪污国税之银，购买劣质麻绳一事，我已差人通知乐丰县衙，对这种腐败行为，我们要坚决打击，严惩不贷。"

"盛大人，盛大人！"河道中人们一片欢呼声。

盛宣怀在张世承的陪同下，离开小清河济水镇河段继续向上游视察。

一天后，济水镇大街上，两辆囚车分别押着戴手铐脚镣的一男一女。

男的站在囚笼里，衣衫狼狈，一张苍白的脸冷漠得有些狰狞。他抬头看了看后边囚车中那个曾经让自己痴迷的女子，多少回，梦境悠长！一阵寒风吹来，吹乱了他曾经的回忆……

女的蜷缩在笼子里，眨着布满血丝的双眼，用悲戚的眼神和他对视了一下，然后闭上红肿的双眼，泪痕滑落，再也没看前边囚笼中的男人一眼。

路过的人看到后，纷纷驻足围观，并且议论纷纷……

"我呸，你这个隋胖子杂种，贪污厘金局的银子，来给这治河添堵来了是吧？也不撒泡尿照照自己。"

"贱人！"

"打她！"

随着众人的喊声，向金玉禧的囚笼飞来的是粪便、烂白菜、臭鸡蛋，甚至是砖瓦块，砸得她的身子在囚笼中颤抖。

人群肆意地发泄着自己的怒火，往他们的衣服上吐唾沫和浓痰。

"今天行了吧，这就是报应，哈哈哈、哈哈哈……"

围观的人群看到贪官的下场，有人愤怒地说着，有人开心地笑着。

可他俩在囚笼中依旧一动不动，对外界的一切都置若罔闻。

乐丰县衙捕头周承宽骑在马上，回过头来愤怒地看了囚笼里的两人一眼，便对差役们一挥手说道："我们走，回县衙。"

济水镇通往乐丰县城的官道上，两辆囚车的木轱辘发出"吱嘎吱嘎"的响声，向前滚动着，慢慢拉开了和隋时怀夫人门甲芸哭喊着追赶的脚步。

她停下脚步，囚车在她的眼中变得越来越小，模糊、再模糊……

晚饭后，管家张恒在院子里不停地来回转圈，时不时地抬头向亮着灯的客厅瞅瞅，过了一会儿，忍不住进得房中。

"大少爷，这都半个月了，云和咋还没回来呢？真是急死个人了。"进门后，管家张恒焦急地对张世承说。

"再等等看，刚好十五天，也许是路上有什么事给耽搁了。"张世承说道。

"大少爷，可是，咱家现存的粮食撑不了几天了，要不先去东关的'同承和'借借吧？"管家张恒心急火燎地说道。

"管家，不到万不得已，咱尽量不借，因为……"张世承想说什么，却又停了下来。

"大少爷，我知道你想说什么，可这借了，咱又不是不还。"

"粮食只是其一，现在河工们急需绳子，这也需要很大的一笔开支。"张世承说。

张恒看了张世承一眼，继续说道："大少爷，绳子这事本来就不是我们管，依我看，还是让县衙出钱买。"管家张恒说。

"如果县衙能拿得出来，我就不用这么急着接管这个事了。再说了，这挑河的事不能等，绝不能因为缺少绳子就停下来。管家，云和如果明天还回不来，你陪我去尹家庄走一趟，拜访一下尚贤兄，让他帮帮咱。"张世承说。

"好的，明天一早我就让人准备车，大少爷，尹家和咱是好几辈的至交了，你这一去啊，尹家大掌柜的一定给你这个面子的。"管家张恒此时的脸上有了笑容。

两人谈得正浓，此时，突然从门口传来王本固的声音："大掌柜，云和哥回来了！"

听到是冯云和回来了，管家快步出门，四下一看，并没有看到冯云和的身影，便问道："本固，他人呢？上哪儿了？"

王本固回道："管家，云和哥去拴马了。对了管家，他是两个人回来的，还带着个不认识的小伙子呢，这个人没见过。云和哥让我先来告诉大掌柜的。"

两人正说着话，张世承也来到门外，对王本固说道："本固，屋里坐会吧。"

"大掌柜的，不了，场院那边还有一堆筐子没盖好呢，晚上风大，我还得去收拾收拾。"王本固说。

"本固，你先去厨房，告诉大师傅让他烩盆饼端过来，再切上盘萝卜咸菜，别忘了用香油拌拌。场院那边你找几个人去干就好。"管家张恒说。

"好的，我这就去。"王本固答应着走出后院大门。

此时，冯云和进得院来。

"云和，你可回来了！"管家说。

"大掌柜、管家。"冯云和声音嘶哑地和张世承、管家打着招呼。

"云和，辛苦你了，走，到屋里再说。"张世承对冯云和说道。

"大掌柜，这是周之旦兄弟。"冯云和拉着周之旦的手，向张世承介绍说。

周之旦向前一步说道："大掌柜，你好！"

两人的手握在一起，张世承开玩笑地对周之旦说道："周掌柜，世承无能，让你失业了。"

"大掌柜，这样的失业，我从心中不觉得别扭，反而让之旦从中学到很多，看到了很多。"周之旦说。

周之旦说完，赶忙向管家张恒问好，然后，众人回到客厅。

落座后，四人对当下治河及各方面的情况谈了各自的看法，至于又提出了什么建议，暂且不表。

先说这考生丁占元，自来到京城在玉食村油坊住下后，每日刻苦攻读，终于苦尽甘来，在京各省举人会试中考中贡士，然后在皇帝亲自主持的殿试中，考中第一甲第三名探花，被赐进士及第。

这皇榜一张，丁占元随即被召入宫中加官晋爵，然后被朝廷派往江苏省任盐政一职，因前任贪污被免，现在空缺，必须立刻走马上任。

话说这盐政是掌管本辖区盐务政令的最高盐务长官，并负责巡视监督下属官员及盐务，审核、调整盐价等。

到任这天，江苏盐政的其他官员早早出城来到二里开外，路边排成两列，翘首以待。

临到中午，只见新任盐政丁占元所乘马车近前，众官便赶忙向前迎接，可除车夫一人之外，车内空无一人。

大家面面相觑，盐政呢？

此时，城内一匹快马飞驰而来，马上官差高声大喊："新任盐政已到大堂，各位快去谒见。"

原来，丁占元已连夜提前入城。

来到江苏后，丁占元通过暗中私访察觉到江苏盐业管理混乱，官员腐败至极，贪污横行，便下决心整顿。通过丁占元的励精图治，不到一年，江苏盐业上下焕然一新，盐税倍增。

朝廷见其政绩斐然，决定委以重任，擢升丁占元为甘肃巡抚，执掌一省的军政、民政、刑狱、吏治、盐漕、赋税、科举和粮饷等事务。

丁占元到任之后，正值全省发生蝗灾，他深知，如果爆发大规模蝗灾，蝗虫会快速吞食庄稼，接下来就是粮灾，因粮食短缺而引发大饥荒就容易造成流民现象的发生，辖区内的经济会受到严重的打击。

丁占元及时向全省发出公文，督促各府、县官员实地察看灾情，随时报告，如有官员隐瞒不报，都会受到严厉的处罚；如果在治理蝗灾之时，官员不尽责，同样会受到严惩。

同时，丁占元亲临受灾严重的府、县，制定救灾措施，督导捕杀蝗虫，并且发动老百姓一同参与，对有功者给予一定的奖励。多项政令的实施，使蝗灾得到有效的控制。

在丁占元赴任前，甘肃地区盗匪横行，而且常是官匪勾结，接连三任巡抚剿匪连连失利，对此束手无策，因为每次围剿都有内鬼提前通风报信。

丁占元到任后，逐个对巡抚衙门的官员进行排查，揪出内鬼绳之以法，然后又大力剿匪，匪患至此得以平息。

接着，他又在甘肃查办了很多大案、冤案，到任两年来没有辜负朝廷的厚望，使得甘肃吏治清明。

由于丁占元在地方上政绩卓越，朝廷决定再次提拔，将其调入京城，述职后另有重任。

丁占元回京述职的路上，一直在想，三年来，自己受朝廷重托，先后奔波两省，忙于政务，这次回京正好路过玉食村香油坊，得先去打听一下恩人的情况。

丁占元乘坐的马车在众侍卫的拥护下，来到京城大前门南边的一条商业街区。

马车在街道上缓缓而行，他撩起马车上的帘子不时地看着街道两边，不一会儿，玉食村香油坊的大门出现在他的视线中。

"袁培，到前边那个高门楼停下。"丁占元对骑马走在车旁的一名侍卫说道。

"是的，巡抚大人。"来到门前，袁培告诉马夫把车停稳。

丁占元从车上下来，他用手示意侍卫们在此等候，转身走向玉食村香油坊大门前的台阶。

"恩人，我回来了，虽然三年来始终无缘相见，金榜题名时也没能当面对你说声谢谢，但是占元始终没有忘记你的恩德，恩人你现好吗？"

丁占元回忆着三年前的那个风雪之夜，在张世承的救助下才得以死里逃生，此刻，他自言自语地说着，来到台阶之上，他抬头向门楼正中一望，哎！不对啊，门匾和字号呢？怎么不见了？丁占元正在纳闷，此时从大门口走出两个中年妇女，其中一个说道："她婶子，忘了早打点香油了，玉食村油坊咋就不干了呢？"

"你刚才没听里边的人说吗？好像是山东老家那边遇到什么困难了，就忙活着把这宅院给卖了。"另一个说。

"哎呀，我说她婶子，真是可惜了，以后再也吃不到这么正宗的香油了。"

"可不是吗？打我老婆婆那会儿，咱这条街上就吃他家的香油，这算起来也有一百多年了，这么好的买卖，这咋说卖就卖了呢？"

"我看啊，要不是遇到天大的难处，咋会舍得卖这祖业？"

两人说着话，突然看到一个身穿官服的人站在门口，便匆忙离开。

丁占元对刚才两人的对话听得一清二楚。他快步进得大门，不多会儿便匆匆忙忙地走了出来，下台阶来到轿内，提笔写了一封书信，盖上自己的大印，装入信封，便走下轿子。

"袁培、雷鹏、范岳山，你们三人火速去青州府乐丰县走一趟。"丁占元对侍卫中的三人说道。

"是，巡抚大人。"三人齐声回应。

"袁培，到达乐丰县以后，你把这封信交给知县大人，他看完会知道怎么做。"丁占元说完，把信交给袁培。

"知道了，巡抚大人。"袁培接过丁占元手中的书信，便带领两人，打马而去。

三人走后，丁占元乘坐的马车在众侍卫的簇拥下，便通过正阳门（大前门）前往皇宫而来。

进得大前门，丁占元弃车步行，宫外九门提督、巡城御史等率领文武官员早已在此等候，见到丁占元，众人赶忙上前迎接，相互寒暄之后，便陪丁占元进宫述职。

金銮殿上，皇上听完丁占元的汇报，非常高兴，在文武百官面前对丁占元的功绩赞扬有加，加封太子太保并当场做媒将巡城御史林赞图的独生女儿许配给他。

丁占元赶忙跪倒在地，谢主隆恩。

百官退朝，皇上单独留下丁占元，谈了当下的国之大事，并准许他回家探亲，归来之后另有重任。丁占元受命后，出宫奔官府的驿馆而来。

巡城御史林赞图对皇上保的这门亲事，心中自然是十分的高兴。他退朝后，并没有急着回家，而是选择在驿馆门口等候丁占元，约他一同回家吃个便饭，这一来呢，是让自己的夫人和独生女儿和这新女婿见个面，探探丁占元对这门亲事的态度；二来呢，准备把自己刚买的一个宅院送给他，在京城也好有个安身之处。

大约过去一个时辰，丁占元来到驿馆门口，此时，林赞图赶忙向前一步说道："贤婿呀，老夫在此等你多时了，今晚咱不住驿馆，回家去住。"

虽然还没成亲，但皇上保的媒，那就是板上钉钉的事，林赞图这样称呼丁占元，也算是顺理成章、名正言顺。

丁占元因挂念着恩人那边的情况，一点心理准备也没有，本想推辞一下，但在林赞图非常诚恳的相邀之下，也只好答应并随他回到家中。

进得大门，来到正房客厅，丁占元和夫人打过招呼后落座，用人上茶。巡城御史林赞图将皇上为女儿保媒一事前前后后和夫人详细说了一遍。

夫人听后非常高兴，赶忙去书房把自己的宝贝女儿林洛雪叫到客厅与丁占元相见。

母女两人来到客厅，林洛雪娇声问道："爹爹，你今天可是回来晚了？不过你安排的功课，我可是全部完成了呀。"说完，她偷偷地瞅了瞅坐在八仙桌旁边的丁占元。

此时，林赞图赶忙介绍说："洛雪啊，这位是丁巡抚、丁大人，今天到家是……"还没等林赞图把话说完，林洛雪赶忙打岔说道："爹爹，你们谈公事，我先回房了。"说完一抿小嘴便转身离去。

"这孩子，我还没说完呢，这就走了？"望着女儿离去的身影，林赞图说。

站在一旁的夫人赶忙打圆场说道："女儿这是懂事，她在这里，是怕耽误你们谈公事哩。"

夫人说完，走到林赞图跟前低声说道："你个糟老头子，说亲事就说亲事吧，还弄个什么丁巡抚、丁大人？看把你给能耐的。"然后转身对丁占元微笑着说道，"你们聊、你们聊，我去让厨房准备几个小菜，一会儿就好。"说完走出客厅，向厨房而去。

丁占元起身相送，然后回到桌旁落座。

林赞图和丁占元谈了一会儿朝中之事，便天南海北地聊起来，交谈之中，丁占元发现老丈人虽然是武行出身，却话题广泛，上讲天、下讲地、中讲人，无一不通，哪一点也不比自己落后，丁占元从内心是更加佩服。

林赞图问道："贤婿祖籍是？"

"回岳父大人，小婿是苏北人。"

"家中老人可好啊？"林赞图问道。

"小婿自金榜题名，三年来为国效力辗转两省，未能回家探亲，对家中近况并不十分清楚，可父母双亲身体很好，除打理自己的茶叶生意外，还兼顾两家茶馆，何况家中尚有哥哥照顾，我想应该康安。"丁占元说。

"那就好、那就好。既然这次皇上准假，让你回乡探亲，我看还是成了亲再走为好，这一来，回去的路上你也有个伴，洛雪和你相互照顾；二来呢，也让洛雪回家拜见一下自己的公婆，岂不是两全其美呀？"这林赞图看上去五大三粗，听他这么一说，倒是一位心细的人。

林赞图说完，丁占元赶忙从太师椅上站起身，然后对林赞图双膝下跪，拱手施礼说道："岳父大人在上，受小婿一拜，但占元有一事尚未办妥，我想再等几日。"

"噢，是这样啊！"林赞图说。

"不过，我已派人前往明察此事，估计再过六七天就有消息。岳父大人，等我办完此事，了却心愿后，择吉日举行婚礼，请岳父大人恩准。"

听丁占元这么一说，林赞图对女儿的婚事也不好再催，本想问一下丁占元是什么情况，但话到嘴边又咽了回去，心中暗想，他不说自有不说的道理，何必去问？不就是六七天的时间吗？再等等也无妨。

"贤婿快快请起，在自己家里，不必多礼，等几天嘛，无妨，无妨啊！"林赞图说。

不一会儿，酒菜上齐，这一家四口按辈分落座后，丁占元才细细地看了一下自己的娘子。这林洛雪看上去十八九岁的年纪，白皙的皮肤，一张瓜子脸，大大的眼睛，湖水般清澈的眸子，乌黑闪亮的睫毛，眨动之间，透出一股聪明伶俐劲儿，挺秀的琼鼻，香腮微晕，红润的嘴唇，全身充溢着少女的纯情和青春的风采，不但大方、端庄、温柔，而且长得是倾国倾城。

一家四口，酒过三巡，林赞图对丁占元说道："圣上做媒，成全你和洛雪的婚事，等你把事情处理好，咱就择个吉日把你俩的婚事办了，不能辜负这皇恩浩荡啊。"

林洛雪看了丁占元一眼，然后对林赞图说道："爹爹，占元是国家栋梁，做事要以大局为重。今日进得家门，本就是一家人了，至于什么时间举行仪式，到时候还是听听占元的意见吧。"

林洛雪这一言一行不但口齿伶俐，而且性情和顺，富有教养，颇具主见，这说起话来落落大方，既不招摇显摆，也不沉默羞涩，尽显大家闺秀气度，让人一听就知是贤德和才学都很优秀的女人。

夫人听女儿这么一说，深知她对自己的婚事很是满意，便应付着林洛雪的话茬对丁占元说道："女儿说得极是，这进得家门，就是一家人了，在京这些日子，我看啊，你就别去驿馆了，住家里吧。"

"家里房子多，院子也大，你如果感觉出出进进不方便的话，前段时间我还在前门那边买了一套宅院，是我给洛雪陪嫁准备的，去那里住也行，改天我带你和洛雪去看看。"林赞图说。

一家四口说说笑笑，甚是欢喜，饭后夫人叫用人安排丁占元回房休息。

丁占元住在林家，每日练练书法，时而听林洛雪弹奏一下乐器，有时两人对诗绘画，好不惬意。

"洛雪，这幅画马上完成，等我盖好印章后，在画的两边你我共同创作一副对联，我写上句，你写下句可好啊？"丁占元对站在一旁的林洛雪说道。

林洛雪心想，考我是吧？她不紧不慢地回道："占元，好，我来研墨。"殊不知，这林洛雪不但懂得琴棋书画，而且精通诗词文章。

根据画的主题，丁占元提笔写道："天为棋盘星月为子。"

丁占元写毕，站在一边看林洛雪如何续联。只见她毫不拘谨，握笔在手，也是一挥而就"地为琵琶江河为弦"，把自己的才情表现得淋漓尽致。

站在旁边的丁占元不得不拍手叫好："好一副千古绝对！"

一晃六天过去了。

这日吃过早饭，林赞图告诉丁占元和林洛雪，带两人去看一下前段时间自己买下的宅院，三人便乘坐马车向前门这边而来。

马车来到形制高大、气势雄浑、人来人往的大前门（俗称），只听巡城御史林赞图说道："这前门只是俗称，实为正阳门，皇上出宫时必走此门。"

"岳父大人，这大前门是咱京城南北中轴线上九门之一吧？"丁占元问。

"贤婿说得很对，是九门中的一门，此外还有送粮的朝阳门、运酒的崇文门、煤炭运输的阜成门、运砖运木的东直门、接水的西直门、过囚车的宣武门、大将出征走的德胜门、将士凯旋的安定门。"林赞图一口气说完。

这丁占元心想，老丈人不愧是巡城御史，对这京师九门布局那是倍儿明白啊！

"哦。"丁占元听后回道。

马车过了大前门，继续向南走出不远，便沿一条热闹非凡的商业街区而行，穿过大街两侧的众多工匠作坊、客栈、旅店、会馆、戏园、鱼市、布市、珠宝市，来到油米市坐北朝南的一个大门楼前停了下来。

"到了，咱们下车。"林赞图说。

丁占元先下车，然后扶林赞图和林洛雪下车。

"这个院子就是。"林赞图手指大门楼说道。

"这，这这这……"看到眼前的宅院，把丁占元激动地结巴了半天，硬是没把以下几个字说出来。

看到夫君激动成这个样，林洛雪赶忙说道："占元，走，咱们到院子里说话。"

此时，丁占元才缓过神来，高兴地冲林赞图说道："岳父大人，真是太谢谢你了。"

三人走上台阶，进门来到院中，丁占元一直是头前带路，拐弯转圈来到后院，直到客厅。

林赞图父女两人心中嘀咕，他对这里咋这么熟悉呀？

三人进屋落座，看门的用人端来茶水，林赞图好奇地问道："贤婿，看你对此院这么熟悉，莫非以前来过？"

丁占元赶忙起身向老丈人施礼，然后把自己赶考前后的遭遇和经历一五一十地和林赞图父女述说了一遍。最后，丁占元说道："岳父大人，回京述职的当天，看到恩人宅院已经卖掉，我不知他发生了什么事，心急如焚，随即派人前往乐丰县济水镇，对恩人的近况打听明白后，速速回来禀报。"

丁占元话音刚落，只听门口有人说道："御史大人，门口来了三个官爷，为首的叫袁培说要见你，我让他在门口等着了。"看门的用人前来禀报。

丁占元一听是袁培三人回来了，便起身向林赞图说道："岳父大人，是我派往乐丰县的人回来了。"

"快，赶快带他们到这儿来。"林赞图对用人说道。

用人转身而去，不一会儿便把三人带到后院客厅。这时丁占元早已在门口等候，见到风尘仆仆归来的袁培三人，赶忙上前说道："袁将军，真是辛苦你们了。"

"巡抚大人，不辛苦。"三人异口同声地说。

"走，咱们屋里说。"三人进得屋来，按礼节拜见林赞图后，各自落座。

用人上茶，袁培喝了一口，便起身说道："巡抚大人，事已查明，张世承卖房，是因在小清河开挖疏浚中，青州府及乐丰县财政困难，无力筹集款项用于河道治理，在此情况下，他变卖京城等多处房产，投入大量的人力物力，三年下来张贤士已是散尽家财。"

"现在恩人的身体状况及家人可好啊？"丁占元急忙问道。

"回巡抚大人，张贤士身体健康，家人一切都好。"袁培回道。

丁占元又问了几个情况，便让袁培三人回驿馆休息。

三人走后，林赞图说："贤婿，刚才你们说的可是青州府乐丰县济水镇的贤士张世承啊？"

"回岳父大人，正是此人，怎么？你们认识？"丁占元问道。

"这倒不是，前些日子，盛宣怀大人来京面见皇上，期间，我们专门聚了聚，提到这小清河治理的事，他还专门向我说起过这个人。"林赞图说。

"占元，我们老家是青州府博兴县，也居住在小清河边上，虽然和乐丰是两个县，可相距济水镇很近，不到十里地。我小的时候跟爹爹回老家，经常去济水镇玩耍，每年春天到来，小清河里的面鱼可好吃了。"林洛雪边说，边回忆着小时候的往事。

"岳父大人，盛宣怀大人现在调京任职了？"丁占元问。

"这个倒不是，几个月前盛大人是由登莱青兵部道台，调任天津海关道兼海关监督，调任时小清河工程已近尾声，完成在即。"林赞图说。

林赞图刚说完，女儿林洛雪便走过来双手轻轻地抱住他的肩膀亲昵地说道："爹爹，女儿和你说个事，你得答应我。"

"哎呀、哎呀哎，我的宝贝女儿，这么大的人了，还抱着老爸的脖子说话，丢不丢人哪？什么事？说来听听。"林赞图嘴上这么说，心里可是美滋滋的。

"你先答应我我就说，你要是不答应啊，哼！我就不出嫁，在家陪你一辈子。"看到林洛雪这孩子般的举动，坐在一旁的丁占元低下头，捂着嘴偷着笑。

"看你这调皮的样子，好好，我答应，我答应就是。"高大魁梧的林赞图，在自己宝贝女儿面前，细声细气，说话特别温柔。

"爹爹，我想把你给我的这份嫁妆（指宅院），还给占元的恩人，以后啊，我们就永远和你住在一起，不分开，那样也好照顾你呀。"

说完他向丁占元问了一声："你说是吧，占元？"

丁占元微笑着点了点头。

林赞图一听，沉思一会儿，开玩笑地对女儿说道："你这是拿着亲爹爹送礼啊？我啊，算是白养你了！"然后站起来哈哈大笑，因为他知道女儿长大了、懂事了，此时起在他的心中，洛雪已不是个孩子，女儿长大成人了。

"好，好女儿，爹爹就答应你。"林赞图爽快地说道。

这房子看得真是带劲，爷仨高高兴兴地返回城内的林府。

接下来丁占元喜事连连，不但获得恩人平安的消息，而且得到老丈人资助，接下来，又在良辰吉日娶了贤惠漂亮的媳妇。

婚后的第三天，丁占元和夫人林洛雪告别在京的父母双亲，在众侍卫的护送下，乘坐马车踏上了返乡探亲之路。林赞图夫妇在大门口含泪相送。

丁占元携一干人等，刚出京二里多地，只见后面赶上来三匹快马，快马身后扬起一溜烟尘，只听稀里哗啦一串马蹄声，从自己乘坐的马车边飞奔而过。

马上之人，个个身穿黄马褂，为首的斜背一个黄色包囊。

三人蹿过马车前十步开外，突然一提马的缰绳，只见三匹快马的两条前腿同时腾空，几声长啸，收蹄后转过头来。马一站稳，身背包囊之人，单手摘下行囊，右腿轻轻一跨，一个转身便宛如云朵一般从马背上飘了下来，轻松落地，动作干净利落。其余两人也同时下马，挡在丁占元马车前行的路中央。

"圣旨到！"为首的手举黄色包囊，站在丁占元的马车前边大声喊道。

听到喊声，丁占元、林洛雪赶忙下车，众侍卫下马，跪接圣旨。

"丁大人，这是皇上的一道密旨，不宜当众开盒宣读，你自己上车后拆开阅看便是。"为首之人把一个盛有木盒的黄色包袱双手递给丁占元。

三人交差后，上马返回京城。

丁占元接过包袱后上车，侍卫们伴随，继续向武定府方向而来，他们一行人等，在路上遇到了什么？皇上交给丁占元的木盒里又有什么物品？暂且不表。

先说济水镇小清河治理，在乡贤张世承的建议下，由登莱青兵部道台盛宣怀拍板，以"以工代赈"的办法，三年间，招募灾民参与小清河治理数万人次，耗支白银数十多万两，乐丰县小清河段在光绪十九年（1893）底全部开挖疏浚完成。此次开挖拓宽，全河一律展宽至十丈，开深一丈至一丈三尺；出河之土夯筑成堤，使河两岸成各宽十丈之马道，终结了小清河长期淤废状况，从而使济南源头到入海羊口一气贯通，水患暂息。

济水镇玉食村大院内，张世承手中拿着一个小布袋从客厅走出来，他先看了一眼站在院中的众人，然后说道："兄弟们跟了我多年，这一路走来，风风雨雨很不容易，可眼下的情况，我们不得不暂且分开，以后你们不管到任何地方去，都要像在这里一样，做好自己。"

他掂了掂手中的布袋子，对张恒说道："管家，这是我给大家留下的一点辛苦银子，你拿去给大家分了吧，也是我最后的一点心意。"张世承说着说着居然哽咽起来，从他的声音中可以听出，饱含了对所有人恋恋不舍的深情。

听到张世承要遣散大家，张恒痛哭失声："大少爷，我不走，不走！我知道，大少爷这么做虽然是为我们好，可我不走，我幼年父母双亡，流落街头，幸被老爷收留，从那时起我就是张家的人了，以后永远都是张家的人，就算死，我也不会离开。"

冯云和说道："自跟随大掌柜以来，大掌柜诚信行商，宽厚对人，商贸中更是人弃我取，薄利广销，维护信誉，不弄虚伪。大掌柜以儒术执掌玉食村商业经营，家业、事业这些年来突飞猛进，我们下人有目共睹，可为了开挖治理这小清河而散尽家财！大掌柜，我也不走，留下来与大掌柜一起，共度眼前的患难。"

只见掌管银号的马子文手中抱着一个红木盒子说道："大掌柜，这个是银号中最后一个存件了。三年前，客人存档时说过，如果在三年之内不来取，就说明他不在人世了，并嘱咐说木盒中的东西归你所有，还说，这也是他有生以来最大的心愿。"

张世承从马子文的手中轻轻地接过红木盒，然后转身交给张恒说道："打开看看。"

"是，大少爷。"张恒刚想打开木盒，又听马子文继续说道："大掌柜，自子文进入张家以来，你经常提醒我们，要戒骄、戒贪、戒懒；为人做事怪人休深，望人休过，待人要丰，自奉要约，恩怕先益后损，威怕先紧后松。这些教诲对玉食村上到管事、下到用人，立身处世无不有着很大的影响，也使得玉食村商业走向辉煌，今日虽然落差，可你的善举乃将为世人所敬，老夫只身一人，这几年也积攒了些银两，今天老夫愿拿出来帮大掌柜一把，尽自己的一点微薄之力。"

钱庄掌柜马子文说完，从长长的棉袍内衣袋中掏出几张银票，刚想递给张世承，此时就听大门口有人高喊："圣旨到！"

张世承听到喊声，先是一怔，然后向大门口望去，只见从门外进来一队官兵，领头的身穿朝廷二品大员官服，身后跟随两个侍卫，左边的手中抱着一个木盒，右边的双手托着一身七品官服和一件黄马褂，张世承见此情景，赶忙上前跪倒迎接，院中其他人等垂首肃立。

这二品大员走到张世承面前双手展开圣旨说道：

"奉天承运皇帝，诏曰：

小清河连年泛滥成灾，让两岸百姓苦不堪言。三年来，济水镇贤士张世承率数十万民工治理，裁弯取直，挖河筑堤，使防洪、航运和稳定河道今日大成。特起七品，恩赐官服一套，赏济水镇小清河码头一座，赏黄马褂一件，钦此。"

张世承双手接过圣旨，高声说道："谢主隆恩，吾皇万岁、万岁、万万岁。"

接圣旨后，张世承站起来，刚想让对面的二品大员进屋说话，此时，只见那大员扑通一声跪倒在地，口中高声说道："恩人在上，受占元一拜。"

张世承刚才忙活着接圣旨，也没仔细打量朝廷的这位正二品大员，直到他跪地谢恩，方知对面之人是自己救过的那位赶考书生。

"是丁大人、占元兄弟啊！区区小事，不要挂记在心，快起来、快起来。"张世承将他扶了起来。

看到眼前的情景，满院子的人脸上红润润的，嘴笑得跟月牙似的，大家不停地拍手叫好。管家张恒示意大家散去，并让冯云和安排侍卫们去前院休息。

"丁大人，走，咱们屋里说话。"张世承说。

"我说大哥，你可别了，在咱家里，只有你哥我弟之称，这样才感觉到家的那种滋味。"丁占元说。

"好吧，占元，今天咱们就兄弟相称。"张世承说。

"大哥，岂止是今天呀，明天、将来都是。"丁占元说。

"好、好、好，我的占元兄弟，走，咱们进屋可以了吧？"张世承说。

"哥，你弟妹还在外面呢。"丁占元说。

"是吗？你看这事整的，赶紧地，快让她来家啊。"张世承边说边往外跑，并向张恒说道，"管家，快去把你嫂子请过来，就说弟妹回来啦。子文、之旦把盒子和圣旨收起来。"

看到张世承急急忙忙的样子，马子文、周之旦两人微笑着异口同声地回道："好嘞，掌柜的，你慢着点啊。"

丁占元住在济水镇的这两天，和恩人张世承谈了自中榜后这三年来辗转多地等许多事情，并把盛宣怀到任天津前，在京述职时向皇上禀告张世承治理小清河一事。皇上听后大喜，这才引出了朝廷对张世承善举的嘉奖。

话说丁占元和夫人林洛雪在济水镇住了两天之后，这日便准备起身赶往苏北。张世承率领众家人送至门口，临行，丁占元说道："哥，京城的买卖要抓紧重新开张，我那老丈人啊，还盼着早点和你见个面呢。这次我和洛雪回乡探亲后也会及时返回京城。哥，这几年你为治理这小清河付出了全部家底，这些事你不说我也知道。昨天晚上洛雪把陪嫁的银票和我这几年的俸银都给你留下了，就放在下榻卧室的橱子里。哥，这个你也别推辞，先把买卖做起来再说。"

"好兄弟，真是太谢谢你了！"张世承说。

"妹子啊，以后你可得常来玩啊，这小清河也修好了，再来的时候啊，咱姊妹俩坐船去那济南府，逛逛那宝子泉大明湖去。"张世承的夫人曹氏说。

"嫂子，中，下次来，我就住这儿，不走了，春天，吃小清河里的面鱼，夏天，吃河里的大螃蟹，秋天就吃河里的梭鱼，还有冬天的黄瓜鱼。"林洛雪说。

"哎呀，我说妹子啊，听你这说话，简直就是在我们河边长大的人呀，听着太熟悉了。"曹夫人惊讶而又亲切地说道。

"嫂子啊，洛雪她就是小清河边的人，博兴那边的，离这儿很近，不到十里地。"丁占元说。

"嫂子啊，小的时候爷爷领我到济水镇来玩，吃过咱家馆子的面鱼，那菠菜炖面鱼可好吃了。"林洛雪说。

"这菠菜炖面鱼呀，出锅的时候再点上几滴香油，那才叫出味儿呢。妹子，嫂子也没啥送你的，今天就给你带了点咱家的特产，回去啊，让你公婆尝尝咱玉食村的香油、麻汁，也表示一下我和你哥的心意吧。"曹夫人说。

"谢谢嫂子！谢谢大哥！"丁占元、林洛雪说完后上车，告别张世承夫妻俩，沿济水镇官道向苏北的老家而去。

望着丁占元一行的车队走远，送行的人回家，张世承、冯云和、张恒、周之旦、马子文来到客厅。落座后张世承说道："都是上天的眷顾，这几日喜事连连，现在我们手中有了银两，这买卖还要迅速地运转起来。"张世承喝了一口茶水，冲周之旦说道，"之旦兄弟，京城的玉食村油坊和宅院，洛雪已经代她父亲转交给我们，并给予了我们资金的帮助，我看你收拾一下，这几天就随我返回京城，尽快把生意再启动起来。"

"好的，大掌柜。"周之旦高兴地答道。

"子文叔，你抱回来的那个木匣，里边装有三十五万两银票和一封信，是一位朋友留给我们的，当年他已经预感到咱会面临今天的困难，所以巧妙地做了这样一个安排，这个钱先用上就是了，以后相见再加倍偿还。"

"好，大掌柜。"马子文说。

"云和，你提十五万两银子用于码头的建设，特别是盐和粮食泊位在规划和设计上要注意面积加大。"

"是，大掌柜，我知道了。再有，这次设计，建设货运码头和客运码头我想分开而行。"冯云和说。

"好，根据现在漕运的实际情况，你看着酌情办理。"张世承说。

"是，大掌柜。"冯云和应道。

"管家，你提十万两银子，用于漕船的制造，现在小清河水深河宽，我们要打造新的漕船，船型不但要美观大方，而且装载量要高，坚固耐用。"张世承说。

"大少爷，你就放心吧。"张恒回道。

"子文叔，余下的银两就留作钱庄的底金，你看着支付就是，这方面，你比我懂。"

"好的，大少爷，我知道了，放心吧。"马子文回道。

随后，五人对玉食村以后的事业如何做大做强，谈论了近两个多时辰。

张世承乘坐马车来到京城，直接去了林赞图府上。马车停稳后，他让周之旦提上从家乡带来的土特产进得府来。

两人见面，张世承向林赞图打着招呼："御史大人啊，自占元兄弟和弟妹把你的恩情告知后，一直想来拜访，以表感谢，今天终于如愿以偿了！"

"张贤士，你是治河英雄，了不起的人，能帮到你，也是赞图的荣幸。来、来，咱们屋里说话。"

进得屋来，按宾主落座，张世承首先表达了对恩人的感谢之情，然后说道："御史大人，得到你这么大的帮助，世承真是感激不尽啊，以后我会努力把玉食村的生意做大做强，保证油品质量，方便市民，利于公益，为国出力呀！"

林赞图说："这玉食村香油，质优价廉，在这京城的大前门一带，早已家喻户晓，人人称赞。张贤士，这次重新开业后，我会将玉食村香油介绍给内务府，引进宫内，让皇上也品尝品尝咱小清河畔的这好嘎（好东西）。"

"那就先谢谢御史大人了。"张世承拱手施礼说。

"你看，又来了是吧？这是在咱家，叫老叔就行，咱可是小清河畔的爷们啊，你说是吧？"林赞图对张世承说。

"是、是，是好爷儿们！哪天老叔回家，我去接你，在咱济水镇多住几天，咱哈（喝）上几碗子酒，吃好嘎（好东西），好好拉拉呱。"两人说着地道的家乡话，时而慷慨激昂，时而呵呵大笑。

饭后，张世承与林赞图告别，和周之旦回到京城的香油坊宅院，把事情安排好后，与周之旦告别，便返回济水镇。

济水镇小清河码头的建设也在紧锣密鼓地进行中，冯云和一边指挥着，一边和工头们商议着各个环节遇到的问题。

俗话说：基础不牢，垒墙飘摇。修建码头平台，必须打牢基础。

这打基础的石块，完全是从临淄山区那边用马车拉过来的，码头上"叮叮当当"的錾锤声、高举大锤砸铁楔的吆喝声交织成一片。石匠们的肩膀和手磨得红肿皮破，但他们喊着号子，干劲十足。

太阳将近中午，送饭的到来。

"大师傅们，今天是第五个平台封顶，按老规矩，中午咱还是管酒管肉。"冯云和朝干活儿的人高声喊着。

"冯老大，这太阳离正南还有一竿子长呢，饭咋来得这么早？早上的还没下食呢，这还……"石匠姚大有用手揉了揉肚皮噘着个大嘴说道。

"我说姚二愣子，昨天你就说不饿，可别人吃三张饼，你却吃了六张。我看啊，你要是说饿了，非得吃人不行。"石匠蒋荣清瞪着眼冲姚大有说。

"嘿嘿嘿，我说啥，你听着不就行了吗？老是、老是顶吧、顶吧的。"姚大有说。

"行了、行了，别犟了啊，吃饭就堵上你两人的嘴了。"石匠工头徐阶说道。

这石匠们，边吃菜边喝酒边拉呱。

白酒下肚，熏得他们的脸面黑里透着红。

他们拉行侠仗义，拉因果报应，拉不义之财不可取，拉张世承善举得码头……这里面有他们道听途说的，也有生活中遇到的各种奇闻逸事，还有这石匠工头徐阶讲的"邱二斋"蹚河背媳妇的故事，把人们笑得前俯后仰。

冯云和站在一旁聚精会神地听着、笑着。

河边造船的滩地上，堆积了如山的各种硬质圆木，做船的木料都是整棵笨槐（国槐）、柳树、红松、落叶松。

济水镇的李作祥、成怀亮等大木匠，手拿盒尺，在圆木上计算好所需板材的尺寸，根据材料的形状用墨斗弹好墨线平放地上，然后让徒弟们支起半腿高的木架放上圆木，大徒弟拉上锯，二徒弟便面对面坐在地上拉下锯，从木头大头锯起，两人的整个身子一前一后来回拉锯。

大徒弟韩云涛说："老二，你回锯时把锯条抬起来，别让锯齿吃木头，这是拉大锯的基本要领啊，和你说两三遍了，咋记不住呢？"

"师哥，俺知道呵，师傅又不是没说，你啰唆什么？你啰唆，你拉上锯又使不了多大力气，光招着就行，真是的。"二徒弟诸逢春边干边不耐烦地嘟囔着。

师兄弟两个，虽然打着嘴仗，可各自的两条胳膊来回不停地用力抽动，锯缝间的木屑随着锯齿纷纷飘下，这一会儿工夫下来，两个人累得满头大汗。

管家张恒和羊口来的造船大师傅黄良楷，边走边谈论着大漕船的制造问题。黄良楷手中拿着木船图纸，正听取管家张恒的意见。

管家张恒说："以前用的溜子除用于两岸人渡河，就是顺河行驶从济南到羊口贩运货物，贩盐、贩煤、贩瓷器、贩鱼虾等等。但是这种溜子船体小，运量太少，现在小清河治理完成，河宽水深，大少爷的意见，是打造这种对漕船。"

黄良楷停下脚步，指着图纸上的漕船图说道："这种大漕船，制作工艺十分复杂，技术含量高，具有较高技术手段的匠人才能打造，并且各种材料不可缺少，如油松、笨槐、柳木，东北产的落叶松也行，这是主要材料。还有辅料，铁钉、麻丝、石灰、桐油等。整个工序主要分为选料、备料；断料、配料；破板、分板、拼板、成船（组装）、下水打麻等工序。整艘船手工操作，工序繁复。再就是，船所用的货仓、帆、桅杆都要做得讲究、美观、实用才是。一艘大对漕船需要十多个木工花费半年的时间，才能打造完成。"

黄良楷把图纸折合，继续说道："大对漕船，船身长约五米，两漕船对接在一起十米左右，宽约三米，船头船尾两米。这样结构不但设计合理，而且浮水力强，坚固耐用，航行时操作也更加方便。"

"这么大的船体，建造完成后如何才能既方便又安全地投入河水中呢？"管家张恒问。

"先把船搁在木墩上制造，造成后在滑道上横向铺设许多圆木，撤去木墩后，使船下降搁在圆木上滚动下水，这个不难，我们有一套完整的办法。"黄良楷说。

"黄师傅，就按这个图上的船型打造，一共十二条。工匠嘛，你自己负责招聘，我们出钱就是。拉大锯解板的木工，我们用本镇的就可以了。"张恒说。

"好吧，就这么定了。"黄良楷说。

说完后，两人分手各自去忙。

济水镇小清河码头各项工程赶在封冻前全部完工。

一排排整齐的货台及配套设施分列于小清河两岸；定做的十二条大漕船也全部打造完成，分别是济羊号、济水号、济清号、济丰号、永盛号、福盛号、元盛号、裕盛号、金东号、银石号、铜真号、铁寨号，整齐地排在南岸的河滩上，准备来年开春融冰后下水。

玉食村旗下的元丰银号，在马子文的张罗下重新开张，每天存取兑票的人们出出进进，络绎不绝。

香油坊：正常运转，市场扩大。

药铺：在原有基础上，又招聘两名中医。

北厚记酒店：重装开业，里边见天呼喊着"兄弟好啊，再好好啊"的猜拳声……

话说到了来年春天，小清河里的冰封融化了，满河绿茶般的清水，清澈见底，风一吹过，水面激起粼粼微波。

成群结队的面鱼在水中摆着尾巴游来游去，一会儿跳出水面，吐着泡泡，一会儿钻进水底寻食，自由自在地穿梭在水中，尽情地体验着快乐的滋味。

河水打着漩涡，潺潺向东流淌。两岸万物复苏，翠鸟啼鸣，蛙声四起，彩蝶纷飞。眼前又是一季绿意盎然、春暖花开的绚烂。

抬头，天碧如洗，晴空万里，如雪的白云慢慢游动。远远传来一种声音，"咿呀咿呀"呼叫着，从遥远的南国慢慢扇动着黑色的翅膀飞来，在小清河水面静静地滑翔，嬉戏着跃入水中，顿时水波荡漾，让人瞬间好奇与惊讶，随之映入眼帘的是那一列"人"字形队伍，向同一个方向飞去。大雁啊，冬去春来，小清河冰开春至！

玉食村大院内，张世承对管家张恒说道："管家，今天码头开张，新船下水，请帖都发出去了吧？"

"回大少爷，都弄（发）好了，因为要请的人很多，我调整了一下时间，分两批进行，按你的意思，先请的街坊邻居、船老大、装卸工头和各村的里长们。对了，还有新任知县大人。"管家张恒说。

"好，你告诉云和，饭后直接去码头就行了，我一会儿过去。"张世承说。

"好的，大掌柜，那我先去了啊。"张恒说道。

济水镇小清河口玉食村码头由知县曾启贤主持，在顺河风的徐徐吹拂下，火热开业了！开业大典吸引了南来北往很多行人驻足观看，码头上人头攒动，场面异常火爆。

乐丰知县曾启贤说道："各位乡民，各位业主，欢迎各位来到济水镇玉食村码头参加今日盛典。"

接下来是一片掌声。

曾启贤双手示意，表示感谢，然后继续说道："春回河畔，龙腾济水。今天，是二月二，在龙抬头的日子里，济水镇玉食村码头在这里隆重举办新船试航仪式，我代表乐丰县衙表示热烈祝贺！"

热烈的掌声过后，知县曾启贤继续说道："济水镇长街自明起就是进京官道。官道跨过小清河蜿蜒北下，车水马龙。小清河见证了这条古官道的繁荣，镌刻着河畔前行的印痕，传递着一个个动人的故事。数千年来，它沉淀成独有的、厚重的济水历史文化。

"济水古道小清河，向上通往济南，下去则是羊口。留下无数沿岸名人足迹和锦绣诗篇。阎宽、阎江父子，邱二斋等，在小清河畔有着他们童年的梦想，最终功成名就。

"济水古道小清河，造就了源远流长的沿岸文明，历经数千年沧桑巨变依旧灿烂，我们乐丰县沿岸留下的历史遗迹和出土文物记述了它的辉煌。

"小清河沿岸乐丰县农耕比较发达，文化深厚，历史文化源远流长，旷古悠久。两岸先民，刀耕火种，张弓射猎。兵马相逢，曾演绎过春秋之'干时之战'。

"小清河文化历史厚重，那一品甘醇，一抹水痕，一曲古韵，一怀乡愁，可谓源远流长……"

知县曾启贤讲完后，张世承宣布新船下水试航。

根据拓宽治理后水位深度打造的十二条大漕船，是小清河里最大的二桅船。中桅高十米多，二桅高七米。新船从船头到船尾，被挂上大红绸子花球，桅杆顶飘扬着老张家"玉食村"的号旗，桅杆中心贴着对联，上联是"九曲清河随船转"，下联为"济南羊口任舟行"。船舷两边插着彩旗，顺河风飘扬。

听到张世承的口令，冯云和站在船头大声说道："新船下水啦，祭船仪式现在开始。敲锣鼓，放鞭炮啦！"冯云和说完，只见鞭炮响起，爆竹红屑纷飞，落地满堂红。

管家张恒指挥着众多妇女，在河边忙活着，听到鞭炮齐鸣，便大声向妇女们说道："吉时良辰已到，敬河神、发钱粮、烧纸钱啦！"

河边处，妇女们把用金黄色和白银色纸做成的各式元宝，放到十二堆黄表纸钱中一起焚烧，那烟灰随风飘起，直上云天。

来祝贺的人，有济南的、羊口的、官府的、经商的，人山人海，比娶媳妇还隆重。

管家张恒专门请来的戏班子在河边搭台演唱，抬头望去，戏台如一座雨后彩虹桥，才子佳人桥上悄然而立，那兰花般的玉指，那巧笑的眉眼，让人动情，驴戏唱腔婉转，声声入耳，妙不可言。

这真是：吉日美景艳阳天，赏心乐事玉食村。

鞭炮响了一个多时辰，冯云和站在大船的船头，手拿令旗，大声喊着："新船下水了，伙计们把立桅号子喊起来啊！"

玉食村

大漕船

船身船底圆又圆

立起咱的擎天柱

稳住船的高桅杆

挂上灯

灯明光亮照金龙

扬起蓬（帆）

船行如飞快似箭

升上旗

张字招牌一路传
下羊口
上济南
全都认识玉食村
东运杂货西运盐

新船在小清河里通过试水航行，然后成功在码头靠岸。

中午时分，管家张恒张罗着在码头上大摆酒席，船上师傅、拉套子的船工，一起入座。

上桌的盘、碗菜，都是老张家"北厚记"酒店的上等佳肴，色鲜味美。特别是四个大盆菜，寓意深远，代表着四面八方，事事如意，红红火火，平安康寿，人们猜拳行令，吃得是有滋有味。

码头上的来客入席后，这第一杯酒刚刚下肚，就听到有人高喊："官府送圣旨的来了！"

众人循声望去，只见一支敲锣打鼓的队伍从济水镇官道向码头走来，还有人高声喊着："圣旨到！接圣旨！"边走边吆喝。

酒桌上的人们先是一愣，对视一眼，莫不是出现了幻听？不对呵，酒刚喝了一杯，也醉不了啊！圣旨怎会到这码头上？

锣鼓喧天，红幡飘飞，刚到码头鞭炮就响了起来。

几个官差跟在一员大将的身后，每个人手里还捧着东西，上面用黄布盖着，这阵势惊到了所有人。

只见这位将军来到众人面前高声道："济水镇恩赐七品官员张世承接旨！"

这圣旨一到，就如同皇帝亲临一般，张世承上前一步，拂袖而跪。看到张世承跪倒在地，众人赶忙离席，一起"扑通"一声跪了一片，动都不敢动。

手持圣旨的大将，用眼睛瞥了一下跪着的众人，然后高声宣道："奉天承运皇帝，诏曰：光绪二十年春，乐丰贤达张世承散尽家财，开挖治理小清河，志在匡时，坚韧任事，才识敏赡，功绩卓越，影响巨大，后世楷模。望再接再厉，不负朕望。特此诏示天下，举国同庆。钦此！"

只见张世承行礼道：

"恭请圣安！

"恭谢天恩！

"永服辞训！"

每一句说完后，他都会叩头一次，口中高呼万岁。

手持圣旨的将军肃然起敬，心中暗想，这张世承不愧是名门之后，礼数竟一丝没错。在这乡村野外，若是换了别人接这圣旨，慌乱间语不成句不说，就连行礼的动作恐怕也不到位。

在众人傻愣愣看着的时候，张世承不紧不慢，有条有序地接下圣旨。

"张贤士，这是陛下给你的赏赐，还有盛宣怀盛大人撰写的《乐丰县重修小清河记》。"将军说着把张世承扶了起来，并命众差人掀开黄布。

"赐楠木船模一个！金帆一对！赐羊口至济南水上先行盐运特权令牌！盛宣怀大人手书《乐丰县重修小清河记》！"

跪在地上的众人望着那对亮闪闪的金帆看得是目瞪口呆。

"夏将军，一路上辛苦你了，这晌午多了，咱啥也不说了，走，先吃饭去。"

"张叔好。你还是称我大侄子吧，刚才是例行公事，小侄不敢怠慢，如有失礼之处，望张叔海涵。"说完，夏历从衣袋中掏出一封信递给张世承并说道，"张叔，这是盛大人让我转交给你的一封信。"

"哦，我先收下，一会儿看。走，咱们吃了饭再说。"张世承说完陪同夏历一行回济水镇用餐。

饭后，张世承送走钦差夏历等人，便返回玉食村大院客厅，把盛宣怀给自己的信件托在手中，端详了一下封皮，便慢慢抽出信笺看了起来：

世承贤弟启：

惠书奉悉，如见故人。自杏生出任山东登莱青兵备道道台兼烟台东海关监督来，受朝廷重任和巡抚张大人之托对小清河进行治理。

杏生历次考察，因河道失修，屡屡酿成水灾。由于前期治理无方，灾害愈演愈烈，给当地百姓造成损失巨大。

治河，不但工程浩大，而且经费严重不足，为了兴利除弊，尽快启动治理事宜，杏生亲到沿河村镇访察，于济水镇巧遇贤弟。贤弟不但详细提议截弯取直、疏浚旧河、开挖新河的办法方案，还力荐"劝捐筹款，以工代赈"的治河良策，筹集治河经费，实属一举两得。

治河，历时三年，征调民工数十万人，疏通河道数百里，使长期淤废的小清河源头至入海口一气贯通，变为黄金水道，不仅水患消除，两岸农田受益，而且借水行舟，漕运便行。

此次治河，贤弟功德无量。两岸百姓不会忘记。我特撰写了《乐丰县重修小清河记》一文，向后人述说小清河治理的难忘岁月。

贤弟，小清河现已全域贯通，上济来津便宜，望贤弟在两地扩大市场经营，如有困难，来信告知。

书不尽言，统俟续布。

杏生草
光绪廿年春

张世承看完盛宣怀的来信，沉思了片刻，站起来说道："杏生兄，日后方便，我一定拜访。"

"管家，去济南送盐的船今天能回来吗？"张世承站在码头的货台上向张恒问道。

"回大少爷，铁寨号和银石号两条船能在傍晚回来。"管家张恒说。

"这是通航后第一次去济南送货，但愿顺风顺水。"张世承说。

"大少爷，前段时间你不是让云和去了一趟济南吗？我看不会有什么事吧。再说了，我们还有皇上的盐运特权令牌，盛大人来信也说了，有什么事可以找他，他会帮助我们。我看黄台那边也没什么事，放心吧，大少爷。"管家张恒自信地说道。

"管家，对朝廷的恩典，我们只有报答，铭记在心才是，不能到处张扬，更不能作为行事的护身符，这是做人之道。同时，尽量不去麻烦盛大人，因为他是国之栋梁，要做的事情很多，不要给朋友添乱，这是交友之道。"张世承对张恒说。

"大少爷，知道了。"张恒回道。

"管家，盛大人撰写的碑文石刻一会儿就运回来了，刚才我在码头转了一下，就把石碑立在码头上吧，刚才我让人用白灰做了一个标记。"张世承说。

"知道了，大少爷。"管家张恒回道。

"王有去京城应该快回来了吧？"张世承问。

"应该是快了，周掌柜接到信后，会及时赶回来的。"张恒说道。

"我上次京城之行，临回来时告诉过他做好三件事：一、让他来年开春后准备再回济水镇，另有重任；二、行前挑选一位可以胜任的新掌柜，把京城的生意继续做好；三、主动联系巡城御史林赞图林大人，把香油产品送进皇宫，提高玉食村品牌的知名度。"张世承说。

"大少爷，我看周掌柜有这个能耐，会做好的，你就瞧好吧。"管家张恒说。

"管家，送石碑的来了，放到哪里啊？"用人王本固气喘吁吁地跑过来，手指不远处的马车说道。

"码头中间的位置上有个灰桩，放那儿就行。"管家说。

"中，知道了。"王本固答应着，返回马车处。

"走，咱们去看看。"张世承说。

两人来到车前，管家招呼着众人，用圆木和绳索巧妙地将石碑卸车后立好。

张世承站在这方高大的石碑前目测了一下，石碑通高十二尺，宽约三尺。碑首雕有云头图案，精美大气，整个碑体气质不凡。然后他认真细心地看着上面的每一个字：

乐丰县重修小清河记

盖闻太上有立德，其次有立功，而功之流传不朽者，要不外经国勤民为大端。

惟光绪十七年，山东巡抚委登、莱、青道分巡道员盛宣怀首负其责修浚小清河。原夫小清河之故道，即古所称济水而发源于泰山者焉，由长清至历城，会泺水而东折，经章邱、齐东、邹平、长山、新城、高苑、博兴、乐丰、寿光各县界，绵亘数百里，众水汇归，东入于海。虽历经整治，水患未易根除，积沙淤垫，岁岁漫溢，瘟疫横行，生民凋敝。下游诸县各自为功，沿河筑堤防守，水流无可宣泄，盛夏山泉暴涨，碍于横堤间隔，常致坝溃于不测。

宣怀自受命以来，亲踏河域诸县，评勘河道，夙兴夜寐，以竟其事。因览小清河形势而慨然曰：是河挟千山万壑之水而东注于海，频见逼于黄流，室家荡析如民生何？蠲缓频仍如国计何？是安得而漠视之耶？乃考诸记载，访诸者老，殚精竭虑，求所谓一劳永逸之计。有乐丰县济水镇贤士张状元者，教以"劝捐筹款、以工代赈"之法，恰与所思不谋而合。遂将域民受害之情及修浚旧小清河之策禀请巡抚大人定夺，以劝捐筹款、以工代赈方法，分段施工。中挑河身宽十丈，两旁马道各十丈，出土为堤。所占民田给价豁粮，综计全河绵长四百余里。是役也，员绅百数十人分段施工，为治河而耗尽家财如张状元者颇多，为挑河殒伤其命之民亦有之，三载始竟其事。是役用款至七十余万金而未请国帑，用夫数十万余名而不竭民力！有顾所不及者，今而后岱阴之水有所归宿，下游数邑可免其鱼鳖之患矣！地势变迁，旧河所不合者，则凿开新河，以求永逸。

　　宣怀上年奉命调津海关监督，不敢稍分畛域，以隳初志，今于其事之成也，喜而为之记。至多开涵洞以畅支流，广设义渡以惠行旅，凡可以善其后者，又望当事之君子加之意焉。

　　张世承看完碑文，在心中默默地说道："盛大人，你对小清河治理功德无量。山东老百姓不会忘记你。这块镌刻着你撰写的《乐丰县重修小清河记》一文的石碑，将永久矗立在乐丰县济水镇小清河畔，向后人述说小清河治理这一难忘的岁月。"

　　"大掌柜，管家，大掌柜！"铁寨号船老大金门柱高喊着从河边跑了过来。

　　"门柱，你怎么自己回来了？船呢？其他人呢？"管家向小清河上望了一眼后，转身向金门柱问道。

　　"大掌柜、管家，船，咱家的船在黄台码头上，至今还没有卸货呢！"

　　"噢，门柱，我知道了，肯定是他在捣鬼！"张世承说道。

　　"大掌柜，是黑虎门独霸着整个码头，那个三掌门特别坏，故意刁难咱。"金门柱说。

　　"我知道了，门柱，你回家休息一晚上，明早我们去济南。"张世承说。

　　"嗯，大掌柜，明天咱得早走，船上的兄弟们在那儿都等红了眼了，去晚了怕惹出什么乱子来。"金门柱对张世承说。

　　"好，明早走。"张世承说。

　　"管家，今晚你帮我收拾一下，明早我搭个便船去济南，拜拜那边的码头，也结识几个朋友，为下一步咱们去济南发展探探路子。还有，之旦兄弟来到之后，玉食村的一切事宜交他掌管，告知所有人。"

　　"大少爷，知道了，我会把你的决定告诉周掌柜，告诉家中所有人，放心吧。"张恒回道。

　　新建成的济水镇玉食村码头，每天都是人声鼎沸，乘船的、送客的、接亲人的……穿梭在人群中。

　　卖香烟的小贩、等着拉脚的人力车夫，人来人往，依依惜别时的道别声、久别重逢的亲情问候声小贩的叫卖声，此起彼伏，回荡耳边。

小清河这条新开挖的黄金水道，使得济水镇码头客流、货流川流不息，终日迎来送往，成为沿河的热闹之地。

傍晚，济南、羊口来的帆船停在码头河边，桅杆林立，帆篷落下，拉了一天河套子的船工，把船篷合拢，将自家和朋友家的船只拴在一起，船船相衔，密密麻麻，组成了一片河中水上村落。河边船桅杆依次林立，在明月繁星照耀之下，千船灯火彻宵明亮辉映，照亮着船身，照亮着桅杆，星月河水，静影沉璧，微风顺河吹来，河水细浪扑打着船头，荡漾回响在河畔，组成了梦幻般的美景。

清晨，船上妇女用河水洗菜，准备早饭，炊烟从船头升起，撩拨着东方的晨曦，相伴着初升的阳光，涂抹出一幅蓝天清河初醒的画卷。

河面水雾中，炊烟飘移在淡淡水雾中，河中帆船在炊烟中时隐时现，水鸟展翅飞窜云烟，泼墨出一幅朦胧的帆船渔火丹青。

次日，刚天亮，张世承和金门柱两人便从济水镇码头，搭上逆水向上的便船，往济南而来。

疏浚后的小清河，波光涟漪，水清光亮。远远看去，河就像一根孤独的琴弦绷在这片肥沃的平原上，任凭日后啸尘、风霜、雪雨的弹拨。

张世承站在船头注视着前方，无数帆船从河面上穿梭而过。河里船队来来往往，顺风东行的排排白帆，仿佛小清河这条青龙的翅膀，带着河中的大船飞奔而行，船尾溅起一条浪花。

河岸上，三五成群拉套子（拉纤）船工，喊唱着响亮的号子，拖动呛流（逆水）而上的大漕船，沿河边前行。

来往船只那高高的桅杆上都挂有自家商号的旗子，向人们昭示着船主的标志，在河水中航行，尽显昌盛和繁华。

船工们摇橹、打篷、撑篙，一众拉纤人弓腰向前，有时单手撑地用力，喊着响亮的号子，声音响彻云霄。

一群河边玩耍的孩子，跟在拉套人的后边奔跑，边跑边冲他们喊："抓地猴、趴墙头，号子喊得声很高，拉的绳子不直溜。"

那些拉套子的船工，愠怒地告诉孩子们：离远点，小心掉水里啊！

从济水镇到黄台码头，有一句俗语叫"紧六慢七"，张世承主仆两人搭乘的这条船，还真快，六天就到了。

主仆两人对船主表示感谢后下得船来，直奔停泊在黄台码头外围的铁寨号漕船。

"大掌柜，你看，这帮家伙用空船占位，阻挡我们进入码头卸货。"金门柱手指河中的漕船说。

"门柱，我看到了。走，先回船上，看看兄弟们再说。"张世承说。

张世承到达济南后如何应对黑虎门帮的故意刁难，暂且不表。

先说周之旦接到张世承的书信，安排好京城的事宜，便回到济水镇，他在码头上见到管家张恒。

"管家，我回来了，大掌柜呢？"周之旦问道。

"周掌柜，你可来了，大掌柜他，他去济南了，大掌柜临走时交代过了，他不在，家里的事全托付你来办理。"张恒急呼呼地说。

"管家，大掌柜这么急着去济南，有什么事吗？"周之旦问。

管家张恒将黄台码头上的事一五一十地和周之旦说了一遍，最后说道："周掌柜，你的住处我已派人收拾好了，咱们回家吧。"

周之旦听后说道："管家，不急，你找一条小船，让人划过来，然后你陪我走一趟。"

看到周之旦坚定的样子，管家只好答应，便说道："周掌柜，小木船咱家码头河边就有，咱们走。"

两人来到河边，迎头遇到码头总管冯云和。"之旦兄弟你好啊，总算把你给盼来了，刚才啊，我老远就看到你了，这不正想过去找你！"冯云和快步向前，和周之旦热情地打着招呼问好。

"云和兄，都好！这下巧了，咱们一块儿吧。云和兄，我想马上熟悉一下码头周边的环境。"周之旦说。

"云和，弄条小木船，周掌柜说沿码头上下看一看。"管家张恒说。

"好，稍等。"冯云和说完，冲河边的船上喊道："谢中，你把溜子划出来！"

三人上得码头上的小船，沿河逆水进入西湖河段，一边走，管家张恒和冯云和主动介绍周边的情况，回答周之旦提出的问题。

逆水行舟六七里地后，周之旦叫停，便让小船掉头顺水向码头以东而去，不一会儿，三人便返回码头上岸。

周之旦来到码头货台，看着眼前的小清河对张恒和冯云和说道："为了配合大掌柜在济南的行动，方便处理黄台码头上的纷争，我们必须这么干。"

"周掌柜，你说吧，怎么办？我们听着呢。"张恒和冯云和回道。

"管家，沿码头顺河树立十二根旗杆，分别悬挂玉食村字号大旗，以彰显我玉食村码头之实力，更好地提高知名度，凸显码头之强大。"周之旦手指码头说道。

"周掌柜，这个好办，造船余下的松木还在河边，现成的材料咱都有，我马上找人干。"管家张恒说。

"云和兄，你准备六条溜子船，选三十名青壮年，以打击西湖土匪和保护码头安全为名，组建玉食村护航队，由我亲自指挥接下来的行动。"

"好，这个好办，从码头上挑选人就是，即日完成。"冯云和说。

"好，明日起封锁小清河西湖东面的河口，对过往船只进行安全管控。"

"是，周掌柜，我马上办。"冯云和说。

"管家，云和定下人选后，这护航队三十人统一服装，你看着定做，还须马上购火枪三十支，土炮十台，大刀四十把。"

"周掌柜，这个很快，火枪这家什咱镇上的几个铁匠铺都可以做，何况，咱家还有七八支。"管家张恒说。

"云和，聘请一个武术教头，对护航队的人进行专门训练，以提高整体人员的对敌素质。"周之旦说。

"好，周掌柜。"冯云和回道。

最后周之旦对管家张恒耳语了几句，张恒回道："周掌柜，放心好了，我让本固骑马去，这孩子会把事情办好的。"

接下来周之旦又有哪些动作，暂且不表。

先说济南黄台码头之事。

凌晨，天刚蒙蒙亮，黄台码头就开始忙碌起来，不同派系的码头工在各自老大的带领下，忙活着将一箱箱茶叶、一袋袋粮食、整棵木材、一筐筐盐，卸下船只，分发到济南市里商业店铺上去买卖。

码头上派系众多，各有自己的地盘，掌控着对某一类货物的装卸权，有时为了争夺生意和势力范围，弄不好还会大打出手。

但是整个码头上的利益分配由一帮派老大总揽，他就是黑虎门的老大，码头盟主——辛辣。

据传说，当年为了争夺这码头盟主之位，各帮派也是各出狠招，这狠招到了什么程度，听我慢慢道来。

济南是小清河源头的大城市，商家众多，贸易广泛，小清河水运繁忙，港口吞吐量大，所以很多帮派都盯上了这块肥肉。为了争夺码头上的地盘，帮派之间打斗不止，几乎是天天死人。码头帮派不间断的争斗，致死状况最终惊动官府，官府随即派官员前来调解。这前来调解的官员名叫马式金。开始这马式金还好言相劝，可众帮派之间不但互不相让，而且变本加厉地闹腾。

殊不知，这马式金也是个既刁又狠的主儿，他提出用一个极为残忍的手段挑选一位盟主，然后由他分配所有权。

这天各帮派齐聚黄台码头货场，各自并列排开，老大们个个耀武扬威地站在头前，撇着嘴，昂着头，不时地吆喝着自己的兄弟，一副天不怕、地不怕的派头。

天近中午，马式金迈着碎步来到众人面前，双手倒背来回走了一趟，然后直接摊牌，对站在面前的各派头头和混混说道："你们这些人，都想当这个盟主是吧？那就得懂规矩，露出来显摆显摆你的能耐，到底硬不硬。"

"强、强、强，硬、硬……"各帮派的人双手举过头顶，口中唾沫星子乱飞，各自高喊自己强、硬。

马式金见状，心中暗想：现在你喊强，一会儿就得喊娘了。

"好，都强是吧？都硬对吧？咱来，咱来，咱来来来。"然后，他一招手，只见从码头左边过来一辆装满盐袋的马车，停在众人面前。

马车左右分别有两个大大的木轱辘，上面均匀分布着小臂粗细的辐条，呈放射状连接着毂辋，辋外加装铁瓦。车轮外侧布满用以加固的"蘑菇钉"，钉帽大于铜钱，密密麻麻，这木轱辘看上去既笨又重。

马式金让随从拿来一块木板，放在马车的木轱辘前边，然后说道："谁敢躺在地上把腿伸到马车轱辘前这块木板上，让车轧过去，并且一声不吭，那你就是这码头上的盟主。"

众帮派的人一听，面面相觑，鸦雀无声。

"真够狠的！"

过了片刻，只听有人道："我！洪桥帮，帮主疏继广，不偷不抢响当当，码头盟主谁敢抢？这点事，算啥？"说完躺下把腿平放在木板上。

这马式金一看，把手一挥，口中说道："哎哟，还真有种！"

看到马式金挥手，坐在马车头前左面的车把式，一只手持着鞭子，一只手拉了一下缰绳，马脖子上挂着的铃铛立刻丁零零地响了起来。

"得儿驾！"车把式挥动鞭子打了一个空响，把牲口带了起来。

这马车轱辘刚一转动，吓得疏继广立刻从地上爬起来，跑出三丈开外。

"熊包，大熊包，揍这狗日的，把他扔到河里去！"各帮派的混混们喊着跑过来，把疏继广揍了个鼻青脸肿，然后直接扔到小清河中。

"还疏继广哩，我呸，输得广吧！"马式金用眼瞥了一下被抬走的疏继广说道。

"还有人试吗？赶紧的。"马式金冲众人说道。

"我，菜园子帮主辛树尧，愿为本帮出头。"说完躺在车轱辘前，把左腿伸在木板上。片刻，只听"咔吧"一声，车轮过后，骨头全碎，一条腿血肉模糊都看不出原样了。这辛树尧不但一声不吭，而且连哼唧都没有。

各帮派的人看到眼前一幕，惊得目瞪口呆。

"还有出头的吗？有，咱就接着来。"这马式金连续问了三遍，无一人回应。

"好，这码头就归菜园子帮分配，以后有不服的、闹事的，直接下牢。"马式金说完向众人扫了一眼，转身离开。

故事先讲到这里，言归正传。现任菜园子帮的掌门人，就是辛树尧的儿子——辛辣。

辛辣成人后，长得就像干辣椒放入油锅中炸过了头一样，是又黑又亮，加之在后来的帮派斗殴中，虽然个子小，但总以出其不意的手腕让对方遭到惨重损失，下手那叫又准又狠，人送绰号"黑虎"。这不，后来辛辣干脆把菜园子帮改成了黑虎门。

辛辣长相虽其貌不扬，但智商极高，不但善于交际，而自从掌门以来，广收门徒达数百人，后又垄断了英租界鸦片生意，大量聚敛钱财，黑老大地位如日中天。

面对日益壮大的产业，他把手下人按照能力不同分工，让他们各显其能，有的专门负责打打杀杀，有的专门负责日常生意，全盘分工明确，又能互为照应，整个黑虎门在他的掌控下，井然有序地发展，短短几年便在黄台码头群雄中变成一家独大。

这辛辣在黄台码头坐稳帮派头把交椅之后，就不再采用以前的混混儿模式，在他的倡导推动下，黄台码头帮派之间的争斗和流血事件日益减少，各帮派间都在自己的小天地里埋头发财，不再觊觎其他帮派的产业和地盘。辛辣的做法也很得人心，各自有钱赚、有肉吃、有酒喝，比打打杀杀地玩命强多了。

辛辣常说："衣食足，应当礼义行事，不能再让人家一看到就恐惧，讨厌你，躲得老远。"所以，人们眼中的辛辣，虽然是大帮掌门，但从来都不是飞扬跋扈的主。他平时非常注重自己的形象和言行，并要求手下人要保持儒雅和体面，所以他的手下人通常表现得一本正经。

辛辣成名后，常说的一句话就是："上等人，有本事，没脾气；中等人，有本事，有脾气；下等人，没本事，脾气大。"

可在他的拜把兄弟中，就偏偏出了个没本事、脾气大的。这个人，就是六次把张世承拒之门外的三掌门吴采成。

这吴采成从小没娘没爷，可他不但长得人高马大，力气也不小，铜铃眼，鹰钩鼻，满脸横肉，让人一看就知道不是什么好脾气的人，此人好勇斗狠，遇到问题喜欢用拳头说话，而且出手往往狠辣歹毒。

"哎，说你哪，我说你的腿不值钱吗？这八天来了六趟了，烦不烦人呀？就是大哥在，也不会见你，走吧，走吧，今天我还客气说声让你走，下次再来，直接让你滚蛋。"吴采成站在黑虎门前的高台阶上，对前来拜访的张世承怒吼道。

看到此人的德性，张世承还是耐着性子说道："三掌门好，这是我昨天晚上写给大掌门的一封信，希望你能够转交。"

说完，张世承把信递给吴采成。

吴采成接过拿在手中，掂了掂，翻看了两下，然后说道："这是啥？它认得我，我可不认得它。"说完顺手把信扔在地上，转身离去。

张世承看着吴采成的背影，弯腰将地上的信拾起来。

"大掌柜，上次我和云和哥来，就是打点的这个家伙，可这家伙却六亲不认。"站在张世承身边的金门柱说。

"门柱，走，咱们回去。"张世承说。

主仆两人转身刚刚迈出两步，就听身后有一小个子问道："两位先生，你们是？"

"我们是乐丰县济水镇人，前来拜见辛大掌门。"张世承转身后朝小个子答道。

"我们都来六趟了，每次来都说大掌门不在家。我家的船来到黄台码头半个月了，这码头上的人有意用空船堵在前面，就是不给让路卸货。这话又说回来了，我们又不是不懂事，发船前我们已经拜过码头了，就刚才那个人收的，什么三掌门啊，连江湖规矩都不懂，还六亲不认了！"金门柱连珠炮似的说。

"是吗？看这事弄的，不叫人得劲。那咱进去吧，进去问问，这收了礼咋还不让人卸船呢？到底是什么意思啊？"小个子说着，带领张世承和金门柱进得黑虎门大院。

"先生好，先生好。"院子里的人纷纷和小个子打着招呼。

"好、好。"他一边回应，一边头前带路。

小个子带领两人进得三进四合院，便来到黑虎门的聚义厅。

"先生，你回来了。"一个留着八字胡师爷模样的人进入大厅向小个子问道。

"回来了，回来了。我说老牟呵，这还很干枯了呢（很渴），给俺仨弄碗子茶水喝喝吧。"小个子说。

"好的，先生，稍等片刻，一会儿到。"这师爷模样的人回道。

"等等等等等、等等，顺便把在家的三个掌门叫过来，有点小事儿问问。"小个子说。

"好的，先生，马上办。"这师爷模样的人说完，转身走出大厅。

这时的张世承，仔细看了一下眼前这位身穿长袍被称先生的人。

一个圆圆的脑袋，乌黑卷曲的短头发，凸出的太阳穴，黑不溜秋的身子，皮肤虽黑但非常细腻、光滑，像黑色的绸缎。大大的眼睛，一个肉球似的鼻梁，小小的嘴，嘴唇薄薄的，嘴角微向上弯，带着点儿哀愁的笑意。整个面庞如此脱俗，简直不带一丝一毫人间烟火味。

聚义厅，是黑虎门的核心，除了会客，掌门们还在这里议事、新人入伙……黑虎门所有的大事都在这里决定。

厅内"义"字大旗高高悬挂，正中头把交椅以整张虎皮做靠背，威风凛凛，交椅后边的墙上挂着一张凶猛的下山虎，一眼望去，摄人心魄，十分震撼。

大厅右侧摆放着大刀和阔斧，厅内虎皮、古玩、字画、犀牛角，一应俱全，这些摆设都是黑虎门强大身份的象征。

再看大厅的左侧，一块大木板上摆放着六个大酒坛，后边的墙上挂有一张八仙图，左右对联一副，上联是"出拳摆平清河两岸喝酒汉"，下联"伸指力压明湖四边贪杯人"，横批"济南喝酒第一家"。

读完这副对联，让人联想到江湖人豪爽狂放，大口吃肉、大碗喝酒的情景。

张世承看后微微一笑，今天总算是碰上喝酒的对手了！

接下来在聚义厅又发生了什么？暂且不表。

先说这济水镇，按周之旦的布置，码头总管冯云和在一天之内将护航队组建完成，任命朱传志为队长，王新礼为队副，队员有杨来帆、吴米面、刘墙根、许把式、高兴福、万季春、白盐粒、成任命等人。

冯云和把现有的八杆火枪分发给正、副队长和排列在头前的队员，余下的队员每人一把大刀，并聘请了本镇武功高强的邱元森做武术教头。

一切安排好后，让全体队员列队等待周之旦前来训话。

周之旦来到后，在队前来回走了一趟，心想，眼前的这些人，大多没进过学堂，咬文嚼字地说没用，干脆就来个直来直去，直奔主题。于是他说道："我叫周之旦，是玉食村现任大掌柜，咱家这几天发生的事，我想大家也是心知肚明，去济南送货的船至今未归，为啥呢？是因为有人故意刁难咱，在济南不让卸货。如果这样下去，船队运行不了，整个玉食村的人，都得喝西北风去，就现在这个情况，我们该怎么办？"

"他们找事在先，不义在前，那就不怨咱了。周掌柜，你说咋干？我们听就是了！"队员们说。

"我们玉食村的漕船，在小清河航道中享有优先通过的待遇，这是当今皇上钦点的。即便是官船在相遇中也必须让道。沿河码头有故意找漕船麻烦的人，一经我们报官，必将严惩不贷。"

说到这里，周之旦用手做了一个刀砍的动作，然后继续说道："我们大掌柜不但不施用这些特权，还以仁义之道对待他人，这种德行和修养，是当下很少有人能做到的。"周之旦真情地说道。

"周掌柜，你就发话吧，咱济水镇也不是熊包，你咋说，咱兄弟们就咋干！"护航队长朱传志说。

"黑虎门违背江湖道义和商业道德，欺行霸市，不择手段，欲横行黄台码头，实属无道。我决定顺从天意，消雪耻辱，以壮皇封之威。从明天开始，对过往小清河西湖口的黑虎门货船进行管控，把咱自身优势都彰显出来，为以后应对风险做好准备。"周之旦果断坚定地说道。

"是，是，一切听从周掌柜安排，制衡黑虎门，彰显优势！"队员们齐声喊道。

队员们表现出的激情，让周之旦十分高兴。

话说到了第二日中午时分，两条装满食盐的黑虎门漕船，从下游沿河北边逆水而上，桅杆顶上黑虎门的船旗顺河风左右飘摇。每船六人拉纤，拉纤人喊着号子，马上就要进入西湖水域河段，突然从岸边的芦苇荡蹿出四条溜子船，在河中心一字排开，将黑虎门的漕船拦了下来。溜子船上的人对空鸣枪后，只听朱传志大声说道："喂喂，黑虎门的盐船，赶快停下、停下，刚才在湖中水域，多条木船被响马劫持，为安全起见，你船须立刻掉头，回玉食村码头等待，等待统一护航，赶紧的！"

与此同时，岸边的拉纤人也被许把式等人同样告知，须立刻返回玉食村码头。

失去纤夫牵引的盐船在河中停了下来。盐船老大赶紧对自己的手下喊道："转、转舵、转舵，回码头，回码头，这回好了，又能在这济水镇逛逛了。"

盐船返回，停靠在玉食村码头，按周之旦之前的吩咐，朱传志等人把两名盐船的老大带到早已安排好的住处，此时周之旦早已在此等候。

"这是我们周掌柜。"朱传志对两位盐船老大介绍说。

"周掌柜好！真是太麻烦你了，西湖响马打劫过往的商船，我们早有耳闻，今天能够得到周掌柜的保护，真乃是黑虎门之幸、之幸啊！"两位船老大磕头作揖，感激涕零。

"欢迎，欢迎黑虎门入住我玉食村码头，今天之事让两位受惊了。西湖匪患猖獗，周某这样做也实属无奈，这保护商船在乐丰河段的安全，也是朝廷的旨意，之旦不敢怠慢啊！"

周之旦说到这里，一边给两位船老大沏茶，一边说："黑虎门乃是黄台码头大户，咋就你们这两条盐船？"

"回周掌柜，我们一共八条船，这次都下来了，还有六条船分别在羊口西边的会昌盐局、三益堂盐局装盐，估计明后天就能到济水镇。"船老大孔祥荣说。

"周掌柜，这次的盐是到达济南后转运山西的，山西的盐老板还在黄台码头上等货呢。来时三掌门就说了，让装船后及时赶回去，如果误点呀，不但会赔偿对方这次的一切损失，还要加倍哩。"另一个船老大何士植说。

"哦，是这样啊。我会马上通知县衙，派兵进湖剿匪，以便贵门盐船早日通过。"

周之旦说完，告知护航队长朱传志说："朱队长，让队员们抓紧操练，以配合县衙进湖剿匪。"

"是，周掌柜。"朱传志应声而去。

在接下来的几天里，黑虎门逆水向上的盐船都被周之旦用同样的办法赶进玉食村码头待命。

这八条盐船自停靠码头以来，从船老大到船工，在济水镇那是享受着极为丰厚的待遇，不但每天吃香的喝辣的，吃了饭不是听书就是看戏，真应了那句话，"滋滋滋，得意又舒适"，看他们的情绪，似乎忘了停在码头上的盐船，自己就是只管吃喝玩乐的二大爷。

这黑虎门的船还得在济水镇玉食村码头停上几天，因为，周之旦的剿匪计划正在往县衙汇报中。

先说这济南黑虎门聚义大厅内，张世承心中正在琢磨："济南喝酒第一家"，这个厉害，终于今天在这里碰上喝酒的对手了。

此时，师爷模样的老牟进得大厅对小个子说道："先生，二掌门他身体不舒服，让你过去一趟。"

这小个子一听，两个眼珠子一转，马上对张世承说道："二位先稍等一会儿，我去看看二弟，马上回来。"说完便行礼告退。

小个子走出聚义厅，便随老牟来到院中的一处房间，刚进屋，就听有人说道："大哥、大哥你回来了？"

这两个叫大哥的不是别人，正是黑虎门的二掌门任东里和三掌门吴采成。

"噢噢，回来了。我说老三，去羊口运盐的船还没有回来是吧？"这小个子问。

"大哥，可不是嘛！什么事也瞒不过你呀。"三掌门吴采成说。

"按正常算，五天前就应该回来，这都好几天了连个信儿都没有，最关键的是山西的钟老板、尹老板、孙老板他们都等急了。"二掌门任东里焦急地和小个子说着。

"大哥，这是咋回事？走的时候我特别告诉过各船的老大，快去快回，船在路上不能耽搁。我想，咱这船可不会是让鱼精给吃了吧？"三掌门吴采成手抓头皮说道。

"我说老三，你还问咋回事。我问你，乐丰县济水镇玉食村的盐船到黄台多少天了？"小个子说。

"大哥，有七八天？不对，十多天了吧？"三掌门吴采成说。

"回先生，玉食村的盐船在咱码头停靠已有半个月，其间，我提醒过三掌门。"老牟向小个子说道。

"对，对，半个月了，还有那个小白脸子也来过五六次，都让我给撵跑了。"三掌门吴采成说。

"大哥，你出去这二十多天，我一直忙市里的生意，对乐丰县的盐船停靠之事，我还不是很清楚。"二掌门任东里说道。

"这个我最清楚。第一天来，我就看烦他了，这什么、什么，乐丰县什么镇的船，一比咱家的船大，二比咱家的船新，三还他娘的是双桅杆，比咱家的多出一根高桅杆，四最讨厌的是那桅杆旗上还拴着两个黄穗头，娘的，这是想来咱黄台显摆么？这五也是最让俺受不了的，就是这个小白脸子的脸，他娘的太白了，比窑子里那窑姐的腚还白，显得大哥你更黑了。还等半个月？我就想让他等上一年，让六月里的大雨给他把船淋旧了，让太阳把小白脸晒黑了再说。来济南显摆么？大哥，这与咱家的船回不来是一文钱的关系也没有。"这三掌柜吴采成是一二三地数着指头，张着大嘴瞪着眼，管不住嘴地把话说完。

"说完了？"小个子朝吴采成问道。

"大哥，说完了，还说么？都吐露干净了，说完了。"三掌门吴采成回道。

"好，那我告诉你们，我们的船是被人扣下了，说句不好听的，这次沉不了济水镇的西湖，就是万幸了。"小个子说。

"大哥，咱们的船不算十成新，它也不漏水呀，咋还沉湖了呢？"这三掌门吴采成向小个子来了句反问。

"这就要问你了，知道你挡的是谁的道吗？"小个子问。

"还谁？大哥，这不小白脸么！"三掌门吴采成回道。

"那我告诉你，你说的这个小白脸，他叫张世承，小清河下游乐丰县济水镇人，因开挖疏浚小清河有功，深受朝廷重臣盛宣怀的赏识，当今皇上赐予他漕运先行令牌，他的船在小清河航行，不但官船避让，而且是沿河码头装卸优先，若有违者官府将其严办。"

"我说大哥，是别人瞎说的吧？要是他真这么厉害，俺都憋他半个月了，他还能像狗熊一样趴着、受这窝囊气？"三掌门吴采成说。

"我说三弟，这人越能，越有耐心，要不哪来的'能耐'这两个字呢？"二掌门任东里说。

"我说二弟，你赶紧的，叫人把玉食村船上的盐卸下来，高价收了，先顶上山西那边的缺。老牟去天然居弄个雅间，要上等的硬菜。老三，你就陪我聚义厅走一趟，该怎么做，还用我教你吗？"小个子说道。

"哥，俺知道，上次你教的俺那个法子嘛，记着呢。"三掌柜吴采成说道。

三掌柜跟随小个子来到聚义厅，只见他光着上身，背后还捆绑着六七根干柴，见到张世承"扑通"一声跪在地上，"咚咚"地连磕六个响头，然后口中说道："张大人，你人大，我人小，你是贵人，我是鸟（小）人，都是我长眼不认识你这座高山，俺给你磕头认罪了！"

张世承一见三掌门这打扮和德行哭笑不得，赶忙将他扶起："三掌门请起，咱啊，都是这小清河畔里的种，不必那么较真啊。"张世承说。

站在一旁的金门柱心中默念道：都是种不差，有好种也有坏种，你这三掌门吴采成就是不折不扣的坏种！

听到张世承说请起，这三掌门一撅腚从地上爬了起来："嘿嘿嘿嘿，谢谢哦，嘿嘿嘿。"咧着大嘴边笑边说。

"张先生，我这三弟他没念个书，不懂事，给你添了这么大的麻烦，让我这当大哥的实在是心中愧疚啊！为了深表歉意，我在天然居略备薄酒，向张先生赔罪了。"小个子边说边双手行大礼。

张世承一边还礼，一边说道："如果我没猜错的话，面前的就是虎门——辛先生吧？"

"张先生，是俺、是俺。我啊，不喜欢别人叫我什么掌门、掌柜的，那么称呼太俗、没劲！我就喜欢你这样有书底子的人，称呼先生才那个么。"辛辣说完，然后冲三掌门吴采成说："还不赶快下去，看你这模样，真是丢大人了。"

"嗯，大哥，那我可真走了啊。"三掌门吴采成说完退出聚义厅。

"先生，天然居的雅间都定好了，马车就在门外，什么时候走？"老牟进得聚义厅向辛辣说道。

"张先生，车备好了，咱们走，到天然居咱哥俩好好喝一杯。"辛辣说。

"好，辛先生，你这么一说，我这酒的馋虫也上来了，真是得好好喝一杯。"

他们出得黑虎门，分别乘坐两辆马车，向天然居酒楼而来。

再说这玉食村的用人王本固，受管家张恒指令，快马加鞭赶到济南黄台码头，然后化装成一名乞丐，严密观察着玉食村盐船的一举一动。这天他看到铁寨号和银石号两条盐船进得码头，停靠在货台，来了好多人开始卸船，不到两个时辰，满满的两船盐全部卸完。

"哼，这些兔崽子们，还耍横，要是我晚回去两天，你们黑虎门的盐船，非沉到西湖里不可，一条也剩不下，哼，算你们还识数。"

看到盐船已经卸完，来济南的使命完成，王本固急忙赶回济水镇，把黄台码头上的情况向周之旦、张恒、冯云和详细说了一遍。

周之旦听后说道："本固，这几天真是辛苦你了。"

"周掌柜，这是咱自家的事，再苦再累，应该的。"王本固回道。

"管家，赏。"周之旦对张恒吩咐着。

"谢谢周掌柜。"王本固说完退出房门。

"管家，你告知传志和新礼过来一下，我有事让他们做。还有，通知黑虎门各船的老大，准备开船。"周之旦说。

"好的，周掌柜，我马上办。"管家张恒应声而去。

不一会儿，朱传志、王新礼两人到来，周之旦把护航队接下来的行动向两人做了指示。

"是，周掌柜，我们知道了，放心好了。"朱传志、王新礼两人领命后转身前去准备。

一切安排就绪，周之旦便来到码头，此时，黑虎门八条盐船起锚后正准备离去，船老大们看到周之旦，个个和他打着招呼。

"周掌柜的，真是太谢谢了啊，以后到济南有什么事，说就行啊！"

"好呵，一定去。通过西湖水域时，盐船须连在一起，有人护送。"周之旦向船上的老大们喊着。

黑虎门的盐船离开玉食村码头向西湖口而来。

头船刚想穿过西湖口，只听湖口芦苇荡中传来阵阵骚乱的喊杀声，不时响起火枪的声音。

一声枪响，火枪射出的铁砂打中了黑虎门头条盐船的桅杆，留下了二十多个黑乎乎的弹洞，明亮的铁珠子深深地陷在里边。

喊杀声渐渐地停了下来，各盐船的老大们都顺着连接起来的船舷，跑到头船看个究竟。

此时，护航队的溜子船从芦苇荡中划出，队长朱传志、队副王新礼从溜子上飞身跳到黑虎门的头条盐船上。

朱传志向正在议论纷纷的船老大们说道："各位老大，不必害怕，土匪已被我们打跑，暂时安全了，现在我们护送盐船通过湖面水域。"

"这就好，这就好，真是太谢谢两位爷了，救了命了，救了命了。"船老大们齐声感谢道。

"这里是响马、土匪、强盗，鱼龙混杂不清的西湖，不比你们黄台，到了这里老老实实的少给我们找事！"队副王新礼说道。

"是的爷，好，好，这个保证。"船老大们赔着笑脸回道。

"那就赶紧的，桅杆顶上的虎旗，快、快、快给我弄下来，看你们旗上的那只虎，头大得像猪，尾巴粗得像狼，这西湖上的响马专门盯上你们黑虎门的船了，就是看你们这虎旗不顺眼，非得把旗上的老虎尾巴割下来不行。"队副王新礼吹胡子瞪眼地朝船老大们说道。

看到身背大刀、手持火枪、满脸硝烟灰的王新礼，众位船老大乖乖地照办。

不一会儿，船老大拿着降下的虎旗来到头船。王新礼从背包中取出一把锋利的剪刀，递给其中一个船老大说道："你，把这虎旗上的尾巴剪下来，别他娘的老虎身上长个不三不四的狼尾巴。"

"是，是是，大爷。"船老大接过剪刀，把头船旗上的虎尾巴剪了下来。

"好了、好了，开船吧！"王新礼说完，端起手中的火枪，朝空中打了一枪，只听"轰"的一声，散弹伴随火焰喷出，把芦苇荡中的野鸟惊吓是狂乱升空，四处飞散。

黑虎门的盐船，通过西湖水域，逆水向上……

济南这边，黑虎门老大辛辣坐在头车带路，不一会儿马车来到天然居酒楼，众人进得门来。这时有三个商号的掌柜也早已在此等候，相互介绍后，众人施礼，各自落座。

这小清河流域的人交往，吃饭喝酒是非常重要的一件事，特别是第一次见面，吃饭不仅仅要菜好，还要喝好，无酒不成席。如果朋友初次相会桌子上尽是大鱼大肉、山珍海味，没酒的话，会大扫人之食兴。

此时黑虎门老大辛辣环顾了一眼，说道："这晌午了，张兄远道而来，刚才议论的一切问题，饭后再说，现在我提议，按老规矩，先每人三杯酒。"

张世承起身双手抱拳说道："辛先生好，说实话，这一上午了，也没顾上喝点水，真是有点渴了。"

"小二，先把大碗拿来吧。"此时辛辣吩咐伙计拿来一个青花大碗。

伙计刚想倒水，只见张世承将花碗往自己面前一拉，搬起酒坛将酒倒满。第一碗，扬头一口下肚，然后对在座的各位老板说道："真渴了。"接连三大碗下肚。

张世承这大碗豪饮，真是应了济水镇人喝酒的一个"猛"字！

　　三碗喝过，张世承抱拳说道："今天承蒙辛先生的热情招待，深表感谢，以后老板们的货源要是路过乐丰县河段，或停靠玉食村码头，我会全力相助。"

　　在场的人一听，张世承说的话中有话。这时辛辣赶紧接过话题说道："张兄好酒量！"但他心中暗想：还没正式开喝，这是想唬住我啊！

　　"干脆，每人当酒一周，每周每人六杯。"辛辣说。

　　辛辣说完，划拳压指一圈儿转下来得意扬扬。

　　酒桌上所有人的情绪像小清河中的波浪一样，一波退下，一波又起，轮流向张世承敬酒，喝得是一浪高过一浪。张世承迎着那轰轰烈烈的浪潮，一杯一杯地顺口干下。

　　在多番过周后，张世承再次端起刚才用的大花碗，提议道："各位兄长，我们还是平等喝吧。"

　　他先自己干了三碗，然后又敬了在座每人三碗，最后自己又干了三碗。在场的所有人都睁大眼睛安静地看着。

　　辛辣站起来干了三碗，最后转了一圈儿，本想再喝最后三碗，可端起来只喝了半碗，就一头栽到桌子上，其他几位掌柜，再没有谁敢站起来单挑了。

　　静默了半天，辛辣才慢慢抬起头，正想说点什么，这时张世承已看出辛辣的心思，便对众人说道："承蒙各位老兄关照，今天已经喝好，下午还有事情需要去做，来日方长，就此打住，以后再喝。"

　　辛辣此刻来了个顺坡下驴，接话说道："张先生说得极是，下午还有事商议，就按张先生说的做，到此为止。"

　　经过中午的喝酒，辛辣感觉到张世承这个人心胸宽广，为人大度仗义，处事诚实精明，而且很靠谱。他深知，这样的人只有在特定的场合和时间才会崭露锋芒，在事业上有强烈的进取心，心怀远大的志向，更会为自己追求的志向而付出不懈的努力。他从心里佩服张世承的酒胆英雄本色。

　　处理好济南的一切事宜，张世承回到盐船，告诉金门柱："金老大，咱们回。"

　　金门柱满脸高兴地喊道："开船了！起锚了！"

　　众船工抬起铁锚，喊着号子：

　　嗨哟、嗨嗨嗨哟嗨、嗨哟

小清河水往东淌，嗨

嗨哟、嗨哟

顺风顺水回咱的庄，嗨

嗨哟、嗨哟

抬起铁锚回大船，嗨嗨嗨哟

嗨哟、嗨哟、嗨哟

平稳放在船头上，哟

嗨哟，嗨哟

肩上扁担直又直，嗨

嗨哟、嗨哟

兄弟抬锚有力量，嗨

嗨哟、嗨哟

脚板放平晃起膀，嗨嗨嗨哟

嗨哟、嗨哟、嗨哟

起锚行船回家乡，哟

嗨哟、嗨哟

诗曰：

云光水色春夏秋，

槐花西瓜高粱收。

九曲碧波清河荡，

桨声帆影今传流。

济水镇船工那抒情悠长、勾人心魄的号子声在清河两岸荡气回肠，那土乡土味的调儿，令人心醉。

船工们把锚链拉回大船，然后扬起帆，盐船在风力的推动下，浩浩荡荡向下游而来。

船老大金门柱坐在船尾，用胳膊肘别住舵杆，轻松摇橹，望着岸上的景色，唱着摇橹号子，快乐地那真是叫个恣儿：

小清河

长又宽

河水流在五月天

岸边麦子黄了尖

芝麻叶子长得绿

春种谷子到腿腕

地瓜蔓子镰把长

达麻子伸枝像把伞

我摇张家对漕船

顺风顺水把家还

黄台起篷船飞快

魏家桥头一袋烟

刚想迷糊打个盹

陶唐口岸喊停船

一段吕剧没唱完

岔河码头到眼前

抬脚迈腿刚进仓

船尾已经过坡庄

立足船头看一看

已经到了湾头岸

紧赶慢赶往家行

太阳已经与地平

伸伸懒腰喝杯茶

济水镇咱家，到了吗？

"哎哟哎哟诶，我说孩他爷，到了啊，咱回家！"

"我说金老大，听你这一说一唱的啊，肯定是想弟妹了啊！"张世承对金门柱开玩笑道。

济水镇码头，周之旦、管家、冯云和早早地等候在此。

看到漕船归来，三人招手相迎。

"大哥，你回来了！"站在码头上的周之旦向张世承打着招呼，抢先一步过来和张世承拥抱在一起。

"之旦兄弟好，哥早就盼着你来了。这下好了，哥啊，以后就轻松多了。"

"大少爷，你可回来了。"随后跟过来的管家张恒说。

"大掌柜，你回来了，这黑虎门真不地道，上次我去的时候，专门拜见的那个三掌门，他礼也收了，事却没办，这个操蛋玩意儿。"冯云和愤怒地说道。

"云和，其中另有原因，你上次济南之行已做得很好，只是这个三掌门他不守规矩，不过辛大掌门还是够朋友的。"张世承说。

"大少爷，看这几天，你脸也晒黑、黑了，人也瘦了，咱先回家去说，回家去说吧。"管家张恒说完，心疼得连眼眶都湿润了。

张世承、周之旦、张恒、冯云和四人回到玉食村，进得大门，说笑着来到客厅，管家张恒吩咐用人赶快上茶。

四人落座，周之旦把近期玉食村的经营情况及对黑虎门盐船采取的应对措施详细汇报了一下，管家张恒和冯云和做了补充说明。

张世承听后说道："之旦兄弟，你做得很好。我们玉食村人，讲情义、重感情，正直淳朴，为人实在。但话又说回来了，针对那些失约、失信的人和事，采取必要的约束措施，让他们承受商贸活动不便、经济损失或社会谴责，也未必不是一种好的做法。"

张世承说完，周之旦感慨地说道："黑虎门不但失信，而且是欺行霸市的地头蛇行为，让其受点惩罚，以示教训。再说了，我们只不过是以其人之道还治其人之身罢了。"

"对，先礼后兵，礼我们做在前了，但我们不惧较量，和玉食村做生意打交道，玩横的行不通。"冯云和怒气冲冲地说道。

"小清河上下贯通了，咱济水镇成了整个鲁中、鲁北和鲁东地区，芝麻、粮、棉、油、盐、布匹和南方商品贸易的集散地，下一步玉食村怎么走，如何做大做强，我们还要好好地规划一下。"张世承说。

"管家，茶来了。"用人在门外说道。

管家张恒让用人把茶水放到八仙桌上，然后又在他耳边低声说了几句，用人点头退下。

管家张恒赶忙把水杯倒满，端到张世承面前说道："大少爷，先喝点水吧。"说完又看了一下晒黑了的主人，内疚地退到一边。

　　"大掌柜，这几天我让管家引荐，拜访了咱镇子上多家店铺，和掌柜们进行了交流。又让云和兄陪我在码头和周边村庄转了一下，对小清河平原民俗风情及种植情况进行了考察了解，同时走访了村里的村主任、里长及德高望重的读书人和乡贤，昨天晚上我总结了一下，根据实际情况，我个人建议应该这么干。"周之旦说到这里，端起水杯，看了一下张世承，等待主人的表态。

　　"之旦兄弟，真是辛苦你了，快说来听听。"张世承说。

　　"大掌柜，从京来济水镇之前我就有个想法，你看啊，香油是我们在京城的主要产业，也是众多乐丰县人闯北京干的行当。如果把加工香油的原料芝麻搞活，是一个很好的商机。还有，这么多年来，我们的经营范围也只是在大前门一带，我想借这次咱家香油进宫的大好时机，在京城多开几家店，扩大销售区域，这样一来不但让更多的京城人能吃到我们玉食村的产品，而且收入和知名度会在很大程度上得到提高。"周之旦把自己心中想了好久的话说了出来。

　　"之旦兄弟说得好！小清河平原这一带生产的芝麻，不仅色泽好，品质好，而且粒大皮薄出油多，可以在济水镇建个大的仓储中心，进行芝麻的收购、精选，然后通过镇上这条古官道运到北京、天津，通过小清河水道运到济南市场，批发、加工。"

　　"对，这样一来，既可增加老少爷们儿的收入，还可以形成高效、长远的发展模式。"周之旦说。

　　"我想，下一步对芝麻进行订单式收购，不论大户和散户，质量一律严格要求，确保所销售的货源符合加工要求。"张世承说。

　　"大掌柜的，京城分店的选址，来之前我已经踩好点，就等你定盘子了。"周之旦说。

　　"好，这样一来，就形成属于小清河畔地域代表性芝麻品牌产销网，不仅能让更多的京城人、泉城人吃上玉食村的好芝麻、好香油，也为咱乐丰县人走出去创业带个头。"张世承满怀信心地说道。

　　"大掌柜，小清河这次疏浚后，两岸棉花扩种增加了不少，前几天我和之旦骑马去小清河北部转了一圈，看到地里的棉苗长势很旺，看来秋后丰收不成问题。大掌柜，我想，是不是把咱家的染坊重新再开起来啊，如果真像你说的那样，这弄大型仓储货栈，以后调运芝麻，离不开布口袋啊。"冯云和说。

"大掌柜，云和说的极是，老爷在世那会儿，就想扩大咱家的染坊，还说，到各村里去定机织布，组织好货源后运到北京、天津销售。可前些年，小清河经常发水，把本来是产棉区的咱这地弄得棉田骤减，无棉可收。唉，老爷的愿望到离世也没有实现，临走嘴里还说着'棉花、布，棉花、布'。"张恒双手抹泪把话说完。

张世承听后，对管家说道："这样吧，云和、管家，尽快起动染坊的建设，旧址那里地方小，不适合以后发展，就不用了，设计染坊和新仓储连在一起，以后收购棉花晾晒、储存都方便。管家，你找人把图绘好，让冯掌柜搞一下预算。"

"是的，大少爷。"管家张恒回道。

"上次朝廷派夏将军送圣旨和盛大人撰写的《乐丰县重修小清河记》时，在盛有记文的盒子里，盛大人专门给我写了一封信，信中大体意思就是，小清河修好了，通航了，济南及周边官府的盐要通过小清河从羊口运达，这是个很好的商机，因为你有船，也有能力承担这个事。"

张世承说到这里，管家张恒急急忙忙地插嘴说道："拿着朝廷赐给咱在小清河上漕船先行令牌，谁也得快着办。"

张世承看了管家一眼，继续说道："我想过几天再回济南，一是把这个事办了，让咱家的船跑起来、动起来，继续为朝廷运货出力。二来，在济南找个地儿，把咱这香油坊的买卖也做到济南去。"

张世承话音刚落，就听到敲门声，管家朝三人笑了笑，向门口走来。

"管家，弄好了，端上来吗？"门外有人问道。

"好，端来吧。"管家说。

用人推门进来，将四盘菜、一坛酒放到桌子上。

一盘花生米、一盘咸鸭蛋、一盘炸螃蟹，还有一盘菠菜炖面鱼。看到桌子上的酒菜，张世承高兴地说道："管家，还是你想得周到，今天是个既高兴又团圆的日子，咱得好好喝上点。"

"大少爷，今年河里的面鱼又肥又大，再不多吃点，就快下末了（到季快没有了）。"管家张恒说。

"管家，这面鱼还是清炖好，一看就想吃。"冯云和一边说一边收拾桌子，将菜摆好，然后拆开酒坛的封口，用鼻子闻了一下，刚想开口说话，只听管家说道："老存货，就这一坛了。"

"之旦兄弟，这是三十年前的陈酒，标准的芝麻香。上次朝廷的钦差们来，管家都没舍得拿出来给他们喝，今天哥是沾了你的光了。"冯云和说。

"那真是太谢谢管家了，我，还真是得多喝点。"周之旦冲管家张恒微笑着说。

"来，来，之旦兄弟，先来上一碗咱小清河里的面鱼。"张世承说着，把一碗热气腾腾的面鱼递给他。

周之旦接过鱼碗，然后用勺把面鱼送入口中。

"真香，这鲜滋滋的味儿入口下肚，会让人淡忘山珍海味呀，也只有在济水镇才可吃到这样的河鲜。"周之旦品了一口，从内心感叹这舌尖上的美味。

"之旦兄弟，今天这菠菜炖面鱼是清炖做法，另外这面鱼还可炸、炒、烩、煎等。改天，我亲自下厨给你做盘油炸的尝尝。"张世承自信地说道。

"大掌柜，你还会做油炸的啊？那敢情好，之旦有口福了。"

"这油炸面鱼，先将面鱼放入簸箕中加点面，让鱼沾均面糊，后将面鱼放入油锅中炸至金黄色，将葱、姜、蒜、八角放入锅底，加适量的温水，浇上醋和酱油，用文火慢慢炖，大约一袋烟的工夫，成了，出锅前放点小香菜，这样做啊，会给你一种不一样的味觉享受。"张世承说。

"大掌柜，让你说得我馋虫都蹿出来了，我可等着了啊！"周之旦说。

"咱这酒可不能等，来来，喝，每人三杯啊。"冯云和说。

三杯过后，张世承放下手中的筷子，对张恒说道："管家，刚才之旦说的京城扩店一事，我看这次你就带本固过去吧，年轻人，出去历练历练也是个好事，家中的事让云和先打理着，过几天我和之旦还要去济南，把那里的市场先做起来。"

"中，大少爷，本固这孩子虽然年轻，可他经历得多，人勤快、也好学，我看行。京城店铺的选择，周掌柜前期已经做了安排，做起来就容易多了，各门店开业后我就尽快回来，让本固留下就行了。"管家张恒说。

"对了管家，进京前把盛大人手书的《乐丰县重修小清河记》碑帖准备好，再弄点面鱼、香油，路过天津府时顺便去看看盛大人，代我问好。他治理小清河，造福沿岸、惠及山东的功德，乐丰人不会忘记。"

"好的，大少爷，明天我就准备，尽快进京。"张恒说。

"光顾着说买卖了，云和，快去，让你嫂子给咱烙点儿香椿芽饼，再切盘咸鸭蛋端上来。"张世承吩咐道。

三天后，管家带王本固去了北京。

次日，张世承和周之旦乘坐自家的盐船顺小清河逆水往济南而去，寻求在泉城创业……

济水镇玉食村码头上的方方面面，冯云和安排得井然有序，并着手准备仓储和染坊的建设。

这天，冯云和来到钱庄，找马子文商量仓储及染坊的规划和布局事宜，不巧，马子文不在，他便出门准备返回小清河口，刚走几步，身后传来一个男人的声音。

"冯总管吗？这忙忙活活地干啥呢？"

冯云和赶忙回头一看，正是乐丰县衙驻济水镇巡检司的大使齐桓福。

"齐大使好！公务很忙啊？很长时间没见到你了，这是去哪儿公干啊？"冯云和问道。

"能上哪儿啊？还不是为了刘国坤那点破事，知县大人都催了好几回了，让尽快破案，可他一口咬定挖出来的财宝自己根本没捞着，被人倒地瓜了。唉，至今是连点儿线索都没有，愁死个人了。"巡检司大使齐桓福摇头晃脑地说道。

"不急、不急，慢慢来，凭齐大使你的能耐，破案是早晚的事，有时间到我那儿咱吹（喝）上一壶啊！"冯云和说。

"那敢情是好，抽个空去，抽空一定去。"齐桓福边说边向刘国坤的三隆兴而来。

自打盐行门前灾民闹事以来，这三隆兴不但不兴，刘国坤反而是霉运不断，本想挖宝大发一笔横财，挣个顺腔流油，可谁知不但财宝没到手，反而因蛇咬中毒截肢丢了一只手，并且惹了一身的官司。

三隆兴盐行客厅里，刘国坤对站在一旁的管家黄铎说道："这也邪了门了，财宝让人劫走，这官府却认定咱是得了财宝的主犯，既然这样，那也应该把我们押监入狱才是，唉，却整天这样没完没了地和咱不散伙，烦死个人了。"

"老爷，这么长时间以来，我咋琢磨着像是有一只无形的手、在牵着我们的鼻子走呢？"管家黄铎说道。

刘国坤沉默了片刻，摸了一下头，然后斜瞪着眼对黄铎说道："难道说这挖宝一开始就是一个圈套？是有人故意设计好了让我们钻进去的？"

"现在还说不准，只是猜想而已，老爷，也只有官府的人才可能知道这其中的奥秘。"黄铎说完，走到门口向外望了望，把门关好后在刘国坤的耳朵边低声说了什么。

刘国坤听后满脸不高兴地说道："这样做，不等于让我白白地送人吗？"

"老爷，舍不得孩子套不住狼，三姨太她好这口。这齐桓福每次来，两人都眉来眼去地暗中较劲，这个我不说，你也能看得出来，让她去做这个事儿，她保准高兴，这一来我们可以拿下这个人做靠山，以后不但能摸清官府的动向，而且还可以让他乖乖地为我们出力。这还叫白送人吗？"管家黄铎说道。

看刘国坤也没吱声，黄铎这说话的胆子更大了。

"老爷，二来也给三姨太一个施展功夫的机会，她爱咋地就咋地吧，省得她整天愁眉苦脸地找碴儿，随她去好了，以后你有了钱，休了她，再找上几房太太不就成了。"管家黄铎给刘国坤出了一个完美的馊主意。

刘国坤听后，没说同意也没说不同意，这下管家黄铎心中已经有数，对刘国坤说道："老爷，这齐桓福再来，我就说你出远门了，剩下的事嘛，我来办。"

管家黄铎刚说完，家丁李中田进屋禀报："老爷，巡检司的齐大使又来了，现在门外候着呢。"

"快请，这是贵客，快请、快请。"管家黄铎说道。

"好的，管家。"李中田说完看了刘国坤一眼，这老家伙低着头，也没吱声，他便退出门外传话。

"老爷，这节骨眼上你可得果断点啊。"

黄铎话音未落，刘国坤从太师椅上站起来，咬着嘴唇说道："好吧，只要能拿下他，就这么着吧。"刘国坤拽着一只抖动的手，转身走出客厅。

家丁李中田头前带路，齐桓福紧随其后，两人来到客厅。

管家黄铎不但安排人前去准备酒菜，而且早已在客厅准备好香茶，让齐桓福坐了上座后，对着他说道："齐大使辛苦了，这好久不来，兄弟还真是有点想你了。"黄铎说着把青花瓷碗倒满香茶给齐桓福递了过去。

齐桓福接过茶碗，往客厅里扫了一眼说道："刘大掌柜的呢？去哪里了？"

黄铎回道："哦哦，瞧我这老糊涂，把这事给忘记了，这不，这段时间生意失利，刘大掌柜心中闷闷不乐，为了调理心情，自己去济南了，看看那里的朋友，也顺便散散心，这刚走两天。"

"哦，也是，这摊上事儿，叫谁都这样啊。既然刘掌柜的不在，那我就先回去了。"齐桓福说。

齐桓福起身想走，刚迈出两步，此时，刘国坤的三姨太进得客厅。她边走边解开旗袍领子上的头一道扣子，来到八仙桌旁，一屁股坐在了正座上，然后跷起大腿。三姨太的旗袍是苏州绸缎，质量丝滑，因开衩太深，露出快到大腿根的雪白长腿，娇滴滴地说道："齐大使啊，咋啦这是？笑话我们老刘家没人是吧？我刚到你就走，啥意思？"

看到三姨太进得屋来，齐桓福赶忙收住脚步，转身退了回来。

"哦，这不是有人在嘛，管家刚才说你去了济南？"齐桓福看到眼前的三姨太，眼珠子发着蓝光，都不带转动一下的。

三姨太朝齐桓福抛了一个媚眼，娇滴滴地说道："我说齐大使啊，妹子就喜欢像你这样能看见人的、会看人的、喜欢人的。跟着老鬼到处跑啥？上什么济南，没劲！齐大使，来，来，坐下说话。"

三姨太说完，冲管家黄铎说道："我说黄大管家，还愣着干啥？快去准备桌酒菜，今个儿，让齐大使住下吃个饭，喝上杯小酒，好好唠唠。"

"好的，三太太，我马上去。"黄铎心想，知道你好这口，早给你准备好了。他向齐桓福微笑着点了一下头，便退出门外。

这三姨太是刘国坤在济南一家妓院纸醉金迷时，讨回来的一个头牌妓女，本来就水性杨花，生性风流，这刘国坤年龄一大冷落了她，加上这段时间生意不顺，老走霉运，又失去一只手，也照顾不好她，所以三姨太净是怨气，唠叨个没完。

齐桓福坐下后，先喝了一口茶水，接着刚才三姨太的话茬子说："刘掌柜虽然年龄大点儿，但看上去红光满面，一定是宝刀不老吧？"

三姨太抬腕起身，伸出一只玉手，撩拨了一下齐桓福的脖子说道："还宝刀不老呢？刀上的钢都褪没了，铁都软得卷了刃了，只剩下个糟烂的木头把儿了。"

三姨太说完，引得齐桓福哈哈大笑。

不一会儿，管家黄铎将酒菜上齐，落座后三人尽兴，推杯把盏喝到半夜时分，齐桓福站起来说道："这天不早了，我先走一步了啊。"说着起身离席。

三姨太连忙站起身说："大使慢走。"

然后，她走到齐桓福面前，把手搭在齐桓福的肩头，低声说："每次见到英俊潇洒、风流倜傥的你，妹子喜欢死你了，今晚就住这儿吧，我给你敞着门，进屋就是你我的小天地，让你随心所欲，你想怎么玩都行，妹子让你爽翻了天啊。"说完这三姨太从旗袍里掏出一块喷了香水的小手巾，塞到齐桓福的手中。

"妹子，哥也喜欢你啊！"这时齐桓福再也忍不住了，一只手伸进她胸前，摸向两座高耸入云的乳峰。

三姨太赶忙推开齐桓福的胳膊卖关子地说道："看把你猴急的，管家还在呢。我先回去等你，一会儿不见不散。"说完向齐桓福努了一下涂满口红的小嘴，扭着屁股回房去了。

先说张世承、周之旦乘坐盐船来到黄台码头，下船后奔济南府衙，找到主管盐运的盐差，说明来意，并把朝廷亲赐小清河船运先行权等事宜统统说了一遍。

盐差听后非常高兴，心想，一来玉食村有强大的内河运输能力，保证不会给官府耽误事，二来又有皇上的令牌，合理合情的先行权，这用谁也是用，说不定日后朝廷那边有个什么事，还会求到此人帮忙呢！盐差便爽快地答应了。

两人在府衙办完事，张世承和周之旦在济南转了几天，通过两人对市场的考察，最后商定把生意的落脚点安在这馆驿街上，两人分工，张世承留在济南组建店铺一事，周之旦从济南府返回盐水镇，安排盐的运输及玉食村生意上的其他事宜。

"大掌柜，我考虑了一下，还是晚两天回去，等把店铺盘下来，我走后也放心。"

"之旦兄弟，这么着也行，那咱就抓紧去馆驿街看看店铺的情况。"张世承说。

"好，大掌柜，就这么着。"周之旦说。

馆驿街北走燕冀，东通齐鲁，为济南咽喉之地。这条街道除了有济南最大的驿站外，众多客栈旅馆也在此云集，即人多、会馆多、商铺多，每日车水马龙，人来人往，此街不仅是济南驿站所在的南北通衢，也是济南府一条重要的交通要道。

两人走在馆驿街上，只听有人高喊："闪开了！闪开了！"随着喊叫声，只见驿站的一匹快马在街中石板上踏出"嗒、嗒、嗒……"的声音飞奔而过。

"大掌柜，前边到了。"周之旦指着前边的一处门店说道。

两人快步来到事先看好的一处店铺门前。

张世承走向前来，用手一推，门插着，便向里边喊道："有人吗？有人在吗？"大门紧闭，无人应声，张世承连敲门带喊的半天也没人搭理，又等了一会儿，两人转身想走。

"客官，你回来，有么事呢？"

听到身后有人喊叫，张世承回头一看，一个人头从敞开的门缝里探了出来。

"哦，原来有人哪。"张世承说。

"你敲门有什么事呢？"门里的人又重问了一遍。

"看到告示说这店铺想卖，我想对和对和，把它盘（买）下来。"张世承说。

"你说什么？"对方好似没听懂。

"看到售房告示，我想买这个店铺，特来商议一下。"张世承紧跟着说。

"那进来吧，进来，快进来，里边说话。"门里的人赶忙招呼道。

里边的人把门敞开一半，张世承、周之旦进得门来。

只听"哐当"一声，此人迅速把门关上了。

开门的人说道："两位客官稍等片刻，一会儿主人就来。"说完转身离去。

两人站在院中向四周看了一下，整个院子很萧条、很寂静，空地上长满了杂草，尽管蓝砖灰瓦白墙的房屋没有破旧的痕迹，可怎么也掩饰不住院中的荒凉。

"大掌柜，快闪开。"周之旦双手扯着张世承的衣服，猛地一下把他拉到自己身边，一条青皮花蛇，口中吐着长长的芯子，从张世承刚才站的地方窜了过去。

两人刚想移开原地，突然身后传来一个人的声音："真不好意思，来晚了、来晚了，让两位久等了！"一位中等个子，看上去二十多岁的人说道。

"你好，你是这房屋的主人吧？"张世承问道。

"是啊，是啊，我叫蔡汝臣，是山西人，因家中遇上大事，急需银两，所以才不得已将这祖宗留下的房产卖掉，说来惭愧啊！"蔡汝臣说。

"拿得起、放得下，无论是得到还是失去，顺其自然地放弃也是一种境界。"张世承说。

"蔡掌柜，我们都是生意人，既然你这个院落想卖，咱就开门见山为好，说一下价格吧。"周之旦说。

"这位兄弟爽快，请问两位尊姓大名啊？"

张世承刚想开口，被周之旦用手拉了一下衣角，并抢先说道："我们是乐丰县人，这是我大哥，我叫周之旦。"周之旦说。

"好，小兄弟，那我就说一下价钱。"蔡汝臣向前几步，来到周之旦面前，伸出右手在周之旦的右手袖筒里捏了几下，来了个袖内拉手比价。

周之旦先是一惊，怎么这么便宜啊？看来此人是急等着用钱，心想，不行，我再给他压压价看。

"蔡掌柜的，这个价高了，你看这个数可否？"周之旦伸手捏住对方的右手指在袖筒里晃动了几下。

"这个、这个……"蔡汝臣嘟囔了几声，然后一咬牙说道，"好吧，就这么定了，不过，要当面银子对面钱。"

"行，咱们立个字据，免得日后啰唆。"周之旦说。

"好，你们稍等。"蔡汝臣说完来到门口，击掌三声，刚才开门的人进来问道："大掌柜，干啥子呢？"

"钱叔，取纸墨来。"蔡汝臣说。

"嗯，大掌柜。"老钱应声而去，不一会儿，老钱将笔墨纸砚拿来，递给蔡汝臣。

"就写份备忘录吧。"说完，蔡汝臣把纸伸开，平放到院中的石桌上，只见他一笔之下，行云流水，落笔如云烟，不一会儿将备忘录写好。他用嘴吹了一下字迹间未干的墨汁，把笔递给周之旦。

周之旦接过笔后说道："就用我们的字号吧。"在备忘录的后边写了三个字：玉食村。

双方签约之后，蔡汝臣转身向张世承施礼说道："大掌柜，看你也是善良之人，汝臣有一事相求，还望大掌柜的恩准。"

"蔡掌柜，只要办得到，我答应就是。"张世承回道。

蔡汝臣转身将老钱的手拉起，走到张世承的面前说道："大掌柜，汝臣就要回山西了，走前我把钱叔托付给你，拜托了！"

"哦，这个我答应你，放心好了，我会尽力照顾。"张世承说。

"大掌柜，我要跟你回山西，老爷临走时让我帮你守住这个家，可后来却让这个心怀鬼胎的坏女人弄得飘摇欲坠，直至塌陷。"老钱边哭边说。

"钱叔，别说了，你家在济南，跟我回山西成什么事？还是留下来，跟大掌柜的好好干吧。"蔡汝臣说。

"蔡掌柜的，这是银票，你清点一下收好。"周之旦从衣袋中掏出八张银票递给蔡汝臣。

"不用点，"蔡汝臣把七张银票装入怀中衣袋，留下一张递给身边的老钱，说道："钱叔，这个给你，留下养老吧。我们今日分别，不知何日再见，钱叔，你保重。"

"大掌柜，你去哪儿啊？你要好好的啊，大掌柜！"老钱拉着蔡汝臣的衣服哭喊着。

"钱叔，以后在大掌柜的手下好好干，等过了这阵子，我会回来看你的。"说完，蔡汝臣和三人告别，匆匆忙忙出后院侧门而去。

店铺盘了下来，周之旦便返回济水镇，安排漕船盐运等事宜。

张世承留在济南重新布置店铺门面和院内的装修。

张世承请来匠工，这一干就是一个多月，把这座荒废的院落里里外外收拾得一干二净。

周之旦办完济水镇的事宜，把加工香油的设备装船后运到济南。

这天，济南馆驿街上，两辆马车停了下来，周之旦跳下马车，跑上台阶进门。

"大掌柜，我回来了。"看到装修一新的店铺和院落，周之旦高兴地喊道。

"是周掌柜的回来了，累了吧？快，进屋休息会儿，喝碗茶。"老钱热情地招呼着。

"钱叔，大掌柜呢？"周之旦问。

"回周掌柜，大掌柜去做字号牌了，还说顺便看一下自己学医的兄弟，也快回来了，走，咱先进屋吧。"

老钱说完，冲刚招来的小伙计杜兆善说道："兆善，你去看着卸车，按大掌柜事前说的办好就行。"

"我知道了。"小伙计杜兆善应声向门外走去。

周之旦跟随老钱一边往客厅走，一边不时停下来观看整修好的院落。

一口盛水的大瓦缸，摆放在客厅门前的正中，里边养着金鱼和荷花，几只红绿各异的蜻蜓飞来转去，时不时地点水弄荷。几只燕子落在缸沿上悄悄地清洗羽毛……

周之旦看到装修一新的院落，赞不绝口："大掌柜不但是商业才俊，还是一个懂易经风水的人，整个院子因为这门海（老缸）的点缀，多了一份充满乡愁的岁月感，也做成了一道风景。"

"周掌柜，你离开济南后，大掌柜是早起晚睡，这一个多月来啊，他就没闲着。"老钱说。

两人说着，进得屋来，老钱赶忙给周之旦倒水。

184

"钱叔，这可不行，你是长辈，我自己来，我自己来。"周之旦说。

"之旦兄弟，之旦兄弟回来了啊？"门外传来张世承的声音，他一进门就急忙忙地招呼着。

"大掌柜好，我刚到。"周之旦放下手中的茶碗，迎向前说。

"我回来看到门口卸车的传志、晓春、三益、士吉、培元他们，就知道你回来了，今天早上我还和老钱说呢，我估摸着之旦兄弟快回来了，这还猜对了。"张世承说。

"大掌柜，按照你的吩咐，我让杜兆善安排卸车了。"老钱说。

"进门时我看到了，正干着呢。"张世承道。

"大掌柜的，周掌柜，你们聊，我去门口看看卸车。"老钱说完退出客厅。

"大掌柜的，这走了才一个来月，院子变化这么大，真是受累你啊。"周之旦说。

"也不是很累。之旦兄弟，家里都好吧？"张世承问。

"都好着哩，老爷子和老太太每天还是念经诵佛，说来也怪了，两个老人虽然不吃肉鱼，但身子骨和铁板似的，壮实着呢。嫂子啊，给大侄子和侄女重新请了教书先生，还在镇子上找了几个孩子陪读，对了，云和哥家的两个孩子也在，来时我去书房看了看，新来的这个教书先生啊，很严厉，不过孩子们读书还是蛮用功的。"周之旦说。

"我说之旦兄弟，你嫂子这次把书房安到哪里了？"张世承问。

"大掌柜，安排在进大门东边那个院中了，就是有大银杏树的那个院。"周之旦说。

"平时你嫂子很少管家里的事，这一管起来呵，还是有板有眼的，这个位置不错。"张世承说。

"大掌柜，仓储和染坊也破土动工了，云和在家也够累的，但愿管家早点从京城回来。"周之旦说。

"等这边开业后，你就先回济水镇，家里有你打理着，我在这边也放心，这里开业后，我看还是让老钱继续做管家吧。"张世承说。

"老钱这个人……"周之旦只说了半句话。张世承一听，就明白周之旦想说什么，赶忙说道："这一个多月来，老钱做事倒也认真，谱局（办法）也有，他的言行举止表现还算稳妥，就是内心所想我们还不是很清楚，也算是个成熟稳重的人吧。"张世承说。

"大掌柜，一个人的行为、动作，往往是他的思想感情、性格特征的最真实的外化。如果两者不能统一，就说明此人城府极深。"周之旦说。

"哦，既然答应蔡掌柜了，就先这样干着吧。"张世承说。

"好，大掌柜的，这事你定就行。这次，我从济水镇带来的人都是精兵强将，云和哥专门挑选的人，咱们既然来这儿干，就得在济南一炮打响，把握住小清河这次通航的机会，得到我们想要的结果。"周之旦充满希望地说道。

"好，之旦兄弟，为我们想要的结果加油！"张世承说完，两人高兴得击掌鼓励。

"对了，大掌柜的，咱字号叫啥呢？"周之旦问道。

"之旦兄弟，起好了，叫'福来聚'，我想，以后我们在济南的生意字号就用福字开头吧。福，可以福禄满满，财源广进。"张世承说。

"福字，对我们生意人来说是一个十分美好的字，寓意着福气、幸福，是对日后美好发展的祝愿与赞美，以'福'字开头，也是玉食村人共同的期待。"周之旦说。

"大掌柜！刚才听老钱说你去世信兄弟那儿了？嫂子这次还给他带了衣服和吃的呢，在车上放着，一会儿我去拿过来，给世信兄弟送过去。"周之旦说。

"噢，等会儿拿下来先放这儿，以后再说吧！明天他就和同学去日本了，这长大了有他自己的想法。看来这家里的药铺，也指望不上他了。"张世承说。

"大掌柜，看来世信是有想法的青年，有自己的理想和奋斗目标，这是好事啊！"周之旦说。

"这一走，还不知道什么时候回来，你嫂子在家里还成天挂拉着他的婚事呢。"张世承说。

周之旦笑了笑，再也没说什么。

接下来的日子里，张世承带领伙计们经过连续几天的安装调试，设备运转正常，张世承把开业的日子定在了初八这天。初八到来，伙计们起了个早，把门面及院子打扫得干干净净，馆驿街这条宽阔的大街上，"福来聚"油庄门前锣鼓喧天，伙计张三益、李汉源，手拿长香点燃烟花爆竹，只听"啪啪啪啪……"烟花随着清脆的响声，一个个不断地升入空中尽情地绽放。烟花纷飞，姹紫嫣红，爆竹声声，清脆悦耳。店铺内，伙计刘培元、成道明双手举着算盘用力摇晃，伙计孙晓春、陈化国用秤砣敲打秤杆儿，店铺里外响成一片，俗语说得好，正所谓"里外一起响，日进黄金千万两"。福来聚大门前挤满了看热闹的人，一片欢乐祥和的景象。这时跑来了二三十个乞丐，来到店铺前，领头的二话不说，站在店前就唱喜歌：

五月五，快年半，
叫花子把那活儿来干。
先栽葱，后出蒜，
辣椒、黄瓜一起拌。
前天赶了个豆腐坊，
又去了一个米粮店。
昨天在家没事干，
数着指头把账算。
算的今天银票多，
算的铜钱一串串，
唉、唉、唉唉唉……
原来开了家福来聚，
是初来乍到俺济南。
今天别的俺不要，
五两银子、十吊钱。

"掌柜的！掏喜包吧！"乞丐们喊叫声一片。

"赏，十两银子、二十吊铜钱。"张世承冲乞丐们高声说道。这乞丐头一听，好家伙，今天走运，这也太大发劲了吧！接下来领着乞丐们继续往下唱……

乞丐头继续领唱道：

福来聚、喜财盈
福门顶上披彩虹
大红对联门上贴
字号高挂大门庭
财富门、过门红
灯笼高挂耀眼明
街里道坊来贺喜

187

锣鼓喧天震耳聋

掌柜的、就是好

九十九岁活到老

一步一个大元宝

"老钱，找一个肉包子铺，你领着这些人去，管饱。"张世承说。

"是，大掌柜。"老钱答应着。

"谢谢大掌柜的，再谢大掌柜的赏。"乞丐们感激涕零，跪倒一片。

周之旦站在台阶上，向看热闹的人群大声说道："今天感谢各位街里道坊前来捧场，凡是在场的每人一瓶香油、一罐麻汁，咱拿回家这吃着好的，给张罗张罗，传传名，我先给大伙子施礼了啊！"

看热闹的众人排队，领取福来聚开业礼品。

"这家子开业就是大方，如果吃着好吃，以后就买这家的了。"一位中年妇女说。

"何止是大方，人家做事是一勺子一碗的来，就看开业这实在劲儿，以后这买卖没说的。"年龄相仿的同伴说道。

"这还没敞开瓶子盖呢，就闻着这么香。这香油，地道。"一位五十来岁的汉子，领到香油后说。

一位老人领到香油后，看了看香油的颜色，闻了闻瓶中纯正地道的芝麻香味儿，然后向台上的张世承喊道："我说掌柜的呀，你们莫非是乐丰县小清河边上济水镇的人？"

"这位大爷说得正是，我们是济水镇的。"张世承回道。

"这就对上茬了，我老家就是乐丰县城东那嘎达的，南塔的，我姓武呵！逢年过节老家的侄子们来看我，都是带咱家乡的特产，是你们家做的香油、麻汁，所以我今天一闻到这个香味儿，就带着咱老家那个水土地道味。"

老汉这话音刚落，突然闯进二十多辆人力三轮车，他们把车一横，组成了一道车墙，挡在了福来聚门前。众人一看，低声说着什么。

看到眼前的情景，张世承并不着急，也不生气。他走到车夫们面前，心平气和地说道："各位老大，今天是福来聚开业之日，如有不周或是怠慢了各位，还望各位老大原谅，原谅！"

这伙人也不回话，只是仰头瞪眼地瞅着张世承。

看到眼前的情景，张世承转身对站在台阶上的周之旦喊道："之旦，看他们每天拉车也不容易，今天也赶上我们开业大喜的日子，每人赏两吊铜钱。"

车夫们仍然坐在车上，也不出声，个个眼珠子瞪得溜圆。

"对了，还有，我们福来聚以后这迎来送往，凡是用车的活儿，今天就提前和各位定下了，同时啊，也祝各位天天拉车顺风。"

好家伙，这车夫们脖子里和插上竹竿子一样，伸得老么直溜，一动不动，意思就是：咋地？我今天就坐这了，没有一点商量的余地！

手拿香油瓶，站在一旁的老乡武大爷一看，心想，给钱不要，给活儿不干，这纯粹是吃饱了撑的找事来了。他气冲冲地对挡在门口的三轮车夫说道："今天是人家开业的大喜日子，我们这老乡做得也是到家了，不但赏你们钱，还给你们活儿干，可你们这些不知好歹的东西，不但不领情，反而继续在这儿闹事，都给我滚。"

挡在最前边，带头闹事的三个车夫被武老汉的言辞激怒，站了起来，其中一人挥拳朝武老汉打了过来。

武老汉面对打过来的拳头不但不闪躲，反而一头朝此人胸前撞了过去。

张世承见状，一个箭步来到两人中间，左手扶稳武老汉，右手在车夫打过来的胳膊上捏了一下，此人顿感整个上身酸麻，倒退了两步，只听"扑通"一声，一屁股蹲在自己的三轮车上。

这时，周之旦走到此人面前，干脆地问道："让你来的人给你多少钱？"

此人抬头看了一下周之旦说道："三十两。"

"给你一百两，带你的人赶紧离开这儿，走晚了，不但银子没有，会让你吃不了兜着走！"周之旦说。

"哼，给一百两是吧？管十天，十天后我们再来。"此人收下银票，撂下狠话后带人拉车散去。

混混们走后，张世承安慰了武老汉一番，并表示感谢，相约改天到福来聚喝茶，然后张罗着继续发放礼品，直到傍晚。

次日早上，周之旦吃过早饭后便来到老钱的住处，两人打过招呼，周之旦低声向老钱说了什么，老钱点头应允，并说道："周掌柜，这个好办，我知道他们常在大观园一带活动，这些人以拉车为名，净做下三烂的坏事，很多做小本生意的都被他们害过，只不过选择忍气吞声罢了。周掌柜，你交代的这个事，放心好了。"

周之旦从老钱房中出来，然后叫上朱传志，两人奔黄台码头而来。两人在黄台码头小清河边上转了大半天，又返回馆驿街福来聚油庄。

"传志，把你带来的伙计们叫过来。"周之旦吩咐着。

"好的，周掌柜。"朱传志说。

众人来到后，周之旦把他们分成三个小组，张三益、张士吉、李汉源一组，陈化国、孙晓春、刘培元一组，成道明、高乐春、白盐粒一组，然后告诉他们怎么办，准备好后只等明天见机行事。

"周掌柜，领头的这三人是一个村的，还是亲兄弟，老大叫西城祖，老二叫西绍平，老三叫西一正，老家是鲁西那边的，他们现住济南大槐树东街。"

"噢，钱叔，知道了。从三人名字上看，这兄弟都不排字，这家教好不了哪里去，更不是什么正经的主。"周之旦说。

"这兄弟三人以拉洋车为名，实属不干正事，想尽办法来欺压摊贩和商户，不择手段地掠夺别人的财物。只要他们看上的，就用恐吓、威胁甚至绑架殴打等手段抢夺。咱家开业那天，虽然他们走了，但说十天后还会回来。周掌柜，这事咋办？"老钱说。

"对这样的恶魔，要用点儿手段才行，要不，他还真不知道这锅是铁打的。"周之旦说。

"他们还到处强行收取保护费、开业费等，做法极其恶劣，在这一片影响很坏。沿街商户、摊贩一听到西氏三兄弟的名字就惊慌失措，生怕一句话引来祸端。"老钱愤怒地说道。

"钱叔，你说的情况我知道了，你先去休息吧，有什么事，我再找你。"周之旦说。

根据老钱提供的情况，周之旦叫朱传志、陈化国、成道明过来，告诉他们西氏三兄弟的具体活动地点，让他们分头行动，各自摸清其活动规律后速来回报。

经过几天的连续跟踪，朱传志、陈化国、成道明告诉周之旦，时机成熟，可以动手了。

"好，传志、化国，带着你们的人，办完事后在黄台码头以东小清河边会合。道明，你跟我在一起，咱们还是对付老大西城祖，我上车前，你们解决胡同里的两个帮凶，然后化装成车夫，见机行事。"

"好，周掌柜，我们会根据情况处理好的。"成道明说。

这天傍晚，在大观园北边的路口，一个马褂礼帽、戴眼镜打扮的阔商人，手提一个大旅行包，派头十足，等着坐车。

可明明从他身边过去十几辆人力车，任这位戴眼镜的商人怎么喊，这些车夫偏偏就是不停，像是故意和他较劲似的。

此时，在他五步开外的路边就停靠着一辆洋车。拉车人坐在车把上，两只眼不停地看看即将落下去的太阳，然后死死盯着戴眼镜的商人。

太阳终于从西边落了下去，拉洋车的人从车把上站起身来，走到戴眼镜的商人面前说道："掌柜的，这是上哪儿去啊？咱有车，现成的。"

"那太好了，真是谢谢你了，我要到黄台码头，有急事。"商人说。

"好，赶紧上车吧。"人力车夫说。

戴眼镜的商人提包上车，但这人力车夫两手攥着车把，脚步却丝毫没动。

"哦，怎么？咋还不走呢？"戴眼镜的商人问道。

"去黄台码头得出城，路远，这天又晚了，你给五十两银子吧。"人力车夫说。

"这也太贵了吧？平时才一两银子呢！既然这天晚了，给十两也可以，这五十两就有点多了。"戴眼镜的商人说。

"咋啦？这上了车还不认账是吧？我说五十两就五十两。"人力车夫说。

"好、好好，就依你，五十两，那快走吧。"戴眼镜的商人说。

人力车夫听后便拉车起步，临行，他朝路口一侧的胡同里吹了一声口哨，紧接着两辆人力车鱼贯而出，紧随其后，三辆车前后一路向东门而来。

人力车出得东门，在两边长满垂柳和芦苇的大道上，连拐了两个大弯，来到一片藕池的边上，车停了下来。

车夫回头一看，后边的两辆车跟了上来，就对商人说道："哎，掌柜的，先歇歇脚。"

"我说这天都黑了，还歇什么脚？再晚，就耽误我的大事了。"商人说。

人力车夫转身望了望，看到后边的两辆车来到身边，便大声对商人说道："你吵吵什么呀？你吵吵？我说你赶紧下车，黄台到了。"

"这哪里是黄台啊？你这是瞪着眼说瞎话呢，看来今天是遇到贼人加骗子了。"商人说。

"你说得很对，但已经晚了，聪明点儿，箱子放下，留你条命，否则扔你到藕池里，淹死你。"

"哎呀、哎呀，这话说的，你这个小毛贼，你说的话吓死我了。我不想淹死在藕池里，小清河里行吗？"商人说。

人力车夫听后，朝赶上来的两个车夫挥手说道："弟兄们，赶紧过来，把他手中的箱子拿了。弄藕池里，淹死他。"

后面两个人力车夫，快步向前，不但没听此人的命令，反而将他用绳子捆绑起来，然后装入麻袋中。

"兄弟们，错了，你们捆我干吗？是车上那个提箱子的人！"

"今天装的就是你，告诉你，老实点，再喊再动要你的命！"

此人不但不听，反而高喊："救命啊！救命啊！"

"我告诉你西老大，我们盯你不是一天两天了，就你这个害人的王八蛋，不老实是吧？"此人边骂，边一只手伸到麻袋之中，找准他身上要命的位置狠狠地捏了两把。

麻袋中的西老大大叫了一声："娘哎，再也不敢啦！"片刻哑了火。

"再叫，再叫把蛋子给你捏出来当球踢。"

麻袋中的西城祖这才明白过来，今天是惹着大碴子了！再也没有出声。

"兄弟们，把这个混蛋玩意儿装车上，咱们去黄台码头。"商人说道。

"好，掌柜的！"两人齐声应道。

周之旦化装成商人拿下恶棍西城祖之后，和成道明等人快步来到黄台码头以东小清河边。

朱传志、陈化国带人得手后，早已把老二西绍平、老三西一正带到此地。

众人见面，相互打过招呼，只听朱传志说道："掌柜的，西老二这家伙开始不听话，连咬带骂的，真是大闺女爬墙头，好疯。不使绝招，还真不行。"

"掌柜的，这三恶棍也这样，就像煮不熟的鸭子，当时嘴硬着呢，不但不听话，还嗷嗷地叫，当时把我气得不轻。叫你不听话，我这一把攥下来，立马老实了。"陈化国"嘿嘿嘿"笑着说道。

周之旦听后点了点头，然后用手一指地上的三个麻袋说道："兄弟们，把这仨混蛋扔到河里，灌点水清醒清醒，洗个澡干干净净也好重新做人。"

朱传志、陈化国、成道明迅速解开麻袋口，把西氏三兄弟从麻袋中拖了出来，然后众人上前分别将三个恶棍架起，只听"哐当当"三声，像摔西瓜一样扔到小清河中。

看到三人落水，这下可乐坏了岸上的众位伙计。说时迟、那时快，只见朱传志、陈化国、成道明迅速跳入河中，分别游向三人。

这可不是捡好听的说，济水镇的爷们儿，个个从小光着腚在小清河里长大，夏天几乎就像水鸭子，天天泡河里玩水、游泳、捉鱼、捉虾、捉鳖，人人堪称"浪里白条"，以前是捉虾、捉鳖，今天可倒好，要体验一把捉弄恶棍的滋味了。

这三兄弟落水后，老大西城祖能耐不小，还会个狗刨，只见他从水中露出贼亮的光头，在逃生欲望的驱使下，拼了命地用力向对岸游。朱传志看到后，一个猛子扎下去，用上自己从小练就的潜水特技，来了个老牛大憋气，从水下靠近他，抓住他的双腿，用力往下一拉，只见这家伙的嘴立刻像瓶子口一样冒起了一串串的水泡。

过了一会儿，朱传志又把他举到水面，然后再把他按到水下。接连上下拉举五六次后，朱传志把他拖到河边，往岸上一扔。这家伙的光头枕在河边的烂泥上，闭着双眼，张开大口用力喘气，还不停地喊："娘啊、娘啊，爷啊，我、我不敢了，再也不敢了！"叫不停。

朱传志看了一眼躺在烂泥中的西城祖说道："瞧你这个熊样，早他娘的干啥嘞？以后再作恶，你就别想上来了。"

张士吉、李汉源把他拖到岸上，用早已准备好的麻绳，捆了个结结实实。

这老二西绍平虽然个子小，可水法却好，被扔到河中后，心中暗喜，这正是逃命的好机会，便拼命向北岸游去。

陈化国看到后，快速游到他的前头，用手抓住他的头发说道："你小子不是会浮水吗？我让你再浮会儿，你就在河里扑通吧你。"

西老二的头被按在水下，失去前进的方向，只能随着水流往下漂。

"上来喘口气吧，憋死你，就不能游了。"陈化国抓起西老二的头发，把他从水中提了起来。

为了保命，西老二口中说道："兄弟，你放了我，放我上岸，上了岸给你一千两银子。"

"给银子是吧？在哪儿呢？在河底下藏着对吧？来、来来，快下去给我捞上来！"陈化国说完，双手重新把西老二的头按到水下，小个子西绍平瞬间被灌了油瓶子。这下去上来数次后，西老二身体不支，渐渐地往下沉，等到他只露着半个头顶时，陈化国把他拖回南岸仰面朝大扔在地上。

"喂，我说西老二，今晚喝得还行吧？你就躺在这儿吐吐坏水吧，免得留在肚子里继续使坏。"陈化国说。

这老三西一正，直接是一个不会水的旱鸭子，被扔到河中便向下游漂去，漂了不一会儿，明显体力不支，在体力透支的情况下，还在水里拼了命地挣扎，大声喊叫："救命啊、救命啊，再也不敢了，俺真不会水啊……"

喊叫声渐渐停了。

"我操，西老三沉底了。"成道明说完招呼伙计们赶快下河一起潜水打捞。

成道明一个猛子扎下去，使出浑身解数在河底寻找，当第二个猛子下去后，在离南岸六尺的河底找到了他。成道明顺手把西老三捞了上来，在刘培元、白盐粒等人的协助下拉上了岸。伙计们一看西老三的肚子鼓得高高的。

白盐粒在一边风趣地说道："这肚子大的还真像那么回事，这小清河又不是子母河，咋喝口水就像快生孩子一样呢？"

话音刚落，引得伙计们哈哈大笑。

朱传志见状，开始给他用手压胸施救，一套土办法下来，这西老三口中开始往外吐水，"哗啦啦、哗啦啦"，算这家伙命大，还真活了过来。

见教训得也差不多了，周之旦走到三人跟前说道："身上的恶性都洗干净了？这一肚子坏水也吐得差不多了？往后还干坏事不？

"不了，不了，永远不了。"三人回道。

"不是十天后还去福来聚收开业银子吗？今天把蛋子给你攒出来，十天后一块儿去拿吧。"

听到朱传志一说还要攒蛋，三人赶紧用双手捂了起来，"大爷饶命，不敢了，再也不敢了，真不敢了！"

"好，就信你们这一回，如果下次再发现你们三个胡作非为，干浑蛋的事儿，那你们住在大槐树街的家人，只有去八面河子找你了（八面河，是小清河下游的一条支流，据说，凡是顺河漂来的死尸，到这里会被很大的一个漩涡旋到岸边，进不了渤海）。兄弟们，咱们回。"周之旦说完，与伙计们返回馆驿街油庄。

看到众人走远，西老二从地上爬起来说道："哥，以后我可是真不干了，老实点儿没有糙处（坏处）。你看这些人，都是练家子出身，个个身手不凡，就今天这事儿，是他们计划好的一次行动，前后安排得都有章有序，就连咱住哪儿他们都了如指掌，想想都后怕。"老二西绍平说。

"是啊大哥，二哥说得对，这些人的手法真独创，不管是攒蛋还是喝河水，都会让你疼痛难忍，生不如死，虽然狠狠地惩罚你，可让你身上一点伤痕都留不下。你就是告官也告不赢，因为留不下一点儿把柄，凭嘴说没人信，没证据呀！"老三西一正眼中含着酸泪说道。

"今天没死在这小清河里就是万幸，走，咱们回家再说吧。"老大西城祖站起来说。

可他刚想往前迈步，只见身体晃了个趔趄，口中喊道："哎哟，疼，不会是让他们给攒坏了吧？"

西老二、西老三见状，赶忙过去搀扶起西老大。

"哥，没事吧？"西老二问道。

"还是疼。"西老大说完，下意识地用手摸了摸裤裆。

西老二、西老三两人只好搀扶着西城祖，慢慢走出这小清河滩，往城中而来。

十天后，西氏三兄弟没来收什么开业银子。

再后来，街面上也见不到三人的影子了，听说这兄弟三人离开济南去了京城，以后是否改邪归正？是否和玉食村的人再次相遇？这是后话。

先说这馆驿街上的福来聚油庄，一切运转正常后，周之旦想从济南乘船返回济水镇。

"大掌柜，我看这几天柜上也正常了，我想早点回去，家里还有那么一大摊子事呢。"周之旦对张世承说。

"哎，我说之旦，那可不行，我听老钱说，这济南的油茶挺好喝的，咱兄弟俩说什么也得过去尝尝。"张世承说。

"大掌柜，那就给家里耽误事儿了。"周之旦说。

"不急，不急，再忙也不差这么两天嘛！"张世承说。

周之旦笑了笑，无奈地摇摇头，只好听从。这天，两人来到闹市区的一处油茶店，落座后张世承说道："来一盘水煮花生米、榨菜、小黄瓜，再来两碗油茶。"

"好嘞，两位客官稍等，马上来。两碗油茶外加四盘小菜嘞！"店小二边喊边来到后厨，不一会儿用盘子端着两碗飘着油花，缀着红丝、青丝，弥漫着炒麦香的油茶过来。

"客官，你要的菜、油茶，齐了。"店小二说。

张世承看到眼前这热气腾腾的油茶说道："真香，一看就让人心里舒服。"

"大掌柜，几年前我在济南住过一段时间，与朋友们喝过几次。这喝油茶和喝茶叶水不是一股劲儿。这茶叶水一碗下肚，喝了再沏，沏了再冲。"

周之旦顿了一下，手指眼前的大碗油茶继续说道："大掌柜，这个油茶，它讲究的是须大碗冲泡，头一口要慢慢品，这不冷不热连着喝更爽心。"两人喝完油茶，叫了人力三轮车，去大明湖和趵突泉转了一圈，便返回福来聚油庄。

第二天一早，张世承便来到周之旦的住处，想约他去"天丰园"吃个早餐，进屋一看，没人，桌子上有一张纸条。张世承拿起来一看，上面写着：

"大掌柜，我知道你的心思，是舍不得我走，可镇子上的事太多，不能再耽误了，我带传志回去，留下盐粒和你帮忙。勿怪之旦不辞而别，后会有期。周之旦。"

"之旦兄弟，一路保重！"张世承拿着纸条，心里祝道。

周之旦走后，留在济南的张世承面对多家同行的竞争，主打信誉牌，使自己立于不败之地。他坚定商业信念，货真价实，童叟无欺，对福来聚油庄制定了严格的入市管理标准，从原料的进货、过筛、烘炒、榨油、过滤、包装，等等，直到餐桌，每一步都严格考究，不准玩忽。

这天老钱来到账房对张世承说道："大掌柜，自开业以来，销量和利润都高于预期的发展目标，运转还是让人很满意的。"

"老钱，福来聚香油、麻汁等产品，一律不准掺假，确保香油纯正才是，销售也要足斤足两，好货好油好质量是我们不可违背的规矩。柜上的人更要做到服务热情周到，这样才可有好的口碑相传。"张世承对总管老钱说道。

"大掌柜的，下边都是按你的吩咐做的，放心吧。"老钱说。

"怎么更好地扩大销售范围，这也是下一步我们应该做的事情。"张世承说。

"大掌柜，这才两个多月的时间，咱福来聚油庄在这馆驿街成了名副其实的金字招牌，济南泺口一带的居民，不惜跑上好几里地都来咱油庄打油呢。特别是千佛山、十二马路那边的商户，怕订不到货，都是先付款，后发货。"老钱高兴地说道。

"好，我知道了，还有，伙计们干活儿也挺累的，中午的菜中多放点肉，让他们吃好，这活儿才好干。"张世承说。

"好的，大掌柜。"老钱回道。

"老钱，下午你去街上买条扁担，再买上两个油篓子，能装二十斤油的就行，再买三个不同大小的油提子，我准备用。"

"好的，大掌柜，这是走街串巷的家把式，大掌柜，还需要一杆打十六两的木杆秤吧？"老钱说。

"对，买杆秤，檀木杆、黄铜星、牛皮带子的，那样的结实，看得准。"张世承说道。

"好的，掌柜的，我去了啊。"老钱说。

老钱刚走一会儿，就听到门口有人喊道："大掌柜的在吗？大掌柜的在家吗？"

张世承闻声走出账房一看，四五个身穿长袍的人正向账房走来。

"请问各位是？"张世承问道。

"你就是大掌柜的吧？福来聚开业那天我们见过你。我们哥几个都是这馆驿街上的，这说起来，我们还是街坊。"走在头前的高个子说道。

"噢，世承怠慢各位啦！那咱屋里说话，屋里说。"张世承说。

众人来到后院客厅，各自落座后，张世承吩咐用人上茶。高个子对张世承说道："张大掌柜，我叫杨同梁，是这街上开铁匠铺的，这位叫李延瑞，是卖烟酒的，这位叫孙国佐，是开布店的，这位叫田振东，是做豆沙包的，这位是……"

不等杨同梁介绍，这最后一位自己站起来说道："张大掌柜，我叫成文焕，是咱街上开粮油店的。今天我们哥几个来，有点特别的事，想打扰一下。"

张世承一边给各位老板倒水，一边说道："你们尽管说就行，咱们都是街坊邻居，只要我知道的，一定会如实告诉各位老板。"

"大掌柜的，是这样，以前这房子的主人，欠了我们的账，不知张大掌柜可否知道他的去处？"开铁匠铺的杨同梁问道。

"是啊，这临走也不说一声，这人也走了，房子也卖了，去哪里找他要账去？真是的。"卖烟酒的李延瑞说道。

"大家都在这一条街上住着，这平时吧，谁也有个难处，遇上事，这抓抓借借也正常，可你这不言不语地一拍腚走了，这，这也不像话啊！"做豆沙包的田振东说。

"说起来，这蔡汝臣也不是孬人，说掏心窝子的话，是孬人我们也不会借这钱。蔡掌柜的虽然年轻，在这馆驿街上可也从没和谁红过脸、打过架，人缘也行，可就是这次，咋就卖了房子一声不吭走了呢？这不，哥几个一商量，就过来了，张掌柜的，我们来你可别在意啊。"开布店的孙国佐说。

张世承听后说道："各位老板，虽然我买了蔡老板的房子，可他现在的去处，我不是很清楚。这样吧，等老钱回来，我给你们问问，看他知道不。等有了信，我再通知大家。还有，你们把蔡掌柜欠账的数目给我写下来吧，我心中也有个数。你们看这样行不？"张世承说。

张世承拿来笔墨，来人把各自的欠账数目记在了本子上。

"张大掌柜的，这是所欠账目，那就麻烦大掌柜的了，你先忙，我们就先回去了。"杨同梁说道。

"大掌柜，那你就受点儿累，给打听打听，我们回去了。"田振东说。

"张掌柜的，有空上我那儿喝茶去。"成文焕说。

"张掌柜的，香油做得不错，那香味很地道啊。"开布店的孙国佐伸出大拇指说道。

众位掌柜的刚出福来聚店铺大门，只听后边有人喊着："掌柜的们慢走，等一下，俺掌柜的让给你们带上香油、麻汁，一人一包。"

福来聚的伙计张三益、李汉源手中提着香油、麻汁追出门外。

众人见状，停下脚步，收下礼品后纷纷说道："真是太谢谢你家掌柜的了！"杨同梁等人表示感谢，然后各自回家。

"大掌柜，你要的扁担、秤、油提子和油篓子办齐了，都放在店铺里了。"老钱进得屋来说道。

"噢，回来还挺快的。老钱，来，喝杯茶。"张世承说。

老钱坐下后看到桌子上的欠账单便问道："大掌柜，有人来要蔡掌柜的欠账了吧？"

"可不是嘛。从账单上看，这欠的银子也不多，刚才众位老板对蔡掌柜评价也不坏，如果不是蔡掌柜的有急事，这点小钱他不至于不还就走人。"张世承说。

老钱听后抬头望了一下张世承，然后说道："大掌柜，蔡掌柜他，他——"

"老钱啊，我看这样，先从咱柜上支一部分银子，把这些欠账给还清了吧。"张世承说。

"大掌柜，这，这能行吗？"老钱急忙回道。

张世承拿起账单看了一眼，沉默了片刻，然后对老钱说道："老钱啊，这蔡掌柜的已经走了，什么时候再回济南还不知道，可这宅院咱买下了。再说了，这院子买得也不贵，省下来的钱哪，就算是给蔡掌柜的还账了。"

张世承把欠账单递给老钱继续说道："还有，告诉街坊邻居和这条街上的人，有欠蔡掌柜的钱的，一笔勾销。日后这账算到福来聚的账上就是了。"

"大掌柜，这要是蔡掌柜的知道了，一定会感激你的。大掌柜，我去办。"老钱用尊敬的眼光望着张世承说完后退出客厅。

这日，在济南四大马路附近的西义和庄街上，走着一个肩挑香油担的油货郎。这卖油的挑着两个油篓，扁担上挂着一只漏斗、三个提子，大的提子约半斤，小的提子各为一两、二两。

他来到一个十字路口，放下油挑子，从扁担上摘下一个直径约半尺的黄铜片。这铜片的上端拴着两根二尺多长的细牛皮绳，两根绳的另一头拴在一根枣木板上。油货郎手持小铁锤击打一下铜片后，铜片打秋千似的悠起，待回落后再击一下，黄铜片瞬间发出清脆悦耳的声音。

油货郎嘴里拖着长腔高声吆喝："卖——香——油——了！来了好香油了！小磨香油——哎！"

听到喊声，便有人出来看油问价。

"哎，我说卖油的，这小磨香油纯吗？"一位中年妇女拿着盛油的小罐，来到油货郎面前问道。

"大妹子，这香油好不好，闻闻吃吃就明了。来，把罐子给我，咱先弄点尝尝。"卖油郎口中爽快地说道。

这中年妇女打量了一下卖油郎后说道："我说油货郎，看你人说话直爽，打扮穿着干净利落，这人干净，油也错不了吧？给打上二两吧，这第一次，先少买点，吃着好了以后再买。"

"好，就听大妹子的，来上二两。"卖油郎接过油罐子，用油提子将香油倒入罐中，然后说道："大妹子，这第一次的买卖，咱就来个先尝后买。这次的香油我不收钱，另外再给你打上点麻汁，吃着好，下次再买，顺便啊，给我在这街上传传名不是？"

这妇女一听不但香油不要钱，还白送麻汁，从心里感到高兴。她端起香油罐闻了闻，满脸欢喜地说道："我说大兄弟，你还别说，真香，这油啊，个别（特别）有味。"

"谢妹子夸奖了，吃着好，给传传名啊，是咱馆驿街上福来聚油庄的啊！"卖油郎热情地介绍着字号。

妇女走后，这油货郎又扯开嗓子高喊："卖香油哦，来了好香油哦……"这几嗓子喊下来，陆陆续续出来买油的人多起来，他们把油货郎围在中间，一边说笑，一边谈论香油的质量。

这油货郎并不着急卖货，而是附和着众人的话题一起说说笑笑。

"大家伙都挺能拉的啊，我看咱这么着吧，现在趁着人多，我就拉个俺那嘎达子邱二斋的故事吧，给大伙子听听，解解闷。"这油货郎说道。

"拉拉，拉拉！"围观的有人说道。

"拉个邱二斋借驴也行。"有人说。

"还是说说邱二斋拴蝎子吧。"有人说。

"哎，我说油货郎，你说自己是济水镇的人，莫非是咱小清河下游乐丰县的那个镇子？"一位四十多岁的中年男子问。

"这位大哥，正是那嘎达子的人，这个事还真错不了。"油货郎说道。

"今天这个巧啊，碰上邱二斋故里的人了？我看啊，还是给大伙子拉拉这邱二斋身世吧，他的故事是听说过，可他的身世还从没有人说起过，让这油货郎给说说拉拉。"这中年男子向众人说道。

"对，对，拉拉，听听这鬼点子邱二斋是咋来的（身世）。"有人说道。

"好，那俺就说说。要知道邱二斋的真正身世，听我从他的出生慢慢道来。"

这油货郎不卖油，却和众人拉起了邱二斋的身世。只见他站在人群中间，用手比画着继续说道："打开清朝雍正十一年'乐丰县志'，里边有一组地图，古济水小清河从济南东流至老河口入海，在河下游的南岸，有一个名镇，那个镇叫石辛镇，整个村镇南北长三华里，东西一华里，有南门、北门、东门和小西门，西临博兴，北靠小清河。在这座名镇的小西门附近，有一户人家，姓邱，就是邱二斋的家。邱二斋的爷爷是个教书先生，父亲叫邱子仁。邱子仁是明朝秀才，在乐安书院教书，为人正直，对《四书》《五经》颇有研究，并且有很好的教学能力和较为深厚的古诗文底蕴。因其人缘好，经人介绍和县城近郊大户人家之女，一个叫尹惠兰的姑娘成亲。邱子仁和尹惠兰结婚的第二年春天，在石辛镇小西门，一座优雅方正的院落里，一个小生命出生了，这个孩儿长大后，就是人称怪才的邱二斋。"

"我说嘛，这邱二斋咋这么灵呢？原来是名门之后啊。"人群中有人说道。

"那当然了，虎生虎、熊生熊，老鼠生的是不行。"人群中有人说道。

"都先别吵吵了，先听这卖油的拉。"刚才让卖油郎拉邱二斋身世的人说道。

这卖油郎清了一下嗓子，继续说道："真是喜从天降，紫气东来，家中拾（生）了个男孩，一家人的目光全在这小家伙身上。小子长得眉清目秀，红扑扑的小脸蛋上，有一双水灵灵的眼睛，添丁进口，给这个家庭带来了无限的欢乐。孩子的爷爷一边望着大孙子，一边乐呵呵地急着给孙子起名字，只见他走到方桌前，用毛笔在纸上写了几个，总感觉不理想。奶奶在一边答话道：'现在正是春天，叫暖阳多好听啊！'老太太的一句话给老爷子带来了灵感，只听他脱口说道：'日暖清河澄碧色，风吹万物翠绿香。澄翠、澄翠，就叫他澄翠吧，孩子的乳名就定为澄翠！'父亲邱子仁和母亲尹惠兰一听，正合心意。父亲邱子仁给儿子澄翠起了个大名，叫邱书文。邱二斋是后来他自己起的笔名。"

"我说卖油的，你说这邱二斋长得俊，长得像爹啊，是像娘啊？"围观的人群中有人问道。

"这还用问，女孩像爹，男孩随娘。我说的对吧卖油郎？"这人说完后向卖油郎问了一句。

"对，很对，长得像他娘。"这卖油郎回答之后，继续拉道，"光阴不居，时节如流，邱二斋在家人的呵护下幸福快乐地生活，不知不觉过了八个年头。其间，爷爷经常教邱二斋识字、绘画、书法，邱二斋的聪慧让爷爷高兴得直捋胡子。又过了一年，邱二斋到了上学的年龄，爷爷就选在本镇全灵书院让邱二斋读书。全灵书院教书的先生是邱二斋爷爷的好友，两人见面一说此事，先生非常高兴。要知邱二斋在书院的趣事，请听下回'逃学糗芝麻'。"

"卖油的，咱再拉拉吧。"有人急着说。

油货郎抬头看了一下，用手一指太阳，对人们道："这光顾得拉呱了，把卖油的正事儿给忘了。太阳正午了，天不早了，再以后再拉、以后再拉，我这还得卖油去哩。"

"我说油郎官，你家的香油、麻汁可做到家了，好吃。我到家后用麻汁拌的黄瓜，那真是清嘘嘘地香啊！真出味。"刚才拿上香油、麻汁回家的妇女，返回来说道。

"她婶子，你买了？"不等油货郎回话，人群中有人接过话茬冲妇女问道。

"不光买了，买回家还吃上了，是纯香油，味道没得说，错不了。二嫂子，你就放心买吧。"妇女回道。

听妇女这么一介绍，加之刚才拉邱二斋这热乎劲儿，在场的人这个要半斤那个要八两，不一会儿，这油货郎的两个油篓子就见了底。

油货郎送走最后一个客人，收拾好担子，心里非常高兴，哼着小清河号子小调，踏着胡同巷子里高洼不平的石板路，返回馆驿街的福来聚油庄。

"大掌柜的，你可回来了，看把你给累的。"站在门口等候多时的老钱赶忙迎上去说。

"大掌柜，给我。"伙计张三益从铺子里跑过来去接油担。

这油货郎摘下头上的草帽，放下油担，笑着说道："老钱啊，今天这累受的值，值啊！"做了一上午卖油郎的张世承笑着说道。

接下来的十几天，张世承挑着香油担子不停地走街串巷……

这天，张世承把老钱叫到后院客厅说道："老钱，经过这段时间下街串巷，也琢磨出了一定的卖油经验。下一步，我准备回济水镇，从老家多招些有能力的人来，就用走街串巷的直销方法，来它个挑着担子直接卖。这样一来不但方便居民，更能提高销量。"

"大掌柜的，你说得很对，把咱家的字号用红纸写好，贴在油篓的中心。这样一来，那红纸黑字的字号特别招人眼，对这风味独特、舌尖上的美味，既能广而告之，又能让人对咱家情有独钟。"老钱说道。

"这边的事，你和三益、士吉、汉源他们商量着办，如果有什么大事，你到府衙门去找这个人，他会帮忙的。"张世承说完，把一张写有名字的纸条递给老钱。

"大掌柜的，我知道了，你放心吧。"老钱接过纸条后说道。

一切安排妥当后，张世承离开济南乘船返回济水镇。

济水镇玉食村大院客厅内，张世承、周之旦、冯云和等人围坐在八仙桌旁，周之旦说道："大掌柜，仓储内的房屋已经封顶，晒场也基本完工。染坊晾晒的木架已经搭好，染布用的大缸也从博山拉回来了，整个仓储再有十几天就全部完工了。"

"大掌柜，盐船漕运也都顺当，自上次你黑虎门之行后，黄台卸货从未遇到麻烦，同时，我们也给了黑虎门过往船只很大的方便。"冯云和说。

"大掌柜，前几天河上游周村一位老板来联系过棉花运输的事，我告诉他咱家的船都承运官盐，再说了，今年咱也上了染坊，所以我没有答应他。"周之旦说。

"听说这个人和巡检司的齐桓福有点关系，又去找了他，想在咱这一带设个收棉点，具体情况还不是很清楚。"冯云和说。

"如果真是这样，势必会影响咱家的棉花收购，两家势必产生竞争，不过也无妨，车到山前必有路。"周之旦说。

"噢，之旦、云和你们做得很好，就是辛苦你们了，济南的生意也行，这次我回来，主要是想从济水镇招一部分能人到济南去，来他个油扁担进胡同、串巷子战术，把咱们油庄的买卖直接做到居民的家门口。回来之前，我做了十几天的油货郎，亲身体验了一把，感觉走这条路子还是很不错的。"张世承说。

"大掌柜，你还说我们辛苦呢，你呀，要在这辛苦前边加个'更'字了。"周之旦说。

"大掌柜注意身体才是！有什么事让伙计们干，说句掏心窝子的话，这管家又不在家，你一旦有个闪失，我和之旦可都担待不起啊！"冯云和说。

"放心吧，以后我会注意的。对了云和，我估摸着，管家也应该快回来了。"张世承说。

"之旦兄弟，明天你写几张告示，让云和找人张贴出去，大体意思就是招收二十岁到四十五岁身体好有销售能力的男人，到济南挑担卖油，咱们柜上管吃管住，工钱按月发放，不拖不欠。"张世录沉思了一会儿，又说道，"还有，去挑担卖油的伙计，回家过年放假银子照发，如果要回乡探亲，工钱可以提前预支。"

"好，大掌柜。"周之旦一边答应，一边记录。

"除此之外，回家时咱柜上还能免费给做两套新衣服，这穿着体面回家也好看，也风光不是。"张世承说。

"大掌柜，进了咱家的伙计，这是旱涝保收，衣食无忧啊！"冯云和笑着说道。

"云和兄说得极是，只有这样，我们才可以在济南组织一支强大的扁担队，让我们的好产品走进千家万户。"周之旦说。

"大掌柜，这有人能离开家，走得开，还有就是想去济南的，走不开的人，因这家里麦收秋种的，离开男劳力玩不转。"冯云和说。

"这个好办，我们统一安排麦、秋两季的农活儿，让想去的人放心去就是。"张世承说。

"好的，大掌柜，我明白了，只要选中去济南的人，家里的农活儿我们玉食村打包就是了，让他走得放心，到济南后干得开心。"周之旦说。

"好，之旦兄弟，就是这样。"张世承说。

"之旦、云和，那你俩先忙，我去学堂看看。"张世承说。

张世承刚想出门，却返了回来，又向冯云和说了些什么。

张世承出得客厅，沿着府内宽敞平整的青砖小路来到学堂门口。他驻足看了一下门上的对联，然后微笑着进得院内。

院中分别种有苹果树和柿子树，象征着世世平安。墙上挂着孔子、老子等先圣的画像。整个学堂整洁典雅，布置错落有致，弥漫着浓厚的国学氛围。

孩子们正在上课，教书的荣云章对孩子们说道："刚才我们学的这个生字读什么来着？"

孩子们答道："新，新旧的新。"

"新和旧是反义词。"然后他用教鞭指着"新"字让孩子们又读了三遍。

孤儿保义也被曹夫人选在学堂伴读，这群孩子中属他年龄最大，也最调皮。此时，教书先生荣云章坐在台上讲，他却暗地里在做小动作，不住地用脚踢前边同学的凳子，还往书本上吐口水。

"王保义，站起来，这个字读什么？"荣云章老先生指着黑板上的"新"字说道。

王保义站起来，抬头看了看黑板，然后又低下头，双手相互揩着指甲，没有吱声。

"王保义，你身上穿的衣服是新的，还是旧的？"教书先生荣云章厉声问道。

"师傅，这是我娘刚给他刚做的，是新的。"看到王保义低头不语，圣贤站起来回道。

王保义斜瞅了圣贤一眼，低声说道："什么你娘做的？我老婆做的。"

"哼，保义是不听说的坏孩子。"圣贤说完，气得坐了下来。

"王保义，你说啥？我再问你，大声回答，听到没？"先生荣云章说。

王保义再次抬头看了看教书先生荣云章，还是没有回答。

荣云章手拿戒尺，走到王保义面前，从头上摘下自己刚买的、崭新的马聚源瓜皮帽，然后左手递到王保义面前问道："你说，这是新的是旧的？"

王保义看着眼前的帽子说道："这个也不叫新，也不叫旧，这个叫'瓜蛋皮'。"（当地人对帽子的俗称）

王保义话音未落，孩子们笑声一片。

听到孩子们的笑声，王保义立刻兴奋起来，他呲着两个小虎牙，望着荣云章那大半个秃头说唱道："瓜皮帽、盖光蛋，阴天下雨砸不烂——"

"住嘴，你这个捣蛋包，读书不行，这歪点子不少！我让你不是新，我让你不是旧！"教书先生荣云章嘟囔着，接下来是"啪、啪、啪"戒尺击打王保义腮唇子的声音。

"哎呀，别打了，俺不敢了，俺真不敢了！"王保义疼得吆喝着。

看到学堂屋内的情景，张世承快步进得屋来，冲荣云章老先生喊道："荣先生，荣先生！"听到有人喊自己，这荣老先生才气喘吁吁地住了手。

英俊和圣贤兄妹两个看到父亲进得学堂，起身快步向前，扑到张世承的怀中。

"爹爹，爹爹。"兄妹两个亲切地叫着。

"好孩子，快坐回去。"张世承一边向兄妹两人说着一边走到荣云章的面前，弯腰躬身施礼后说道："荣老先生好，孩子们不懂事，让你生气了，我代他们给你赔个礼，还请荣老先生多多包涵！"

"是大掌柜的来了呀！老夫无能，让你见笑了。"荣云章还礼后说道，然后冲孩子们喊道，"你们先到院子中玩会儿，不许出院子，不许乱跑。"

王保义走在孩子们的后边，他来到张世承面前，叫了一声："张伯伯。"然后跑出屋去。

"大掌柜，走，咱里屋说话。"教书先生荣云章和张世承两人进得里屋。

"以前常听冯大总管说起，今天一见，大掌柜果然不凡，云章真是相见恨晚呵。"教书先生荣云章说。

"荣老先生到来，世承没能亲身迎接，还望你老多多谅解呀！"

随后两人谈天说地，倾心交流，天文、地理、文学、书法、绘画、中华家风、农耕文明，话题贯穿中华文化及古代文学的整体脉络。张世承的很多见解，从某种意义上，超越了那些严肃严谨的文章论述。荣云章听后，深感张世承思想的豁达与大气，起身赞叹他的才智，道："世间万物有盛衰，人生安得常壮年啊！"当聊到今天保义之事，话题也转到这教书育人上。

"大掌柜的，买回来了，你在哪？"冯云和提着一个食盒和一个大纸包进得学堂喊道。

"冯伯伯，爹爹在书房和荣老师说话呢。"张世承的小女儿圣贤跑过来对冯云和说。

"噢，圣贤真乖。"冯云和对活泼可爱的小圣贤说道。

"冯伯伯好！冯伯伯好！"孩子们纷纷向冯云和打着招呼，冯云和应着进得书房。

"大掌柜，你吩咐的都买回来了，全香楼的熏焖香鸡、张树训的肴驴肉、德丰聚的糕点、裕丰成的老酒，还有孩子们的糖葫芦，全了。"冯云和来到里屋，边说边把食盒放到桌子上。

"荣老先生，这次世承从济南回来得急，也没带什么，这些是咱自己镇上的特产，不成敬意。"张世承说。

"大掌柜的，你这太客气了，这、这让老夫说什么好啊！"荣云章站起身来非常感激地说道。

又聊了一会儿，张世承告辞，荣云章起身相送，冯云和提着盛有糖葫芦的纸包，三人来到院中。张世承把糖葫芦分给孩子们每人一个，告诉孩子们进屋上课。

最后他来到保义面前，把手中留下的两个糖葫芦递给他，然后说道："保义，你曹大娘让你来这学堂读书，她感觉你不但是个聪明孩子，也是一个听话的好孩子。保义，读书不光是为了你长大后过好日子，你曹大娘更希望你通过读书，让你学会知礼明义，善良待人，长大后踏踏实实地把书上的道理当成为人处世的准则，坦荡行走世间，凡事无愧于心。"

"大伯伯，我错了，我知道以后该怎么做了。"保义两眼发红泪珠顺着小脸蛋滚了下来。

"保义听话，好孩子，以后这就是你的家。你记着，在这里没有人嫌你贫穷，更没有人瞧不起你，曹大娘就是你的母亲，这个大院中的人，都是你的亲人！好了保义，进屋上课吧。"张世承用手擦了下保义脸上的泪痕说道。

"张伯伯，保义听话。"

"好孩子，上课去吧。"

望着保义进得学堂，张世承和冯云和出得门来，只听从学堂中传出朗朗的读书声：人、口、手、日、月、山……此时此刻，孩子们感受着读书的乐趣，扬起求知的渴望，激发着志向有为、长大后报效国家和父母的一腔热情。

两人刚走出学堂不远，迎面而来的周之旦老远就招呼着："大掌柜，我正想去找你呢，管家从京城回来了。"

"他人呢？"冯云和问。

"我看管家路上累了，让他在客厅等着呢。"周之旦说。

"好！云和，咱们去客厅。"张世承说。

见三人到来，管家张恒赶忙放下手中的茶碗，起身迎到门口。

"大掌柜！云和！"管家张恒说。

"管家，你进京这是咋弄的？这京饭吃着，京戏听着，咋还瘦了呢你？"冯云和见到管家张恒开玩笑地咋呼着。

"管家，不是云和说，真瘦了，真是瘦了！"张世承说。

四人来到客厅落座，管家张恒迫不及待地向张世承说起京城的情况，他先说了林赞图的热心帮助，然后介绍了各分店的设立情况，最后说道："这次进京，看到秦学俭掌柜干得确实不赖，他凭借自己的实力和独特的运作方法赢得了市场，一直以来，玉食村香油以良好的口碑，深得大前门一带人们的喜欢和青睐。"

"这个很好，我们就需要这样的人才，以后给秦掌柜外加半年赏钱。"张世承说。

"是的，大少爷。"张恒答应着，继续说道，"根据周掌柜以前踩好的点儿，这次共设了六家分号。大掌柜，字号还是按照你嘱咐的，统用丰字号，依次是金丰、银丰、裕丰、德丰、利丰、乐丰。"管家张恒说。

"好，管家，本固这孩子还行吧？"张世承问道。

"回大少爷，我让本固做秦掌柜的副手，负责联络各分店的货源供给，因为本固这孩子从小就在咱家学徒，做事聪明，也很勤快。"管家张恒回道。

"这就好，店铺的管理情况如何？"张世承问道。

"回大少爷，秦掌柜的自走马上任京城'玉食村'掌柜的以来，凭着自己的丰富阅历和缜密思维，确定目标，采取了多项重大改革。"

"管家，营业时间延长了吗？"周之旦问。

"回周掌柜，为了方便市民购买，营业时间延长了。还有，店铺内香油、麻汁、生熟芝麻分类展示，层次有序，顾客到店一看，从视觉上就感到愉悦。"管家张恒回道。

"新店招聘的人员情况如何？"周之旦问。

"回周掌柜，分管人事都是当面选拔的，让有能力的人担当适合自己专长的职务，发挥其智慧和才能。对用工进行敬业思想教育，提高雇员忠诚度。调整供应商，去劣存优，与有诚信、有质量安全的商家合作。"管家张恒说。

"这样一来，京城人买着放心，用着放心。秦掌柜这一系列决策，让玉食村在加工、营销方方面面都有很好的提升啊！"张世承高兴地说道。

"他下一步准备再开六家店，使京城的丰字牌店铺达到十二家。"管家张恒把当下京城的生意经营一口气说完。

管家张恒话音刚落，周之旦说道："学俭兄弟凭着自己一股干事的勇气，一股把京城事业做大做强的坚持，一股辛勤不懈的韧性，在实干中朴实勤恳，恪尽职守，默默耕耘，让之旦从内心感到高兴，也算自己没有选错人。"

"慧眼识英雄嘛，之旦兄弟！秦掌柜在京的做法，可成为我们在济南发展的样板。接下来，我准备在济南再开几家分店，把京城的模式复制到济南去。"张世承说。

"大掌柜，开店的地址选好了吗？"周之旦问道。

"回来之前我在济南转了转，同时看好了几个地方，感觉还是挺合适的。"张世承说。

"那咱们在济南的字号呢？"管家张恒问道。

"济南的招牌，还是排福字号，回来前我大体做了一下设计，在局前街开福顺聚，在北坛开福禄聚，在仁丰前街开福明聚，在大槐树东街开福祥聚，在西义和庄开福盛聚。"张世承说。

"大掌柜，再过十几天，这仓储、染坊都建好了，秋收也即将来临，我准备定做三五台扇车（谷米吹风机）以便精选芝麻用。"周之旦说。

"好，之旦兄弟，我不在家，生意上的事你拿主意就行，需要什么、怎么做，你看着定，家中这么一大摊子事，真是让你操心了。"张世承说。

"大掌柜，我会尽力的，济南的事要抓紧办，明天把告示贴出去，我想用不了一天报名的就能满额，因为我们开出的条件非常优越，凡能去的人，是不会失去这次机会的。"周之旦说。

"之旦，明天你负责去济南人选的事，选中的每人先发十两银子，也好让他们置办点随身带的东西。"张世承说。

"好。"周之旦回道。

"管家，济南事儿多，近期我可能回不来，对即将的秋收和以后田地的扩展你多操心。"张世承对管家张恒说。

"大少爷，前几天给我们种地的隋延增、贾西奎来过，说是先借点粮食吃。唉，我只好打开仓库给他们看了，空空的哪还有粮食呀！就是老爷那会儿存下的陈粮，也都给挖河的人吃了。"冯云和说。

张世承沉思了片刻说道："管家，我看这么着吧，把地头放了，告诉种植户，庄稼两头各进去四十尺，归种地的乡亲们，由他们自己选择收割的时间，这样一来，也可以早吃上当年的新粮食，解决眼下温饱的事儿了。"张世承说。

"是，就是玉米嫩点儿，也可以煮着吃。"冯云和说。

"再有，就是把骡马也放开，秋种需要耕地，咱镇上有的农户还没有耕地的牲口，我们秋种完工后，把骡马拴到街上，让乡亲们用就是。这闲着也是闲着。"张世承说。

"大少爷，那草料还是咱的啊？"管家张恒说。

"咱这镇子上不是有句俗话嘛，说什么来着？"不等张世承说完，冯云和抢先说道："大马车都置办了，还差这杆油枪吗？"（油枪，是旧时往大车轱辘的轴上点油的一种工具）

"我看就这么着吧！能把经商、治家、做人都做到一定的份上，也是我们老张家的祖训不是。"张世承感慨地说。

管家张恒不情愿地答应道："嗯。"

张世承冲管家笑了笑继续说道："管家，秋收后这村里闲人多，应该鼓励他们在农闲时开垦荒地，然后我们以质论价敞开收购，荒地经过种植和改良，几年后就会变成丰收的良田，这也是两全其美的事。"张世承说。

"大掌柜的，我知道了。小清河北边这雒家荒场，有大片的荒地可以垦种，秋收完了后我们发动一下。"管家张恒回道。

次日，周之旦派人将招工告示在镇子上一贴，还不到两个时辰，这报名的已超了一半，经过周之旦的严格挑选，最后留下三十人，除十人留做预备人员外，其他二十人预发十两银子让其在家等候，接到通知马上出发。周之旦向众人交代完毕，便拿着花名册来到后院客厅。

"大掌柜，都定好了，这是花名册。"周之旦说完，将花名册递给张世承。

张世承看了一下花名册，重新递给周之旦说道："之旦兄弟，你告诉管家通知这些人，后天一早到河口码头集合，然后乘船去济南。"

"好的，大掌柜。"周之旦说。

又过了一天，周之旦、管家张恒、总管冯云和在码头和张世承握手告别，三人站在码头目送他乘坐的帆船渐渐远去后，便各自去忙。

周之旦回到玉食村大院自己的住处，来到书桌前，坐下后拿起毛笔在纸上写着什么。不一会儿他喊来朱传志，低声和他说了什么。最后周之旦说道："传志，这事关全局，你挑选两个得力人手，一定办好。"

"周掌柜，这方圆三四十里地我很熟悉，放心好了。"朱传志说。

"传志，给你三匹快马，剩下的事你酌情办理就是。"周之旦说。

"好的，周掌柜，我去了啊！"朱传志说完走出房间。

周之旦送走朱传志，重新回到房中，然后拿起算盘算了起来。过了大约一个时辰，他便重返河口码头。

"云和兄，你过来一下。"周之旦站在码头的货台上，向正在河边忙着的冯云和说道。

听到喊自己，冯云和停下手中的活计冲周之旦说道："之旦兄弟，马上好，这就来。"

冯云和快步来到货台，周之旦上前一步说道："云和兄，码头上的事你安排下，和我去河北边的村里转转。"

"之旦兄弟，是为棉花的事吧？"冯云和问。

"正是，听管家说，咱这小清河平原的棉花成熟有个谚语，叫'七月十五拾跑花，八月十五中盆花'，这七月十五快到了，我想提前准备准备。"周之旦说。

"好，你稍等我一下。"冯云和转身来到河边，向卫思温和谢中交代了一下，便随同周之旦回到玉食村大院。

"云和兄，你先去客厅等我，我去找一下管家。"周之旦说。

周之旦来到二门，迎面碰上管家领着一个五十岁左右、满脸黝黑的人进来。

"周掌柜，我正想去找你哩。这不嘛，听说咱家染坊又重新开业了，卖颜色（染料）的老高来了，问咱要不要颜色。"

"噢，管家，这个我不懂，现在市场流行什么色调还不是很清楚。"周之旦说。

"现在常用染布的颜色都是黑色、毛蓝色、青色、红色，大体就这几种颜色。"卖染料的高永久说道。

"高师傅，这样吧，等我们定下后，再让管家通知你。"周之旦说。

送走卖染料的高永久，周之旦、管家来到客厅。

三人落座，周之旦说道："管家，我想和云和去村里转转，把今年的棉花收购提前预订下来。"

"周掌柜，今年的棉花价格现在还不是很清楚，再说了，这价格有时还会水涨船高，现在预订恐怕有点困难吧？"管家张恒说。

听完管家的话，周之旦说道："管家，我之所以想这样做，是因为前几天听你说过，老太爷在世那会儿，就想下到村里定机织布。我考虑了一下，这倒是一个很好的办法，这样一来，既能延长棉农的产业链，又节省了我们收购籽棉这个环节，可谓是两全其美的事儿。"

"我看这样行，定机后，让他们自己纺线织布，农户肯定是用最好的棉花，到时候我们按布的价格收购就可以了。"冯云和说。

"哦，原来是这样啊，我还认为你去定籽棉的价格呢。"管家张恒说。

"管家，籽棉的价格先不定，但是，要把棉田的亩数给定下来，我们到村里走访走访种棉大户，价格随行就市，但我们另外有一个奖励，那就是递增奖，卖给我们的越多，拿的奖金越高，刚才我算了一个等差，你看一下。"周之旦把刚才计算好的数量递给管家张恒。

张恒接过周之旦递给的账本，细心看了一下上面计算好的递增数量后说道："周掌柜，我这一看才明白，你这个办法不光是对大户，对散户也是一种鼓励，他们合伙一起卖，也能享受到这一优惠。好，好办法，我看行。"管家张恒说。

"那好，管家，这家里的事你就多操心，我和云和去村里转几天。"周之旦说。

"好，周掌柜，你和云和路上小心，快去快回。"管家张恒说道。

三人商定好，然后各自行事。

先说这巡检司的大使齐桓福自勾搭上刘国坤的三姨太后，利用职务之便，给了刘国坤不少好处，并告诉刘国坤宝藏早已被青州府衙门全部带走，至于为什么和他不散伙（盯住不放），里边的内幕自己也不清楚。

这天齐桓福又来到刘国坤的三隆兴，刚进大门就喊道："刘大掌柜，刘大掌柜在吗？这又有好事了，又来了好事哩。"

"哎哟，是齐大使啊，快点，快点，咱客厅说话，屋里请。"管家黄铎说道。

齐桓福跟随管家来到客厅，坐下后用眼在屋里扫了一下问道："刘大掌柜的呢？今天在家吗？"

管家黄铎两个眼珠子一转，然后说道："今天在，在，齐大使！你先在客厅稍等，我马上告诉老爷去。"

黄铎出屋，回头看了一下客厅自言自语地说道："老爷为了给你和三姨太腾空，谎说不在，可你这三天两头地来，也得为我们弄点好处不是，进门就咋呼好事、好事，看今天带来了什么好事！"黄铎来到后院，对刘国坤说道："老爷，齐桓福这小子又来了，说是有好事，我说你在家。"

"这个坏种，能有什么好事？走，看看去。"刘国坤对齐桓福是既讨厌又愤恨，但眼下没办法，只能这样。

两人来到客厅，这齐桓福也不起身相迎，坐在那里像吃了秤砣一样，纹丝没动。

"齐大使，难得一见啊，你这到来，三隆兴真是蓬荜生辉啊！"刘国坤说。

"刘大掌柜，你今天咋在家啊？"齐桓福说。

刘国坤心中默念道：我自己的家我不在，去哪儿？改天让我逮着机会，非弄残你不可，但口中还是说道："这几天身体欠佳，在家静养几日，管家，快点，给齐大使上茶。"

刘国坤说完坐在官帽椅子上，然后对齐桓福说道："齐大人，你这大忙人是无事不登三宝殿吧？今天来有何指教啊？"

"三姨太呢？给她找了个好事，不但能活动活动身子骨，还能赚点脂粉钱。今天怎么没看到她呀？"齐桓福说。

"死了。"

还没等刘国坤说完，齐桓福"噌"地一下从椅子上站了起来说道："死了？这怎么就死了呢？"

"齐大人呢，少安毋躁，少安毋躁，老爷说是吃了，吃了饭去翠花楼打麻将去了。"管家黄铎端着茶水赶忙打圆场说。

"哦、哦哦，原来是吃了啊，这样啊。"齐桓福说完坐了下来。

他端起管家黄铎沏好的茶，喝了一口，慢悠悠地说道："刘掌柜的，我远房表妹家的一个亲戚，周村那边的，要来咱济水镇设个收棉点。"齐桓福说到这里，抬头瞅了刘国坤一眼，见刘国坤没反应，便继续说道，"收棉花嘛，就得用地方晾晒，用人干活儿，他老远地到咱这儿人生地不熟的，这不就找到我了。"

"齐大使乃公职人员，岂能干这脏活儿累活儿呀，那不失了大身份了？"管家黄铎说。

"所以嘛，我把这个差事给咱刘大掌柜的揽下来了。来人说了，每收一担棉花，给二两银子的提成。"齐桓福说。

"哎呀，这是好事呀！刚才我们老爷还说呢，齐大使这一来，准有好事，老爷你的话就是灵验。"管家冲刘国坤说。

刘国坤刚想说话，三姨太从外面进得屋来说道："齐大人啊，看今天这红光满面的，这是有多大的喜事啊？"

看到三姨太进屋，齐桓福"噌"地一下站起身来迎上前去说道："三姨太，这不嘛，给你送银子来了。"

"又不是白收，不干活儿他能白给？"刘国坤说道。

"齐大人啊，刚才你说的话，我在门口也听到了。这干活儿归干活儿，提成归提成，你得让主家早把货款给打过来，要不啊，俺家老爷可没有钱给他往上垫。"这三姨太扭摆着身子，来到刘国坤的面前，继续说道，"老爷，我说的对吧？"

齐桓福一看，心里默念道：这个骚玩意儿，关键时候还是向着自己的老男人。

三姨太似乎看出了齐桓福的心思，立刻向他抛了个媚眼，努了一下涂满口红的樱桃小嘴，意思是说，咱也得哄哄这老家伙不是？

齐桓福看到这三姨太的表情，像喝了香油一样，把满肚子的不悦给冲了下去，赶忙说道："那是、那是，这货款一定早打过来，要不，咱也不干。货款这个事，我已经和他说好了。"

"我说老爷，你看，齐大人办事就是这么直爽。"她用手推了刘国坤一把，意思是说，你赶紧说句客气话。

刘国坤赶忙说道："齐大人，多谢了啊！"

管家黄铎接着刘国坤的话音说道："齐大使，今中午住下，咱划上两拳。"

"好啊，住下，划上两拳。"齐桓福看了一眼三姨太道。

"齐大人办什么事都爽快。对了，齐大人啊，我刚从济南买回一件杭州产的丝绸旗袍，走，瞧瞧去。"

"你穿便装就是美人，一穿上旗袍不就成了仙女了？"齐桓福说完，三姨太高兴得前俯后仰地大笑，两人一前一后出得客厅，向三姨太的闺房走去。

望着两人走出去的背影，刘国坤从官帽椅子上猛地站起来，往地下啐了一口唾沫说道："我……"

"我，我说老爷啊，这又来了不是？消消气儿，消消气儿，等这笔买卖成了，你再去济南弄两个三个的回来，不就成了。"管家黄铎说道。

刘国坤听后，瞪着眼啥也没说，转身拿起齐桓福刚才用的茶碗，用力摔在地上。

转眼到了秋收的季节，玉食村仓储大院里的晒场上，掌柜周之旦吩咐用人，芝麻和籽棉同时开秤收购。

周之旦专门从镇上请了两个懂质量，认真又厚道的人负责棉花的验收。

"周掌柜的，这收棉花时，最重要的是讲究'三净'。所谓'三净'就是到咱晒场的棉花，必须保证没有'鸡屎瓣'，没有'花混叶'，没有'眼之毛'。"

"连叔，你说的这三项，我都不懂，质量问题，你老看着收。"周之旦说。

连守度转身对身边的孙宏敬说："我说老孙头，你先收着。我和周掌柜的说几句话。"

"哦，你去吧。"孙宏敬把手伸到面前的棉花包里，把包底的棉花翻腾上来，头也没抬地回道。

"这老孙头，一干起活儿来，这啥也忘了。"连守度说。

孙宏敬也不回声，继续冲卖棉花的人喊道："我说老少爷们儿，都排好队，把自家的棉包解开两个角，这样咱验起来不耽误空啊！"

连守度看了孙宏敬一眼，摇了摇头，转身对周之旦说道："周掌柜的，这边来。"连守度说完，领着周之旦来到场院边上的一个长条桌子前，指着桌上三个盛有不同颜色籽棉的簸箕说道："周掌柜的，这个簸箕里的棉花，就是鸡屎瓣，是阴雨天憋在桃子里边的棉花。这种棉花不开花，像鸡屎一样，藏在半开的棉桃壳子里，因为阳光照射不进去，花瓣上边产生很多霉点和黑斑，它的形状就像鸡屎似的，乡亲们俗称叫鸡屎瓣。"

"噢，是这样啊。"周之旦说。

"你再看这个簸箕里的棉花，乡亲们叫它眼之毛。这种棉花就是前次采摘时，棉壳内留下的残棉。这种棉花纤维短，属于次花，如果收购，价格要压压，入场院需和好的棉花分开晾晒。"连守度说。

"连叔，这干啥说啥，卖啥吆喝啥，对这棉花，你可真是行家呀。"周之旦赞扬道。

"所谓花混叶，就是拾棉的人光顾采摘速度不管质量，棉花里混杂干棉花叶子。花混叶的棉花最让人头疼，因为叶子混杂在棉里，不易清理，拾掇起来很费事，也很麻烦。"

"连叔，如果是这样的棉花，就纺不出好的线来，更织不出好布来，对吧？"周之旦说。

"对，这种棉花让人老远一看就很扎眼。我们得严格点，只要是这种花混叶，不管是谁家来卖，一律拒收，确保质量才是。"连守度指着第三个簸箕里的棉花说。

"连叔，好，有你和宏敬叔把关，错不了。我到那边去看看，王有他们拉回来的草苫子，准备盖棉垛用的，预防阴雨天。"

"周掌柜的，你去吧，这里你放心好了。"连守度说。

玉食村这边棉花的收购紧锣密鼓，可刘国坤这里也没闲着，更是大张旗鼓地开了秤。

刘国坤设的收购点由管家黄铎亲自指挥，只要是来卖棉的，无论质量，都是一口价。

"管家，这个能收吗？里边掺杂着好多鸡屎瓣。"家丁李中田说。

"管它什么鸡屎瓣、狗屎瓣，只要是棉花就行。我们拿的是提成，按收购斤数提成，明白不？"管家黄铎说。

"管家，明白了。"家丁李中田心领神会地说。

"快点，过秤、过秤。"家丁李中田催促着下一位卖棉人。

"管家，忙着呢?"齐桓福领着一个中年人来到刘国坤的收棉点，冲管家黄铎喊道。

"哎呀，是齐大人，这天又闷又热的，你怎么来了?"管家黄铎问道。

"这不，和崔掌柜的过来看看，来来，来，我先介绍一下。这位是周村全元盛的二掌柜崔寿宁，这棉花就是给崔老板代收的。"

"今天可是见到真神了，崔老板，为收这棉花我们可是下了大功夫了，每天在这太阳底下晒，很不容易啊!"

"那是、那是，真是辛苦了，辛苦了，改天一定登门拜访，以表崔某的心意啊!"崔寿宁说完，望了一下收好的棉垛，然后继续说道:"黄管家，咱们到棉垛看看。"

"噢，还看吗?"黄铎说。

"黄管家，这进入雨季了，棉垛的防潮防雨也是关键，盖垛的草苫子准备好了吗?"崔寿宁问道。

"这个还、还没有。对了，你们光给的收购棉花的钱，这买草苫子的钱也没给呀?"黄铎的意思是，你们给什么钱，我们干什么事儿，这盖垛的草苫子买不买与我们有关系吗?

崔寿宁一听，这人不靠谱，心想坏了!他赶紧向棉花垛走来。来到垛前他弯下腰，把手伸进棉垛掏出一把籽棉，重新回到黄铎的面前说道:"黄管家，你看，这棉垛上各种各样的籽棉参差不齐，棉花因晾晒不到位，湿度大，通风透光极差，现在整垛的棉花开始发霉了。"

"是吗?这些干活儿的，这是咋办的事?我找他。"黄铎说完冲李中田喊道，"我说中田你过来一下，怎么收的棉花这是?怎么晒不干就上垛呢?"

"回管家，这个是钟一祥负责验收的。"李中田说道。

"他人呢?叫他过来。"黄铎说。

"回管家，钟一祥是临时工，今天早上辞职回河南老家了。"李中田小眼珠子一转，回答得还很顺溜。

"停止收购，先把这几垛放开晾晒，晒干后重新上垛。"全元盛二当家崔寿宁说道。

"我说崔老板，这不收棉花我们上哪儿挣提成去啊?这这这?"听崔寿宁让停止收棉，黄铎都急成结巴了。

崔寿宁把齐桓福叫到一边，低声说了什么。

"崔掌柜的，这事好办，好办。"齐桓福像吃了欢喜团子一样说道。

说完，他转身走到黄铎面前大声说道："黄管家，你是聪明人，自己做了什么，心里应该和明镜似的吧？现在挽救还来得及，赶紧地，停止收棉，把棉垛放开晾晒。还有，赶快找人去买草苫子，要是大雨一来，这几垛棉花让雨淋了，那真是彻底完了。"刚才崔寿宁对齐桓福承诺二百两银子的好处后，齐桓福便催促黄铎说。

"我说齐大人，买草苫子的钱呢？从哪儿出？"黄铎问道。

"还能从哪儿出？从预支的棉款里吧，赶紧派人去，别耽误事儿。"齐桓福说。

"中田，你赶紧回去告诉老爷，提钱买盖棉垛的草苫子去。"管家黄铎冲自家用人说道。

"好的，管家。"李中田回道。

再看这玉食村场院里，晒干的籽棉整齐地排成六个大垛，每垛四周不但如墙面一样平整，而且是上下左右宽度保持一致。

按照周之旦的吩咐，每个棉花垛周边，都预备了防雨盖垛的草苫子。

两天后的上午，李中田垂头丧气地回来告诉黄铎说："管家，这方圆三十里开外找不到一捆草苫子。"

"为啥？大码头那边不是很多编制的吗？"黄铎急忙问道。

"回管家的话，能去的地方，我们都转遍了，半个月前都让玉食村的朱传志给定下了，因为他付了定金，就是有货主家也不卖。"李中田回道。

"赶紧地，再去转转看，务必把盖垛的草苫子买回来。"管家黄铎说。

"转也是白转，早干啥了呀？"李中田嘴里嘟囔着，心想，你让转就转吧，这草苫子反正是买不到。

这上午的时候，天空还是晴朗的，可午饭过后，一股强劲的东南风刮起，把大树吹得东倒西歪，摇摇欲坠。

随着风向一倒，从西北方向滚过团团乌云，大片大片的乌云遮挡了天幕，天地间阴沉沉的，仿佛有什么大难来临。

突然，一道闪电划破了天空，在昏暗中划出一道闪亮，紧接着便是震耳欲聋的雷声。雷声越来越近，好像是从头顶滚过，不多一会儿黄豆大的雨点从天而降，打在棉花的晒场上。

这不，周之旦提前做好了预案，人力、物力准备充足，玉食村的棉花垛在暴风雨来前就已盖垛。虽然下了五六天的连阴雨，玉食村的棉垛安然无恙。

三隆兴的老板刘国坤站在门口，望着门外的大雨，心中默念道：张世承有周之旦这样头脑聪明、精打细算、高智商的人帮助，何愁事业不旺？

暴雨过后，崔寿宁急急忙忙来到刘国坤的收棉点，看到眼前的棉花冒着腾腾的热气变质霉烂，心疼至极，一口气没上来，气得吐了血。他用手捂住胸口，慢慢地瘫坐在地上，这崔寿宁是死是活，按下不表。

话说张世承带人乘船来到济南，安排挑担人住下，之后进行了挑担卖油实习，人人都掌握了走街串巷卖货的要领后，张世承给他们分配了各自卖油行走的路线。

他们沿着各自的路线挑担卖油，虽然销量不同，可个个都很尽力。在此期间，张世承也给了他们很大的精神鼓励。

又过了五天，在东义和庄一带串乡卖油的田振东找到张世承说："大叔，我想回去。"

"振东，想家了？"张世承说。

"不是。"田振东回道。

"是哪里不舒服吗，还是累了啊？累了就休息几天。"张世承说道。

"也不是。"田振东回道。

"咋啦？是碰上什么事了？还是遇上什么坏人了？"

田振东看了一眼张世承，低下头说道："大叔，我让人家给骗了！"

"噢噢，原来是这样啊，我当是什么大不了的事呢。"张世承说道。

"大叔，两篓子油都让他给骗去了。"田振东说。

"振东，说来听听，是咋回事？"张世承问。

田振东把事情的来龙去脉详细说了一遍。

"振东啊，就这个事，咱也没必要回去不是？有句话怎么说嘞？叫'不吃一堑不长一智'。振东啊，这人只有在冷静的时候才最清醒，所以说，若不是必须立刻处理的事情，任何重要的决定都不能在大悲、狂暴、愤怒和大喜时决定。振东啊，有从容才有清醒，遇到什么事慌里慌张乱了方寸的人只能上当受骗，因为他是在自以为清醒的情况下，做了实际上并不清醒的事情。"

"大叔，我知道了，一听说都要了，当时很高兴了，就赊给他了。"田振东说。

"没事，放心好了，在家休息两天，缓缓神儿再干。"张世承说。

到了第二天，张世承重挑油担和田振东一起来到东义和庄，田振东指认被骗大门后离开。

张世承找了一个僻静的地方，观察着路过这个门口人员的一举一动。

"收破烂喽，破衣裳、烂套子、戴不着的破帽子，破盆子、坏锅子、漏水不用的铜舀子。收破烂喽！"只见一个收破烂的人来回在这个门口走动，还时不时地扒着门缝往里瞅瞅。

张世承心想，这个人在门前转转悠悠地不想走，很可能也是被骗的人。

"收酒坛子喽，收破烂喽！"张世承用手捏着鼻子，向收破烂的人喊道。

收破烂的一听这厚重的鼻音，心里默念道，哎，这不老乡吗？赶紧推着木轱辘平板车向张世承走来。

"听你刚才吆喝的声音，是博兴店子这边的人吧？"收破烂的走到张世承身边说道。

"不是，但离的不远，刚才我是学着你的声音喊的，让你误会了。"张世承说。

"来，来，咱一边说话。"张世承说完，两人来到一面砖墙的后边。

"我是济水镇人，听你口音是博兴的吧？"张世承问。

"咋不是啊，博兴利城的，咱虽然是两个县，可离得不远。"收破烂的说道。

"噢，我说老乡，我的香油前几天让人给骗了，就是你刚才扒门缝往里看的那家。"张世承说。

"我说老乡，俺也是。就是那家，里边的男人说给我弄废铁，让我预支了二两银子的债钱，我来了好几趟了，不但见不到人，这门还插着。你就是吆喝下天来他也没人来开。"

两人这正说着呢，又来了一个卖大米的在门口转悠了一会儿，扒着门缝往里边瞅了一下，然后无精打采地转身离去。

"我说老乡，你在这等我一会儿，我过去看看。"张世承说。

"好啊，油货郎你放心吧，这油担保准给你看好了，丢不了。"收破烂的说道。

张世承快步来到门前，扒着门缝往里瞅了一下，只见里边有一衣着华丽又美艳动人的风骚女子。这女人一手夹着香烟，一手拿着西瓜，一边吞云吐雾，一边将西瓜送入口中。

"喂，掌柜的，开开门啊！"张世承向门里喊道。

听到有人叫门，这女子扭摆着身子来到门口，从门缝里往外一望，然后说道："来了，来了，这才是正当货，那些吆五喝六的胡问串子们，成天在门口瞎吆喝，上当活该。"这女子边说边把大门敞开。

"客官，咱里边来，需要什么房间尽管说，这楼上楼下咱都有，租多长时间都行。"女子说道。

"租多长时间都行？那租个七天八天可以吗？"张世承问道。

"你租一天都行，就是钱里找齐。"这女子说道。

"噢，是这样啊，那我看看房间可以吗？"张世承冲女人说道。

"咋还不行呢？看就行，这不让别人看，还不让你这干净利落人看吗？"女子说完，把手中的烟头往地上一扔说道。

张世承朝女子微微一笑，刚想进屋看房，这女子突然说道，"看这位掌柜的英俊潇洒，脸上光洁白皙的，这两道眉毛浓浓的，看这双眼睛，喂，哎呀，这像是趵突泉水啊！这鼻梁挺的，和画上的潘安一样哩。"这女子话音未落，自己欢喜地笑了起来，接着抬起手轻轻地揉了一下眼睛，然后继续说道，"我说啊，你就别看了，这屋是又宽敞又通风，保你住得舒服。"此女子指着楼上最东头的一个房间说道。

"前几天我的一个老乡在你这儿住过，介绍我过来的。"张世承说。

女子先是一怔，然后说道："不对吧？刚走的这位他是河南人，听口音你们也不是老乡啊！"这女子说道。

"噢，我从小就随父母来山东了，所以口音不同。我说妹子，你这里光留宿做生意的人吗？"张世承说。

"我管他干什么的。小女子租房挣钱，至于租房干什么，那是他们自己的事，我才不操那份闲心呢。"女人说道。

"哦，还是看看房间吧。"张世承说。

张世承从下到上看了一遍，最后来到女子说的房间。女子赶忙把门推开，只见房中从桌椅板凳到衣橱大床都是一色的红木制作，墙上挂有名人字画，房中日用品俱全。

"我说掌柜的，你这个房间我可租不起，这房子也太奢侈了。不行，我真租不起。"张世承说道。

"我说客官，我那口子啊，他常年在南方不回来，这房子闲着也是闲着，今天看到你呀，不知咋的，从打心眼里高兴呗！随便你住，小女子不和你要钱！"这女子笑嘻嘻地朝张世承说道。

"那敢情好，掌柜的，我回去收拾收拾，考虑一下，再回来和你定。"张世承说道。

"好的，收拾好了早来，妹子可就等你了啊！"女人冲走出门口的张世承说道。她目送张世承走远，然后进得门里，"咣当"一声将门关上。

"大兄弟，你可回来了，可把我急死了。这么长时间不出来，我还以为出什么事了呢。"收破烂的人对张世承说道。

"兄弟啊，这次咱就认倒霉吧！这个门里啊，就是个房客，骗子在这里短期租房，行骗时和你们说这是他家，得手后已经走了。"张世承对收破烂的人说道。

"哎呀，也只能这样了。"收破烂儿的人说完，两人相互寒暄后，各自离开。

张世承回到福来聚油庄，把了解到的情况和田振东说了一遍，并安慰他继续留下。傍晚，他把二十个挑担卖油的人聚到一起，向他们详细介绍了防止上当受骗的经验和处置类似问题的办法。

"通过这次教训，大家在以后的串街中，对待天上掉馅饼的情况，要小心谨慎行事，不要再次上当受骗！"张世承最后提醒大家。

在接下来的时间里，张世承早起晚归，吃苦耐劳，把设计好的六个店铺建好并投入使用，经营和运作让他感到十分满意。

在济南创业实践中，他又悟出了一个想法，深思熟虑之后，他决定返回济水镇，实施自己的这个方案。这天他告别老钱和各铺子的掌柜们，从济南乘船返乡。

济水镇玉食村仓储的场院内，周之旦定做的三台扇车，已经到位安好。此时，扇车两边分别由两个大劳力轮流操作，只见其中一人弯着腰，两手紧密配合一致，右手先摇动风车摇手，在人力的转动下，让风先扇出来，然后左手把搁条放至档上，让芝麻从车斗底板开口处滑落下来。这时风即穿过纷纷漏下的芝麻粒，使草屑、瘪粒、杂碎、烂叶从出风口飘出。饱满的芝麻粒则从漏斗口垂直滚下，落到接在漏斗口的箩筐里。

周之旦和管家张恒来到仓储场院，两人转了一圈，然后来到扇车旁观察了一会儿。

"周掌柜，德润堂做的这扇车挺细致的，人手摇转动起来不但速度快，这风也大。"管家张恒对周之旦说。

"管家，这个也是德润堂当下打造得最精致、最高端的农具了。你看这进风箱、出风口、摇手、车斗、漏斗等部件组成流畅，设计得非常合适。"周之旦指着扇车的各个部件说道。

"周掌柜，管家！"冯云和喊着跑过来。

"云和兄，你过来看一下，这是我们刚刚买回来的扇车，你瞅一瞅有没有毛病？"周之旦说。

看到扇车那强劲的吹风功效，冯云和说道："这扇车风真大，这选出来的芝麻，没得说。"冯云和弯腰从笋筐里抓起一把精选好的芝麻高兴地说道。

"云和，啥事啊？刚才你连窜带跑的？"管家张恒问道。

冯云和把手中的芝麻放回原处，回道："大掌柜从济南回来了。"

"大掌柜回来一定是有重要的事情。走，咱们回去看看。"周之旦说。

三人返回玉食村大院，直接来到客厅，张世承早已站在门口相迎，四人进屋各自落座。

"大掌柜，济南那边弄得咋样啦？"周之旦问。

"各处店铺已经开始营业了，买卖还行，挑担卖油还得继续招人。"张世承说。

"大少爷，这事让人带个信回来不就行了？这么老远的，还自己跑回来，路上多遭罪呀。"管家张恒说。

"大掌柜，我想你这次回来，不只是招人挑担卖油的事吧？"周之旦说。

张世承刚想说明，冯云和抢先说道："大掌柜，码头上的事都很正常，就是前几天在上游博兴地界，羊口两条去济南送虾酱的小船被响马给劫了。"

"大掌柜，西湖河道我们经常巡查，相对安稳。"周之旦说。

"大少爷，你临走交代的事我都做了，地头全都放了。这么一来，咱少收不少粮食呢。"管家张恒说。

"好，管家，这么做就对了，刚才之旦说得很对，我这次回来，不光是为了招人的事，我还有一件大事和你们商量，如果能行，咱尽快做起来。"张世承说。

"大掌柜，眼下正值我们发展的好时机，只要对买卖有利的事，趁早做，越快越好。"周之旦说。

"我赞同周掌柜说的。大掌柜有事你就说，咱干就是。"冯云和说。

"大少爷，你可悠着点啊，这济南、京城、镇子上三地不停地跑，你可要注意身体呀！"管家张恒说。

"管家，没事。"张世承说完，转身对坐在旁边的周之旦、冯云和继续说道："我是这样想的，随着我们北京、济南店铺的不断扩大，还有镇上仓储和染坊的创办，我们不但在济水镇有所壮大，而且迈出去发展也已经有了眉目。在这样的情况下，我们更需要联合众多商家抱团发展。"张世承说。

"大掌柜，这个主意好！我们要让玉食村商号的买卖在济南、京城，甚至沿河各县市不同的地方出现，并且不断扩大到更多的城市，比如说天津。"周之旦说。

"对！像之旦兄弟说的这样，遍布多地市发展，那我们就得吸引更多的银票进来，形成互帮互助抱团股份发展模式，这样一来会给玉食村快速壮大的资金支持，同时入股者也会获得相应的利益。"张世承说。

"只有资本雄厚了，我们才可以谋求更大的发展空间。大掌柜，你这么想、这么做，也是一项了不起的创举！"周之旦回道。

"我是这样想的，先把咱这嘎达上的寨村、东王、张庄、榆林、东关及镇子上的商户聚集到一起，前提条件是选择以'德为本、义为先、义致利'的商户入股。"张世承说。

"大掌柜，这条规矩行，儒家说得好，叫'仁义礼智信，温良恭俭让'，把推崇具备这样思想的人纳入股东，抱团发展，才有强大的生命力。"周之旦说。

"大少爷，自老太爷那会儿就多次说起过，等咱挣了大钱，就得把经营方法改改，多开几家店，让它都形成'前店后坊'的格局。唉，可那时小清河年年发大水，庄稼是年年涝啊！粮食都收不上来，哪还有钱去干这事儿？"管家张恒说。

"大掌柜，咱们玉食村嘎活的人要实在、不能见利忘义，还要乐善好施、会喝酒的人才行。"冯云和说。

"云和说得对，这以酒会友，是咱老张家的传统。"张世承微笑着说，"但是，还是要仔细挑选入股的商家，一定要选择那些人品和信誉过关的掌柜做伙伴。如果不老实、不本分的商户，即便有再多的利益可图，我们也不与之结交。"

"对，倘若选定了他，不管对方遇到什么困难，咱们一定要尽最大所能相助，就算是没有任何利润可图，也不可与之断交。"周之旦坚定地说道。

"之旦的想法说到了实质，我们玉食村人，就得有这份心思才是。"张世承说道。

"大掌柜，入股抱团这个事，我琢磨着，一旦运作起来，它要有完善缜密的管理才是。因为由若干财东组成，依我看，我们要成立一个商会，定期向入股的商家提供盈利、分红等事宜。要搞，我们就搞得像模像样、头头是道才是。"周之旦说。

"我这次回来，准备去尹家村和城南的朱家庄走一趟，拜访一下父亲的友人，劝说他们也参加。"张世承说。

"大少爷，这两家可都是我们的至交，你小的时候常去尹老爷家。有一次你把尹老爷子的黄铜烟枪拿去卖了破烂，这犟老头子非但不生气，还捋着胡子说：'这孩子大了有出息，这孩子大了有出息。'"张世承说去尹家，张恒高兴地说起来没完没了！

周之旦和冯云和两人低着头，捂着嘴，偷偷地笑。

四人对入股经营事宜议论之后，"大掌柜，这棉花和芝麻的收购，都已经——"周之旦刚想对张世承汇报一下这仓储棉花、芝麻收购的情况，张世承打断他说道："之旦兄弟，这个我放心，哥还是那句话，你自己看着办。"

"管家，你去全香楼买上八只香鸡，老邱家的芝麻香酒弄上六坛，张树训的肴驴肉来上十八斤，包三个包，德聚丰的糕点买六盒，咱家的芝麻糕和香油、麻汁你看着整，可别少了啊！"张世承对管家说。

"大少爷，你就瞧好吧，要是给别人啊，我还真疼得慌，这去尹老爷子和老王家，拿什么都值。人家每次回的礼物总比咱送得多。"管家张恒说。

此日一大早，王有早把马车停在玉食村的大门口，周之旦把张世承和管家张恒送到门外，看他们上车后走远便返回院中。

王有赶着马车出济水镇南门，沿老官道穿韩疃庄后，进入一片荒草洼地。

"管家，当年占元兄弟就是在这儿被歹人抢劫的吧？"张世承问。

"谁说不是呢。我说大少爷，你小的时候，那年你还不到五岁，老爷和夫人带着你到尹掌柜家玩耍，回来的路上就是走到这荒地儿，也是遇到坏人打劫，可把夫人给吓坏了，多亏尹老爷子派护送的人及时赶来，冲跑劫匪，解了围，要不，可要闹出大饥荒来了。"管家张恒说。

"哦，我说呢，爹爹从小就逼着我练武，原来是这样啊！"张世承说。

马车在这荒洼道路上颠簸着走了一个多时辰，前边终于看到了村庄。他们穿过村庄来到乐丰县城西北角的一个村子前边，进得北门，只见路的右边立着一块石碑，上面写着"尹家庄"三个字。

进村后走了半里来路，便来到尹家大院。大门口是一棵粗大的槐树，在小清河平原上有一句俗语，叫"门口一棵槐，年年发大财"。大院的四个角分别是四个门楼。张世承清楚地记得，东南方的叫"文楼"，其建筑造型酷似一顶儒生的方巾。西南方是炮楼，楼墙上有多个枪眼，以便瞭望情况和对外射击。西北方向的楼的设计风格如同一员武将的帽子，小时候这尹大伯和自己说起过，这楼叫武圣楼。东北方向和东南方向一样，也是护院用的炮楼。整个大院，飞檐翘角的角楼、青灰色的砖墙，散发着诱人的古色古香，给人一种神秘和梦幻。

三人来到门口下车，王有把马车赶到一边等候。

尹家大院的门敞开着，两扇大门最下面，用冰冷的铁皮砸出了两个云朵造型包裹着，大门上有层次地加固了铜头铆钉。两门正中各有一个厚厚的黄铜色门环，让人一看就觉得厚重、大方、坚固。

整个建筑是三进院，院与院都有自己的门楼，打开门楼之门，三院互通，连成一片。从外观上看，檐角高挑、脊瓦突出、檐牙伸啄，浑然天成，精巧的月亮门、攀爬的古藤、古色古香的雕花窗户，透着小清河平原建筑技巧的大气，但细看又不失南方园林的精致、优美。尹家大院真是别具一格，令人赞叹。

进得大门后是前院，左侧房屋放着农具和工具家把什等，右侧是马房、磨坊，马房的前边放着两辆带顶子的马车（轿车），顶子两头是青蓝色的丝绸做成的帘子，被阳光一照，显得非常滑亮。

张状元、管家张恒进得第一个院门看到，这是由东西厢房和前后正房围成的一个四合院。两人顺着青砖铺设的小路向左转弯，然后再向右，再向左走，又走到一个门口，进得门后又是一个四合院，这东厢房是丫头和仆人住的房间，西厢房是储藏室，北房是粮仓。此院的两侧还有两个倒坐院，分别是伙房和洗衣房。

两人连转了两个门，便来到最北边的一个院中，张世承站在门口，脑海中回忆起小时候在此地的情景，他清楚地记得东厢房后边是一个小院子，里边设有祠堂。这东厢房是孩子们读书的地方，西厢房是孩子们住的屋，西厢房的后边的小院是老奶奶上香念佛的地方。这个门边上的南屋，是教书先生住的地方。张世承沉浸在回忆中。

此时，从北正房的客厅中走出一位手挂虎头拐杖的白胡子老头儿，冲两人说道："我说张恒这孩子，这是带谁来了啊，咋还站在门口不进屋呢？"说话的不是别人，正是这尹家大院的主人，尹尚贤。

"尹老爷，你老身子骨还好吧？"张恒一边向客厅走来，一边问道。

"托你大管家的福，好着呢。"老人一边回答张恒的问话，一边打量着走过来的张世承。

"尹大伯，你好啊！好几年没见你了，精神头还是这么棒。"张世承快步走上客厅台阶，拉着老人的手说道。

老人一听说话的声音，把手中的虎头拐杖往台阶的石板上敲了两下，然后说道："你还知道来呀？这长大了，翅膀也硬了，又是大掌柜的了，还知道来看你大伯伯啊？"

这时，尹府管家尹安从内房中走出来说道："老爷，我去了。"和张世承、张恒打过招呼后出门。

"尹老爷，大少爷他这几年挖小清河，他——"张恒说。

"我说张恒啊，要不是为他这几年挖小清河出了力，今天我早用拐杖把他打出去了！"老人说道。

"尹老爷，哪只是出力啊，都、都都……"张恒没说出来，泪水却掉了下来。

"行了，行了，别掉瓜子了，这些事我都知道了，都是你惯的。不过这话又说回来了，他不干这个事儿，又会有谁干呢？"老人说道。

"尹大伯，星儿干枯了。"张世承说。

"哼，你没听到我刚才用拐杖敲地啊？这水一会儿就来了。"老人说。

"尹老爷，大少爷给你带来的全香楼的香鸡和芝麻香酒，你最喜欢的。"管家张恒说道。

"好哇，那快拿进来呀，别人哪，上天给我摘个月亮我都不稀罕，我就是盼盼着俺星儿（张世承的乳名）来，不管带什么，那都是宝贝嘞。"老人捋了一下胡子，美滋滋地说道。

"老爷，你要的茶水来了。"用人说。

"放屋里桌上吧。"老人对用人说道。

这时，张世承示意管家张恒回马车上提带来的礼品，管家点头而去。

"尹大伯，走，我扶着你，咱进屋。"张世承说道。

听张世承这么一说，老人把手中的虎头拐杖往地上一扔，腰板一挺口中说道："我说星儿啊，看看你大伯伯还行吧？"只见老人步伐矫健，阔步回到客厅。

两人进得屋来，张世承赶忙给尹尚贤一边倒水，一边问道："大伯伯，胜清哥近来忙什么呢？"

"他啊，一天到晚就知道鼓捣那些字画，家里的事不管不问。这不嘛，又在青州府开了家古玩字画店，成年也回不来几次，这孩子大了啊，还指望不上了呢！"尹尚贤说。

"大伯伯，家里这么多事，胜清哥不在家，也够你操心的了。不过看你老刚才走路这精神头，那真叫个虎虎生威呢！"张世承说。

尹尚贤听后欢喜地笑着说："星儿啊，大伯就喜欢你这孩子，从小不光是会说话，干啥事也长眼事儿（有数）。"

"大伯伯，那不都是从小你教训得好嘛，要不，哪有那么听话啊。"张世承说。

尹尚贤端起茶杯，品了一口茶，然后一捋胡子继续说道："听话倒是听话，不过呵，这发起坏来也是一个顶仨。"

张世承做了一个调皮的动作，然后说道："大伯伯，星儿小时候没少给你惹事儿，要不是你护着呀，早让人家把腔唇子给打糊了。"

张世承说完，走到尹尚贤面前，端起茶碗，把碗中的残茶倒掉，然后继续说道："咱这光顾着说话了，你看，大伯伯，这茶有点凉了，来，我再给你倒上。"张世承说完，重新给尹尚贤冲了一碗热气腾腾的茶水。

尹尚贤端碗喝了一口，把茶碗放回八仙桌上，然后说道："星儿啊，这一说你已经是五六年没来了吧？"

"是啊，大伯伯，快六个年头了。"张世承回道。

"这以前吧，你来这县城办个事什么的，还顺便来打个拐，坐一坐，咱爷俩还可以说说话、聊上一会儿，可这六年来，尹大伯也想你啊！"尹尚贤说。

"大伯伯，星儿错了，以后会常来看你。"张世承站起身来，给尹尚贤弯腰鞠了个躬。

"哎呀，这孩子，大伯不是这个意思。大伯是说，这五六年来，你经历了很多，也付出了很多，星儿啊，人生中有许多你不想做却不得不做的事啊！"尹尚贤说。

"大伯伯，可不是嘛，这上了套就得把车拉到地头不是，还得干好，哪怕自己的身躯累得弯了，为了自己的一个愿望，这脚步也不能迟缓啊。"张世承说。

"这就叫作责任，也是命运啊！"尹尚贤对张世承感慨地说道。

"尹大伯，人的一生，就是一条坎坷曲折的路，即使跌倒了，也必须爬起来，给自己点信心，对吧？让自己变得更加坚强，更加勇敢，为自己负责才是。"张世承说。

"人生路上，可能春风得意，也可能坎坷不平、遇到不顺、会有低潮，不管怎么样，都要一直走下去。风光也好，屈辱也罢，这时候恰恰是人生最关键的时刻，生老病死，悲欢离合，坎坷迷离，爱恨情仇，伤痛失落，阴晴圆缺，都要以平和的心态去面对，少一些无奈与感慨，多一分从容和淡然。那么即使在漆黑的晚上，因为你坚强的意志，也会变得繁星闪烁，熠熠发光。星儿啊，人只要把心放平，我们就可以创造出不凡的成就，你对小清河的疏浚，这三年多下来，就证明了这一点呀。"尹尚贤深情而又激动地说道。

"大伯伯，星儿记着你的话，小时候，你就常对我和胜清哥说起，人可以缺钱，不可缺德；可以失言，不可失信；可以放松，不能放纵；可以低落，不可堕落；可以倒下，不可以跪下；可以平凡，不可以平庸；可以显示，不能放荡；可以耍脾气，但不能没事找事。生活中，我跌倒过，但我在嘲笑声中站起来，即使苦相狼狈也很精彩，泪干后，仰头狂笑也是那样灿烂，而后，默默地寻找心灵久违的归宿，勃发全身所有的激情，去追逐梦想，让自己活得值得！"张世承也动情地说。

"星儿啊，其实，自信一直就在你的心中！正是你拥有自信，在不如意时有这个自信，这五六年走下来，你做的所有事，才能既担任主角，又能游刃有余地当好配角，无论是主角还是配角，你的能力、智慧和坚韧都是让大伯佩服的啊！"尹尚贤赞赏地说道。

"大伯伯，这都是你从小教训得好不是！"张世承说。

"看你这孩子说的，这又来了。今天找我干啥？说吧。"尹尚贤直接说道。

张世承把自己入股抱团发展的计划对尹尚贤说了一遍，尹尚贤听后噌地一下从椅子上站起来说道："星儿，这才是干大事的招，这步棋要是走下来呀，你就会成为咱乐丰县乃至小清河平原上响当当的商业奇人。你大伯呀，也跟着沾光不是！这个想法好，很好！大伯不但支持你，还要拉上一帮子人支持你！"尹尚贤说。

"大伯伯，我还想去朱家庄一趟，找一下培元和培杰兄弟，也让他俩一起干，这人多力量大不是！大伯伯，我就先走了，以后再来看你。"张世承说。

"看你这孩子说的，这刚来就走，咋和进门怪似的！你啊，就在这里喝着茶，安安稳稳地等着吧，我猜呀，过不了一会儿，他们就来啦。"

"大伯伯，这培元、培杰兄弟知道我来吗？"张世承有点疑惑地问。

"他不知道，我就不会告诉他呀？等着吧。"尹尚贤说。

张世承心中默念道：我这尹大伯厉害了，这虎头拐杖只敲了两下，不一会儿水就来了，我猜呀，那管家尹安一定是去通知培元和培杰兄俩了。尹大伯呀尹大伯，这木头拐杖都能替你传话，你身上还有多少让人摸不着、看不透、学不尽的东西呀？

"星儿啊，小清河疏浚完工后，我猜着，你家老爷子存的那点底货，也让你给散干净了。"尹尚贤说。

张世承只是微微一笑，也没回话。尹尚贤继续说道："当时我就打发培元和培杰弟兄两个带着银票去你那儿了，对了，就是你遣散家人那天。"尹尚贤说。

"大伯伯，可能那天忙，我没看到他俩。"张世承说。

"还能看到他俩？这晌午多了，两人却回来了，说是你那里去了一位朝廷的大官，来感谢你这个救命恩人，这弟兄两个怕给你添乱，当时也没吱声，就悄悄走了。"尹尚贤说。

"哦，我说呢。"张世承回道。

"这过了两天，兄弟两人问我还给你送银票吗？我说不了、不了，星儿的贵人来了，就不用咱再操心了，什么时候用，星儿自然会来讨的。这不，以后培元来告诉我说，你是重振雄风、东山再起啊！"尹尚贤说。

"大伯伯，一直以来你都关心着星儿，这个我知道，可我做得并不是很好，让你老人家操心了。"张世承说。

"星儿啊，虽然你散尽家产，可咱都是为了治理小清河不是，这是正事儿，这，现在不是很好了吗？你记着，你尹大伯啊，不管在什么时候，永远是你的亲人。"

"大伯伯，星儿知道，我记着呢。"张世承回道。

这时，大门口传来两个青年人的呼喊声："世承哥！世承哥！"

"原来是培元、培杰兄弟来了，我想今天去你们那儿，可你俩亲自来了，让我当大哥的真是有点难为情了。"张世承赶紧迎上前去，拉着两人的手亲切地说道。

"世承哥，收到尹大伯的传话，我俩就过来了，你一切都好吧？"朱培元问道。

"都好，都好。家里的老人都很壮实吧？"张世承问。

"二老整天诵经念佛，没病没灾的，能吃饭，能睡觉，身体啊，是杠杠的。"朱培元说。

"那就好，刚才我和尹伯伯说起你们哩，这多年不见，你们两个呀，不但没见老，还少相了呢！培元呀，你比以前胖了。"张世承说。

"世承哥，那天我俩去济水镇，家里的场面好感人啊！你救的那个当官的，还有点人味儿，懂得知恩图报。"朱培杰说。

"世承哥，那天尹伯伯说你急需用钱，就让我和培杰带上银票去济水镇了，可那个叫丁占元的赶在我们前头了。我和培杰到了门口一看，那个阵势啊，就知道不方便再见面了，我俩商量了商量，也只好先回来了。"朱培元说。

"刚才尹大伯都说了，培元、培杰，真是太谢谢你们了！"张世承说。

"这三个孩子，咋在院子里聊起来没完没了呢？快进屋说话。"尹尚贤冲三人喊着。

"尹大伯叫我们了，走，咱屋里说。"张世承说完，三人便来到客厅。

进屋后，按辈分次序落座。朱培元说道："尹大伯，你今天喊我和培杰过来不光是为了见世承哥吧？一定还有其他什么事。"

尹尚贤把张世承吸收股份抱团发展的计划说了一遍，两人当场表示支持，并讲了自己对入股的看法，午饭后三人告别尹尚贤便各自回家。

回到济水镇，张世承便把周之旦招呼到客厅，和他说了尹府之行的经过，并让他负责起草一份入股章程。

"好的，大掌柜，我这就去办。"周之旦说完便出了客厅。

不一会儿，管家张恒手中拿了一纸包进来，对张世承说道："大少爷，这是今天尹老爷入股的银票，是十万两，培元、培杰各入股五万两。大少爷，培元、培杰是先从尹老爷那儿预支的。"

"管家，你打条了吗？"张世承问。

"回大少爷，只给培元和培杰兄弟俩打了。我说打条，可尹老爷说一家人打什么条啊，他还说其他入股的人等议事那天就到。尹老爷特别嘱咐，让我回济水镇后告诉你。"

"尹伯伯真是用心良苦啊！管家，你去一趟钱庄，把银票给马掌柜，让他一个时辰后来这儿一趟。"

"好的，大掌柜。"张恒应声而去。

张恒走后，张世承拿起笔，在纸上写了什么，然后用算盘算了一下，从橱柜中拿出一张卷好的图纸，便起身向码头而来。

来到河口码头，他找到冯云和说了什么，最后把图纸交给冯云和，说道："云和，这是图纸，你带个人过去，铺下盘子后你就回来，把他留下直到监督完工，其他事情你酌情办理就是。"

"大掌柜，我知道了，让卫思温去就行。"冯云和点头答应后，张世承便回到镇上。

张世承前脚来到客厅，钱庄掌柜马子文后脚跟了进来。

"大掌柜，你找我。"马子文进屋说道。

"马掌柜，坐下说话。"

张世承给马子文倒了一碗茶水，端到他面前说道："马掌柜，我们入股经营模式下一步就要实施了，股东分红的银子是每三个月支付一次，你要提前准备好。"

"大掌柜，好的，我会提前做好安排，放心好了。"马子文说道。

张世承递给马子文一张纸条说道："马掌柜，我让云和去办一件事，你按上边的钱数给他准备好银票，到时候你按时划拨就是。"

马子文接过纸条看了一下说道："大少爷，是一次到位还是分批划拨？"

"马掌柜，我和云和说好了，分三次划拨，他会根据情况提前通知你。"张世承说。

"大掌柜，我知道了。如果没有其他什么事，我先回去了。"

"好，马掌柜。"张世承说。

马子文刚想出屋，张世承赶忙说道："马掌柜，稍等一会儿，今天我去尹家庄，尹大伯给拿了两包茶叶，给你这包。"

马子文接过茶叶后抬手一闻，笑着说道："北京张一元的茉莉花，真是挺香的，大掌柜我可就收下了啊，谢谢你啊！"

马子文说完，又把茶叶凑到鼻子跟前闻了一下，走出客厅。

马子文走后，周之旦来到客厅，他把写好的入股章程递给张世承说道："大掌柜！章程写好了，你看一下。"

张世承看后说道："很好，之旦兄弟，这份章程务必今天派人送往各商号，告诉他们，大后天来济水镇商议。再有，派专人专车去一趟尹家庄，把尹大伯提前接来，还有就是告诉邱玉恭兄弟，让他代表入股商家做个发言。"

"大掌柜，我多派几个人分别通知各商号就是。我先走了。"周之旦说完出了客厅。

两天后的上午，玉食村大院的会客厅中，"同承和"的老板郑和堂、"全香楼"的掌柜邱玉恭、"玉丰成"的老板吴洪章、"元顺兴"的掌柜刘祥顺、"德丰聚"的老板邱方太、柳编铺子掌柜的牟洪升等早已到来。

随后县城、济水镇及小清河码头上的各大商号"天聚兴""大和永""恒聚永""天成裕""广丰久""长聚和""义丰裕""瑞丰成""天庆和""天承和""福聚和""天顺兴""东营居"等三十多家掌柜的也相继来到玉食村大院。

客人到齐后，在会客厅坐了满满的一屋。周之旦主持今天的议事会，他上台说道：

"各位朋友，各位同人，大家上午好！

"非常高兴担任今天议事会的主持人，请允许我代表玉食村就此次股东会议的议程方案向各位掌柜的说明一下。

"第一条，表决通过今年各项发展经营目标。第二条，表决通过年度建设方案。第三条，表决通过年度分红方案……"

经过各商号掌柜的议定，众人举手赞同。

然后，周之旦继续说道："既然各位股东对上述方案无异议，如果没有新的意见，没有弃权和不同意的，那就一致通过了！"

"好，好，通过了，通过了。"各掌柜的异口同声地赞成。

方案通过之后，周之旦继续说道："下面有请商业老前辈，德高望重的尹大掌柜讲话，大家欢迎。"

在一片掌声中，坐在前排的尹尚贤站起来，他并没有上台，站在原地转身向各位掌柜的们施礼后，捋着胡子高兴地说道：

"今天看到你们这些晚辈个个出类拔萃，正是让我羡慕的年龄，老朽真是打心眼里高兴佩服啊！为了生意的发展，大家抱团合作，这不但表现为一种美德，更是你们的一种眼光。但是，为了能合作长久，我说一句掏心的话，那么就是，今天在座的各位，不要指望将来在利益面前人人谦让，今天世承做得好啊，把丑话说到前头，事先把利益分红方面的问题说得清清楚楚，具有这种远见卓识的人，不仅会为生意带来眼前利益，更会带来长远的发展。很多时候啊，这聪明的方法胜过实力。有句话说得好啊，叫什么来着？在孩子的面前你是大人，在大人的眼里你不再是孩子！今天的星儿啊，星儿长大了啊！

"商业交往中有些事情本可以避免，可后来却搞得很糟糕，弄成了两败俱伤的官司，想想来看，就是因为心境修炼得还不到火候，还是个长不大的孩子。"

尹尚贤从衣袋中掏出手帕，擦了擦湿润的眼眶，坐在一旁的张世承看到后，赶紧站起来，搀扶着尹尚贤坐下。

"尹老说得好啊！"一片热烈的掌声响起。

尹尚贤说完，全香楼老板邱玉恭便代表济水镇商户上台发言，他说道："尊敬的各位股东、掌柜的们，大家好！

"金秋时节逢盛会，红果飘香迎贵客。对今天光临玉食村入股商会的各位老板，表示最诚挚的欢迎和最衷心的感谢！今天，非常荣幸能够和大家相会在小清河畔，共享商机、抱团入股、论道发展。这是一种缘分，更是一种幸运。茫茫人海中，虽然我们的年龄、行业不同，经历、品性各异，但正是因为这种缘分与幸运，让来自各行业的合作伙伴集聚一堂，我们一起选择加入玉食村事业，成为发展中的一分子。鼎力支持张世承大掌柜在奋斗中攀登高峰，勇往直前，再创佳绩。"

邱玉恭讲到这里，台下掌声一片。

最后，邱玉恭说道："我们现在又看到了张世承大掌柜的对仓储物流、织布印染、内河航运、城市店铺扩展、码头吞吐量等行业满怀豪情、孜孜以求的热情！他不仅是在用心做好多个买卖，更是在用心从事每一项事业！在他的身上，让我们看到了希望，也对玉食村商号的美好明天充满了信心！"

邱玉恭说到这里，台下一片掌声。掌声过后，邱玉恭继续说道：

"路漫漫其修远兮，吾将上下而求索！我们作为玉食村商号的股东坚信，为了将来的发展，为了我们的价值得到体现，今天在座的每一位股东，都会与张世承大掌柜同舟共济，尽心尽力为玉食村这座商业高楼添砖加瓦！"

邱玉恭的发言，在众掌柜的一片掌声中结束。

"下面由我们大掌柜的和各位老板说几句。"周之旦说。

众人将目光投向了坐在前排的张世承。

张世承对坐在身边的尹尚贤说道："尹大伯，我去了。"

尹尚贤点点头。

张世承起身上台，向众位老板弯腰躬身施礼后说道："今天，在玉食村商号举行入股议事会，我非常高兴，看到各位仁兄热情地支持，更坚定了我们玉食村人发展创新的信心，让世承我感受到从未有过的力量！有各位仁兄的支持，我们一定会把玉食村商号做得更加成功！"

众人鼓掌。

接下来，张世承介绍了京城和济南及济水镇各项事业的发展情况。

最后，他说道："我想告诉大家，入股抱团以后，玉食村一定会带领大家干事业、发大财，愿我们精诚合作，携手共进，共创玉食村商会美好的未来！同时，祝愿各位仁兄不断创新发展，事业兴旺，生意兴隆，财源广进，生活幸福美满！

"各位仁兄，我就说这么多吧，以后有什么事及时沟通，欢迎常来济水镇坐坐，谢谢大家！"

入股议事会最后商定成立了济水镇商会，众位掌柜的一致推选张世承为会长，中午各掌柜的共进午餐，下午众人参观了玉食村新建的仓储、染坊、码头后各自回家。

张世承安排好家中事宜，次日早上，便带领二十名卖油人向码头而来，准备乘船返回济南，众人刚刚来到码头，谢中急急忙忙地迎面而来。

"大掌柜，刚才有人跳河了，幸亏救得及时，再晚一点啊，就漂八面河子了。"

"人呢？"张世承问。

谢中用手一指说道："那不，在河边躺着呢。"

"快去工棚拿件衣服给他换上。"张世承说。

"大掌柜，我这就去。"谢中回道。

此时，张世承也顾不得再与谢中答话，急忙向河边跑过来。

张世承来到近前，蹲下身细心看了看此人的眼睛和脸部，心中默念道：水喝得不少，幸亏救得及时。然后，他又在此人身上的几处穴位按摩了一会儿。谢中拿来一套干净的工衣，众人赶忙上前给此人换上，然后把他扶了起来。

此人轻轻地咳嗽了两声，两只眼睛半睁不明地望了一下，然后迷迷糊糊地说道："这就是阴曹地府吧？死了也倒是轻松。"

"你醒了？这就好。"张世承说。

"你是谁啊？干吗救我？"看这事弄的，被人救了不但不说声谢谢，反而责备对方。

"我说年轻人啊，人这辈子都会遇到不顺心的事儿，甚至会遇到磨难，要在逆境中磨炼自己的意志，使自己变得坚强才是。"张世承说。

"还不顺心的事呢，直接是挖心的事。大哥让我出来办事，可我什么事也办不好，也没脸回去见大哥了。"此人用手揉了揉眼睛，对眼前的张世承说道。

"我说小兄弟，真正优秀的人，都是从逆境中走过来的，面对困难时的选择，崇高与渺小，优秀与平庸，稳重与浮浅，都会在此时泾渭分明。我不知道你大哥让你出来干什么，可我知道这是大哥给你的一次锻炼机会，做好也罢，做孬也罢，你这样选择轻生，让你大哥一辈子都会自责的。"张世承说。

"我都遇到了些什么人！在这济水镇，把我的一切希望打得粉碎。"此人说道。

"小兄弟，对生活抱怨没任何用处，当你行走在崎岖不平的路上被绊倒时，爬起来，拍拍身上的泥土，咱再走就是，没必要非得骂上两句，或是往坑里撒泡尿才成。小兄弟，生活并非处处公正让你满意，让人心满意足的是梦，不是生活。"张世承说。

年轻人此时好像是缓过神来，对张世承说道："叔，你是哪里人，这是又到哪里去啊？"

"我啊，就是这济水镇人，要到济南去。小兄弟，听口音你是周村一带的人吧？"张世承说。

"是。"此人抬头看了一下张世承，心中默念道：我没说，他怎么猜得这么准呀！

"刚才摸你的肚子呵，已是两天多没吃饭了，这吐出来的一点食物也没有，净是河水了。"张世承说。

张世承说完，转身向谢中说道："谢中，你去方太的铺子上买点糕点过来，让这小兄弟吃上点儿。"

"好的，大掌柜，我这就去。"谢中说完，向码头上跑去。

不一会儿，谢中回来。年轻人接过谢中买回来的糕点，狼吞虎咽地刚吃了两个，被张世承叫停。

"小兄弟，先垫垫肚子，走，到船上，等会儿再吃，你今天就搭我们的船一起回周村吧。"

"嗯，叔，搭船是很好，可我现在没钱给你。"年轻人手拿糕点，望着张世承说道。

"哈哈，先欠着就是，等你有了哈，再给不晚。"张世承开玩笑地冲年轻人说道。

众人上船，向济南方向逆水而来。这天上午，船到坡庄码头后，年轻人塞给张世承一张字条，说道："张叔，谢谢你了！"然后行礼下船和张世承告别。

望着年轻人远去，张世承打开字条，只见上面写道："张叔，谢谢你救了我，我问过船上的人了，你是玉食村的大掌柜。我叫崔寿宁，是周村全盛元染坊崔茂盛的二儿子，崔寿安是我大哥。张叔一路保重。"

张世承看完后将纸条收起，脸上泛起欣慰的笑容。

船继续逆水向上……

日月如梭，话说这又过了近两年，赶在小清河封冻前，张世承把从济水镇来的第六批三十个挑油人安排好后，让伙计把总管老钱叫到账房客厅，向他说道："钱叔，咱济南的各分店也都建起来了，挑油到户的经营模式也非常成功，不但方便了市民，更为家乡人走出来创业提供了一条很好的路子，过两天我就要回济水镇了，这济南的生意你就多费心了。"

"大掌柜的，放心好了，我会尽力的。"老钱说。

"那好，这个冬天我在家也好好拜访拜访咱家的几个股东，没有他们资金的支持，玉食村商号也不会发展得这么快、这么大。"张世承说。

这日，张世承辞别济南各油坊分号的掌柜，从黄台码头乘船回到济水镇。

他下船后先在码头上转了转，对各个环节细心查看了一番，然后他又返回河边，和外地停靠码头的船老大进行了交谈。码头上的各服务环节，得到了船老大很高的评价。

"大掌柜，你回来了，老远就看着像你。"总管冯云和跑过来冲张世承说道。

"你就是这济水镇张大掌柜的啊，真是失敬了。"船老大说。

"张大掌柜的，上个月我家的船在这码头东边儿漏水了，当时，你说把我急的呀，一家人紧拖快赶地勉强到了这码头上，多亏你们冯大总管找人帮着修船，这才渡过了危险。"船老大非常感激地说道。

"谁也会碰到个难处不是？只要船修好了，人安全、货没有损失就好。"张世承说。

"这船是修好了，可当时身上没有那么多钱，这工钱也没支。这次来找冯大总管还钱来着，可他还不收，这事弄的，让俺们说啥好呢！"船老大说。

"凡急事和难事，大掌柜有话，一律不准收钱。"冯云和说。

"船老大，没事，救急、救急嘛！船老大，你们先忙，我回家看看啊。"张世承说。

张世承离开河边，然后对跟随在身边的冯云和说道："云和，那边情况怎么样?"

"回大掌柜,全部完工了,前几天我又去了一趟,全部换的新家具,安排卫思温留在那儿,帮老太太搬家呢。"冯云和说。

"好,云和,让你受累了,今天晚上早回去,咱喝上点。"张世承说。

听说张世承回到府上,管家张恒赶忙来到客厅。

"大少爷,你回来了。"张恒说。

"是管家来了啊!这不嘛,刚进门。"张世承说。

管家张恒进得屋来问道:"大少爷,济南那边都好吧?"

"还行吧,就是这个冬天过去后,福来居的店铺还要重新装修一下。"张世承说。

"大少爷,你不在家这一年多,咱家的土地面积又增加了六百亩,全是从老河套子和雒家洼开垦出来的荒地。去年冬天和今年春天,用了很多大地栏肥(农村猪圈肥)改造过来,这地种着还行。"张恒说。

"这样好,在农闲时机,继续鼓励垦荒发展。"张世承说。

"大少爷,这自从让出地头以来,咱家每年少收入一万多斤粮食,唉。"张恒唉声叹气地说道。

"管家啊,困境时给予帮助,饥寒中给予温暖,危险时伸出援助之手,予人以及时,胜过给予很多,'天生我材必有用,千金散尽还复来'嘛!"张世承说。

"都这样把地施舍给了别人,咱每年可都吃了大亏了。"张恒说。

"给予乡亲们救急,这是咱应该做的事啊!给予和施舍是不对等的,用施舍的心态去给予别人,对乡亲们那就是一种侮辱,最重要的我们是要给予乡亲们一种善心。如果给予乡亲们一点救急都觉得很痛苦,那我们不就成了生性贪婪的人了吗?"张世承说。

管家张恒听后低着头再也没吱声。

"大掌柜,你回来了啊。我刚才去码头了,听云和哥说你回来了。"周之旦说着进得客厅。

"来,来来,之旦,我刚到,这不正和管家聊着呢。"张世承说。

"管家也在啊,你们先聊着,我去厨房弄几个小菜,晚上咱喝点。"周之旦说。

"周掌柜,你和大少爷聊聊吧,我去整就行。"管家张恒说。

"之旦兄弟,就让管家去吧,他经常安排,这个他熟悉,来,坐下说。"

张世承说。

周之旦坐下后和张世承先说了芝麻精选后发往京城的事宜，又说了染坊的开工和营业情况。最后说起了棉花收购后的用项："大掌柜，这两年棉花收购后，除我们自己弹花织布供应染坊外，剩余的棉花，我都卖给了周村的一个客户，这两年下来光卖棉花这项就纯入二十万两银子呢。"

"把握市场动向，灵活运作，之旦兄弟，你做得很好！"张世承说。

"自去年周村那个客商在刘国坤那里跌了跤之后，就再也没来过。"周之旦说。

"哦，我们现在合作的商户是哪家？"张世承问道。

"大掌柜，是周村全盛元染坊，掌柜的叫崔寿安，这人倒是非常仗义，给我们的棉价略高于市价，但棉花收购完了，他会多付三万两银子作为答谢。"周之旦说。

"之旦兄弟，我明白了，这个崔掌柜的就是被刘国坤坑惨了的那个崔寿宁的哥哥。他之所以多给我们银子，里边还有一个含义，那就是我救过他弟弟的命。"张世承说。

"大掌柜，这全盛元染坊势力强大，去年吃了这么大的亏，又差一点儿搭上自己弟弟的性命，不过这崔寿安也没有回来找刘国坤的麻烦。"周之旦说。

"轻信贪婪和无德的人，最容易受到伤害。刘国坤心胸狭窄，丧失人性，去伤害自己的朋友，这样做不仅愚蠢，这更是一种悲哀，终是要付出代价的。至于全盛元面对伤害却保持冷静，也许感觉时机不成熟，不急于去做是明智之举。"张世承说。

"像刘国坤这样无礼的狂妄之人，狂到什么都敢干的程度，这样的人不但限制了自己的发展，更重要的是会断送自己的前程。"周之旦说。

"之旦兄弟，我看这样吧，咱把崔老板多给的银票还回去。这处事交友的学问，往往只有一步之遥，而迈出这一步，很多人难以做到，对旁观者来说，就是我们常说的一句话，叫'望山跑死马'。"张世承说。

"大掌柜，我去办，不过我看这么着吧，咱把这个钱抵扣全盛元明年的收棉款也行。"周之旦说。

张世承抬头笑了笑说："人家明年还来合作？"

"来，来，都说好了，崔掌柜的都说了好几次了，还一再要求见见你哩。"周之旦说。

"如有机会，一定前去拜访啊。还有，之旦兄弟，这都几年了啊，你也没捞着回家看看了，都是哥不好，光顾着这生意了，让你等了好几年。兄弟啊，你不但是我合格的好兄弟，也是一个真正成熟的好掌柜呀！"张世承说。

"大哥，你看你，咋还感慨起来了呢！"周之旦说。

"之旦兄弟，你在济水镇这几年，出于真诚，出于礼貌，出于修养，更是发自内心，别人难以为之啊，的确令哥钦敬！"张世承说。

"大哥，到济水镇以来，之旦不仅得到你的信任，而且才智得到充分施展，是一种幸福和愉快，知音之情，之旦感谢你还来不及呢。"周之旦说。

"之旦兄弟，咱啥也不说了。我想好了，明天你准备一下，后天就回老家看看，让王有赶车，王新礼和吴米面两人陪同，这路上也有个照应，到家后让他们帮你收拾收拾。"张世承说。

"大哥，我自己回就行，别麻烦那么多人了，又不是在外当什么大官，弄得和衣锦还乡似的。"周之旦说。

"虽然是我们不当什么官，咱也得像模像样的不是。这个你听我安排就行了。"张世承说。

这时冯云和从码头回来，刚到客厅门口就喊："大掌柜，刚从河里打上来的梭鱼，我先送到厨房去啊。"

冯云和话音刚落，管家张恒从外面风尘仆仆地进来，对冯云和说道："别了别了，还是我去吧！"

到了晚饭时分，管家张恒把酒菜上齐，冯云和看到这丰盛的佳肴，忍不住嚷嚷着赶快开席，张世承说："稍等一会儿，子文还没到呢。"

"还等着我啊，你们先吃着就行。"马子文说着便进得屋来。

这人也齐了，五人落座边吃边喝边聊，一直到亥时，周之旦起身说道："大哥，你们喝着，我先回去收拾一下。"说完，周之旦先行告退。

周之旦走后，张世承敬了在座的每人一杯，然后，把周之旦回家探亲之事和三人说了一遍。

"周掌柜这一来就是好几年，吃苦耐劳的，对玉食村那是没说的，我早就想劝他回去看看，可这么一大家子事，大掌柜你又不在，他走了，还真玩不转。"冯云和说。

"周掌柜办事周到，又会处理人际关系，是一个幽默而有智慧的人。"管家张恒说。

"是啊，周掌柜是一个很有魅力的人，不但做事成熟带着勇敢，而且在突破和借鉴的基础上，常有崭新的创造。他眼光敏锐，远大，准确。"钱庄掌柜马子文说道。

"云和，明早你通知护航队的王新礼和吴米面两人，陪同之旦回趟老家。"

"管家，明天你在镇上转转，把各家的特产都弄上点，让各位老板用食盒装好送到府上来，全香楼的香鸡多要几只。让王有提前准备马车送之旦兄弟回家。"

"大少爷，咱自家的产品也带上吧？"管家张恒问道。

张世承笑了笑回道："带上、带上，香油什么的多带点，让之旦回去也亲戚里道地分分不是。"

"好的，大掌柜，知道了。"张恒回道。

"马掌柜，明天你送两万两银票过来。这多少年了，之旦兄弟也从没有领过工钱，真是难为他了。"张世承说。

"大掌柜，知道了。"马子文回道。

又过了一天，用人王有早上就把马车停在玉食村府邸门口，车上装满济水镇的特产。王新礼、吴米面两人各牵一匹枣红快马，身后斜背锋利的虎头大刀，等候在此。

不一会儿，张世承送周之旦出门，管家张恒手中拿着一个红木盒子跟在身后。

"大哥，我回去看看，很快就回来。京城、济南、镇上这么多事，在家时间长了我也不放心。"周之旦说。

"之旦兄弟，这好几年了，你也没捞着回家，到家代哥问老人家好，顺便代我给老人家赔个不是。这个你带上，是哥给老人的。"张世承从管家张恒手中接过盒子递给周之旦说。

"大哥，那我先替老母亲谢谢你了。"周之旦接过红木盒，然后上车。张世承目送周之旦的马车远去，然后回到府上。

周之旦一行人等，路上晓行夜宿，这日中午时分，他们出得武定府地界。王有看到前方路边有一个小店，回头冲坐在车上的周之旦说道："周掌柜，这天快晌午了，前边有一个小店，咱住住脚，吃点饭，也顺便喂喂牲口。"

周之旦用手撩开车轿的前门帘，向前看了一眼说道："好，前边停下，吃了饭，歇歇脚再走。"

这周之旦等人估计在路上还得走上几天。咱先说济南福来聚大管家老钱，其实，这老钱的大名叫钱铜锣。

自打张世承乘船回济水镇之后，济南福来聚上上下下的一切事情完全由钱铜锣打点。因这福来聚现在在济南是铺子多、伙计多，他不敢稍有松懈，昼夜操劳。白天大多时间盯在柜上或听取各店铺掌柜们的汇报，晚上也常常睡不安稳，一日三餐吃饭也不太按时。

这天晚饭后，他感觉有点累，便回到房间想早休息，可他躺下后却翻来覆去地睡不着。天空月光明亮，透过窗纸泻进屋子来，在地上编织成网形的图案。他躺在这张熟悉的床上，静静地，以前封存的往事，一幕幕在他眼前晃来晃去，如潮水般把他拖入深深的回忆之中。

……思绪让他回到十四岁那年的冬天，孤儿的他，因冷冻和饥饿晕倒在大街上。当醒来时，发现自己躺在一张木板床上，床头有两个杂粮馒头、一块咸菜、一碗白开水，看到眼前的食物，他啥也没想，饿急了的他，爬起来狼吞虎咽地吃了下去。待了一会儿，他慢慢地坐了起来。

"你醒啦？瞧你这孩子，大冬天的在街上乱跑啥呀？拿上两个干粮快回家吧，要不你娘爷还挂拉着。"一位中年人站在床前向他说道。

钱铜锣眨巴了眨巴眼睛，从床上下来后说道："没人挂拉我，我没娘爷、没家。"

后来，钱铜锣就被这位中年人收留了。这位中年人叫蔡永庄，就是卖房人蔡汝臣的父亲。

蔡永庄在这馆驿街繁华地段上开了一家叫"济广永"的铺子，主要经营丝绸、茶叶、桐油、碱面等。

这蔡永庄是位经商能手，他在安徽的黄山建立了自己的茶厂，不但从种茶到制茶到销售做成了一条龙，保证了货源的低成本和质量，而且物美价廉。于是，这济广永的市场很快扩大，占领了济南很大的一片地区。

蔡永庄把钱铜锣收留在济广永后，非常喜欢这个聪明好学又勤快的年轻人，有心培养他，于是，他要考察一下他对东家的忠诚度。

这天傍晚，蔡永庄对正在打扫院子的钱铜锣说道："铜锣，明天来客人，你去把厕所那边打扫打扫，弄干净点啊。"

"掌柜的，好的，我扫完这一会儿就去。"钱铜锣答应道。

当钱铜锣来扫厕所时，突然看到路边的草丛中有散落的铜钱，他一个一个地拾起来，然后跑到账房对蔡永庄说道："掌柜的，不知谁丢钱了，你看。"

蔡永庄接过钱铜锣递给自己的铜钱放到柜台上一数，不多不少，正好十二枚，全了。

"铜锣啊，这个钱是你捡到的，就拿着吧。"蔡永庄说。

"掌柜的，这院中的一草一木都是东家的，这钱我可不要。"钱铜锣说着跑出门外。

望着钱铜锣的背影，蔡永庄心里默念道：这孩子只是一个学徒，铺子里只管吃管住，三年里是没有工钱的。可这个能干的孩子在金钱面前毫不动心，这是对东家绝对忠诚的做人准则，我不信任他，又能信任谁呢？

话说钱铜锣学徒期满，蔡永庄对他十分满意。又过了一年，这天，蔡永庄把他叫到账房说道："铜锣啊，你也长大了，这几年干得也不错，我想让你去安徽经办茶叶的商务。"

"掌柜的，我听你的，在哪儿干都行，反正我是孤家寡人，无牵无挂。"钱铜锣说。

"铜锣啊，你还别说，你也不小了，也到了成婚的年龄，我呀，给你说了一房亲事，是我一位远亲家的闺女，这人长得还蛮俊的呀，这几天把婚事办完，你们两人就启程。"蔡永庄说。

这钱铜锣一听，非常感激，赶忙跪倒在地说道："东家，你就是我的再生父母，我铜锣一辈子都会记在心中的。"

蔡永庄望着眼前的年轻人，心中默念道：你是我辛辛苦苦培养出来的人才，不看好了，让别人挖了去，我可就吃大亏了。

钱铜锣很快结婚。婚后的第六天，他带着新婚的媳妇去了安徽的黄山。在这里，钱铜锣亲赴茶园，以便掌握茶叶的质量，采购完全达到合格级别的茶叶，保证了货物质量。钱铜锣在这儿一干就是五年，这五年中也只是为了"济广永"生意上的事回过济南三次。

又过了一年，这天中午钱铜锣正在吃饭，突然"济广永"在济南的小伙计毕汉庭风尘仆仆地进得门来。

"钱掌柜，你赶快收拾一下，和我回济南。"毕汉庭说。

"汉庭啊，看把你急的，来来，先坐下，喝口水，慢慢说。"钱铜锣说。

毕汉庭瞅了瞅房中，快步到水缸跟前，拿起舀子舀了一瓢水，"咕咚咕咚"喝了下去，然后他用手一抹嘴说道："钱掌柜的，事儿很急，回去晚了，怕不行了，走，现在就走。"

钱铜锣和毕汉庭两人一路舟车劳累，回到济南。进得"济广永"大门后，毕汉庭说道："钱掌柜的，走，老爷说让你来了直接去他的卧室说话。"

"噢。"钱铜锣答应着，两人向蔡永庄的卧室走来。来到门口，这毕汉庭停下脚步，钱铜锣进得房中一看，让他大吃一惊。

钱铜锣快步进得卧室，只见蔡永庄年轻的媳妇和他叔伯兄弟蔡永录站在床前，骨瘦如柴的蔡永庄躺在病榻上已是奄奄一息。

"大掌柜，你，你这是怎么了啊？这才半年多没见，咋就弄成这样了？这是？"钱铜锣说着人已扑到床前。

听到钱铜锣的声音，蔡永庄半睁开眼睛看了看，两只胳膊撑了一下，想坐起来，可这病入膏肓的身子，挣扎了几下，却怎么也不听使唤。他歪了一下头，吧嗒了吧嗒嘴，一滴泪珠从眼角滚落到塌陷的腮帮子上，然后有气无力地说道："铜锣，你回来了，来。"

"大掌柜，我在呢，铜锣听着呢，大掌柜。"钱铜锣说。

"铜锣啊，自打我把你从街上救回来，你在这'济广永'也六七年了，我待你像亲生孩子一样，对你不薄吧？"

"大掌柜，你养铜锣成人，又给俺娶媳妇，给俺成家，你就是铜锣的再生父母呀。"钱铜锣说。

"铜锣，我快不行了，待我走后，我这么大的家产和生意就全托付给你了。铜锣啊，我这儿子尚小，今年才八岁啊，真是苦了这无爷的孩子呀。铜锣啊，你要把这生意做好，守住这个家，等孩子长大了，将来把这份家业交给他。铜锣啊，你听到了吗？"蔡永庄说。

"大掌柜，你没事的，会好起来的，铜锣记着你的话了，我听到了，铜锣记着了。"钱铜锣说着，泪水像断了线的珠子一样顺着脸蛋滚了下来。

蔡永庄闭上眼睛待了一会儿，又对站在一旁的叔伯兄弟蔡永录说道："兄弟啊，这些年来，我对你是十分信任呀，我走了以后就麻烦你照顾好她娘俩。唉，只是可怜了你年轻的嫂子呀，她十六岁进咱家，这年纪轻轻的就守了寡。永录啊，我就是放不下心呀！她才二十几岁，比你的年龄还小啊。永录啊，以后这家里的钱你就管着吧，等你侄子大了，你再交给他。"蔡永庄用十分信任的眼光盯着蔡永录。

"哥，你尽管放心，万一你真的有个好歹，我一定替你照顾嫂子和侄儿的，柜上挣的钱决不乱花，给侄子存着，等侄儿长大了就一文不少地交给他。"蔡永录说。

蔡永庄最后看了三人一眼，就安然地闭上了眼睛，命归西天。

蔡永庄去世后，钱铜锣把蔡永庄的话牢记在心，为"济广永"买卖的壮大和发展兢兢业业、任劳任怨，起早贪黑地干。

一晃一年多过去了，又到了春茶收购的时节。这日钱铜锣来到蔡永录的房中，告诉他自己要到南方住上一阵子，等春茶收购完后再回来，顺便处理一下业务上的其他事情。

"钱掌柜的，济南的事情有我在，你放心去好了。"蔡永录说。

"好，那边的事完成后我会及时赶回来。"钱铜锣说。

钱铜锣临行，把铺子里的伙计毕汉庭叫到自己的房间说道："汉庭啊，咱家老爷走后，我掌管'济广永'以来，发现你是一个既诚实又能干的好孩子呀！"

"掌柜的，都是你教导得好，为东家干活儿，端东家的饭碗，咱得尽心尽力，应该的。"毕汉庭说。

"汉庭啊，你这么想，就对了。听说前几天你母亲病了，这是二百两银子，你拿着给你母亲看病用，也算是我的一点心意吧。"说着，钱铜锣把一个装有银子的布袋递给毕汉庭。

"掌柜的，这、这真是太感谢你了。"急等用钱给母亲抓药的毕汉庭感激地说道。

钱铜锣说："不用客气。"然后他走到门口向外望了望，返回房中低声对毕汉庭吩咐了什么。

"好，掌柜的，好，知道了。"毕汉庭答应着。

过了几天，钱铜锣便去了安徽的黄山。

钱铜锣走后，这掌管"济广永"商铺钱财的蔡永录没有了制约自己的人，看到眼前这白花花的银子，在无人监管下，顺手就拿任意挥霍，花钱也着实方便。

蔡永录实际上是一个虚荣心特别强的人，自打大掌柜蔡永庄去世掌管钱财以来，为追求享受，挥金如土。为了达到长期挥金如土的目的，他在嫂子面前花言巧语、百般殷勤，你还别说，他这一套把戏，骗得年轻的嫂子对他十分信任。

这天晚饭后，蔡永录来到嫂子的房间，对她说道："嫂子，自从我哥去世后，你一个女人家，又不懂得经营，长期住在铺子里也不方便，我在大明湖附近给你买了一套宅院，你到那里去住，这一来也清静，二来呢，转转玩玩也方便，还是到那儿去住好。"

这蔡夫人听后，感觉小叔子说得也有道理，就对蔡永录说道："我说他叔呀，去就去吧，离开这里也好，省得每天看到这些熟悉的东西，就想起你那死去的哥，老是伤心。"

蔡夫人搬到新家后，这蔡永录每天前来问寒问暖、关怀备至，表现出百般的殷勤。蔡夫人对小叔子也产生了感情，每每见到蔡永录，心中老是一种火辣辣的感觉。

在一个风雨交加的傍晚，蔡永录冒雨给嫂子送来两件杭州真丝旗袍，这蔡夫人便迫不及待地穿给蔡永录看。

"美！太好看了，嫂子，真是太漂亮了，七仙女也没有嫂子漂亮哟。"这蔡永录说完，走到蔡夫人面前，先用手给她整理了一下领口的纽扣，然后故意用手在她胸前划了一下。

蔡永录这手划过之后，蔡夫人不但没有责怪，反而冲他抛了个媚眼儿，说："他叔，这打雷下雨的，嫂子一个人在这里害怕，今晚你别走了。"蔡夫人话音未落，一道电光闪过，震耳欲聋的雷声随即而来，蔡夫人惊慌地扑到蔡永录的怀中……过了一会儿，房中的蜡烛灭了，这叔嫂俩便搞到了一起。

这所有的一切，都被暗中跟踪的一人看在眼中。

这在风雨中盯梢的不是别人，正是钱铜锣临行时安排的伙计毕汉庭。

蔡永录花言巧语把嫂子搞到手后，心中得意扬扬，因为他心中盘算的第一步已经实现，而让他心里最惦记的还是这"济广永"的银子，永远属于自己，随便花。

蔡永录想来想去，便伪造了一份蔡夫人让他继承"济广永"财产的文书。这天他来到蔡夫人的住处，说道："嫂子，这是给钱铜锣的一封信，你在上面按个手印吧，催他尽快把新茶发到济南来，客人们都来催着要新茶了。"

"我说他叔，生意上的事我从不插言插手，你又不是不知道，按什么手印啊？我又不是不放心你，你看着办就行。"蔡夫人说。

"嫂子，是这样，哥走的那天，你又不是没看到，家里的一切生意都托付给钱掌柜负责，我只有服从的份儿，像这样发号施令的信件，你按个手印就不一样了，因为你还是咱'济广永'的主人不是？"蔡永录说。

蔡永录一通花言巧语下来，可怜这蔡夫人又不识字，就稀里糊涂地在文书上摁了手印……

得到"济广永"的继承权之后，这蔡永录便预谋勾结人贩子，想把蔡夫人卖到京城的妓院去，独享这份家业。

只因跟踪蔡永录的毕汉庭经验太少，又加上救主心急，没等钱铜锣归来，将此事揭露得过早，蔡永录感觉到事情已经败露，便卷走"济广永"全部的银子，逃离济南。

蔡夫人得知内情后，羞恨万分，感觉日后无脸见人，便在深夜纵身跳入小清河落水身亡。

钱铜锣从安徽回到济南，得知此事，一气之下，将毕汉庭撵出了"济广永"商铺。

钱铜锣在资金断链，柜上分文没有的情况下，靠向朋友借贷，勉强支撑着"济广永"生意的存续，还承担起了抚养蔡永庄儿子蔡汝臣的责任。

转眼间，蔡汝臣就长大了，可是他从小脾气大，不喜欢读书，只喜欢做生意。到了十六岁那年，别看他年龄不大，这蔡汝臣在生意场上做得已是有模有样。

为了更好地锻炼蔡汝臣的能力，钱铜锣经常安排他去外地进货，这聪明伶俐的孩子，总是弄一些和别人不一样的东西回来卖。俗话说，"物以稀为贵"，这天长日久，"济广永"的生意越做越红火，挣的银子也越来越多。

有了周转的资金，钱铜锣琢磨着自己还得去南方，把以前的事情重新干起来，就和蔡汝臣商定此事。

"好，钱叔，你就放心地去吧，家中这点儿事，我自己打理着就行。"蔡汝臣信心十足地说道。

钱铜锣对蔡汝臣嘱咐了一番，便起程南下。

钱铜锣走后，蔡汝臣自己担起"济广永"在济南的生意，每日勤劳奋进，巧妙经营，常常奔波在外。这次，他为了采购一批真丝丝绸，便来到苏州，和当地一个丝绸老板谈了一笔很大的生意，为了表示答谢，这位老板就邀请蔡汝臣一起去"烟雨轩"喝茶开心。也是出于对江南人文习俗的好奇，蔡汝臣也没推辞，爽快地答应下来。

两人来到苏州有名的茶楼"烟雨轩"，玩得好不尽兴。在这种认钱不认人的地方，也都是逢场作戏而已，可这蔡汝臣却动了真情，他喜欢上了一个叫玉珠的姑娘。这十天下来，蔡汝臣便在这玉珠身上花了三百多两银子，让这玉珠迷得神魂颠倒，天天住在"烟雨轩"，整夜不归，并承诺要给玉珠姑娘赎身，而且要把她明媒正娶回家。

这玉珠姑娘嫁给蔡汝臣得到百般宠爱，按道理说，她该知足才是，生活上衣食无忧无虑，整天使奴唤婢的。可她却常常因两人没有共同语言而感到苦恼郁闷，这日子长了，两人便经常闹别扭。

人常说：吃饱撑的没事找事。这不，因那么一次偶然的机遇，便促成了玉珠人生的悲剧。

这日，"济广永"店铺来了一位年轻顾客，订购了两捆苏杭丝绸，这年轻人出门时，正好瞧见了在门口赏花的玉珠。

"哎呀，娘哎，这就是街坊邻居常说起的玉珠姑娘吧，此女子果真是倾城之貌啊！我真是喜欢到骨头里了，可惜了一朵鲜花插在这个不识字的牛粪上。"这年轻人两眼盯着玉珠，自言自语地念道。

这年轻人是谁？叫什么名字？书中所表，此人叫钟相传，是"济广永"店铺斜对过"富源记"酒坊的大少爷。

这钟相传虽然长得挺帅，可从小娇生惯养，也是个浪荡公子，他也心知肚明，自己惦记归惦记，玉珠毕竟是蔡汝臣的女人。这有夫之妇，我钟相传怎么才能让她投到自己的怀抱中呢？钟相传回家后躺在床上左思右想，整夜没有合眼，天明时终于想出一条计策，那就是通过自家的女用人来和玉珠套近乎，然后达到目的。

这日，钟相传把女佣陈妈子叫到房中告诉她："陈妈，我想让你帮我办点事，是这么着……"说完，钟相传把一百两银子，放到桌子之上。

说实话，谁见了钱不眼热？何况过穷日子的陈妈子，眼前一下子摆了这么多白花花的银子，贪婪的心和自私的欲望，使她忘了为人最起码的德行。她觉得这桩买卖只是跑跑腿、耍耍嘴皮子，又不卖多大的力气，就满口答应了。

这天，陈妈子专门梳妆了一下，拿着一个枕头来到"济广永"店铺的后院，老奸巨猾的她，以学绣花为名，想先探一探玉珠的心思。

这陈妈子见到玉珠，嬉皮笑脸使出浑身解数，一番夸赞下来，把个成天闷闷不乐的玉珠，哄成了一个眉开眼笑的欢喜团。这一来二往，便和这玉珠姑娘混得熟悉。这天陈妈子又来到玉珠的卧房，看了看四周无人，便悄悄地和玉珠说了自家钟公子的心愿。这玉珠听后，既没表示反对，也没点头应允，只是笑而不答。这陈妈子什么人啊，干拉皮条这种事儿就是人精啊！她猜出了玉珠的心思，心中暗喜，这事儿成了。随后，她便将钟相传写好的一封情书从口袋中掏了出来。

"玉珠姑娘，这是俺家公子给你的，我来的时候，还千叮咛万嘱咐一定让我亲手交到玉珠姑娘你的手上，我家公子对你既羡慕又痴情啊！"

这玉珠从小在"烟雨轩"长大，专门受过诗琴书画这方面的教育，她接过情书展开一看，这封情书以一首古诗开头，便默默地读道：

玉珠佳人

寻好梦

梦难成

况谁知我此时情

枕前泪共帘前雨

隔个窗儿滴到明

……

后面的大概内容，就是把玉珠夸赞了一番，说她是如何如何的美丽、大方、秀气、稳重等。最后钟相传表达了自己对玉珠深深的喜欢和爱慕之情。

玉珠看完这封热情洋溢的情书，从心眼里感到高兴：这偌大的济南城，终于有懂自己的人了！

陈妈子一看玉珠脸上的表情，心中默念道：好戏开始了。她赶忙对玉珠说道："玉珠姑娘啊，我家大公子不但有才学，而且风流倜傥，和你年龄相当，你俩都懂琴棋书画，且有共同的爱好，依我看啊，你就依了俺家大公子的心愿，给他回个信，让他放宽心不是？"

"陈妈妈，看完钟公子的信，深知他的才学和对我的深情厚谊，只有这样的才俊，方可走进我荒芜已久的心田。在济南，又有谁能懂我心中苦闷呢？唉，我这满腹忧伤又该向谁倾诉呢？"玉珠满脸忧伤地向陈妈子苦诉着。

有门儿！她这些话，这不明摆着同意和钟相传交往吗？陈妈子两个眼珠子一转，赶忙对玉珠说道："玉珠姑娘，我看你们俩才是郎才女貌，鸳鸯戏水在一起，那才是天生的一对呀。"

常言道，若想人不知除非己莫为，两人暗中幽会又过了半年之余，这相好的秘密被店内的小伙计成可选看在眼里。

这日晚上，玉珠让小伙计成可选去买夜宵，这成可选回来晚了一会儿，玉珠很是生气，不但扣了这小伙计两天的工钱，还一天不给他吃饭。成可选感到委屈，心中默念道：好你个奸夫淫妇，你们等着，你不仁，休怪我不义了，等蔡老爷回来，我一定把你俩通奸的事告诉他，到时候，可够你们两个人喝一壶的。

这日，外出多日的蔡汝臣回到"济广永"店铺，小伙计成可选私下向他讲述了钟相传、玉珠两人的私密通奸之事。这蔡汝臣一听，连脖子都气绿了，他赏了成可选五十两银子，并吩咐小伙计不许声张，自己设计好了一个捉奸计划。他在家若无其事地住了两天，这日，他对玉珠谎称去京城办事，需要

247

待十天半月才能回来。这蔡汝臣出门后便偷偷返回家中，藏在偏房内，等钟相传来时将其捉住送官。

玉珠认为蔡汝臣去了京城，便通过陈妈子传信，让钟相传晚上再来。

晚饭后，钟相传便鬼鬼祟祟地来到济广永店铺门前，也没多想就进得门来，可往里走了几步，钟相传回头看了一下，总感觉哪里不对，哎呀，坏了！他自己心中默念道：以前我来都是虚掩着大门，今天怎么四敞大开的？

"钟公子，咋啦？进门咋还不进屋里来了呢？这几天不见，小女子真是想死你了。"玉珠站在卧室门口冲站在院中的钟相传娇滴滴地喊道。

"小宝贝，大门怎么四敞大开的呀？"钟相传问道。

"刚才我掩好了呀，不会是被风刮开了吧？"玉珠说。

"不对啊，这也没起风啊。"钟相传疑惑道。

"不好，这要坏事！"别看钟相传年龄不大，可也是有心计的人，既然他敢给蔡汝臣戴绿帽子，也就早有准备和防范，当他感到情况不对时，撒腿就想往外走。

看到钟相传想溜，蔡汝臣便手持木棍从偏房中冲了出来。"想跑不是？"说着，便一棍子打了过来。

"哎呀，娘啊！"钟相传喊着急忙躲开，棍子擦着他的胳膊划过。

"想跑？"蔡汝臣又抬手把手中的棍子扔了过去，正巧打在钟相传的后腿肚子上。钟相传被棍子击倒在地。

蔡汝臣猛扑过来，抓起他的褂子后身，从地上把钟相传提了起来。

"蔡哥、蔡哥，别误会，我是来买丝绸的，别误会……"钟相传口中喊着。

"还丝绸（私仇）？我今天是报仇。"蔡汝臣抓住他的衣服，气呼呼地喊道。

这钟相传双手往后一伸，趁势借力把褂子一脱，来了一个金蝉脱壳，从"济广永"夺门而逃，光着上身跑了。

"什么玩意儿？"

蔡汝臣把褂子往地上一扔，冲钟相传跑远的背影骂了几句，然后，"哐当"一声把大门关上，快步返回院内。"你这个贱人，我给你赎身，对你这么信任，你却暗地里背叛我，该死的贱人。"蔡汝臣手指玉珠骂道。

钟相传跑了，这么一来，玉珠可大难临头了，蔡汝臣把所有的气全撒在了她一个人身上。

蔡汝臣拿来绳子，一边骂着一边把玉珠绑在院中的柳树上，不由分说，蔡汝臣拿起准备好的鞭子对玉珠一顿狠抽。

"我叫你偷汉子，我叫你本性不改，你个浪女人，非打死你不可，你个贱女人。"蔡汝臣一边打一边骂，气愤之下一顿鞭子把玉珠打得鲜血直流。

无论蔡汝臣怎么骂、怎么打，玉珠一声不吭，也不求饶，而且还说："钟公子，我生是你的人，死是你家的鬼，玉珠认识你，这一生值了。"

藏在石榴树下暗中偷看的成可选心中默念道：值什么值！这事到临头钟相传跑得比兔子还快，都到这份儿上了，真是可怜天下痴女心呀。

玉珠刚才的话，如同火上浇油，蔡汝臣越听越来气。

"他娘的，你这个贱人，我叫你鸭子死了嘴还硬！"他一气之下，拿起刚才的木棒，向玉珠打了过去。

"等会儿再用鞭子狠狠地抽你。"可等了一会儿，蔡汝臣发现，玉珠被刚才这一棍子打来，正击中后脑勺，无意中被活活打死了。

看到人已经死了，蔡汝臣才从愤怒中清醒过来，望着眼前的死尸，心中默念道：这事整的，这该怎么办才好呢？正在犹豫不决时，忽然听到有人击打大门的声音，同时传来一阵急促的喊声："开门，快开门啊！"

听到喊叫声，蔡汝臣慌了手脚，赶忙从树上解开玉珠身上的绳子，慌慌忙忙把她拖到墙角拐弯处的石榴树下，然后扯了扯自己的衣服，晃了晃头勉强镇静了一下，向大门口走来。

趴在石榴树下偷看的小伙计成可选，看到蔡汝臣把个死了的玉珠扔到自己身边，直接吓得尿了裤子，闭上双眼浑身颤抖地默念道：玉珠姑娘，你饶了我吧，以后再也不敢了，我年轻，我无知，下一辈子就让我托生个哑巴吧，玉珠姑娘我再也不敢胡说乱说了！

蔡汝臣拾起刚才的棍子，慢悠悠地来到门口，把着门缝向外瞅了一下问道："谁呀？这都黑天了，有什么事，明天再说吧。"

"大少爷，是我。"来人说道。

听到来人的回声，蔡汝臣像盼到救星一样，赶紧把门打开。此人进得门来……

钱铜锣躺在床上，翻了下身，迷迷糊糊地回想到这里，感觉东家蔡永庄来到床前向他问道："铜锣啊，我临走托付你的事做到了吗？你把家业转给臣儿了吗？他娘俩过得还好吗？我把你救回来……"

"东家，我，我……"钱铜锣喊叫着，感觉东家蔡永庄用双手压在他的胸口，自己拼命地用力挣扎，然后猛地从床上坐起来。

钱铜锣咬了一下自己的胳膊，感觉到疼痛，方知自己刚才是做了一个梦，他无心再睡，下床后无精打采地在院子里转了一圈，然后又回到房中。

进屋后，他跪倒在地面对西方，双手合十说道："东家，铜锣对不起你，铜锣无能啊！"说完，他接连磕了三个响头，继续说道："东家，放心吧，我就是拼了这条老命，也要把这家业转给臣儿，以报你救命养育之恩。"

这日，钱铜锣到账房去了一趟，告诉账房准备好进货的银子，他安排好济南的一切，便雇了一辆马车离开"福来聚"，出得济南城，过小清河，过黄河，一路向东北方向而去。

周之旦一行连日奔波劳碌，这天终于到达他的老家——定州城东边的一个村庄。这村离城里也就一里来路。他们一行四人来到村南路口，只见路边立有一块村碑，上写两个大字：周庄。

周之旦下车带路，四人进得村来，每每碰上街坊熟人，周之旦都是热情地打着招呼。

"二大爷，进城赶集了吗？"

迎面走来的老人手中提着菜和一刀猪肉，听到有人招呼自己，赶忙停下脚步，打量了一下面前的年轻人，恍然说道："哎呀，这不是旦儿吗？看我这人老眼昏花的，还差点认不出你来了。"

"二大爷，是我，你老身子骨儿挺结实吧？"周之旦说。

"结实，结实，好着呢。旦儿啊，这都好几年没见到你了，前些时候，听你二婶说你娘在家盖房子，我去看了看，那房屋盖的，是砖瓦到顶，匠人都是外地来的，我也插不上手，帮了两天人场，我还问道你娘，这盖房子旦儿咋还没回来呢？"

周之旦听后先是一愣，刚想再问一下老人是谁家盖房子，这老人继续说道："这不，今天是我六十岁生日，我进城买的肉，一会儿你到家去，让你二婶子啊，给你包包子吃啊。"这老人说道。

"二大爷，这敢情好，先谢谢你了。"说完周之旦让王有从食盒中拿出一只香鸡，送给老人。

"二大爷，祝你生日快乐！"周之旦边说边和老人告别。

车往前又走了一会儿，来到一个土门楼前，周之旦叫停马车，让王有从食盒中拿出一包糕点和一只香鸡，然后他提着进得门来。

这座破旧不堪的老宅院里，收拾得整洁干净，一位年近七旬的老奶奶坐在堂屋门口，暖暖的阳光均匀地洒在她身上，让人感觉那么安静慈祥，很显然，老奶奶是一位双目失明的老人。

"大奶奶，你在晒太阳啊？"周之旦冲老妇人问道。

"宝贝旦子，奶奶可是好久没有听到你的声音了，你是刚回村子还没回家看你娘吧？"老妇人问。

"大奶奶，旦儿还真是没有家去呢，这不就先来看你了。"周之旦说。

"我说嘛，要是你家去了，来第一时间来告诉我的就是你娘了。"老妇人说。

"大奶奶，这是旦儿给你带的吃的，我给你放屋里。"周之旦把东西放到屋内，然后出得门来。

"大奶奶，我先回家了，过两天再来看你。"周之旦告别老妇人，四人继续往里走。来到村子北边，周之旦往前一看，自家的旧院子不见了，一座和济水镇玉食村府邸一模一样的庄园出现在眼前。他来到门口，刚想进院问个究竟，正好和刚出门的卫思温走了个迎面。

"周掌柜，你回来了。"卫思温说。

"思温，这个是？"周之旦问道。

"周掌柜，到家了，快，快进屋，刚才老夫人还说到你呢。"卫思温说。

众人进得院内，王新礼、吴米面把马拴好后，帮着王有一起卸车。

卫思温头前带路，周之旦来到正房客厅，面对多年没见的母亲，还没来得及叫一声娘，就"扑通"一声双膝跪倒在地，泪流满面地说道："娘，不孝的儿子旦儿回来了，娘，这么多年让你受苦了！"

"儿啊，谁说你没有回来过？梦中你经常回来啊。为娘知道你忙，更知道俺旦儿啊，该回来的时候一定会回来的。旦儿啊，走了这老么远的路，一定是累了，快起来，快起来。"母亲拉着周之旦的手说道。

周之旦给母亲磕了三个响头，然后站了起来。他先扶母亲落座，然后把椅子搬了一下，坐在母亲的对面，用手撩了一下老母亲额前的头发，深情地说道："娘，看上去你老了很多。"

"看你说的，这人哪有不老的，年龄大了就得有个老样儿才行。"老母亲说完，打量了一下眼前的儿子，继续说道："旦儿啊，去年你冯哥到了咱家，说是给咱把那旧房子翻盖了，可扒了旧房子后，他又把周边这三十亩地全买下来，盖了这个三进四合院。"

"娘，我现在青州府的乐丰县济水镇，和张大哥在一起。"周之旦说。

"旦儿啊，这个我都知道，你冯哥为了盖这个院，这一年下来呀，来了好几趟，时常和娘说起你，也说起你张大哥。旦儿啊，娘什么都知道，娘欢喜着呢。"老母亲高兴地说。

这时，周之旦才静下心来，抬头看了一下这房子，客厅两侧分别是卧室，均是雪白的墙面和油漆彩绘图案，设有书桌、茶几、文房四宝等。这些一应俱全的家什有的主人可以自己用，而有的只是在会客时当接待客人场合之用。

"老太太，茶水来了。"一个女佣端着一套崭新的青花瓷茶具进得屋来。

"放桌子上吧。"周之旦说。

"旦儿啊，这房子一盖好，你冯哥就给雇了个保姆。这不，天天伺候着为娘呢。"老母亲说。

"娘，你年纪大了，有个人照顾，我也放心，回去我和张哥说，这雇人的钱，我自己出就是。"周之旦说着，起身给母亲把茶水冲上，然后将茶碗端到母亲面前。

"周掌柜，饭一会儿就准备好了，我们在饭厅吃，一会儿我让人给你和老夫人端过来。"卫思温说。

"好，思温，这些日子让你操心受累了。"周之旦说。

"周掌柜，思温在这定州一年多，经常听老夫人拉呱，跟着学了不少知识，这受点累怕啥，力气用了再长呗。"卫思温说。

"好，思温，一会儿就端过来吧。"周之旦说。

饭菜上齐，娘俩边吃边说，周之旦一边给母亲夹菜，一边唠村里的事儿："娘，来时我去看瞎奶奶了，她精神头还挺好，因为我急着来家，也没捞着和她多说话，我给她放下点东西就回来了。"

"旦儿啊，你小时候，人家没少帮咱家的忙。唉，这叫什么事呢？咋就叫她瞎了眼呢？"老母亲说。

"娘，咱家这房屋也多了，我看以后就让瞎奶奶来咱家住吧，你在她身边，也好有个照顾。"周之旦说。

"旦儿啊，你还别说，为娘也有这个想法，收拾好了，就把她接过来，一块儿住。"老母亲说。

众人在周家大院收拾了三天，院子打扫得一干二净。傍晚时分，周之旦对大家说道："兄弟们这几天都受累了啊，明天我请客，再上定州城里去逛逛。"众人听后一致赞同。

次日，周之旦、王新礼、吴米面、王有、卫思温一行便进得定州城里。

他们在闹市转了一圈，然后又观看了几处唐宋古迹，这时天已是中午时分。周之旦便带领众人走进一家名叫"君之味"的饭馆。

五人落座，要了一些当地的特色菜肴，又要了两壶烧刀子白酒，一边吃，一边谈论参观后的感想。

这时，周之旦一抬头，看到两个熟悉的面孔进得店来，他示意众人小声说话，不要东张西望。

这两人进得店后，店小二赶忙迎接。二人来到柜台点好酒菜，小二便把两人带到周之旦等人酒桌的屏风后边。

这两人落座后，只听年长的说道："大少爷，你这一走，把我可闪得够呛啊！大少爷，你在这里还好吗？"

"凑合着过吧。自从离开济南，两年多来是咋也提不起精神，无心再做生意，混一天算一天吧。"被称大少爷的人说道。

"菜来了。两位客官，你们要的菜，红烧肉、辣炒笨鸡、拌羊脸，还有这两壶烧刀子酒。酒菜齐了，你们慢用。"店小二说完便转身招待其他客人了。

"大少爷，这些都是你爱吃的，你多吃点儿。"年长的说。

坐在屏风这边的周之旦静心一听，心中默念道：怎么这么巧呀？我说一进门咋感觉这两人这么面熟呀，这不是自家在济南的大总管钱铜锣和当初卖房子的蔡汝臣吗？

周之旦起身拿起酒壶，给每人添满了酒，然后搬起椅子贴近屏风，慢慢坐下，闭上双眼装作醉酒的模样，伸长耳朵，继续听两人的对话。

只听钱铜锣说道："大少爷，你一人在外，凡事都须靠自己，没人疼你。咱虽然走了背字，也只是这两年倒霉，又不是倒霉一辈子。"

"钱叔，我知道你为我好，可这家也没了，买卖也散了，钱也没了，你说咋办？唉，人生有太多的无奈，没有办法啊！"蔡汝臣心酸地说道。

"大少爷，别认输，天黑之后就是日出。只要你振作起来，不趴下，世上没人比你高。你很聪明，还可以再努力，不要一个心思地想着放弃。"钱铜锣说。

"钱叔，空想会想出很多绝妙的主意，可顶什么用？任何事情也办不了。"蔡汝臣说。

"大少爷，遇到难处了，干什么事失败了，找借口、找理由都不是办法。有耐心的人，在忧患中都会琢磨到机会，而消极的人在机会面前看到的全是忧患。坐等没盼头，只要干起来了，那才有奔头。济南咱不回去了，你就在定州城重新干起吧。"钱铜锣苦口婆心地劝导蔡汝臣。

"钱叔，俗话说得好啊，'有钱能使鬼推磨，没钱寸步难行'。眼下没钱没势，在这定州城我也没有人脉，想干也是寸步难行啊，很难有我蔡汝臣的一席之地啊。"蔡汝臣说道。

"大少爷，你放心好了，我现在掌管福来聚的一切，弄钱十分方便，你只要想干，银子嘛，你要多少有多少。"钱铜锣说。

"钱叔，这个能行吗？"蔡汝臣说。

"咋不行？这买卖、那房子，本来就是咱家的，要不是你鬼迷心窍，弄那个贱女人回来，闹腾得破了家，咱能那么便宜就把房子卖了？哼，乘人之危，也不想想！"钱铜锣这说着还来气了。

"钱叔，你可想好了，毕竟是咱同意卖的，还有，那个张掌柜对你也挺信任的，别再闹出别的事来。"蔡汝臣说。

"大少爷，老爷临走托付的事，如果办不到，我不甘心啊！放心吧，我会考虑周密的，到时候，我一走了之，重新帮助你干一份事业。你在这里安心等着吧，银子的事，过几天我给你送过来。"钱铜锣说。

周之旦听到这里，浑身打了一个冷战，心中默念道：这不是巧合，这真是天意啊！

面对突发情况，王新礼也听出了点眉目，他站起身来，想拿了这钱铜锣，可被周之旦用手示意制止。待了一会儿，钱铜锣和蔡汝臣两人酒足饭饱后出得店去。

周之旦望着两人出门走远，对四人说道："现在拿了他还早，因为我们没有证据，想拿，也得是人赃俱获才行。走，咱们回家再说。"

情况突然，五人无心再玩，便急急忙忙赶回周庄。

钱铜锣和蔡汝臣出得门来，然后两人分手，钱铜锣乘车回了济南。

蔡汝臣回到自己的住处。他进家后先用凉水洗了把脸，还是感觉全身热乎乎的，便到厕所撒了一泡尿，回房躺在床上。虽然感觉身体有点乏力，但一点困意也没有，躺在床上翻来覆去地想着今天钱铜锣的话，大脑慢慢地进入回忆中。

还是那个夜晚，他把断了气的玉珠拖到石榴树下，壮着胆子开门后，站在眼前的不是别人，正是从南方风尘仆仆回来的钱铜锣。

"钱叔，怎么这么晚回来了？快进来。"然后他赶忙把大门关上。

"大少爷，怎么这么长时间才开门？有什么事吗？"感到蹊跷的钱铜锣问道。

蔡汝臣便把事情的经过一五一十地说了一遍。

"那人呢？你把她弄哪儿了？"钱铜锣急忙问道。

蔡汝臣用手一指石榴树说道："在那里，石榴树底下。"

钱铜锣想了一下，本想让蔡汝臣到官府投案自首，说明原委，争取从轻发落，可他怕蔡汝臣吃苦，一念之差，便做出了另一个决定。

"也只能这样了。大少爷，快去，给我找一条麻袋过来。"钱铜锣说。

"钱叔，你等会儿。"此时，六神无主的蔡汝臣只是听从，不一会儿他找来一条麻袋，递给钱铜锣。

"大少爷，你快去洗洗身上的血，就当什么事也没发生，这里交给我就行了，有人问起夫人，你就说回苏州娘家了。"钱铜锣说。

蔡汝臣向石榴树看了一眼，便转身离去。

钱铜锣拿着麻袋向石榴树这边走来，来到近前刚想弯腰把玉珠的尸体装入麻袋，就在此时，突然从树下"噌"的一声站起一个黑影来，一下子朝钱铜锣扑过来。

这钱铜锣吓得毛发竖起，"哎呀！娘啊！"一声尖叫，噌噌地往后倒退了几步，一个趔趄瘫坐在地上。

这黑影不是别人，正是趴在地上偷看的成可选，他看到有人朝这边走来，本想快点离开这是非之地，想不到被石榴树枝绊了一下，身子借着惯性一个趔趄朝钱铜锣扑了过来。

"大掌柜，是我，是可选。"成可选冲钱铜锣说。

钱铜锣这才看清，原来是店里的小伙计。

"这一更半夜的，你在这干啥？"钱铜锣问道。

"大掌柜，今天晚上喝水多了，想来这撒泡尿。这不看到你来了吗？我想尽快离开这儿，没承想让树枝子给绊了一下。"成可选说。

"你看到什么了吗？"钱铜锣问。

"没有啊，我什么也没看见啊。大掌柜，咋的了？有什么事吗？"这成可选动了个心眼儿，没说实话。

"那就好，没什么事。你回去睡觉吧，以后方便到厕所去，别胡乱解手。"钱铜锣说。

"大掌柜，俺知道了。"成可选回到卧室，前思后想，越想越害怕，便简单收拾了一下自己的行李，连夜离开济南，远走他乡。

钱铜锣把已经死去的玉珠装入麻袋，在漆黑的夜幕中，用车推到小清河边，将她扔到河中……

为躲避官司和麻烦上身，在钱铜锣的策划下，蔡汝臣卖掉房产，离开济南，只身一人隐藏到这定州城内。

想到这里，蔡汝臣叹了一口气，在床上翻了翻身，闭上眼睛，慢慢地进入了梦乡。

周之旦回到家中，独自沉思了一会儿，便安排王有赶紧去套车，自己在大门口等候，又把卫思温和吴米面叫来，吩咐两人这么做。

"周掌柜，放心吧。"两人答应后，前去和周母告别，出得周庄，骑马向东南方向而去。

周之旦安排两人走后，便来到客厅，向母亲说了定州遇到的情况。周母说道："旦儿，你现在还年轻，以后你会遇到很多人，经历很多事，不管是得到还是失去，都不重要，但不管怎样，有两样东西你绝不能丢弃，一个是诚实，一个是良心。"

"娘，旦儿记着了。"周之旦说。

"旦儿，去吧，家里的事儿你放心好了，过几天啊，我会把你瞎奶奶接过来一块儿住，她也有个依靠不是？"周母说。

"娘，忙完这阵子，我再回来多陪你几天，咱娘俩去定州城转转。"周之旦说。

周母拽住周之旦的手，说："为娘知道你的心，有句话叫什么来着，儿大不由娘啊！现在你不是那个需要依靠大人的小孩子了，你有了自己的主见，也有了自己的想法，为娘很是欣慰。"

"娘，那我走了。"周之旦告别母亲出门，坐上王有准备在门口的马车，带王新礼向济南而来。

乐丰县济水镇玉食村府邸客厅内，大掌柜张世承吩咐管家张恒说道："管家，这快到了年底分红的日子，你安排好家里的事，去济南把柜上银子拉回来。"

"大少爷，我想让朱传志多带几个人一块儿去，这样路上也保险。"管家张恒说。

"这个你酌情安排就行。"张世承说。

"大少爷，我看还是早点去吧，我们明天一早就动身。"张恒说。

次日，管家张恒安排好家中的事，便带朱传志、杨来帆、刘培根、万季春四人向济南而去。

钱铜锣回到济南后，按自己事先的预谋，谎称进货和年底分红用钱，通知"福来聚"各分号全把银子交上来，然后他全部私密打包，并提净"福来聚"存在济南两大钱庄的银票，总计白银六十万两。

这天下午，钱铜锣正想出门去雇辆马车，准备连夜带上银子逃往定州，可也巧了，他出门，这周之旦正进门，两人走了个迎头碰。

"钱叔，这么匆忙，要干啥去啊？"周之旦问道。

看到突然而至的周之旦，钱铜锣打一个愣神儿，片刻，他镇静下来，说道："是周掌柜的来了啊，没什么事，十二马路上刘掌柜的说来提货，我来门口瞧瞧他来了没有。"

"碰上你了，我就不进里边了。大掌柜的说明天傍晚回来，让你明天上午给他晒晒被子。"周之旦说。

"大掌柜的不是说近期不回济南了吗？"钱铜锣问道。

"本不想回，可黄台那边出了点儿事，非来不行。今天晚上大掌柜的请客，就住那儿了，办完事明天来这儿住上几天，顺便看看各分店这些日子的营业收入情况，也好安排今年股东的分红。"周之旦说。

"既然来了，就进来喝点水再走吧。"钱铜锣说。

"钱叔，不了，黄台那边事急，我先回去了。对了，你可别忘了给大掌柜的晒被子啊，他有腿疼的毛病，怕潮湿。"周之旦说。

"周掌柜，知道了，明天一出太阳就晒上，保管大掌柜的回来睡暖和被窝。你放心好了。"钱铜锣说道。

望着周之旦走远的背影，钱铜锣心中默念道：今晚必须得走，如果明天张世承一回来，不但此事完全露馅，就是想走也走不成了。想到这里他便快步来到租车的地方。

可能是下午的原因，只有三辆马车在此等活儿。他连问了两辆马车，觉得车主都不理想，因为这两个车把式都是济南本地人，如果万一出什么意外，顺藤摸瓜很容易找到自己。他沉思了片刻，抬头向东望了一下，一辆套着枣红马的车辆停在那儿，他便走了过来。

"哎哟，我说这位爷，这是要去哪儿？小的在这儿伺候着您哪！"这车把式一口的京腔，冲走过来的钱铜锣招呼着。

"我说车老大，听你口音是京城人吧？"钱铜锣说。

"我说爷们儿，正是京城的。这不来济南送货，回去顺便捎个脚儿，也挣上两个不是？"车把式回道。

钱铜锣一听打心里高兴，因为这车主正合自己的心意，京城人顺便捎脚，就是以后"福来聚"的人想找到他，那都是大海里捞针，难得很。

"车把式，我得去一趟定州，多少钱？"钱铜锣问。

"这位爷，去定州不偏脚，六十两银子，你看这个数行否？"车把式问。

"不，不不，我刚才说错了，不是去定州，是路过定州，到京城去。"钱铜锣赶忙改口说道。

"爷，到京城是吧？一百两！凑个齐数。少了就——"这车把式没往下说，只是摇了摇头。

"好吧，一百两。说定了啊，你跟我走吧。"钱铜锣没有还价，他围着马车转了一圈儿，仔细看了一下，便上得马车。

车把式赶车，他们穿街过道转了两个弯儿，便来到一处宅院的后门。

钱铜锣喊停，并吩咐车把式在此等候，说道："我说车把式，晚饭你自己解决，这是一两银子，自己买点饭吃，剩下的归你。咱晚上装车。"

"我说爷，你这给得也太多了，谢谢爷了。"车把式说。

钱铜锣也没回话，便从腰带上解下钥匙，打开后门的锁，进得门去。

车把式见钱铜锣进门后，向四周看了一下，这半胡同内就这一个后门，并无其他住户，本想走近门前往里看个究竟，他刚想迈步，只见后门"咣当"一声被人推开。门被推开的刹那，车把式发现这钱铜锣站在门口正中，冲自己微笑着说道："车把式，要不进来等会儿吧。"

"爷，不了，我这车上有早上买好的火烧，这水囊囊里边有水，我在车上等会儿就行，真要离开车，这牲口自己在这儿，我也不放心，谢谢爷了。"车把式说。

"那好吧。"钱铜锣说完，便又重新把门关好。

"这家伙，还真像周掌柜说的那样，不是个简单的主儿，这差一点儿就给他逮住了。"车把式自言自语地说完，便坐回车上，从布袋子中掏出一个油火烧，吃了起来。

这车把式的一举一动，全被钱铜锣趴在门缝上看得一清二楚。钱铜锣心中默念道：这口音是地道的京腔，这吃东西的一举一动更是车把式的做派，错不了。

到了晚上戌时，钱铜锣便打开后门，把一袋一袋的银子装到车上。最后他看了一眼这个宅院，说道："老爷，你放心吧，我答应你的事做到了。"

钱铜锣转身上车，对车把式说道："咱走呗，往京城方向。"

车把式手中七尺长的大鞭子，在空中甩起来"啪啪"那叫一个响，然后冲钱铜锣说道："爷，你就坐稳当了，瞧好吧！"心中却默念道：好你个钱二鬼头子，还和我说进京，半路上就改道定州了，不过无妨，你再鬼，也鬼不过俺。知道不？这乐丰县出来的人，不只是在济南，就是在京津，那也是公认的、响当当的油鬼子，就你这两下子还想骗我，还差得远呢！

马车刚待转弯出这半胡同口，只见拐弯的墙角处，两个黑影腾空而起，纵身跳到马车上，两人一前一后，不偏不歪把钱铜锣堵在车厢中间。

坐在车上的钱铜锣，被这突来的意外惊得出了一身冷汗，他微微皱了一下眉头，说道："什么人？在这省城重地，胆敢拦路抢劫，不要命了！"

"钱大总管，少安毋躁，我们只想送你一程，别无他意。"站在头前的黑衣人说道。

钱铜锣一听，心中默念道：坏了，听对方这口气，是有备而来啊。他"噌"地一下从车上站起身来，冲外大喊道："快来人啊，有土匪抢劫啦！快来人……"这不等钱铜锣喊完，后边的黑衣人举起一条麻袋，唰地一下把他套在里边。接下来是一阵拳头的响声，麻袋里的钱铜锣感觉眼前一片金星，两只耳朵嗡嗡地响，再也不敢大声吆喝了。

"钱大总管，耐心点，咱一会儿就到了。别咋呼什么土匪来了，告诉你，知趣为好。"前边的黑衣人说道。

车把式把车赶出胡同口，掉了个头，朝西义和庄方向而来。

再说这管家张恒乘坐马车，带领朱传志等人一路紧赶，这天晚上他们到了济南，为了省钱，张恒也没有让四人住店，而是直奔济南馆驿街的"福来聚"。

看门的伙计孙晓春开门后，张恒、朱传志等人便进得门来。他们拴好马，直奔后院而来。

"钱总管，钱总管。"张恒叫了几声无人应答。

"这天也不是很晚,可能是有事出去了吧?"朱传志说。

"白盐粒,盐粒?"朱传志叫了几声也是无人应答,他开始警觉起来。

"培根,你去前边问一下,有看到钱总管和白盐粒的人否。"朱传志吩咐着。

"好的,传志哥。"刘培根应声而去。

"来帆、季春,你们俩在这院子里分头找找。"朱传志说。

"好。"两人分头而去。

"管家,你在这里等会儿,哪里也别去,等我们的信。我去银库看一下。"朱传志说完便转身而去。

朱传志来到银库一看,门敞开着,他进得房中,不但银柜四敞大开,而且地上杂乱无章。他走近银柜一看,让他大吃一惊,六个银柜里边空空如也,分文没有。

他感到事情不妙,唰地一下抽出腰刀,在房中搜索了一会儿,也没发现什么,便赶忙回来向管家张恒汇报。

"管家,银库的银子不见了,柜子里边全是空的。"朱传志说。

"管家,传志哥,后门敞着,地上有车辙和牲口的粪便。"杨来帆跑回来说道。

"管家,传志哥,我在离后门不远处捡到二十两银子和三吊铜钱,你看。"万季春手中拿着捡到的银子说道。

刘培根急急忙忙回来告诉朱传志说:"传志哥,没人见到他,说这几天盐粒没在铺子里,至于干啥,都不知道。"

"传志,让兄弟们收拾一下,把后门关好,然后咱到西义和庄'福盛聚'柳掌柜那里去打听一下情况再说。"管家张恒说。

"好,管家,西义和庄离这儿不远,很快就到,不过你放心好了,我安排盐粒一直在这儿盯着呢,会有消息的。"朱传志说。

他们将后院收拾好,便向西义和庄而去。

再说这被人劫持的马车,拉着钱铜锣和黑衣人来到西义和庄"福盛聚"店铺大门前停了下来。两个店伙计早已把门打开在此等候,看到马车到来,一个在门口举起马灯照路,另一个则跑进后边的客厅报信。

马车进了后院停稳,举灯的伙计在门口又站了一会儿,确认四周无人盯梢后,便进得院来把大门关好。

"钱大总管,咱到了,不过这地要比定州城近得不少,下车吧。"这说话的黑衣人不是别人，正是陪周之旦回家探亲的王新礼。

"新礼哥，这老小子还不吱声了呢，装死是吧？看拳。"这说话的不是别人，正是刚才在车上用麻袋套住钱铜锣的黑衣人白盐粒。

白盐粒话音刚落，怕再挨揍的钱铜锣便顶着麻袋站了起来。

"这就对了。盐粒，给他把麻袋解开，让他进屋说话。"王新礼说。

钱铜锣从麻袋中钻出来，用手揉了揉双眼，一看这地儿咋这么熟悉？想起来了，事已至此便头一昂，说道："明人不做暗事，要杀要剐随你们。"

"还不做暗事？你做的这事，比那暗还加个更字，是又阴又暗。当初周掌柜的就看你不地道，我已经盯你好几天了，你休想把大掌柜的银子弄走。"白盐粒说。

"走，快进屋。别慢慢蹭蹭地装熊。"说着，王新礼推了一把狼狈不堪的钱铜锣。

三人进得客厅，只见周之旦和西义和庄"福盛聚"的掌柜柳延东坐在八仙桌的两旁，依次是局前街"福顺聚"的掌柜王长清，北坛"福禄聚"的掌柜西观光，仁丰前街"福明聚"的掌柜刘振川，大槐树东街"福祥聚"的掌柜李钱。

"钱叔，这济南各分号掌柜的都在这儿，只要你把今天晚上的事儿说清楚，我想大掌柜的也会原谅你的。"周之旦对进屋的钱铜锣说。

"周掌柜的，少说废话，我钱铜锣也是条汉子，我一人做事一人当，至于银子的事，是你们自己管理漏洞百出，我才轻易得手，怨得了谁？要不是有你，我今晚带着银子早就远走高飞了，至于现在，要杀要剐随你们的便。"

事已至此，钱铜锣感觉到一阵一阵海浪般的绝望席卷了自己的身心，即便是几年前蔡永录掠走全部家财，也未曾有此时的绝望，好绝望啊！他感到生不如死，便来了个死猪不怕开水烫。

听到钱铜锣死不悔改的话，周之旦全身颤抖。他深深地吸了口气，让自己缓过劲儿来。他站起身来说道："不懂感恩，再优秀也难以成功，像你这样的人，永远不知满足。大掌柜处处为你着想，换来的却是你的冷漠和背叛。对于你这不懂感恩、心地不善的人，大掌柜的付出不但得不到你的回馈，反而被你算计，这几年下来，大掌柜真是将自己的善良喂了你这条没良心的狗了！"

西义和庄"福盛聚"的掌柜柳延东满脸怒色地说道："大掌柜对你不薄，你却不知感恩，鸦有反哺之义，羊有跪乳之恩，你的道德却完全丧失。真不值得同情。和不懂感恩的人讲仁义不值得。"

钱铜锣瞪了柳掌柜的一眼，张了张嘴，没有吱声。

局前街"福顺聚"掌柜的王长清说道："感恩是人应有的基本道德，是做人起码的修养，不懂感恩的心是填不满的，只知一味索取，到头来害人害己。"

"哼，说的比唱的好听，换了你试试。"钱铜锣说。

"钱大总管，这就是你的不对了，如果我对你比你对我好，那我就问心无愧。大掌柜对你一而再再而三地信任，看你办了些啥事？不只是丢人，这要是送你去官府，那是要丢命的。"北坛"福禄聚"掌柜的西观光说。

"不用你来教训我，我知道会坐牢丢命，我这命在几十年前就丢了，能活到现在，已经是多活了，无所谓。"钱铜锣说。

"还无所谓！对你这种人不值得用善良对待，更不值得忍让。有句话说得好啊，叫'善良有尺，忍让有度'，对你这不懂感恩得寸进尺的人，就得严惩。"仁丰前街"福明聚"掌柜的刘振川说。

"不懂知恩图报、忘恩负义之人，必是遭人唾骂的无耻之徒。不值得和他费口舌，因为毫无意义，直接送官府处置，省得麻烦。"大槐树东街"福祥聚"掌柜的李钱怒气冲冲地说道。

"别人都说你错了，但你却还在抵赖，做了不该为而为的事，还不愿意认错，更不想认输，自己揭自己的疮疤，难受心痛对吧？"周之旦说。

钱铜锣一扬头说道："你们说的这些无非就是刮春风、化春雨的情义皮毛事，当我不懂是吧？当年蔡掌柜对我也是刮下春风的，是救命之恩，我这样做也是理所当然。错就错在大掌柜的给我开了方便之门，这么多银子，我要是不用，那就是个傻瓜。我就是一个知错不改的人，爱咋地咋地吧！"钱铜锣毫无羞愧之意地说。

周之旦斜看了钱铜锣一眼说道："有一句俗话说得好呀，滴水之恩，当涌泉相报，但小人的特点便是忘恩负义，一旦自己得手，就会翻脸不认人，做落井下石的勾当。"

周之旦说完，停了片刻，然后对王新礼说道："新礼，念他还忠于他的原主子，还有些血性，放他走吧。但我们'福来聚'不留这种人，我不想再见到他。"

"周掌柜，就这么放他走了？这太便宜他了！"站在一边的白盐粒说。

"白盐粒，听周掌柜的话。"王新礼说。

白盐粒用手一推钱铜锣说道："真想打断你的腿，见过不要脸的，没见过你这么不要脸的人，什么玩意儿。赶快滚蛋。"

钱铜锣也不打招呼，也不说谢，用冷目扫了在座的各位老板一眼转身离去。

钱铜锣离开"福盛聚"后来去了哪里？众人说法不一，有人说在安徽的黄山看到过他，也有说在寺庙中见过他，有人说他在定州城当了乞丐头，也有人说他跳小清河自杀了……

处理完钱铜锣的事，众位老板刚想回去休息，这时王新礼进得房中说道："周掌柜，管家他们来了。"

周之旦等人赶忙起身迎接，进屋后周之旦便把事情的经过对管家详细地说了一遍。

管家听后是又感动、又气愤，气在钱铜锣真不是个玩意儿，感动在周之旦临危处置得当，挽回重大损失。他对周之旦说道："周掌柜，在玉食村陷入绝境的危难时刻，你挺身而出，凭借自己的胆识和智谋力挽狂澜，使之脱险。这忠勇的作为，让我心中不免感慨万千，顿生仰慕之情。今天我先代大掌柜谢谢你了。"

"管家，都是自家的事，应该的。"周之旦说。

"咱先不说这些了。我说柳掌柜的，先给弄点饭吃，我们还没吃饭呢。"张恒对柳延东说。

"管家，我们和周掌柜的也没有吃哩。"柳延东回道。

"是吗？看这事整的。今晚我请客，跟各位掌柜的和兄弟们好好喝一杯呀。"张恒说。

"周掌柜，管家，这车上的银子咋办？"王新礼问。

"新礼，先放车上吧，你和盐粒分别带人看一晚上，明天运回济水镇。"周之旦说。

"周掌柜，知道了。"王新礼答道。

众人酒足饭饱以后，一觉睡到天明。

周之旦和管家张恒商议后，任命"福盛聚"的掌柜柳延东总管济南的商务和各分号，并留下王新礼做他的副手。白盐粒监督财务。

两辆装有银子的马车驶出济南，朱传志等人骑着马保护，向乐丰县的济水镇而来。

车把式王有挥鞭在空中打了个响，随即喊了一声"驾"，马儿蹽起四蹄儿，伴随着马铃有节奏的响声，快步向前。

"我说有哥，真神了你了，钱铜锣这么有心计的人，咋还让你给唬得一愣一愣的，乖乖地把银子装到咱的车上呢？"坐在车上的杨来帆向王有问道。

这时王有撇起京腔说："是咱周掌柜运筹得好，早已猜透了他的心思，这套也给他下得牢。越是有心计的人，总想在和人沟通中得到他们想要的结果，这不是吗？我这京腔一撇，他就出溜一下钻进来了。由此看来，这有心计也并非城府深。"

"有哥，你给来上两句，说说听听，俺也学学。"杨来帆说。

"我说爷，你来得正好，咱今个儿去京城对呗……"王有这京腔正说着呢，杨来帆笑得是前俯后仰。

"我说有哥，这京城人说话先叫爷吗？俺还不习惯呢。"

"来帆兄弟，生活中不断学习实践才是，因为人事无常，要锻炼自己面对不同人和事的耐心和能力。这样，既是对自己的一种保护，更能让自己游刃有余地面对一切。"

"我说有哥，你咋会这么多地方上的话啊？对了，我知道了，你经常到外地送货，学了当地话，也方便和对方沟通对吧？"杨来帆说。

"哎哟喂，我说来帆，你这一点就通啊。"王有说完，又扬起长鞭在空中打了一声脆响，马儿扬起头嘶鸣了一声，蹽起四蹄儿向前奔跑起来……

卫思温、杨来帆两人提前回到济水镇，把定州遇到的情况向张世承做了汇报，最后把周之旦前去济南应对此事的计划告诉了张世承。

"思温，我知道了，你们两个先去休息吧。"张世承说。

两人走后，张世承望着西南方向，心中默念道：兄弟啊，你为玉食村的事尽心尽力，为哥感同身受，谢谢你了。但对老钱的处理，还望你得饶人处且饶人呀。

过了几天，周之旦、管家一行回到济水镇。拉回的银子，玉食村商号除年终用于股东分红外，剩余的全部投入商业发展和基础建设的预算中。

没有规矩不成方圆，鉴于钱铜锣事件的教训，张世承、周之旦、冯云和同部分股东商议后，一致表决同意，制定相应的规矩，约束家人及雇员，以保证玉食村各项商务的正常运转。

这天，周之旦拿着一份草稿来到客厅，对张世承说道："大哥，这是规矩的草稿，我念给你听一下啊。"

周之旦坐下后念道：

"玉食村人员行为规矩十条：

"第一条：对家庭成员、子孙的花钱开支要台账记录，并定期教导后人牢记，不义、非己的钱财，不可花，不可用，不得放纵任性，防止出现纨绔子弟，败坏家业。"

"好，之旦，这第一条写得好啊。试问天底下有谁不喜欢钱呢？但话又说回来了，'君子爱财，取之有道'，不义之财不可花。通过坑、诓、拐、骗等不正当手段获得的钱财，如同虎豹豺狼，一旦花了这种钱，不仅整天提心吊胆过日子，更可能有牢狱之灾，那时就只能在暗无天日的牢狱中度过人生了。"张世承语重心长地说道。

"大哥，这非己之财也如此，凡是不属于自己的钱，一定不能碰。做人凭的是良心，应当讲诚信，做事守职责、尽本分才是。只为了贪图享乐和虚荣，花了不属于自己的钱财，清醒时必定会痛彻心扉的后悔和痛哭流涕的自责、愧疚。"周之旦感慨地说。

"大哥，这第二条，是对运作和管理计划的要求。用规矩控制玉食村整个商业的收支，开源节流，方能生财。"周之旦说。

"之旦兄弟，开源节流，开辟新的商源，减少流失，这个好。下一步玉食村要开辟更多赚钱的渠道，我们在京城和济南发展的同时，尽快把天津市场也做起来。油坊、仓储、码头、船队、染坊、商铺各分店，对不必要的开销进行梳理，要有节制地控制浪费才是。"张世承说。

"大哥，这第三条，是对各行掌柜提出的一个责任要求，我大体是这样定的：玉食村商号众位掌柜，日常生活中对在职雇员提出的合理要求，要尽快处理，需作为、不得拖延。雇工指出经营中不良'问题'所在，要及时改正。不歧视雇工，尊重他们，热心优待。"周之旦说。

"之旦兄弟，我看这第三条，还应加上一款，就是各位掌柜在职期间，应主动了解雇员的实际情况，激发他们的创造性，满足智者、能者、商者的个性化需要，以便从中发现人才、选拔人才，但最重要的还是人品。"张世承说。

"大哥，人品和能力，如同人的左膀右臂，只有能力，缺少人品，就是一个十足的残疾人，钱铜锣就是个例子。因为人品决定思维，思维决定行动，行动决定最后的结果。"

周之旦话音刚落，就听管家张恒推门进来说道："大少爷，周掌柜，看你俩这讨论的热火朝天啊。"

"管家，快进来，说说你对这些规矩的看法和建议。"张世承说。

管家张恒进屋落座后，张世承对周之旦说："之旦兄弟，你继续往下说。"

"大哥，这第四条就是，坚持勤俭节约，生活朴素，多做公益，广行善举。"周之旦说。

"周掌柜的，这个，这个好，好，这个好啊！勤劳加节俭，生活中节俭，吃饭也得节俭，粒粒盘中餐，皆是辛苦换嘛。世上之事，往往是成于勤俭而败于奢靡，这是名人陆游的金玉良言。'静以修身，俭以养德'，勤俭可更是美德之本啊！"管家张恒说道。

"管家说得极是，我们张氏祖人，在从前的艰苦创业中，坚持勤俭节约持家，我们现在更要做到这一点，要以他们为榜样，把中华民族的美德家风传下去。公益善举更不可丢。小清河无私地哺乳了我们张家，济水镇筹建学堂的事情一直都牵扯着我的心，能为小清河平原上尽这份绵薄之力，是我多年的心愿，希望我们规划投资的学堂早日建成，镇上的孩子也可就近读书，接受启蒙教育，学习知识，多为家乡培育出人才，回报社会、回报家乡。"张世承说。

"大哥，这第五条就是：凡玉食村商号子孙出仕者重奖，以勉励孩子们勤读，不负十年寒窗。"周之旦说。

"'三更灯火五更鸡，正是男儿读书时。黑发不知勤学早，白首方悔读书迟。'这是唐朝大诗人颜真卿的名句。勤学苦读，使人眼界开阔，增长知识，谈吐不凡，方可豁达胸襟、志存高远啊！"张世承说。

张世承说完，管家赶忙插嘴说道："读书让人心旷神怡，如沐春风，如雨后荷池，洗去了浮华，透出一片绿色，读不尽精彩锦绣也。"

"这是谁在咬文嚼字啊？还一套一套的，和那大先生似的。"冯云和说着进得房中。

"云和哥，你来了。"周之旦说道。

"来，来来，云和，我们正在谈论这让孩子们读书的事呢，说说你的看法。"张世承说。

"怎么这么热闹啊？像赛诗会一样。"随着说话声，钱庄掌柜的马子文也进得屋来。

"马掌柜来得正好，你是读书人，对读书有着深刻的感受，聊一聊你的读书心得。"张世承说。

"大掌柜，你还别说，从小读书让我领悟到了人这一生啊，就是要调整好自己，居安思危也好，知难而上也罢，都要不断地加强自身修炼，提升境界，奋力拼搏。"马子文说。

"书中皆有'道'，如为人之道、经商之道等，大到治国理家、小到为人处世，都离不开书中的学问，因为书中有无穷无尽的智慧。"周之旦说。

"周掌柜的说得极是，说起读书，我就兴奋不已，有说不完的话。这读书，就像吃饭穿衣一样，是我每天必须做的。书可学知识，以让我变得稳重成熟，豁达开朗，与书相伴，知道与时俱进，不断吸取新的知识，开阔新的思路，掌握新的本领。"马子文说。

马子文说完，周之旦接着说道："大哥，这第六条就是……"

他们谈到很晚，对十条规矩各自发表了看法，提出了自己的建议，周之旦记录下来，以便充实和修改。最后，张世承总结了玉食村自实行股份制以来的收益和不足之处。

周之旦说："个别掌柜的对事情的处理过于急躁，一心想做点成绩，缺乏整体观念，做事对全盘考虑不够谨慎周密，都需进一步改进。"

"从济水镇到京城，再到济南，各行之间关系的行为必须规范。增长各行掌柜的才干，提高他们驾驭生意的能力。教导各位掌柜自觉从大局看问题，对服从大局、维护大局、具有全局观念的掌柜，我们要从整体和长期的角度考量，重用和提拔他们，让玉食村商号的每一项决策都能有效地顺利贯彻部署，保证玉食村整个商业全盘齐发。"张世承说。

"大哥，我明天把这几条规矩修改好，尽快贯彻下去，对各行的掌柜进行一次全面的梳理调整，然后腾出手来，把天津的市场也开发起来。"周之旦说。

"好。之旦、云和、管家、马掌柜，那就辛苦你们了。"张世承说。

时间过得很快，转眼间几年过去了。

话说到了光绪二十九年（1903）的春天。

这天早上，周之旦手中拿着几张账单，来到玉食村府邸的客厅，高兴地对张世承说道："大哥，自前几年规矩实施和调整各处掌柜的以来，我们的决策每次下发，各行掌柜的执行力度不打任何折扣，积极性空前高涨，加上股东们对咱商号行事的监督力，这三种力量啊，可真是融合得来劲，咱们每次的运作决定，件件掷地有声，开花结果，财源滚滚而来啊。"

"之旦，这是大好事啊。对了，发往天津的布料昨天装车了吧？"

"大哥，今天早上我已经发货了。还有两车芝麻，一块儿发的货。大哥，自前年天津的几处买卖铺下盘子以来，经营还行，特别是咱家的香油、麻汁，可受天津人喜欢了，用他们的话说，'玉食村的香油啊，真嘛香！'"周之旦学着津腔说道。

"之旦，前几年我去天津贾修奎老板那里考察合作时，顺便拜访了盛大人。盛大人对我提起了很多关于洋货贸易的事情，回来后我考虑了很久，一直拿不定主意，没有下决心去做，咱们是否涉足这一块？今天先听听你的意见。"张世承说。

"大哥，这么多年来，我们玉食村都是实业立身，并以赈灾救难、兴学开智、与人为善而闻名小清河畔，虽然朝廷还恩赐了你一个七品官的虚职，但充其量只是一个在野人士，虽心有戚戚，但仍不妨做一个识时务者。"

周之旦说到这里，张世承点了点头，然后他继续说道："我们在商言商，把资金投入跨国贸易，扩大合作范围和模式，这样不但对济水镇经济有利，而且会带动整个乐丰县发展，对小清河沿岸民众来说是一件大好事儿。"

"之旦，过几天你我再去一趟天津，看能否洽谈几笔洋买卖，顺便去京城看看，拜访一下林赞图大人。"张世承说。

"好，大哥，我去准备一下，把咱家刚印染的老粗布、黑芝麻香油都带上点，也好让那些洋人看看啥叫精品不是？"周之旦说。

周之旦刚说完，冯云和急急忙忙进得屋来说道："大掌柜，昨天晚上又有一条船被湖上的土匪给劫了。"

"船上拉的什么货？哪家的船？"周之旦问。

"周掌柜，只听说是济南的船，拉的白面从济南往羊口送。谁家的船还不知道。"冯云和说。

"这湖上的土匪也憋了一个冬天了，河水开冻后这段时间，他们在小清河上连续作案。我们只是在白天护航，晚上过湖的船我们顾及不上啊。"周之旦说。

"开春后，羊口那边赶海的人也陆续都回来了，小清河里的船逐渐多起来，漕运又要忙起来了。湖上的土匪这么闹腾，势必给漕运带来极大的不利。"张世承说。

"这也怪了，湖上的土匪咋就知道这船上运的是白面呢？再说了，这济水镇巡检司不是晚上巡查西湖水域吗？"周之旦说。

"唉，巡检司那几个熊蛋，也就是出来装装样子，指着他们，那干饭早就凉了。"冯云和说。

"大掌柜，天津之行我们必须抓紧，护航的事，我再叮嘱一下朱传志，让他增加在湖上来回巡逻的次数。"周之旦说。

"好，就这样。"张世承说。

周之旦回到住处，把朱传志叫到房中，和他说了什么，最后周之旦说："传志，行动中一定要小心谨慎，务必做到万无一失。"

"周掌柜，放心好了，我记住了。"朱传志说。

"事情弄明白后，不要声张，等我从天津回来，直接告诉我就是。"周之旦说。

"是，周掌柜！"朱传志回道。

送走朱传志，周之旦来到冯云和的住处，两人聊了大半个时辰，最后冯云和说道："之旦兄弟，还是你心眼多，考虑得也周到。你和大掌柜的走后，我会亲自督办这个事儿，等你们回来。"

这天，张世承和周之旦安排好玉食村商号的事宜，王有赶车，护航队的许把式和万季春两人跟随，他们带着济水镇的特产，怀着走出去的希望，奔天津而去。他们在路上还得走上几日，暂且不表。

咱先把话题转到乐丰县城，乐丰县乃是千年古县，城内商业繁盛，商贾辐辏，商号林立，县城西关街最为热闹繁华，这里聚集了县城内八成以上的店铺，街上人流如织，每天都熙熙攘攘，业态丰富，人潮涌动，是人员聚集的商贸中心。

踩着西关街上呈龟裂形态的地面，往坛口一路走来，坛口北面的偏街两边全是粮米店铺，经营的粮米，除乐丰县自产的外，其他来源全靠从小清河济水镇码头倒运而来。这里每天的交易规模可观，有崔茂源的"庆和祥"粮米店，张光林的"恒昌永"杂粮店等。

在道路尽头的转角处，一家开张不到两个月名为"锦顺成"的杂货店生意十分火爆。

这天，"锦顺成"杂货铺门前大早晨就挤满了来自城内的街坊邻居们，他们一个紧挨着一个，排成长队，等候"锦顺成"开门卖面。

门开了，小伙计走出来，对排队的人说道："各位乡亲们，白面昨天已经卖完了，都散了吧。"

"我说小二啊，昨天下午不是还有吗？这怎么说没就没了？什么时候还来货啊?"一名中年妇女冲小伙计问道。

"我说这位婶子,这个说不准,到时候来了就知道了。"店内小伙计说。

"等于白说。"中年妇女冲小伙计白了一眼,然后同众人一起散去。

为了摸清被抢船上白面的下落,朱传志这天大清早来到县城。他进得北门后,便朝西关街而来。只见他左肩背一个布袋钱褡子,右手提着一只红毛公鸡,当走到坛口附近一处火烧铺时,他停下来,本想去买两个火烧,可就在此时,只听"啪"的一声,一只大手拍在他的左肩。

口中说道:"什么人?"他快速转身回头一看……

朱传志扔掉手中的红毛公鸡,快速回手抓住拍在自己肩膀上的大手,也许是用力过猛,疼得此人大声叫道:"哎哟哎哟!哥,哥哥,你少用点劲儿呀,疼死我了,疼死我了。"

朱传志回头一看,不是别人,正是本镇好吃懒做的光棍——秋来。

"传志哥,这么早进城了啊?我、我老么远瞅着就是你。"秋来说完,用嘴吹了吹被朱传志攥疼的手腕。

"秋来兄弟,平时这个时辰你还在被窝里睡觉呢,今天是咋了,太阳从西边出来了?"

"传志哥,不瞒你说,这不是为了多挣二两银子嘛。不图三分利,谁起这个早五更啊?"秋来说。

"我说秋来呀,能让你起这个早五更的,那得多大的诱惑呀!"朱传志说。

"传志哥,咱啥也不说了,先借我两个钱花,买碗油粉喝,干吃火烧还咽不下去呢。"秋来抬起左手,把咬了几口的硬面火烧给朱传志看了看。

"我说秋来啊,你推车往县城送货不是多挣银子了吗?怎么买碗油粉的钱还向我借呀?"朱传志因心中惦记着自己的事,刚想抬脚离去,这秋来赶忙伸手拦住他说道:"传志哥,从小咱可是一块儿光着腚长大的,咋还这么小家子气了?俺要不是让火烧给噎着了,才不和你借呢。"

"还来劲了是吧?那你告诉我,昨晚挣的钱干啥了?"朱传志边说边从钱褡子里边掏出两吊铜钱递给秋来。

"传志哥,不瞒你说,昨晚挣的钱是不少,都都,都花了。"秋来嬉皮笑脸地说着,赶紧把钱接过来。

"在这儿吃火烧花了?你多大的肚子?吃了多少银子的火烧呀这是?你就编吧。"朱传志说。

"传志哥,不是吃火烧花了,是,是是去那窑子里花了,还,还还差点出不来了。都是让孙三禧给引动的。"

秋来瞅了一眼朱传志，继续说道："前天晚上俺来送了一趟面了，来前孙三禧许的愿，说完事后带我去城里窑子找个窑姐玩玩。"

朱传志朝秋来瞪了一眼说："没玩够是吧？昨晚又去了？看你这点出息吧。"

"传志哥，还真让你给说着了，前天晚上才要了十吊钱，可昨晚我自己去，玩了不到一个时辰老鸨子就撵我走，不但要了我三十吊钱，还差点让她给揍了。"秋来说。

朱传志刚才听秋来话中提到孙三禧，哪还有心和他唠叨别的，便冲秋来问道："我说秋来，你来送的什么货？咋就和刘国坤的家丁扯上关系了？"

"传志哥，这不是给刘国坤往这'锦顺成'杂货铺送白面嘛。平时吧，从咱济水镇往县城送一趟货是十吊钱，这不那天孙三禧找到我说送一趟给三十吊钱，我就答应了。"

朱传志一听，有门儿！这真是"踏破铁鞋无觅处，得来全不费工夫"啊。

他赶忙说道："秋来，哥早上也没有吃饭呢，看到了吧，前边有家包子铺，走，哥带你吃包子去，咱吃一个肉核的，行不？"

"那敢情好，那敢情好。"秋来跟随朱传志向包子铺走来。

两人来到包子铺，朱传志要了六十个纯肉馅包子。秋来一边吃，一边向朱传志说着这送面的事。

"我说秋来，你们从哪儿装面啊？"朱传志问道。

"哥，不瞒你说，看你我从小光着屁股一块长大的份儿上，俺告诉你啊，是从西湖南边槐树林子里装的，就是刘国坤家废弃的砖窑地，砖窑边有十多间空房子，就在那儿装的货。这个事呀，孙三禧不让说。"

"我知道，哥也只是随便问问，你先慢慢吃着吧，我还有其他事要办，就不陪你了。"朱传志说完，支付了包子钱，然后又多买了二十个，给秋来走时带上。

朱传志离开包子铺，便向秋来说的"锦顺成"杂货铺而来。

朱传志进得铺子，在屋子里转了一圈儿，看了一下这买卖的商品，也没有什么与众不同，心中默念道：奇了怪了，这也没有什么特别之处呀？咋还引动的人们起早排队购买呢？

"客官，你想买点什么？我们这里货全，价格便宜。"店小二走过来笑嘻嘻地向朱传志说道。

"听街坊邻居说这儿卖白面，我想买几袋。"朱传志回道。

"客官，我家白面的价格真是不贵，为了多销货，比市场价低得不少，可你来得不巧，昨天刚卖没了。"店小二说。

"好，那我改天再来。"说着朱传志便出了店门。

朱传志刚出门，就从柜台后边里屋中走出一个手持香烟的女人，后边紧跟着刘国坤的家丁孙三禧。这女人望着朱传志的背影说道："还买面！就你们这些小把戏，能逃出老娘的法眼。"说完她把烟头往地上一扔，然后抬起穿着绣花鞋的脚，在烟头上狠狠地踩了几下。

"三太太，这朱传志一大早就来县城了，刚才我看到他和光棍秋来在一起吃饭，我一想准没好事，这不，他还真来咱铺子了。"

"三禧啊，这个朱传志你给我盯好了，老娘我亏待不了你。"女人说。

"一定、一定，放心吧夫人。"孙三禧点头哈腰地说完，便朝朱传志追了过去。

孙三禧出门后，紧盯前边的朱传志猫着腰追赶，冷不防脚下被什么东西绊了一下，一个趔趄趴在地上。

"什么东西啊！这、这是?"孙三禧口中咋呼着。

"哈哈哈哈哈哈，真好玩，真好玩。"大街上一个醉汉躺在地上傻笑并大喊道。

孙三禧扭头一看，是被躺在地上的醉汉绊了一下，本想冲醉汉发怒，又害怕朱传志消失在自己的视线中，赶紧爬起来向前追去。

"哎哟，你跑什么呀? 真是的，都怨你自己不长眼。"醉汉边说边爬起来，晃晃荡荡地向坛口而去。

朱传志在县城转了半天，便出了县城北门，向济水镇方向而去。

孙三禧一路跟踪朱传志回到济水镇，把县城看到朱传志的情况向"三隆兴"的管家做了汇报。黄铎听后，便来到客厅对刘国坤低声说了什么，刘国坤点头应允。

话说这半个月来，西湖水域的商船接连被劫，朱传志决定深入虎穴，亲自到槐林中刘国坤的废窑走一趟，查看一下情况。

这日午夜，西湖南岸槐林之中，一名黑衣人快步向刘国坤的废弃砖窑而来，脚步如飞，看来这人对地形非常熟悉。

午夜的废窑处，显得格外安静。月光下，破烂不堪的废窑上长出的杂草正随风晃晃悠悠不停地来回摆动。几只黄鼠狼在野狐狸的追逐下从废窑中窜出，发出撕心裂肺的叫声，使得原本就很诡异的荒废之地变得更加阴邪恐怖，就如传说中的鬼怪般让人听着毛骨悚然。

来人倒是胆大，他绕着砖窑转了一圈儿，便弯腰快步向库房而来，想一探究竟。

黑衣人扒着后窗向房中扫了一眼，除了两个看守睡熟的鼾声以外，其他的声音都听不到，一片安静。他慢慢来到库房门前，从腰中掏出牛耳尖刀，轻轻松松地拨开门栓，然后悄悄地打开门，便蹑手蹑脚地走进屋来。

房中堆积如山的布袋整齐地垛在里面。他来到布袋前正打算动手，突然间五六个黑影从房中不同的角度直窜出来，跳到黑衣人身边，想将其擒获。

"还有埋伏！"

黑衣人说着抽出亮闪闪的牛耳尖刀，朝扑在前面的两个黑影连刺数刀，也不恋战，一个翻身跳出门外。

他想尽快离开此地，此时，一张网片从房顶扣了下来，罩在了他的脑袋上，只见网片迅速下滑，将黑衣人收入网中，使其动弹不得。

"跑，咋不跑了，都等你好几天了。"有人骂道。

"把他的眼睛蒙上，双手给我反绑起来装到麻袋里，抬到湖边的沟里埋了他。"

"是，三当家的。"有人应道。

黑衣人的双手被反拧起来捆住，挣扎也没用，有劲儿使不出来。这伙人用破布堵了黑衣人的嘴，然后将他塞进麻袋，飞快抬出废窑，丢到西湖边一条长满野草的沟里，准备将其活埋。

深夜的风怪啸着，此时下起了小雨，湖边槐林中的猫头鹰发出一连串凄惨的笑叫声，让人心里直发毛。

"赶紧的，将这个家伙活埋了。想坏老子的好事，这可是你自己上门找死。"有人指着沟中装有黑衣人的麻袋说道。

"对，三当家说得很对，埋了他，省得他对外乱说，堵了我们的财路。"又有人说道。

"那你们就埋吧，还等啥呢？"这三当家发了话，众人开始用铁锹往麻袋上扔土。

突然，从他们背后传来一阵脚步声，这伙人嚣张的气焰瞬间被这阵脚步声打破了。

他们停下手中铲土的铁锹，转头一看，有三人正朝这边走来。

这三当家赶忙冲来人喊道："哪来的光棍？"（响马黑话，意思不是一伙的）

来人回道："两根瓜蔓子一个根。"（响马黑话，一伙人）

"哎呀，是二哥来了啊。"三当家的说道。

来人正是西湖水龙寨的响马（土匪）二当家胡青皮。他来到三当家王二溜面前说道："我说老三，大哥让把这个人带回去，留着有用。"

王二溜听后，对众响马说道："赶紧的，把麻袋抬上来，弄寨里去，大当家的有赏。"

"我说三当家的，为了逮住这小子，咱白天黑夜地苦等了好几天，好歹给抓住了，就这么便宜他啦？"愣头愣脑的响马王尧问道。

"这是大当家的吩咐，赶紧地，别磨磨唧唧的。大当家的还在岛上等着呢。"二当家胡青皮说道。

朱传志被响马抬到一条木船上，然后响马们掉转船头，向土岛上的水龙寨而来。

上岛后，朱传志被带到一处有里外间的房中，里屋床铺收拾得非常干净，是休息的地方，外屋日用器具俱全。一日三顿饭两荤一素、一个汤，送菜的厨子来到也不吱声，放下就走，并且非常按时，门口有站岗的守着，也不让出屋，这一过就是七八天。

这天下午，朱传志被七八个响马带出房间，来到岛边的一条木船上，木船后面又跟着两只载有响马的木船，一起驶向小清河河道水域。

三只响马船来到河道附近一片半人高的芦苇丛中埋伏下来。不一会儿，河道上空传来"嘭、嘭"土炮的响声，水面成群的野鸭子被惊飞后随着空中硝烟的弥漫而散去。

枪声过后，这三只响马船鱼贯而出，把一艘正在小青河道上行走的商船堵在了当中。水龙寨三当家王二溜率十几个响马先后跳上商船，逼迫商船改变航向，向湖中土岛方向而来。

被劫商船掉转船头，刚刚进入湖区水域，就听小清河河道上空连续传来"嘭嘭……"土枪的声音，并且夹杂着喊叫声："响马朱传志抢劫商船了，逮住朱传志，别让他跑了！"

此时，一只桅杆上挂有官字旗的木船追了过来，一人站在船头大声喊道："我们是济水镇巡检司的官船，响马船上的朱传志给我听好了，你身为民团护航队长，却暗中勾结响马，抢劫商船，罪加一等，今天要把你缉拿归案，必须严惩、严办。"

被众响马控制在船上的朱传志一听，这喊叫的不正是齐桓福吗？

他在心中默念道：原来是这样啊！他终于明白了，第一步：先由巡检司名正言顺地在小清河道上检查过往的商船，寻找合适的目标，一旦发现，便鸣枪告诉埋伏在芦苇丛中的响马抢劫船只；第二步：响马抢劫商船后，逼迫商船进入西湖水域再到湖区南岸，把船上的货物卸在刘国坤废窑的库房中，并由响马负责看管；第三步：由刘国坤组织人员将货物从废窑库房送到县城的"锦顺成"杂货铺，然后销赃处理。这是官匪、商串通一气，相互勾结的一个犯罪产业链呀。

又过了一会儿，船来到土岛靠岸停稳后，三当家王二溜喊着："到了，到了，下船了。"

朱传志被三当家及十几个响马前后夹着来到土岛的东北角，走进一座宽敞的大厅中。房子中间有一个火盆，火盆中燃烧着用枣木烧制的木炭，闪动着灰蓝色的火苗，一闪一闪的像凶兽的眼睛，给人一种阴森森的感觉。

"兄弟好啊！"只见一人进得大厅对朱传志叫道。

在这响马窝子里，有人直呼自己为兄弟？朱传志先是纳闷，抬头一看，来者不是别人，正是自己媳妇的远亲表兄弟，二十多年不见的刘土担。

这西湖土岛上水龙寨的大当家刘土担，并不是济水镇当地人，他生于乐丰县北部古黄乡的西刘村。刘土担的外表看上去特别凶恶，高个子、瘦瓜子脸、大嘴巴、厚嘴唇，下巴像炒菜的铲子一样朝前凸出一大块，一双贼眼，鼻似鹰钩，几根又粗又长的眉毛还混杂着数根白色的，充满杀气的眼珠子盯着朱传志继续说道："兄弟，这来了咋还站着呢？快，快坐下说话。"

朱传志也没应声，便走到大厅右侧的木凳子上坐了下来。

这时，一个手拿人物画像通缉令的响马跑进大厅，对刘土担大声说道："报——大当家的，你看，这县城和济水镇大街上全都贴满了的通缉令。"

刘土担接过通缉令后，用眼色示意此人退下，然后他手拿通缉令走到朱传志的面前说道："我说兄弟呀，你看看啊，这通缉令上的人的头像，画的就是你啊。这下面还有字，你自己看看这写的啥呀？"

朱传志接过一看，通缉令：

玉食村西湖护航队长朱传志，光天化日之下，勾结西湖响马抢劫商船，罪不容恕。如发现此匪，举报者赏白银一百两，活捉此匪送官者赏白银五百两。如有不报窝藏者，与此匪同罪论处。

乐丰县济水镇巡检司

"这是陷害，是无中生有的造谣，你们是官匪勾结草菅人命。"朱传志怒吼着站起来，把手中的通缉令撕得粉碎，扔在地上。

"我说兄弟啊，消消气儿，消消气儿。你现在说这些有用吗？不管怎么说，这叫上贼船容易下贼船难哪。县城和济水镇到处贴满了通缉你的告示，官府正在想方设法拿你归案，想捉住你邀功请赏的人无处不在。济水镇的巡检司又加紧追捕你，现在你真的是上天无路、入地无门。有一句话叫怎么说的？四面楚歌、四面楚歌啊。我看啊，你就暂且在这水龙寨住下，来日方长嘛。"刘土担频频劝说着朱传志。

"叫我加入你们水龙寨，当响马？哼，休想。"朱传志说。

站在一旁的三当家王二溜耐不住性子了，冲朱传志大声喊道："姓朱的，你别不知好歹，我大哥何时对人这么耐心过？你扯住鼻子上脸是吧？你也不看看这是什么地方，像你这样的人，依着我早就给你埋了！"

"我是有家有口的正当人，岂能与你们响马为伍？"朱传志说。

"这是谁呀？在这里胆敢一口一个响马地喊？"

"二哥，就是这个不知死活的家伙。"三当家王二溜对走过来的胡青皮说道。

"这不是朱大队长吗？哎呀，此时整个乐丰县都在通缉你这个大响马，咋还一家人骂一家人呢？我说朱大队长，你来到水龙寨，那我们就是兄弟，大哥苦口婆心地劝你留下，这是保护你，这叫义气。眼下这个节骨眼上，你出去就是死，在这儿就能活，你是聪明人，这点骑毛驴的知识，还用别人和你没完没了地说？"

二当家胡青皮对着朱传志扯开嗓子是一通劝说。

朱传志抬头看了一眼胡青皮没吱声。

胡青皮继续说道："我说朱大队长啊，弟兄们本想拿你去请赏的，是我大哥珍惜你这个人才，又加上是骨肉亲戚，这才对你礼上有加，换作别人，一百个也扔到湖里喂鳖了。"

胡青皮说完，见眼前的朱传志没了刚才的刚烈脾气，只是低头不语，继续说道："大哥不但对你爱护有加，对嫂夫人更是关心。这不，前天大哥派我潜入济水镇，给嫂子送去一千两银子，即使你不在家，嫂子也有钱花不是？"

"哎呀，我说老二，给我妹子送钱，那是我们自家的事，你咋还透露出来了啦呢？"大当家刘土坦站在一边假装不高兴地说道。

朱传志抬头看了一眼刘土坦，嘴角略微露出了一丝微笑。

刘土坦一看，有门儿，这火候也到了，急忙冲二当家胡青皮说道："老二，快去，快去，赶紧地，准备酒菜啊，今天我要和传志兄弟好好喝上杯。"刘土坦对胡青皮喊道。

"大哥，客厅的酒菜早都准备好了。"胡青皮说。

"那咱就走呗，还等啥呢？兄弟咱走，这都多少年没见面了，咱兄弟好好喝上几杯，庆祝庆祝去。"刘土坦冲朱传志说道。

在刘土坦的再三催促下，考虑到眼下的处境，朱传志也只好跟随刘土坦向大厅而来。

再说张世承、周之旦一行来到天津后，首先拜见了老朋友盛宣怀大人。在盛府的客厅，盛宣怀对张世承说道："世承啊，为了国家，为了朝廷，疏浚小清河工程你不但历尽千辛万苦，而且捐尽家财，受过多少冷嘲热讽，遭到无数人的白眼，我也深知你熬过无数的不眠之夜啊。"

"盛大人，世承从小砺行家教，为国家，为朝廷，为乡里百姓做点实事，百姓富裕了，国家才能强盛。"张世承说。

"对这一点，宣怀是十分敬重和佩服呀，只因你有一颗富国强民的赤胆忠心，造福家乡父老的赤子之心，靠了万难不惧、事办不成决不罢休的坚强毅力，二次创业，可谓是苦尽甘来呀！"盛宣怀感慨地说道。

"些许微事，不足挂齿。盛大人，世承这次来津，更想寻找一些新的商机，把产品和资本投入到更广阔的市场中去。"张世承说。

"世承啊，你是一个胸襟开阔、视野宽广的人，不但关心家乡的发展，还时刻关注小清河流域和全国的发展形势，这一点很好。"

盛宣怀端起茶碗，喝了一口茶水，然后继续对张世承说道："我告诉你一个好消息，明年意大利国要举办世界博览会，已邀请我们派团参加。到时，我会给你争取一个参展的名额，回去后你要做好参展的展品准备，以争取取得好成绩。"盛宣怀说。

"盛大人，我回去后会从产品的质量和包装上下功夫，尽最大的努力取得比同类展品更加突出的成绩。"张世承说。

两人又谈了其他事情，张世承便起身告辞。

"世承呵，多年不见，你办起事来还是雷厉风行，可今天你既然来了，咱们就在府中吃个便饭，我还有一个好消息要告诉你哩。"盛宣怀说。

吃饭时，盛宣怀把一个洋人要考察小清河的事告诉两人，并把一封写好的推荐信交给张世承。

饭后，张世承一行告别盛宣怀，在天津会见了几位客商，便取车来到京城。他首先拜访了巡城御史林赞图。傍晚时分他来到自己的玉食村商铺，听取了秦学俭和王本固的经营情况汇报。然后张世承根据汇报情况，提出了改进和提升的办法。周之旦做了补充说明。

安排好京城的事宜，张世承、周之旦一行便定下明早动身，返回济水镇。

西湖水龙寨大当家刘土担、二当家胡青皮扯着朱传志来到聚义大厅，此时，大厅内早已摆酒设宴。

朱传志入座，心中默念道：自己既然来到这里，死都不怕，还怕喝酒不成？他按宾主的位置坐下后，也不等刘土担招呼，便大口吃肉，大碗喝酒，并没有半点儿害怕。他自己连干三碗，便瞪大眼睛看了看水龙寨两位当家的。

刘土担和胡青皮对朱传志喝酒的这股子猛劲儿看得入了神，发现朱传志用眼珠子瞪自己，便赶忙敬酒。这朱传志是来者不拒，一碗接着一碗往自己肚子里灌。刘土担一瞅朱传志这豪爽架势，那是更加喜欢。

朱传志喝了个酩酊大醉睡下，一觉醒来已是第二天的中午。到了晚上，刘土担、胡青皮还是陪着朱传志喝酒吃肉，这朱传志是天天醉生梦死。话说到了第九天，朱传志一杯酒下肚后便觉得天旋地转，头重脚轻，不一会儿就晕了过去。

胡青皮令四五个响马，把朱传志送到土岛西边的一个院落中。他昏昏沉沉地睡了不知多久，醒来发现自己躺在一个陌生的房间里，一缕阳光洒在他的脸上格外刺眼。他刚想用手支撑坐起来，突然触摸到身边有一个柔软的东西。

"哎哟喂，你抓疼我胳膊了！小女子陪了你整整一个晚上，也不知道珍惜。"身边一个女人的声音叫喊着。

朱传志腾一下站起身来，用极冷的目光盯向床上的女子，心中默念道：这又是刘土担用的美人计。他粗鲁地将女子从床上横抱起来，向门口走来，准备扔到屋外。

女子那酥若无骨的身体歪斜在朱传志的怀中，柔软的娇胸贴附在他的胸膛。小女子年纪虽幼，却容色清丽、气度高雅，身上散发着若有似无的香气。

她神态天真，皮肤如雪，双颊晕红，秀气的鼻子，小巧的菱唇，单看面相，真的很清纯。

朱传志抱着此女来到门口，他用脚踢开房门后，毫不怜惜地将女子往房外一丢，然后"咣当"一声将门关上。

"你这个无情该死的坏蛋，坏了我的身子，还把我扔到门外，反正今天横竖都是个死，我就死给你看。"门外的女子也不知哪儿来的勇气，一边骂着，一边弯下腰弓身朝房门一头撞过来。

"砰"，木门被撞得颤动了一下。朱传志赶紧跑过来一看，女子头上已是鲜血淋漓，身体躺在门前一动不动。

"姑娘，姑娘，这值得吗？你看你这是，这事整的。"朱传志说着迅速敞开房门，重新抱起小女子回房，然后把她平放到床上。

"朱爷，这柜子里边有治疗跌打损伤的药和包扎伤口的白布。"正当朱传志束手无策时，走进一个四十岁左右的老婆子说道。

朱传志赶忙敞开橱门，拿出药包来到床前正想给小女子包扎，身后又传来老婆子的说话声："朱爷，等一会儿，先用这淡盐水给她洗一下伤口。"

只见老婆子端着一个铜盆来到床前，她把铜盆放到床头柜上，从盆中捞出毛巾，轻轻拧了一下，然后把小女子头上的血迹轻轻擦干，一边擦一边说着："唉，真是个苦命的孩子呀。"

朱传志向前一步问道："这位大嫂，怎么称呼你呢？"

老婆子回道："我姓刘。"

"噢，刘嫂。这小女子叫什么名字？咋就来到这响马窝子里了呢？"

刘婆子抬头看了一眼朱传志，轻轻地摇了几下头，然后说道："说起来，她的命也确实很苦。这姑娘名叫枣花，她母亲生她时难产而死，打那以后啊，他爹爹就变成了一个酒鬼，整天喝得醉醺醺的。这喝醉了不但骂人还动手打她，枣花从小没少挨他的揍。枣花三岁那年，他那个酒鬼爹，晚上喝醉了酒，也冻死在回家的路上……"

"那她咋还来到水龙寨了呢？"朱传志急忙问道。

这老婆子没回答，也没抬头，她把毛巾往盆子里一放说道："以后有机会你自己问她吧。这伤口也擦干净了，赶快给她上药吧。"说完，老婆子端起铜盆退出房间。

朱传志赶紧从药包中拿出盛着药粉的葫芦，敞开盖后把药粉均匀地撒在枣花的伤口处，然后用白布条包扎起来。

"女儿，我的女儿啊，你这是咋啦这是？"刘土担哭喊着女儿，进屋后迅速来到床前。他望了枣花一会儿，然后猛地转身对朱传志说道，"你这个不懂事的家伙，我好心好意地让女儿来伺候你，你却把她打成这样，你还算个男人吗？"刘土担抽出腰间的长刀，不容朱传志分辩，挥刀朝他砍了过来，幸好被同来的胡青皮和王二溜连推带拉地挡了下来。

"我告诉你，今天你留也得留，不留也得留，要是枣花有个好歹，我非杀了你不可。"刘土担说完，把手中的长刀往地下一扔，气呼呼地走了。

朱传志看了看躺在床上昏迷不醒、不知死活的枣花，此时，刘土担又逼他入伙。朱传志万般无奈地从了刘土担，身不由己当了响马，因为有枣花这层裙带关系，还坐上了水龙寨四当家的位子。

半个月过去了，在朱传志的细心照顾下，枣花的伤势逐渐好转，并能自己下床走动。

这天刘土担来到枣花的住处，一进门就咋呼道："枣花，听说你能走动了，爹爹来看看你。"说着，刘土担提着一篮子水果进得屋来。

"大当家的来了啊。"朱传志说。

看到刘土担进得屋来，枣花也没吱声，只是冲了一碗茶水端到他的面前。

刘土担端起茶碗喝了两口，起身对朱传志说道："老四，到我那儿，大哥和你商量个事。"

朱传志"嗯"了一声，转身看了一下枣花。

"看我干啥呢？这是你大老爷们儿的事儿。"枣花说道。

朱传志随刘土担来到他的住处，不一会儿，刘婆子端上茶水，两人聊了一会儿这岛上的事，刘土担便切入正题。他说道："老四，这西湖南边的豆腐李村你熟悉吧？"

"大哥，这咋还不熟悉呢？你说的不就是这西湖南边五里地的豆腐李村吗？在咱这一片，这个村不但大，也是个响当当的富裕村，全村八成以上的户从事祖传的豆腐生意，不但济水镇吃他们做的豆腐，就是整个乐丰县城基本也是吃他们做的豆腐。"朱传志回道。

"老四，就是这个村，前几天线人来报，说村中有个大户财主这几年发了大财，我准备去干他一票，多弄点银子，也好置办点火枪、火炮，提防官军来打咱们不是？保住水龙寨的安全咱才能吃香的、喝辣的。"刘土担说。

"大哥怎么想，只管吩咐好了，传志会不打折扣地去做。"朱传志说。

"是这样，豆腐李村家家豆腐做得好，是因村西头那口老井。这井中的水不但清澈甘醇，而且做出来的卤水豆腐洁白如玉，产量高，清鲜柔嫩，托于手中任其摇动而不散塌，做汤熬煮也不散烂，还有独特飘香的味道。"刘土担说。

"大哥，这个我知道，豆腐李村出的豆腐吃起来入口奇香，这也多亏老天爷恩赐了他们村的这口老深井。"朱传志说。

"就是这口井，前几年被村里'同顺大院'的财主李灯熬给霸占了，他依仗着有钱有势，用院墙把这口井围住，派家丁守着，来人打水，必须先交银子。村里人拿他也没办法。这几年下来，李灯熬赚得盆满钵盈。"刘土担说。

"大哥，我明白了，你尽管吩咐好了。"朱传志说。

"这几天你带兄弟们去'同顺大院'走一趟，弄点干货（银子）回来。"刘土担说。

"大哥，不瞒你说，我这初来乍到，和寨子里弟兄们也不熟，这愣是带他们出去了，我怕……"朱传志说到这里停了下来。

"老四，这个你放心，从明个儿起我安排把寨子里兄弟们集合到训练场去，你认识认识，以后这做起活儿来也方便不是。"刘土担说。

次日吃过早饭，朱传志按昨天和刘土担的约定，早早向训练场而来。当他走到门口的时候，却被三当家王二溜带着十几个犹如凶神恶煞的彪形大汉挡在门口。响马们两眼冒着凶光，死死盯着他。

朱传志来到众响马面前，双手抱拳施礼说道："兄弟们好！今天传志奉大哥之命前来和弟兄们见个面，认识一下，如有不周之处，还望多多海涵。"

此时，响马中走出两人，一个叫牛松、一个叫赵俊，只听牛松对朱传志说道："我不管你是谁，想要进这训练场，你得有真本事才行，别举着两个手抱拳吓唬人。"

"就是，这狗有狗道，猫有猫道。水龙寨也有自己的规矩，刚来就想当四当家的，你凭啥？还认识认识，你先认识认识我手中的家伙吧。"赵俊比画着手中的刀冲朱传志说道。

王二溜站在那儿，也不搭话，只等坐山观虎斗。

两恶汉话语间杀气腾腾，朱传志听后当即哈哈大笑。

此时，响马中又走出一人，只见他鹰头雀脑，肩阔腔圆，光着上身，肩膀和后背上有密密麻麻无数刀痕，交错蜿蜒，皮肉扭曲。

此人名叫马鸿，是水龙寨非常彪悍的一名响马。他走到朱传志面前说道："西湖财路是我开，土岛旗杆是我栽，要想进得训练场，叫俺爷爷尽管来，要是找死往里闯，只管宰来不管埋。姓朱的，你自己看着办吧！”

朱传志自来到水龙寨两个多月以来，就像一把被藏在剑鞘之中的剑，韬光养晦，锋芒不露，此时，是亮剑的时候了。

“好，得罪了。”朱传志说完，空手赤拳向大门阔步冲来。

“真想干？问问我们兄弟手中的刀答应不？”

牛松、赵俊两人说着手持铁刀朝朱传志迎面砍杀而来。大刀猛然劈去，刀风凌厉，呼呼作响，出手又快又狠。

牛松手中的刀挥出，只见一道寒光直取朱传志的咽喉。与此同时，赵俊手中的铁刀向前递进，随着一个变招，刀锋直朝朱传志的腿部砍来。

朱传志并不后退，右脚掌在地上猛力一踏，施展轻功，身子轻轻地一纵，口中长啸一声，身形、动作迅疾，纵跃如飞，整个身体化作一道闪电，眨眼之间冲天飞起。他掠过牛松、赵俊的铁刀后，凌空瞬间倒翻，然后似流星降落。他左腿一伸朝牛松当胸一脚，狠狠踢得他倒飞出去，又猛然一个回旋，右腿横扫赵俊的脑袋，只听“啪啪”两声响过之后，赵俊闪躲不及，被踢趴在地上，手中的铁刀也被震飞出老远。两人趴在地上，浑身动弹不得，面部僵硬，无丝毫表情。

朱传志这脚上之威，让在场的响马魂惊胆散。

朱传志轻轻落地，双手缓缓垂下。水龙寨训练场门前暂且恢复了静寂，死一般的静寂。

“看你俩这点能耐。姓朱的，来找死是吧?!”

马鸿的喊声打破了暂时的寂静，只见他抡起斧头的右手臂上条条青筋凸显，斧头带风呼啸，狠狠向朱传志的头颅劈了下来。

朱传志被马鸿的凶残激怒，一个旋子飞到马鸿的左边。他挥拳而出，拳头带风，呼呼作响，一拳比一拳狠厉，猛攻马鸿的要害之处。他看准空当一个借力打力，反手一掌打在马鸿持斧的右臂上。马鸿感觉一股巨力袭来，半个身子一阵剧痛，连人带斧被拍飞五尺开外，只听“哐”的一声，他的身体撞在训练场大门口的木柱上后被弹回。

马鸿被震得鼻口涌出鲜血，两只耳朵里和放鞭炮一样“嗡嗡嗡嗡”作响，感觉全身的骨头都被撞断了，躺在地上一动不动，面露痛苦之色。

朱传志往地下啐了一口唾沫，心中骂了一句。

响马们看到马鸿被朱传志轻松打败后，纷纷露出惊恐的神色，片刻，便鼓掌大声叫好：“好功夫！好身手！这才是汉子，这才是厉害的主！”众响马伸出双手，高喊着赞不绝口。

王二溜一看自己的亲信连连失利，没想到朱传志的武功比自己想象中的还强上百倍，便硬着头皮亲自上阵，口中说道："姓朱的，我看你有多大的能耐。今天你要是过不了我这九环刀，休想进得训练场。"

王二溜一脸铁青，他手持铜背九环刀，两条黝黑的臂膀鼓凸出强健的肌肉，一看就是一个心狠手辣的主。此刻，他拿出了拼命的架势，抢刀就砍，对朱传志大有不是你死就是我亡的姿态。

朱传志面对王二溜的攻击，沉稳应战。两个回合下来，朱传志看出这王二溜只不过是程咬金的三板斧，便反守为攻。只见他出拳迅速，疾如闪电，打出一道道残影，发出呼呼的声响，掀起阵阵狂风，令王二溜步步后退，心胆俱寒……

水龙寨的响马这时全部到齐，聚在训练场大门前吆喝着起哄："三当家的，咱不能后退啊。三当家的今天如果打赢了，我们兄弟出湖干一票，弄几个财主家的娘们儿回来给你当压寨夫人啊。"

"哈哈哈哈哈哈哈……"

响马们挥舞着双手，口中不停地喊着、笑着、咋呼着。

"别在这瞎起哄，一个个什么玩意儿，都给我进去站好了！"不远处传来一个男人的训斥声。

众响马听到喊声，知道是大当家的刘土担来了，便停止了喊叫，个个像老鼠见了猫似的，纷纷向训练场跑去。

"大哥，你来了。"朱传志收住步伐，转身对刘土担恭敬地说道。

"你们在干啥呢？"刘土担明知故问。

"大哥，这不趁着你还没到，跟三当家的学上几招，这以后干起活儿来也好派上用场不是？"朱传志笑着说道。

"大哥，我正在和四弟相互讨教呢。"王二溜好歹找了个台阶下，对刘土担说。可他心里默想道：这刘土担要不是及时赶来，自己非出丑不可。

刘土担瞪了王二溜一眼，说道："三弟功夫高深莫测，还是留着以后有机会再讨教吧啊。"

可刘土担心中和明镜似的，还讨教呢？就你那三脚猫的功夫，也就是耍耍嘴皮子行。

王二溜带人在训练场门前这一闹腾，水龙寨的响马们不但认识了这四当家的，还目睹了他的真本事，个个是打心眼里佩服。

为了表示对朱传志的信任和炫耀一下自己的强大，训练场散会后，刘土担便带朱传志在土岛上转了一圈儿，观看了一下水龙寨的防御系统和明堡暗道。

"大哥在这土岛上经营多年，布防搞得如此严谨，难怪这官府每次来剿，都以失败告终。"朱传志伸出大拇指说。

"四弟啊，要想保这水龙寨万无一失，就得有点办法才行。"刘土担说。

"大哥神机妙算、足智多谋，真乃水龙寨的幸事，更是众位兄弟的福气啊。"朱传志连吹带捧地对刘土担说道。

"四弟过奖了，说实话，干咱这一行的，就得墙头上种高粱，脑袋里想的比别人高一级才行，要不早晚得让官府给灭了。"刘土担说。

两人说着话来到刘土担的住处。进得客厅，二当家胡青皮、三当家王二溜早已在此等候，四人落座后，刘土担便话入正题，安排朱传志带领响马抢劫"同顺大院"李灯熬，全权指挥这次行动，并吩咐王二溜随朱传志一同前往。

"四弟，这是你入伙后干的第一票，寨子里的兄弟们可都看着你哩。这事关重大，我不说你自然明白。让你三哥一同前往，如果遭遇不测，你也好有个帮手。"刘土担说。

朱传志心想，这次抢劫李灯熬，是刘土担对自己的一次考验，既然让自己全权负责这次行动，还派上一个王二溜监督自己，真有心机，但他不露声色地微笑着抱拳冲刘土担说道："谢大哥抬举。"

然后他转身向王二溜说："为了我们水龙寨，行动中还望三哥多多指教。"

"好说，好说，'同顺大院'得手后，谁不听话直接弄死就行，就这么简单。"王二溜说完，抬手抹了一下嘴角流出来的哈喇子。

王二溜虽然这么说，可他还是比较有心计的人，在这次行动前，他已派人和内线多次联系，经过侦察踩点，摸清了同顺大院周围环境和李灯熬内宅的守护情况。

恰逢月黑风高的夜晚，朱传志、王二溜带着响马乘船来到西湖的西南角上岸，越过范家坟院，沿范家西沟向南，不一会儿来到古槐涯头。

"弟兄们，马上就要过甄庙子河了，为了利利索索地干好这一票，先在这儿卸载（拉屎、尿水）。"朱传志站在崖头上的大槐树下，冲响马们喊道。

"四当家说得对，别到时候懒驴上套，不是拉，就是尿，把正事给耽误了。"王二溜说。

　　众响马在大槐树下各自解手方便，完事后他们蹚水渡过甄庙子河，悄悄地摸进了豆腐李村。内线引朱传志、王二溜这伙响马进入豆腐李村后，直奔村西李灯熬家。

　　根据事先选择的地形，王二溜对响马牛松说道："你带几个人搭人墙先摸进院子，把大门的门闩弄开。"

　　"好的，三当家。"牛松说完，便带领四五个响马，爬上了李灯熬家的院墙，轻轻地跳到院子中。

　　"干啥呢？这深更半夜的。"

　　这天晚上，李灯熬家的管家因吃坏了肚子，正蹲在茅房拉屎，突然听到好多人的脚步声，冲着外面大声喊道。

　　"还有绊子，弄了他。"牛松说完，进得茅房手起刀落，结束了管家的性命。

　　管家刚才的这一声喊叫惊醒了一个人，他就是连睡觉都一个眼站岗、一个眼放哨的李灯熬。他赶忙从被窝里爬到窗台前往外一看，转身对老婆说道："快起来，不好了，院子里进来响马了，好多人啊！"

　　李灯熬见势不妙，赶紧带着三个老婆躲进了暗窖。

　　牛松带人进入大院以后，把大门打开，响马们潮水般地涌进同顺大院。

　　李灯熬养有看家护院的家丁。他们站在角楼上，看到有响马闯进院子，便举起手中的土枪开了火，"嘭、嘭"几声土枪响过之后，三四个响马被霰弹击倒在地。

　　"还开枪！老子也不是吃素的。"王二溜说完对身边的响马李恭说道："给我用飞刀灭了他。"

　　"是！三当家。"李恭说完，把手中的六把飞刀向角楼上的家丁扔了过去，随着角楼上传来几声惨叫，枪声也停了下来。

　　"赵俊，你带几个人，把这个楼子用火给我烧了，死了死不了的，一块给我点了天灯，还敢向我开枪。"

　　"是！三当家。"赵俊应声带人而去。

　　"李灯熬，你这个孬种，今天你伤了我好几个兄弟，绝不放过你。兄弟们，今儿个干脆一不做二不休，把这同顺大院给我弄个底朝天，把这一票给我干好了，不但金银财宝全带走，这院子里的女人也全给我带回寨子，让兄弟们乐呵乐呵。"王二溜瞪着眼珠子大叫道。

　　响马们听后欢呼雀跃，随即一窝蜂地冲向同顺大院各个房中。

"三哥，这院中的事你来办，我去把围井的墙拆了。这样一来，就是我们灭了李灯熬，村里的人也不说别的。"朱传志对王二溜说。

王二溜一听，支走朱传志，正合自己的心意，赶忙笑吟吟地说道："好，好，四弟说得极是，这里有我呢，你去吧。"

响马们将同顺大院翻了个底朝天，找出大量的金银财宝和名贵物品，就是找不到李灯熬。真是奇怪了，难道他是老鼠打洞钻到地底下去了？

"兄弟们，斩草就要除根，今天晚上，就算挖地三尺也要把李灯熬给我找出来。"

响马们找遍了每间屋子，大半个时辰过去了，没有发现李灯熬和她三个老婆的任何踪迹。

"再找，我就不信他会土遁。"王二溜喊道。

响马们翻箱倒柜，还是没有找到李灯熬和他的三个老婆。王二溜命令把同顺大院的人全部带到外面，一个个地审问。

王二溜让人把同顺大院的账房先生田民望从人群中拖了出来。他吩咐马鸿："这老家伙一定知道，如果不肯说，给我往死里打，打死了扔大街上去。"

"是，三当家的。"马鸿说完，走到田民望跟前，逼着他说出李灯熬的藏身之地。

"我不知道，我真的不知道，求求你们放了我吧。"田民望冲马鸿切切地求饶道。

"你这个老东西，不说是吧？兄弟们，让这个老东西骑骑木马，骑舒服了看他说不说！"马鸿对响马们吩咐道。

此时，马鸿让两个响马从房中抬出一个条山几（旧时，方桌后面靠墙的长条桌子）

"把这个老家伙拖过来，架上去。"马鸿号叫着。

四个响马把田民望抬到条山几上，让他趴在上面，头探出桌面，脖子上给他坠上五块大青砖，四个响马分别往下紧紧拉住他的双手和双脚，使他全身动弹不得。

马鸿踩着木凳子然后跨腿，骑在田民望的后背，用一块木板子狠狠地抽打他的腚唇子（屁股）。

"我叫你不知道，我叫你不说，我叫你不说……"马鸿骑在田民望的身上是一边抽打，一边骂。

"哎哟，娘啊，娘啊，别打了，别打了，我说，我说还不行吗！"田民望被打得大声哀号求饶。

"现在知道了吧？早说还用挨打吗？牵着不走、打着倒退的东西，打死你，活该。"马鸿又打了数十下，方才住手。

"拖下来，赶紧的，带我们去。"马鸿说。

四个响马把田民望拖下条山几，让他头前带路。此时的田民望哪还走得动，只好在两个响马的挽扶下来到账房。田民望用嘴朝装账本的橱子努了一下嘴，然后闭上双眼，耷拉了头。

"快点，把靠墙的这个橱子给我搬开，快点，快点。"马鸿喊叫着。

木橱子被响马们搬开后，发现了地下密室的机关。马鸿命人迅速打开，只见里边漆黑一片，几个响马举着火把摸了进去，发现了李灯熬和他的三个老婆。

"走，给我出去，还像老鼠一样打洞掏窝的。"响马们骂骂咧咧地把李灯熬和他的三个老婆带到大院中。

来到院中，看到眼前的一切，李灯熬不禁仰天长叹道："老天啊，为什么灭我李家？"

"为啥？因为你凭着有点臭钱就飞扬跋扈，横行霸道，仗势欺人，独霸水井，鱼肉乡里，欺负百姓，简直就是人渣。像你这样为富不仁的东西，比我们杀人放火更可耻，恶心！"朱传志把围井的砖墙推倒后，此时返回院中，冲李灯熬狠狠地教训道。

李灯熬站在那里，两眼怒瞪也不回话。

"弟兄们，扛上我们的金银财宝，带上这个老东西，我们回寨子喽。"王二溜说。

"三当家的，我说这三个娘们儿咱不带上吗？"牛松问道。

"这还用问？"王二溜说道。

"三当家的，明白了。"牛松眉开眼笑地答应着。

响马们扛着金银财宝，押着李灯熬和他的三个老婆离开豆腐李村向西湖而来。

济水镇上，玉食村大院内，张世承和周之旦正在客厅商议世博会的准备事宜。这时冯云和急匆匆进得客厅。

"大掌柜、之旦兄弟，湖上来信了，一切顺利。"冯云和说完，递给周之旦一张纸条。

周之旦接过一看，上面写道："顺，到。船，巡报，马劫，刘、城、销。下步，计可。安。"

周之旦看完后对张世承说："大哥，我们的计划一切顺利，在西湖河道被抢劫的商船，先是由巡检司的人确定目标后告知西湖的响马，响马们组织实施抢劫后，由刘国坤组织人员转运到县城开设的窝点销赃，他们是有组织的一条龙犯罪。"

"之旦，根据先前的计划，组织实施即可，必要时通知县衙的周承宽大捕头协助。"张世承说。

"大哥，从北京回来后，我已和周捕头对接过，到时候他会全力支持。"周之旦说。

"大少爷，县衙里来人了。"管家张恒进得客厅说道。

张世承、周之旦、冯云和不约而同地站了起来，向门外望去。

"报，张大人，县衙公文。"乐丰县衙传令兵陈书说着把公文递给张世承。

张世承接过公文看后，把回执撕下，交给陈书。

"好的，张大人。"陈书接过回执收好，便打马朝济水镇巡检司而来。

"好消息啊，县衙的公文说，洋人洛克的船队已从羊口沿河逆水向上，并且要来咱济水镇了。"张世承说完，把手中的公文递给身边的周之旦。

"大掌柜，什么时候啊？"冯云和急不可待地问道。

"就是明天，知县王敬勋大人来函让我准备明天迎接。"张世承道。

"大哥，这个洋人就是盛大人介绍的那个洛克，现在威海卫任专员一职。在天津拜访盛宣怀大人时，临行前我讨要了一些关于这个人的资料。"周之旦看完后说。

"之旦兄弟，快说来听听。"张世承说。

"此人的名字翻译成中文叫洛克，1858 年生于苏格兰，1875 年就读于爱丁堡大学。在 1878 年因成绩优秀被指定为港英政府内部见习生。1879 年年底在香港学习了三年汉语。1883 年任港英政府税收督办，1895 年升任为注册主管、政府秘书、辅政司，地位仅次于香港总督。1902 年 5 月被派往威海卫任行政长官（专员）至今。"周之旦继续说，"这次他从威海卫坐小火轮到羊口，然后换乘木帆船，沿小清河逆水而上去济南，沿河重镇他都要拜访，看来他是个地道的中国通啊！"

"走，咱们去码头看看，好好布置一下这次接待，要弄得气派一点儿。"张世承说。

"洋人咋还来了呢？这还了得，我去京城听人们说起过，这洋人黄头发、蓝眼睛，长得像聊斋中说的鬼一模一样，要是发起疯来，还吃人呢！大少爷，他爱谁迎接谁迎接，我看咱可不能去做这事儿。"管家张恒皱着眉头说道。

"我说管家，这俗话说得好，近怕鬼、远怕水，这么远的洋鬼子来了咱怕啥？这话又说回来了，凡鬼都是晚上作怪，咱是明儿大白天接待，真鬼他还敢见太阳？"周之旦冲管家张恒半开玩笑地说道。

他们四人来到码头转了一会儿，张世承就各个环节进行了周密的布置，周之旦、冯云和点头同意。

张世承对张恒说道："管家，等会儿你去戏把头许洪升家，把咱镇子上的锣鼓队、高跷队、秧歌队、驴戏班子都请来，明天在这码头上好好地乐呵乐呵。"

"大少爷，知道了，我去办。"张恒回道。

"还有，把码头上各处的彩灯都换成新的，准备红地毯铺路，明天所有停靠码头的船，赏。"张世承说。

"大哥，在洋人面前，也让他们瞧一瞧咱国人的大度和胸怀，这不光是面子上的事，也是我们玉食村人自我形象的树立。"周之旦说。

"国有威仪，家有家风，风范礼仪，自古已然。这是我们济水镇人的品行，传承着我们中华民族的精神，涵养着我们济水镇人的德行。时间很紧，你们分头准备去吧。"张世承对三人说道。

周之旦、管家、冯云和三人按张世承刚才的吩咐，各自行事。

再说水龙寨的三当家王二溜和四当家朱传志带领响马来到西湖边，他们上船后直奔土岛的寨子而来。船开出不远，就听"扑通"一声，紧接着有响马高喊："李灯熬跳水逃跑了。"

"开枪，快开枪，打死这个熊玩意儿。"王二溜高喊着。

响马们朝李灯熬跳水的地方接连开了数枪，片刻，湖面上翻起一片红色。

"你们给我老实点，别想歪门子，想跑就得死。"王二溜对李灯熬的三个老婆说道。

响马们来到土岛边停船，把抢来的金银财宝和李灯熬的三个老婆带进了水龙寨。

到了第二天，这太阳升起一竿子高，也就是辰时，济水镇小清河以东河段，六只漕船整齐地排成一行逆水向上，每只船上配有六人拉套子（拉纤），纤工们一手轻握搭在肩膀上的拉绳，一手甩动，纤距均匀，队形整齐，姿势强劲。

"我说伙计们，前边就到连三旋涡了，准备好了，咱马上抢滩了啊！"船老大站在船头，向岸上的拉套人高声吆喝道。

"船老大，你就瞧好吧，就等你起号了，到时咱就亮开嗓子唱起来哟！"拉套子的走在岸上，大声回道。

"起东南风了，船上的伙计们，咱先把船帆升起来！"船老大吆喝着船上的伙计。只见船上撑篙的伙计们，把船篙平放在船舷上，迅速将船帆升起，动作之麻利，令人称奇。

东南风吹鼓了巨大的白帆，在"吱嘎吱嘎"沉闷的响声中，推动漕船逆水向前，小清河水面上一派桨声帆影的美景。

漕船进入险滩后，拉套子的人身体前倾，全身发力，脚蹬得有劲，纤绳被抻拉得贴着水面打转，发出"吱吱吱"的响声。拉纤人手脚着地，爬行往前艰难地行走。

"伙计们用力拉，咱喊起来哟！"船老大手握舵把，高声吆喝道：

小清河、长又弯
新河开挖光绪年
拉纤汉子船头望
过了桓台是草南
往前就是连三旋
连三旋、三大湾
湾湾都有鬼门关
头一湾、头一旋
涡涡飞旋如蛇缠
一个追着一个赶
贴着船舷打转转
中间湾、又一旋
形似马猴不一般
水声像是野狼叫
人人听了心胆寒

过了两旋再一旋

旋涡像锅米溜圆

如同狮子大开口

像是水鬼来吞船

拉纤的汉子哟、嗨哟

有虎胆哟、嗨哟、嗨嗨哟

稳舵撑篙保船过

有船咱才有饭碗

过了脚下这段湾

老板给咱掏赏钱

六只帆船，顺利通过小清河上的险滩地带，继续向前。

远望过去，六只帆船上的纤夫、船上手撑长篙的船工，同时唱着号子。几只船上的船夫们一起唱，唱到默契时相互配合来个合唱或对唱，一人接一句，小清河号子声此起彼伏，荡漾在被暖阳照耀的水面上，伴随着拉纤人身体晃动和脚步的节奏，越唱越嘹亮，号子声越传越远。

在南岸的大堤上，有数十个骑马人，与小清河中的这六只帆船稳步平行，走在最前边马上之人，时不时地用手中的照相机拍摄沿途的风光、古建筑、民风和小清河里上下航行的帆船景色。

"专员，前边不远就是乐丰县管辖的济水镇了，按事先的计划，我们要在此停留两天，拜访一下济水镇的商会会长张世承，还有知县王敬勋大人。"英语翻译骑在马上对正在照相的专员说道。

"济水镇，这次沿河访问之前，我就专门在地图上标了这个地方，对它专门进行了研究。这里不仅是整个小清河流域的商业重镇、军事重镇，还是贯穿整个胶东、鲁南地区，通往北京、天津的旱路交通要道。"

被称为专员的人对翻译说完后，从马背的行囊中抽出一个单管望远镜，向济水镇方向看来。不一会儿他把望远镜收回，对翻译说道："我们弃马登船吧。"

"是的，专员。"翻译回道。

两人把马交给跟随的保镖，然后来到河边，登上河中的头船。

这天，济水镇码头上人山人海。此时，洛克的船队即将进入济水镇水域。船老大一看，这河岸两边和码头上站满了欢迎和看热闹的人群，便高兴地来了劲儿，大声领唱着小清河号子，指挥着帆船停靠码头：

> 小清河
>
> 长又长
>
> 河边的苇子粗如梁
>
> 节节高
>
> 伸天上
>
> 河里的面鱼白又亮
>
> 三五月
>
> 炖菠菜
>
> 油炸的螃蟹满街香
>
> 咱河边的爷们儿跑大船
>
> 套子纤绳六人连
>
> 赤脚背纤上济南呦

船上的伙计也都使出浑身解数，用力撑船，把桨摇得飞快。

看到船队到来，济水镇码头上，锣鼓随着鞭炮齐鸣，爆竹红屑纷飞，落地满堂红。

今天，这欢迎的排场比娶媳妇还隆重。

整个码头的高处全部被挂上大红绸子花球，河中帆船的桅杆顶上飘扬着济水镇"玉食村"的号旗，船舷两边插着彩旗，顺河风飘扬。

踩高跷表演是济水镇祖祖辈辈留下来的一项独特绝技，其表演技巧丰富，乡土气息浓厚，形式奇特别致。

济水镇的高跷表演是今天的又一亮点。表演者全是传统戏装打扮，模仿某个历史人物。由打头的拿棍开路引导，随后是古代各种人物艺术形象的扮演者。踩高跷的主要演员不时在码头上表演着特技，小旋风、金鸡独立、鲤鱼打挺、大劈叉等高难度动作，身手敏捷、诙谐有趣、粗犷喜人……

"我说老少爷们儿，今天咱都悠着点儿，可别挤着人。大伙子看到了吧？这是咱专门请来的戏班子船，就在这小清河搭台唱戏。"玉食村的管家手指河中的戏船，大声吆喝着。

人们抬头望去，河中船上的戏台，犹如一座雨后彩虹桥。

一阵开台的锣鼓过后，才子佳人悄然立于台上，成为有血有肉的舞台艺术形象。

"快看啊，演得真好！一个个化妆后，看上去，变成古代人了。"人群中一个卖糖人的中年妇女说道。

"你看这位演小姐的，手提裙摆，莲步轻移，那兰花般的玉指，那巧笑的眉眼，唱腔婉转，声声入耳，妙不可言，让人动情啊！"一位书生模样的公子在人群中摇头晃脑地对身边的另一位公子说道。

正在码头上看热闹的人群议论纷纷的时候，就听到码头南边的官道上铜锣开道，知县王敬勋带着三班衙役，衙役们扛着杀威棒，肃静回避全副仪仗，旗罗伞扇一应俱全，回避牌高举，吆五喝六护拥着一顶小轿子，拨开人群，向码头而来。

这会儿码头上更是人头攒动，不知道这里究竟发生什么，那些个胆大、爱看热闹的人，急忙往轿子这边挤凑了过来。

"停轿！"

伴随着大捕头周承宽的一声令下，轿子在离码头百步处停下来。周承宽带领几个虎背熊腰的衙役站立轿门两侧保护。

看热闹的人群刚想往轿子这边涌动，就听从码头工棚处传来六声钻天雷的响声，伴随着冲天的声音，济水镇护航队兵勇从码头的工棚中鱼贯而出，几十名队员手持刀枪，雄赳赳、气昂昂地在人群中冲出一条胡同，间隔着列队迎接。

此时，轿帘一撩，知县王敬勋从轿中走了下来，只见他素金珠镂花水晶顶戴，五蟒四爪蟒袍，穿戴整洁整齐。他站直身子，整理了一下官服，神态威严地注视着前来迎接的众人。

张世承、周之旦、冯云和与济水镇众多商会人士早已等候在此，见到知县王敬勋下得轿来，赶忙走上前迎接。

"知县大人，这一路颠簸劳顿，辛苦了，辛苦了！"张世承走上前来拱手施礼说道。

知县王敬勋拱手还礼道："让诸位久等了，幸会，幸会！"

他把目光转向张世承，脸色、眼神变得柔和起来，微笑着继续说道："张会长在济水镇德高望重，众人信赖，自敬勋到任乐丰以来，小清河一带百姓从未因任何纷争劳驾本县，可谓是乡绅的楷模呀！"

张世承接着王知县的话说道："自王大人到乐丰任知县以来，把乐丰治理得井井有条。市井之间百姓乐业，乡野之上黎庶称赞啊！"不管怎么说，这面子上的话得过得去不是！

"张会长啊，为官一任，应勤政廉洁，爱民如子不是？这样才能得到百姓的敬仰啊。"知县王敬勋也不谦虚，这为官之道讲得头头是道。

"知县大人，请，咱们到台上再叙。"张世承说道。

根据张世承事前的安排，欢迎洛克等一行的主会场用两个方桌搭起一个简便主席台，主席台前十步开外由二十名护航队员手持火枪一字形间隔站立警戒保护，任何人不得越过。

王敬勋来到主席台后，在正中站定，环视人群一周，然后即举双手示意大家安静，码头上的嘈杂声顿时停止。王知县挥动手臂高声对码头上的人群说道："济水镇的父老乡亲们，首先，我代表乐丰县衙和各界人士，对各位今天的到来表示热烈的欢迎！"王敬勋说完，有意停顿了片刻，等待掌声。

掌声过后，他继续说道："在这春光明媚、阳光普照的日子里，我们在这济水镇码头，迎接威海卫的专员洛克先生，我感到由衷地高兴。有一句老话说得好，叫有缘千里来相会……"

洛克一行的船只，正在准备进入济水镇码头。知县王敬勋的讲话还在继续，暂且不表。咱先说西湖水龙寨上的响马。

这天，刘土担、胡青皮、王二溜、牛松、马鸿、赵俊等大小头目二十多人，在聚义厅猜拳喝酒，唯独不见四当家的朱传志。

"大哥，四当家的咋没来，是不是去办别的事情了？"二当家胡青皮冲刘土担问道。

"噢，没去，他说头有点疼，在枣花那里休息呢。"

此时，王二溜举起黑碗将满碗的酒倒入口中说道："大哥，这枣花本是你养大后准备做压寨夫人的，可可可可，可你却白白地送给了这姓朱的，这叫哪门子事。"

只见刘土担把脸一沉说道："今个儿我把话先撂到这儿，以后枣花的事，谁也不准给我再提，否则，我就不认这个兄弟。"

王二溜瞪着两只眼面无表情地看了刘土担一下，回头对牛松说道："你去把李灯煞的三个老婆弄过来。"

"是，三当家。"牛松应声而去。

"马鸿，你去把那马脖子上的铃铛给我解六个拿这儿来，快去快回。"

"三当家，这喝酒呢，弄马铃铛干啥呀？"马鸿问道。

"叫你去你就去，问那么多干啥？"王二溜沉着脸说道。

马鸿端起面前的酒碗喝了两口，然后抓起一根鸡腿，匆匆忙忙地走出聚义大厅。

李灯熬的三个老婆，被绑架到水龙寨后不仅受尽凌辱，而且还被响马们任意取乐。牛松来到关押三人的房间，先是调戏了一番，然后带她三人来到聚义大厅。

"我说牛松，你还装什么书生，瞧你这个酸样，赶紧地把三人的上衣给我脱掉。"看到牛松带着李灯熬的三个老婆进来，王二溜不耐烦地喊叫着。

聚义厅内的响马们满脸淫意地随声重复着王二溜的话，不约而同地吆喝着。

三个女人被牛松强迫脱去上衣，然后无奈地抬起双手，紧紧地抱在胸前。

"三当家，你要的马铃铛来了。"马鸿拿着六个铜铃铛，进得门来。

"赵俊，赶紧地……"还没等王二溜说完，这赵俊起身说道："三当家，小的明白，你就等着瞧好吧。"赵俊拿着铜铃铛来到三个女人的面前说道："你们三个给我站好了，给爷们儿扮演一会儿响马玩玩。"

赵俊说完，在每人的乳房上系上两个铃铛，然后强迫其在大厅内手脚着地，不停地摇摆爬行走动，铃铛随着三人的晃动"叮当、叮当当"地乱响。响马们看到眼前的情景，高兴得群魔乱舞，整个大厅回荡着淫浪的笑声……

"大哥，去镇上的探子来信了，有大票来了。"朱传志进得聚义厅，冲刘土担大声说道。他转身看到李灯熬的三个老婆被折磨得如此狼狈，冲三人说道："我们在这里有正事要谈，还不快走。"

三人听到朱传志的话后，像抓住救命稻草一样，拿起上衣转身跑了出去。

"四弟，你来得正好，刚才兄弟们还说呢，这么热闹的场面，就缺你四当家的了，来，来，咱喝上一碗。"刘土担从虎皮椅上站起来招呼着。

"大哥，洋人来济水镇了，是从海边大城市顺小清河来的。这会儿，船可能已经靠岸了，洋人财大气粗，带的都是洋玩意儿。这些洋货不但值钱，而且是稀缺的东西。"朱传志说。

"四弟，你的意思是？"刘土担问道。

"大哥，依我看，这是一桩千年难遇的肥票。咱先去镇上摸摸底，然后回来再做打算。"朱传志说。

"好，四弟，那就麻烦你到镇子上走一趟，看看虚实回来再说。"刘土担说道。

此时，二当家胡青皮给刘土担使了一个眼色，然后笑着对朱传志说："四弟，你说得极是，这票到底肥不肥，还得摸清了再说。你这次回镇子，为了保险和安全起见，我想啊，还是让三当家的陪你走一趟。"

"二哥考虑得周到，有三当家的陪同，此行万无一失。"朱传志满脸高兴地回道。

"四弟，你来到这水龙寨后，豆腐李村这头一票干得漂亮。二当家刚才说得极是，这次回镇上要多多小心。我看这么着吧，让枣花也陪你去，这样多个帮手不是？"

经刚才二当家的提醒，刘土担还是多了个心眼。

"大哥，枣花一个女孩子家，我看还是算了吧，免得到时候碍手碍脚的还得照顾她。"朱传志说。

"哈哈哈……"刘土担听后是大笑不止。

刘土担这一声大笑，让朱传志真是纳了闷。这事啊，还得从枣花的身世说起。

枣花生于乐丰县花官村，从小就长得十分俊俏，五岁时，爹爹去世，枣花便成了孤苦伶仃、无依无靠的孤儿，整天流浪在街头。因生活所迫，有一次在花官集市上她伸进一个人的兜里偷钱，被此人捉住。枣花万万没想到这人是个人贩子。当此人得知枣花是个孤儿时，便起了歹心，以给枣花买新衣服、买好吃的为名，引诱枣花跟随自己回乐丰县城，然后想将其卖入妓院。当人贩子带着枣花返回县城走到雒家荒洼时，遭到刘土担等人的抢劫，这人贩子一看情况不妙，拔腿想跑，被埋伏在前边的王二溜提刀截住后一刀毙命。

眼前发生的一切，把年幼的枣花吓得哇哇大哭，刘土担上前一问，方知枣花是个孤儿。从小无父无母的刘土担，顿生怜悯之情，便把枣花带回水龙寨，当闺女养着。

十四年匆匆走过，枣花已是年方十九，身材高挑，体态轻盈，乌发如漆，肌肤如玉，脸若银盘，眼似水杏，唇不点而红，眉不画而翠，美目流盼，言行举止端庄娴雅，一颦一笑之间流露出一种说不出的风韵。她宛如一朵含苞待放的牡丹花，美而不妖，艳而不俗，花容月貌，出水芙蓉，千娇百媚，无与伦比。

枣花在水龙寨学了不少功夫。除武功外，其他方面，跟自己的养父没有一点相同之处。

其间，刘土担也想将枣花娶为压寨夫人，他试探了几次，枣花誓死不从，天长日久刘土担也就灭了自己的那份歹心。

枣花除去相貌出众、性子温柔这一点，做起事来也是个心狠手辣的主儿。她从小在这水龙寨学得不但武功高强，还练就了一身马上功夫，一条马鞭甩得虎虎生威。十七岁那年，十几个响马抢劫后回到寨子，乘兴挑衅正在马上练功的枣花，枣花也不示弱，施展马上功夫，用手中的马鞭将几个响马噼里啪啦地抽到马下。

天长日久，众响马都晓得这个看似温柔的女子是个不好惹的主儿，从这以后，再没有人敢出风头去招惹这位捡回来的小姐了。

话说刘土担大笑后说道："四弟啊，这枣花以后啊，可是你的一位好帮手啊，来日方长，以后你就知道了。"

"朱大哥，我好久没出寨子了，我也想去镇子上买点东西，这次你要带我去吗？"枣花穿了一身暗花淡绿色丝绸旗袍，她往聚义厅门口这么一站，当真胜如凌波仙子，刚说完话的小嘴边还带着俏皮的微笑。

还没等朱传志回话，刘土担大声说道："放心吧，闺女呀，我看你就是想不去，这四当家的也舍不得放下你了，哈哈哈……"刘土担大笑道。

朱传志只得点头同意，两人退出聚义厅回到住处，化装后，准备傍晚时分乘船前往济水镇。

"大哥，我何时动身？"王二溜问道。

"你带十二个兄弟，紧随其后，只观其行，按事前商定的去做就行了，不到万不得已，不要惹是生非。"刘土担说。

"好，知道了，大哥。"三当家王二溜回道，然后和众响马一起走出聚义大厅。

众响马退出聚义大厅后，刘土坦两个眼珠子一转，笑着对二当家胡青皮说道："老二，他们都走了，咱哥俩再喝上点儿？"

"大哥，不能再喝了，我得回去收拾一下，去一趟济水镇，和齐大使接一接头，摸个实底，这样干起活儿（劫票）来才有把握。"胡青皮说。

"老二，这洋人一来，济水镇的张世承肯定防范严密，但这也是他们最可能出现漏洞的时候。这次我们以声东击西的方式，从水下突袭济水镇码头、钱庄，谅他张世承有天大的本事，也预料不到。二弟啊，不瞒你说，这几年来呀，这老张家的钱庄啊，才是我最想干一票的地方。"刘土担说。

"大哥说得极是。如果我们这次把洋人和老张家的钱庄搞定了，有了钱继续招兵买马，有了人、有了枪，还怕谁？直接把济水镇给平了，把县衙占了，那个时候这小清河平原就是大哥的天下，没人敢惹的王了。"胡青皮口中唾沫星子乱飞,双手比画着说道。

"好,二弟,大哥就等你这句话了,我们有难同当,有福同享。哈哈哈……"刘土担笑说道。

"二弟,这次出寨你要多带几个人,以防不测呀。"刘土担说。

"大哥,这个不用,让程坤、赵泰两个随同就行,免得人多显眼,行动不便。"胡青皮说。

"好,二弟胆大心细,祝你马到成功。"刘土担说后,胡青皮退出聚义大厅。

众人走后,刘土担从虎皮交椅上站起来,向大门口望了望。片刻,他又坐回,举起右手用拇指和中指"啪啪啪"打了三个响声,这时,从虎皮交椅的屏风背后走出来一个人,来人弓身凑到刘土担面前,低头说道:"大哥,你吩咐就是。"

刘土担低声和他说了什么。

"是,大哥,我马上去办。"神秘人说完转身离去。

大厅内剩下刘土担一人,他端起酒碗,抬头扬脖张嘴将酒倒入口中,然后把碗往地下一摔,脸上挂着一丝阴险的笑容,片刻,他也走出聚义大厅。

话题转到济水镇。

知县王敬勋刚讲完话,洋人洛克的船队进入小清河济水镇水域后,放慢速度停靠码头。

知县王敬勋等人看到洛克的船队停靠码头,便向小清河边走来迎接。王知县对这个金发碧眼的洋人充满了好奇与猜测。

为了这次接待,张世承就礼仪方面考虑得十分周全,就连这两天洛克参观济水镇行走的路线都细心地做了规划,唯恐出现什么乱子。

在欢迎的鞭炮和锣鼓声中,洛克携夫人走下从船上铺设下来的桥板。洛克一米七五的个子,头戴一顶凉帽,白衬衣,西服外套,两双黑色的长筒马靴把西裤腿套在里面。消瘦的脸庞,蓝色的眼睛,嘴唇上留着小胡子,看上去也就四十多岁的年龄。

"欢迎,欢迎专员来到我们千年古县乐丰!"知县王敬勋走上前来恭敬地说道。

"知县大人,见到你非常高兴,这是我去济南访问路过的第二站,以前我听盛大人说起过,在济水镇,有一位非常了不起的人士。他对这条河的开挖和疏浚做出了很大的贡献。今天来到这里,我要拜见一下这位贤士。"从洛克的说话中不难辨别，这是一位十足的中国通，不但汉语讲得流利，而且对小清河的历史和文化也有着很深的研究。

"洛克专员，你说的这个人，就是眼前的这位。"知县王敬勋赶忙将张世承介绍给洛克。

此时张世承赶忙向前一步施礼说道："专员，虽然我们远隔重洋，今日济水镇相见，更是一种情缘让我们相聚在这个时刻、这个地方。欢迎专员的到来。"

"张先生，幸会，来到济水镇会给你增添很多的麻烦，很是抱歉。"洛克说道。

"专员，不客气，你的到来给予我们一个交流和了解外界的机会，我们十分高兴。你作为盛大人的朋友，我们更应热情地招待。"张世承说。

众人边说边向码头走来，跟在洛克后边的随从人员，此时打开一台留声机开始播放歌曲，音乐和歌曲的声音，让站在岸上的老百姓感到无比新奇。

看到这个会出声的"铁匣子"，胆大的人看愣了，胆小的吓得直往后退，人们心中感到既好奇又恐惧。

"这是个什么怪物啊？这大白天的就叫唤，可不能闹鬼吧？"镇子上的李大胆伸着脖子瞪着眼问道。

这李大胆话音未落，洛克的翻译用随身携带的照相机对准码头上看热闹的人群，按动了快门，"扑哧、扑哧"闪光灯燃烧出的浓烟吓得围观人群目瞪口呆。

"快跑啊，洋鬼子开炮了！"人群中有人喊道。

有人这么一吆喝，把胆小的人吓得惊惶逃散。

"大家别跑，这是照相。相片洗出来后，会把今天的场景和你们的身影留下来，做永久纪念的。"周之旦大声高喊着告诉人们。

"周掌柜的，你是说这一冒烟人就能被吸进去啊！"李大胆说道。

"这个不叫吸进去，叫成像，前段时间我和大掌柜的在天津拜会盛大人时，我们照过。"周之旦说。

"那么个小玩意儿，对着你一冒烟，人就进去了啊！那肯定是把人的魂给吸进去了，这洋鬼子弄的都是些鬼道事，还是快离开这里吧。"人群中有人说道。

洛克、王敬勋、张世承等人来到码头，洛克停下脚步说道："王大人、张会长，今天是个好日子，我们一起合个影，留作纪念吧。"

三人站成一排，知县王敬勋站在中间。当照相机的镜头对准他们三人时，第一次照相的王敬勋立即面如死灰，王知县十分担心这个洋机器可能夺去他的性命。

连知县都有这份担心，何况是面朝黄土背朝天的平民百姓。

洛克一行在码头上稍做停留，便在张世承的陪同下来到镇子上的商会住所。他们说了什么，做了什么，暂且不表。

先说朱传志回到住处，对枣花说道："枣花，我看你还是留在寨子里吧，这出去很危险，你一旦有个三长两短，我怎么向大当家的交代啊？"

"哥，你当我是小孩子呀。你要是自己去啊，这不放心的是我。"枣花从衣柜里拿出一个布包，继续说道，"哥，过来，坐这儿。"

朱传志被枣花一把拉到椅子上坐下，然后转身打开布包，从里边拿出几件东西，走到朱传志的面前，说道："哥，别动，把眼睛眯上。"

枣花在朱传志的头部、脸面上鼓捣了一番，然后说："哥，好了。"

朱传志刚刚睁开眼睛，枣花把一面镜子递给他。朱传志一看，镜子中的自己，显然变成一个年近六十岁的老者。

"哥，你是济水镇人，这次回去，如果不变个模样，要是让人认出你来，那麻烦就大了。"

"我混杂在人群中，不会被人认出的。"朱传志用手捋着下巴上的假胡子说道。

"光在人群中你怎么干活儿呀（侦查）？大当家的说了，这次去镇上，不光是摸清洋人的情况，还让我们详细摸清码头、学堂、玉食村大院、钱庄、染坊、油坊的布防情况。"枣花说。

"噢，我知道了。枣花，这妆化得还真像，真是谢谢你了。"朱传志说完把镜子放下。

"哥，我就是想把你化成老头儿。这次出去啊，让我这个女儿好好照顾你。"枣花调皮地说着。

"枣花，我们等会儿走。你先回房休息会儿，哥也换件衣服。"朱传志说。

"哥，衣服我都给你收拾好了，就在衣橱里放着。"枣花说完，朝朱传志笑了笑，走出房间。

朱传志把枣花送到门口，然后把门插好。他走到桌子前，将一张纸条放平，然后提笔写道："码头、钱庄、染坊、油坊、学校……春天干燥小心火烛。"写完后，他将纸条拿起，用嘴吹了一下未干的墨迹，折叠起来收好。

朱传志、枣花出寨后来到济水镇，已是晚饭时分。

两人直奔全香楼而来。进得门后，朱传志在前台先是预订了两个住宿房间，然后要了两盘菜和一只熏闷香鸡。

此时，店小二过来热情招呼道："两位客官，楼上雅间稍等一会儿，酒菜马上就到。"

两人随着店小二上楼，就在这时，一个看似醉汉模样的人跟进店来，此人进门后也不说话，直奔后院而去。

朱传志、枣花来到楼上雅间。枣花先是在房中转了一圈，四处查看了一下，然后来到窗前向院子里张望。

"枣花，这一路赶累了，快过来坐下休息会儿，喝口茶。"朱传志冲枣花关心地说道。

"哥，好。"枣花向窗外看了看，没发现什么异常情况，便来到桌前坐下。

不一会儿，送菜的到来，把酒菜放桌上后说道："客官，你们要的酒菜齐了，还有什么吩咐？"

朱传志打量了一下此人，嘴角微露笑意，将左手平放在桌子上，抹了一下，然后说道："收拾得倒是干净。"

"放心吧客官，我们这里不但干净，而且还十分地安静。"

跑堂的伙计说着，用右手中的抹布在桌面上擦了三下。

"看你这跑堂的还很勤快，这几两碎银，拿去买酒喝吧。"朱传志说完，把一张折叠好的银票递给送菜的伙计。

"谢谢客官，谢谢客官。"这伙计也没推辞，接过银票后装入口袋中，点头致谢后转身而去。

朱传志、枣花两人边吃边说。"枣花，我们吃完饭先休息，到时我叫你，今晚咱们先去码头，看一下洋人船上的情况，然后再去玉食村的钱庄。"

"哥，我听你的，夜行衣在你的包里。"枣花说。

王二溜带领十多个响马化装成从县城到济水镇送货的车夫。他们每两人一个独轮木车，把刀枪藏在车上，一推一拉，走进刘国坤的盐行。

"三当家，大当家的不是让咱保护四当家的和枣花吗？咱来这里干啥？"响马牛松问道。

"你别想好事，想吃枣花这天鹅肉啊！"王二溜说。

"不是，不是，这聚义厅大当家的是这么说的。"牛松分辩道。

"出来你得听我的，大当家让我们保护是不假，这里应外合才是我们这次来济水镇的目的。"

"三当家，小的明白了，小的愚昧。"牛松说。

"你们都给我听好了，好好在这待着，等大当家的带领兄弟们杀进这济水镇。我们的活儿（任务）就是在济水镇制造混乱，来一个中心开花、里应外合，配合大当家的行动。"

"是！"响马们齐声答应着。

刘国坤走过来和王二溜打过招呼后，便带领众响马来到后院早已准备好的房间，见机行事。

二当家胡青皮带领程坤、赵泰两人，趁着傍晚出得西湖，骑马来到乐丰县城。他们从北门进得城来，直奔锦顺成杂货铺的后门，来到门前，三人下马后，程坤上前用暗语叫门。

"来了，来了。"孙三禧边说边把后门打开。

三人牵马进入院内，然后把马的缰绳交给孙三禧径直朝一间亮灯的房间走来。

来到门口，程坤、赵泰在外警戒站岗，胡青皮进到房中。

"我就知道你在这儿，就是有天大的事儿，你也舍不下她。"胡青皮进屋后冲一个男人说道。

不等这屋中的男人开口，一个花枝招展的女人坐在床上先开了腔："哎呀，我说胡哥，眼馋了吧？改天我也给你找上一个，让你享享这女人的福。"

"去，一边待着去，我们有正事要谈。"胡青皮冲女人说。

这女人在胡青皮面前讨了个没趣，便穿上绣花鞋进里屋去了。

"二当家的，你们怎么来了？我也是刚从济水镇回来。"说话的不是别人，正是济水镇巡检司的齐桓福。刚才的女人是他的相好，刘国坤的三姨太柳巧芸。

齐桓福为了达到长期和柳巧芸在一起的目的，就想了一个歪招，勾结西湖土岛上的响马刘土担，抢劫从西湖水面过往的商船，并在县城开了这家杂货铺，让三姨太柳巧芸经营打理当掌柜。这不但为了销赃，更是为了方便和三姨太随时见面偷欢。刘国坤见杂货铺是无本获大利的买卖，有钱赚就行，也管不了三姨太那么多，赚钱就行。

"镇子上来洋人了，听说船上拉的都是值大钱的洋玩意儿。"胡青皮说。

"这个我还真没有实底，按之前县衙的安排，巡检司这次只负责镇子上的安保，今天我没到码头上去。"齐桓福说。

"大当家的说了，这次要干票大的，不但是把码头上的洋货全劫了，还要把玉食村的钱庄一块端了。"胡青皮说。

"大当家的让我做什么？"齐桓福问道。

"大当家的说了，你只管负责把我们的人带进码头就行，接下来的活儿我们干，事成之后按三成给你开。"

"好，这个你们放心。我是济水镇的巡检大使，有县衙的令牌，济水镇的地盘，我都可以去，没有人拦得住我。"齐桓福说。

"还有，我们的行动展开后，你要协助三当家他们在镇子上制造混乱，以便掩护我们行动。"胡青皮说。

"具体怎么做？"齐桓福说。

"这个你甭管。三当家有手段，杀人、放火闹得越凶越好。你只是睁一只眼闭一只眼地配合就行了。如果县衙派援兵到来，你带他们在镇子上兜圈子，不要让他们靠近钱庄和码头。"胡青皮说。

"这个我尽力而为。"齐桓福说。

"不是尽力而为，是一定要做到。从明天晚上开始，你就别回县城了。要是把事给干砸了，大当家的手段我不说你也明白。"胡青皮说道。

"知道了，二当家的，我现在就返回济水镇，好好布置一下。"齐桓福说。

两人又谈了一会儿，胡青皮便带程坤和赵泰往济水镇奔来。

专员洛克、知县王敬勋、张世承等人来到商会住所，管家张恒早已把这里的接待安排妥当，众人按宾主坐下后，管家张恒安排用人上茶。

这时周之旦端着两个大青花盖杯走了进来，在王敬勋和洛克的面前各放一杯。

"这一上午跑的，还真是渴了。洛克专员，先喝口茶，解解渴。"王敬勋说。

"谢谢知县大人，请。"洛克端起大盖碗慢慢地喝了一口。

这王敬勋忙活了一上午，的确是干枯了，他端起大茶碗后直接来了一大口，顿感有一股子马尿味儿。第一次接触咖啡的他，吐也不是，咽也不是，他转身瞪了一眼周之旦。

"知县大人，这真是上等的好咖啡，好喝，太好喝了。"洛克说道。

王敬勋听洛克喊自己，赶紧把口中的咖啡咽了下去，虽然觉得很苦，但还是皱着眉头、咧着嘴回道："好喝，好喝。"

此时，王敬勋低头看了一下这大碗中的汤水，心中默念道：哎呀，这茶也沏得太浓了，这都变成褐色了，能不苦吗？

"知县大人，这咖啡是盛大人在天津赠送的，地道的洋货。"

"哦、哦，这个咖啡好。"王敬勋回道。

他端起大茶碗又连续喝了几口，对洛克说道："这是最好的上等货，今天特拿出来招待专员，我们在县衙经常喝、经常喝。"知县王敬勋今天也豁出去了，心想，就是喝坏了肠子，也不能在洋人面前丢了面子。

此时，洛克站起来走到门口，向外面的翻译说了几句英语，不一会儿，两个随从抬着一块木匾进得屋来。

"'不亦乐乎'，这隶书写得好啊，没有十年二十年的真功夫，是写不出这么的漂亮字的。"知县王敬勋说。

"'有朋自远方来，不亦乐乎？'专员从远方来，让我们结识了志同道合的朋友，世承深感愉快。"

"华夏传统文化有着独特的魅力，让世界为之赞叹，在这孔孟之乡山东，结识张贤士这样的朋友，是我的荣幸。本专员特赠送匾额一块，以表心意。"洛克说道。

张世承谢过洛克，众人又聊了一会儿，便到了午饭时分。他们在商会吃过午饭后休息了一下，下午参观了玉食村的染坊、油坊、学堂，然后来到镇南唐朝遗留下来的古庙宇——娘娘庙参观。

此庙是济水镇十大古迹之一，是一座十分方正的院落，有正殿十五间，四角斗拱相托，坐北朝南，正面为双重飞檐结构，让人一眼望去，有稳重坚固之感。殿堂内柱子上木雕流云飞龙，生动逼真，栩栩如生。正堂内供着三尊金身娘娘像，端庄秀丽；其中一位称为碧霞元君，在民间也称为北方地区的女皇；左右两尊分别为送子娘娘和催生娘娘。

殿堂有十六级台阶，沿台阶而下至大青方砖地面直通庙门，在正殿两则各有六间偏房。

几株古老的松柏和古槐矗立于庙院之中，在蓝天白云下显得生机盎然，给人亦真亦幻之感，仿佛亲临仙境一般。

殿堂大门两边的木柱上刻有明朝才子邱二斋手书的对联，上联为"庙内无僧风扫地"，下联为"神前无烛月为灯"。

恰逢今日是济水镇庙会的第一天，独具特色的娘娘庙会吸引着远远近近的香客，四里八乡、周边地区的善男信女都会来娘娘庙上香，有抱孩子的，有搀扶着老人的，成群结队，络绎不绝，男女老少个个喜气洋洋。庙会上的商品应有尽有，叫卖声、笑语声，夹杂在一起，很是热闹。

庙会上练武功的场子、变魔术的台子，人群一圈圈围得水泄不通。魔术师神奇的表演，令全场鸦雀无声，每当表演进入高潮时，便爆发出一阵雷鸣般的掌声与叫好声。

济水镇的吕剧戏，庙会上专场传统剧目《邱二斋上香》正在开台，才子佳人的表演，动作滑稽，唱腔圆润，逗得台下观众一阵阵开怀大笑，给观众带来了无限的欢乐。

演杂技的、耍猴子的，敲锣声伴随着猴子灵性精彩的猴戏，只见小猴子模仿着人的动作，表演得惟妙惟肖，逗引得围观者呵呵大笑。人群中不时有人把零钱投进小猴子身上背着的钱箱里。

画糖画的、吹糖人的在庙会上各显其技。吹糖人是娘娘庙会上让孩子们着迷的一项传统手工艺。糖人师傅把麦秸秆的一头含在口中，一头挑着一块熬好的深褐色糖稀。师傅一边吹一边用手捏出各种小动物形象，小鸡、小猫、小鸟、小狗等，毫不起眼的一块糖稀，被师傅吹成各种可爱的小动物。孩子们都会缠着大人给买，馋猫似的孩子，往往糖人到手后一会儿，离开摊位十几步就已吃下肚了。

捏面人的摊前吸引着大量的围观者，人群中不时有人大声称赞："捏得太漂亮，太逼真了！"面人师傅手指尖上的艺术作品孙悟空、猪八戒活灵活现，生动可爱，不但孩子们喜欢，就连大人也想要。

还有卖泥塑的。泥塑种类繁多，色彩艳丽，有五彩的小鸟、憨态可掬的小猪、机灵活泼的小兔子、张牙舞爪的老虎等，彰显了庙会的文化底蕴。

阵阵鞭炮声不时从娘娘庙中传出，震耳欲聋。娘娘庙内树龄千年的苍松翠柏直指云天，极为神奇。庙内彩旗飘飘，香火正旺。

王敬勋、张世承、周之旦、洛克及夫人一行进得庙门后，王敬勋说道："这些善男信女，都是求子心切的香客。你看他们从庙门一步一磕头直到台阶以上才进入大殿，用诚心向娘娘祈祷，诉说自己心中之事，保佑自己早生贵子啊！"

洛克的夫人跟随丈夫在华多年，也是一个中国通，听说祈祷后能得贵子，便高兴地对王敬勋说道："知县大人，能像你说得那么灵验吗？"

"灵验，可灵验了，祈祷后保准得子。你看啊，如果不灵验，哪来这么多上香祈祷求子的人呢？"王敬勋说。

"知县大人说得也是，我要去祈祷，向娘娘求子。"洛克夫人说道。

知县王敬勋心想：坏了坏了，早知道专员夫人不生孩子，也不会把话说得这么大，万一这专员的夫人怀不上，这咋办呀？

"知县大人，你们在此等候，我陪夫人进去上炷香，祈祷一下，了了她多年来的心愿。"洛克说道。

"还是我陪你们去吧。"张世承说。

"不用，你们中国的佛教，我懂，心诚则灵嘛。"洛克说。

"好，专员，让之旦兄弟陪你，有什么事，你喊他就行。"张世承说。

三人来到台阶上，刚想进庙门，此时走来一位身被袈裟的道姑对洛克说道："阿弥陀佛，善哉、善哉，二位是来求子的吧？"

"仙姑，正是。"洛克说。

"那好，请随我来。"道姑说。

"好。"洛克说完，和夫人刚想跟随道姑进入大殿，这时，道姑举起右手说道："阿弥陀佛，心诚则灵，夫人自己即可。"

道姑把洛克和周之旦挡在门外。

道姑领着洛克的夫人进入大殿后，拐弯进了一个侧门。

过了一个时辰，洛克夫人还没有出来，周之旦有点急躁地说道："这时间也不短了，咋还没出来呢？专员你在这里等会儿，我进去看看。"

这时，王敬勋、张世承等人也来到了台阶上。

不一会儿，周之旦急匆匆地走了出来，对众人说道："可能夫人出了意外，我在大殿后边的方桌下，发现一个敞开口的暗道。你们看这个。"

"这是夫人的怀表，怎么会有这样的事情？"洛克焦急地说道。

"专员先生，不要着急，情况不会像你想的那么糟。他们即使一时得逞，也休想出得这济水镇。"张世承说。

看到眼前的情况，知县王敬勋吓得直打哆嗦，心里默念道：这洋人要是在自己的地盘上被劫了，上边怪罪下来，自己丢官不说，恐怕小命也难保！

"之旦弟兄，按原计划行事。"

"是，大哥。"周之旦应声而去。

"周捕头，你带知县大人和洛克专员回商会就是了，那里我已经安排好了。"张世承对周承宽说道。

"好的，张会长。"周承宽答应道。

"管家，我们去码头。"张世承说。

306

张世承、管家张恒等人来到码头，冯云和迎上前来说道："大掌柜，按你的吩咐，今天中午西湖河口已经封锁，过往船只许进不许出。"冯云和说。

"好，云和，一会儿让人把准备好的铁锚布在码头两边的水中，他们已经开始行动了。"张世承说。

"大掌柜，我就不明白了，他们这样做，葫芦里卖的什么药呀？不怕打草惊蛇吗？"冯云和说。

"一只狗睡在路的中央，也许它觉得睡在那里很舒服。但是换作一个正常人，是不会这样做的，因为他知道在那里睡觉会有性命之忧。可话又说回来了，只有疯子才会做出如此危险的举动，响马们行事，往往不按常理出牌，这是由他们的匪性决定的，我们要小心应对。"张世承说。

接下来，济水镇上各方会有怎样斗智斗勇的大战？小清河上又发生了多少情节曲折、扣人心弦、引人入胜、触目惊心、荡气回肠的故事？

请看《古道封尘》的姊妹篇：长篇小说《济水烟华》。